W0382492

Peter S. Beagle

Der Zauberer von Karakosk

Aus dem Englischen übersetzt von Hans J. Schütz

Klett-Cotta

Für Julie Fallowfield

Agentin,
wie ich eine Liebhaberin wirklich schlechter Gedichte,
geschätzte Freundin,
in Liebe

Inhalt

Vorwort

Ich schreibe keine „sequels", keine Fortsetzungsgeschichten.

So sehr ich Judy-Lynn del Rey, die den Ausdruck „prequels" erfand, schätzte, ich schreibe auch keine Vorgeschichten. Ich schleiche mich niemals an den Ort des Verbrechens zurück, durch keine Hintertür.

Vor allem erfinde ich keine epischen Trilogien, an deren Höhepunkten Elben, Zwerge, Zauberer und Männer dem Armageddon trotzen und in verzweifeltem Widerstand vor diesem oder jenem Finsteren (auf alle Fälle Unsympathischen) Fürsten mit magischen Schwertern und einer zauberkräftigen Edelsteinkollektion herumfuchteln. Wohlgemerkt, ich bewundere J. R. R. Tolkien, seit ich 1958 in der Carnegie Library von Pittsburgh auf sein Werk stieß. Doch er war einzigartig wie sein Universum, an dem er fünfzig Jahre gewerkelt hat. Die Landkarten, die Pläne, die Genealogien, die improvisierten Geschichten, die unverbundenen Bruchstücke halb erfundener Sprachen – nichts davon macht Mittelerde aus. Obgleich ich, wie viele Schriftsteller, eine Zeitland Autoren wie Thorne Smith, T. H. White, Lord Dunsany, James Stephens, James Thurber bis hin zu James Branch Cabell, Jessamyn West oder meine Frau, Padma Hejmadi, verehrt und schamlos imitiert habe, kam es mir nie ernstlich in den Sinn, Tolkien nachzuäffen. Das erschien mir ziemlich sinnlos.

Von Anfang an, seit *He! Rebeck!,* wollte ich, daß meine Geschichten untereinander so verschieden waren, wie es mir in den Grenzen meiner Kunstfertigkeit und Phantasie möglich war. Mehr als eine in derselben Welt anzusiedeln, schien unmöglich zu sein – zumindest für mich. Von jeher haben mir Geschichten am besten gefallen, die Leerstellen hinterlassen, ungespielte Noten, Geschichten, deren Fortsetzung man spürt, wenn man das Buch schließt: Nie hatte ich auch nur einen Augenblick lang das geringste Interesse, herauszufinden, wie Mr. Rebeck und Mrs. Klapper miteinander auskamen, nachdem er seinen Unterschlupf auf dem Yorkchester-Friedhof verlassen hatte, oder was aus Molly Grue und dem Zauberer Schmendrick wurde oder ob Joe Farrell die alte Göttin je wieder traf, die in einer kalifornischen Stadt als Sia bekannt ist. Sie alle haben ihr eigenes Leben, und ich habe meins. Wenn sie mir hin und wieder eine geschmacklose Ansichtskarte schickten, das wäre nett.

Aber das war vor den *Drei Damen im Abendrot*.

Mein Freund Edgar Pangborn brauchte lange, bis er begriff, daß viele seiner Geschichten in derselben post-nuklearen Holocaust-Welt spielten, in der er seinen Roman *Davy* angesiedelt hatte. Auch mir war nie bewußt, daß ich mit den *Drei Damen* eine Welt erschuf, außer, daß jeder Künstler einen besonderen Raum erschafft – ein Energiefeld, wenn Sie wollen –, in dem die Geschichte oder der Tanz, das Gemälde oder das Vier-Minuten-Lied den eigenen Zauber entfalten können. Die Welt der *Drei Damen* sollte nur so lange existieren, wie die Figuren sie brauchten, um ihre Abenteuer darin zu bestehen. Meine Lal, meine Nyateneri, Lukassa, Rosseth, Tikat, der Fuchs, der alte Zauberer; mein lieber, fetter, bärbeißiger, dickköpfiger Karsch, dessen Stimme ich als erste in meinem Kopf hörte: dieses Völkchen, dem ich nie begegnet war, wuchs und sang der Reihe nach in mir, alle so erpicht, von ihrem Anteil an einer langen Geschichte zu erzählen, daß ich sogar anfing, ihre Träume zu haben – ihre Stimmen, nicht ihre Landschaft, waren es, die mich wirklich erfüllten. Solange die Welt des Romans ihnen festen Boden unter den Füßen und als Bezugspunkte eine Tradition und einen Lebensraum gab, an denen sie unterschiedlichen Anteil hatten, war es mir gleich, ob diese Welt einen Namen hatte, geschweige denn eine Topographie. Ich entwarf die Welt so überzeugend, so real, wie ich konnte, denn das ist mein Beruf, aber sie sollte nie mehr sein als ein Hintergrund, ein Bühnenbild. Sie war nicht auf Dauer angelegt.

Doch sie wollte dauern. Die Stimmen, die zwei Jahre lang meinen Kopf erfüllten, kamen von einem wirklichen Ort, den sie gründlich kannten, ich aber nicht. Und als das Buch schließlich fertig und gestutzt und gesäubert und aus den Augen war, stellte ich fest, daß ich ihre Welt ebenso schmerzlich vermißte, wie ich sie selbst vermißte. Ich hatte mein Buch wie ein schluderiges Baumhaus gebaut, es mit imaginären Freunden gefüllt, von denen jeder eine Geschichte zu erzählen hatte, und jetzt, da es verschwunden war – oder ich es verlassen hatte –, fühlte ich mich merkwürdig einsam. Und das war mir noch nie passiert.

Darum diese Geschichten. Fünf davon haben mit den *Drei Damen* überhaupt nichts zu tun; sie ereigneten sich in anderen Winkeln meiner namenlosen Welt und könnten ebensogut vor wie nach dieser Geschichte spielen. Ich sollte erwähnen, daß die Hauptfigur aus „Sirit Byars letztes Lied“, frei und aus alter Liebe gestaltet, dem großen französischen Chansonnier Georges Brassens nachempfunden ist; und vielleicht, daß die gesamte Handlung der Geschichte „Riesenknochen“ eines Morgens auftauchte, als ich unter der Dusche stand. Unter der Dusche bin ich gut.

„Die tragische Geschichte von den Schauspielern des Jiril“ ist in Wirklichkeit nicht bloß der Phantasie entsprungen, wie Ihnen jeder Theaterdirektor bestätigen wird. Was „Lal und Soukyan“ betrifft, die einzige Geschichte, in der Figuren aus den *Drei Damen* vorkommen, die sich lange nach den im Roman beschriebenen Ereignissen wiederbegegnen – nun, ich war einfach sehr froh, diese beiden wiederzusehen. Besonders sie hatte ich vermißt und über sie nachgegrübelt, und ich war glücklich, noch einmal mit ihnen unterwegs zu sein und ihre vertrackte Freundschaft zu genießen, ihre spröde Zärtlichkeit miteinander. Und ich vermisse sie jetzt um so schmerzlicher, da ich weiß, daß ich sie nie wiedersehen werde.

Weil ich wirklich keine Fortsetzungen schreibe. Ich werde gewiß weitere Geschichten in der Welt der *Drei Damen* ansiedeln (anders kann ich sie nicht nennen; Edgar Pangborn nannte die seine nie anders als „Davys Welt“), aber andere werden sie erzählen, und andere Scherben ihrer Geschichten und Sagen werden ans Licht kommen. Ich bin ebensosehr der Archäologe dieser Geschichten wie ihr Sänger – vielleicht mehr das letztere. Im Augenblick ist das schwer zu sagen.

Aber vielleicht stellt sich am Ende heraus, daß ich doch Fortsetzungen schreibe. Wie soll ich das wissen? Vierzig Jahre habe ich gebraucht, um Chaucers Zeile „*The lyf so short, the craft so long to lerne*“ zuzustimmen, und hier bin ich, überrasche mich immer wieder aufs neue, schleiche mir immer noch hinterher und setze mir selbst die Narrenkappe auf. Und ich rede mir noch immer ein, daß ich eines Tages, wenn ich ein bißchen älter bin, *wirklich* wissen werde, was ich tue. Ich hoffe, ich irre mich.

Peter S. Beagle
Davis, Kalifornien
9. Dezember 1996

Sirit Byars letztes Lied

Wie viel? *Wie* viel, um eine elende Geschichte aufzuschreiben, was deine Krakelhand höchstens eine Stunde Mühe kosten wird? Wahrlich, bei den stinkenden Achselhöhlen aller Götter, hätte ich gewußt, daß sich so viel dabei rausholen läßt, auf dem Marktplatz zu sitzen und anderer Leute Leben und Gefühle auf Hautfetzen zu kritzeln, hätte ich einen verregneten Nachmittag darauf verwendet, selber lesen und schreiben zu lernen. Sagen wir zwölf Kupferstücke. *Zwölf*, und eines will ich noch drauflegen, weil ich unter dem Schmutz und den ganzen Haaren eine höfliche Frau bin. Ich verspreche, dir nicht die Nase zu brechen, auch wenn es eine große Versuchung ist, dir beizubringen, daß man Fremde nicht übervorteilen soll, selbst wenn sie so aussehen wie ich und eure zungenbrecherische Sprache so ausländisch sprechen, daß du mir in mein Ferkelgesicht grinsen würdest, hättest du den Mut dazu. Aber nein, nein, setz dich wieder hin, Gerechtigkeit muß sein, es ist abgemacht. Keine gebrochene Nase. *Setz dich.*

Also. Ich will, daß du diese Geschichte aufschreibst, nicht zu meinem Vorteil – wie könnte ich den einzigen verdammten Mann vergessen, der mir je mehr bedeutet hat als ein Fluch und ein Furz? –, sondern zu deinem eigenen und für jene, welche die Lieder von Sirit Byar noch singen. Ah, *das* läßt dich aufhorchen, nicht wahr? Ja, ja, Sirit Byar, eben der, derselbe, der einen König mit einem einfachen Spottliedchen ins Verderben sang und sich dann aus dem Kerker zauberte, indem er der taubstummen Tochter des Henkers Balladen von tapferen Galanen vorsang.

Sirit Byar, „der weiße *sheknath*“, wie sie ihn nannten, wenn er außer Hörweite war – der große, humpelnde, weißhaarige Mann, der es vermochte, vierstimmig auf dieser altmodischen, achtzehnchörigen *kiit* zu spielen, die andere Männer kaum heben, geschweige denn ihr auch nur ein Klimpern entlocken konnten. Sirit Byar. Sirit Byar, der mit seiner Musik Pfeile abwenden, backenbärtige alte Generäle wie Kinder tanzen lassen und Fels-*targs* rufen konnte, ihn über Gebirgsflüsse zu tragen. Alles Unsinn, alles Sumpfziegenschiß, so wie jede Geschichte, die man von ihm erzählt. Schreib das auf. Schreibst du? Dreißig Jahre, mehr noch, seit er verschwunden ist, und du glaubst, es seien hundert, wenn du diesen Hohlköpfen zuhörst, die seine Lieder in die falsche Kehle kriegen und sie an Narren weitergeben, die den Mann nie haben spielen hören. Die *Geschichten*, die Sachen, die er angeblich gesagt hat, die Götter und Helden, für die er, so sagt man, gesungen hat – glaube mir, er würde sich vor Lachen bepinkeln, wenn er solches feierliches Gesabbel hörte. Und dann würde er mich anschauen, und vielleicht würde ich gerade noch das Zucken seines rechten Mundwinkels mitkriegen, unter dem weinfleckigen weißen Schnurrbart, und er würde in seinem barbarischen Südküstentonfall, den er nie verlor, sagen: „Was sage ich dir immer, großes Mädchen? Wette nie auf etwas, ausgenommen die menschliche Blödheit.“ Und er wäre weitergehumpelt.

Ich kannte Sirit Byar von meinem elften Lebensjahr bis zu seinem Tod, als ich gerade siebzehn geworden war. Nein, er starb nicht in meinen Armen – was bist du, ein verdammter Barde, nicht nur ein aufgeblasener Schreiberling? Ja, ich *weiß*, man erfuhr niemals, was aus ihm wurde – ich werde darauf zu sprechen kommen, wenn ich, verdammt noch mal, soweit bin. Gaff mich nicht so an, sonst reiß ich dir deine pockigen Ohren ab und schicke sie deiner Mutter, in welcher Hundehütte sie auch hausen mag. *Schreib* – wir werden den ganzen Tag verplempern, wenn du dauernd Pause machst, um zu glotzen. Heiliger Strohsack, was für eine Stadt – hinterwäldlerischer Vetternklüngel, die ganze Bande. Genau wie zu Hause.

Ich heiße Mircha Del. Ich wurde in der Gegend von Davlo geboren, das liegt vielleicht hundert Meilen südwestlich von Fors na'Shachim. Mein Vater war Bergbauer, kratzte sich das bißchen zum Leben aus Stein und Sand zusammen wie jedermann in diesem Misthaufen. Meine Mutter hatte soviel Grips, nach meiner Geburt so rasch wie möglich abzuhauen. Bin ihr nie begegnet, weiß nicht mal, ob sie lebt oder tot ist. Mein Vater sagt immer, sie sei schön gewesen, aber wenn du die Wahrheit wissen willst, brauchst du bloß mich anzugucken. Vermutlich die einzige Frau, die er rumkriegen konnte, mit ihm da oben in diesen Hungerbergen zu leben, und selbst sie konnte es nicht lange aushalten. Ist nicht nötig, das alles aufzuschreiben – es geht nicht um sie und auch nicht um ihn. Übrigens, *er* starb in meinen Armen, wenn's dich interessiert. Das einzige Mal, daß ich ihn in den Arm nahm, soweit ich mich erinnere.

Mit elf war ich ausgewachsen, und ich sah genauso ungeschlacht aus wie jetzt. Mein Vater sagte einmal, ich wäre zum Mann bestimmt, was zutreffen mag, obwohl ich mit Klöten und Bart nicht weniger häßlich gewesen wäre. Sei's drum. Laß auch das weg. Wichtig ist, daß ich bereits die Körperkraft eines Mannes hatte, oder beinahe – jedenfalls genug, um ein Korn in unseren grindigen Acker zu kriegen und ein Gespann von Karakosk-Pferden zu bändigen – kennst du diese großen Pferde? Die man mit Fleischbrühe großzieht? –, damit sie vor unserem Pflug gingen. Und als unser idiotischer Nachbarssohn – ja, ein echter Idiot, wer sonst hätte, selbst als ich noch klein war, mein Spielkamerad sein wollen? – sich unter einem umgestürzten Baum einklemmte, holte man mich, um den Stamm hochzuheben. Er starb trotzdem, nur zu deiner Information, doch die fingen an, mich eine Zeitlang „Davlo-*sheknath*" zu nennen. Einmal erzählte ich Sirit Byar davon und von der Ähnlichkeit unserer Spitznamen, und er schnaubte bloß. Er sagte: „Du hast ihn gehaßt." Ich nickte. Sirit Byar sagte: „Ich auch. Immer habe ich ihn gehaßt."

Und vielleicht bestand darin unsere wirkliche Ähnlichkeit. Jedenfalls fühlte ich mich besser.

Also gut. Früher gab es am Rand von Davlo ein Wirtshaus, Müllers Lust genannt. Es ist inzwischen längst verschwunden, aber damals war es die aufregendste Kneipe, die du dir denken kannst. In den meisten Nächten wurde gespielt und anschließend anständig gerauft, es gab jede Art von Unterhaltung, Hahnenkämpfe und *shukri*-Kämpfe, echte Leishai-Tänzerinnen und manchmal sogar einen dieser Steine mampfenden Kraftmänner aus dem tiefen Süden. Dort verbrachte mein Vater die meisten seiner Abende und viele seiner Morgen, als er älter wurde, so daß es mir nach und nach zur Gewohnheit wurde, runter nach Davlo zu gehen und ihn heimzuholen – oder mehr als einmal ihn zu tragen. All das gehört dazu, wenn ich dir erzählen soll, wie ich Sirit Byar begegnete.

Es geschah eines Nachts, daß ich ins Müllers Lust stapfte, um meinen Vater zu holen – und außer mir vor Wut war ich auch, weil unsere einzige elende *rishu* kalbte und er geschworen hatte, wenigstens diese eine Nacht daheim zu bleiben. Ich entband das Kalb mit eigenen Händen ohne Schwierigkeiten, aber es hätte welche geben können, und jetzt war ich entschlossen, ihn deswegen vor all seinen Zechkumpanen anzuschwärzen. Ich konnte eine Straße entfernt ihren Radau hören und ihn mitten drin grölen und lachen. Es wäre nicht das erste Mal, daß ich ihn von einem Tisch wegriß und durch die Tür auf den kalten Heimweg. Meistens war er dafür dankbar, glaube ich – es zeigte ihm, daß es jemanden kümmerte, wo er war, und vielleicht hielt er es für Liebe, wie soll ich das wissen? Da er sich einsam fühlte, seit meine Mutter fort war, und er fürs Saufen wie für die Huren zu arm war, gab er sich damit zufrieden, daß ich ihn anschrie.

Doch in dieser Nacht drang ein anderes Geräusch aus der alten Spelunke, und ich blieb auf der Straße wie angenagelt stehen. Zuerst das wilde Dröhnen einer *kiit*, mit reicheren und schwierigeren Akkorden als den üblichen gespielt, und dann die Stimme, diese Stimme – diese rauhe, heisere, sanfte, südliche Stimme, immer ein wenig nach dem Takt, diese Stimme, die das erste Lied sang, das erste, das ich je hörte:

Gib zu,
wärst damals du so schlau gewesen,
wie du's heute bist,
du hättest trotzdem doch gemacht
genau den gleichen argen Mist …

Ja, du erkennst es, nicht wahr, sogar in meinem Krächzen? Ich, ich wußte nicht, was ich hörte – ich hatte nie zuvor etwas wie diese Musik gehört, niemals einen Barden, in meinem ganzen Leben nicht. Barden kommen nicht nach Davlo. Nicht mal für einen Jahrmarktsschreier ist in Davlo etwas zu holen, ganz zu schweigen von jemandem wie Sirit Byar. Aber er war da.

Er sah auf, als ich die Tür aufstieß. Zwischen uns lümmelte sich ein Haufen betrunkener Kätner – ein paar lauschten ihm, der mit gekreuzten Beinen auf einem Tisch saß, die *kiit* im Schoß; die meisten pichelten rotes Bier und grölten ihre eigenen persönlichen Lieder – aber Sirit Byar sah mich. Er schaute durch sie alle hinweg zu mir, die ich in der Türöffnung stand: elf Jahre alt, so groß wie ein Heuwagen und zweimal so häßlich und überdies so dreckig wie der Boden der Schankstube. Er lächelte mich nicht an, nickte mir nicht zu, sondern spielte nur einen Augenblick lang einen raschen Schnörkel zwischen den Strophen und sagte durch den Lärm: „Da bist du ja, großes Mädchen." Als hätte er gewartet. Und dann fuhr er in seinem Lied fort.

Gib zu,
wär sie so dumm gewesen
und wäre heute noch bei dir,
du wärst genau noch so gemein,
genauso widerlich zu ihr …

Da war ein alter, weinender Mann, gebeugt über seinen Tisch, auf den er mit dem Kopf einschlug und lauter greinte, als Sirit Byar sang. Und da war ein Grubenarbeiter aus Grebak, der einfach still dasaß, die Hände ineinander verkrampft, und seine großen schwieligen Knöchel knetete. Mein Vater und die anderen, sie tranken und rauften und bekotzten sich gegenseitig wie in jeder Nacht in Müllers Lust. Der Wirt war selber halb betrunken, und er versuchte immer wieder, den kleinen Desh Jakani rauszuwerfen, den Hufschmied, nur der wollte nicht gehen. Die drei Schankmädchen trafen ihre eigenen Verabredungen mit jedem, der noch aufrecht stehen konnte und so aussah, als würde er bei Kneipenschluß noch zwei Kupfermünzen im Sack haben. Sirit Byar jedoch sah mich durch den Rauch und den Gestank und den wabernden Dunst unverwandt an, und er sang:

Gib zu,
und würden plötzlich wir
in Götter alle uns verwandeln,
wir würden unsere Nächsten doch
trotz allem noch wie Dreck behandeln …

Wie er aussah? Tja, das erste, was mir in jener Nacht auffiel, war seine Größe. Wirklich großgewachsene Männer sind in den Davlo-Bergen noch immer selten – die Ernährung läßt es nicht zu, es gibt nicht genug Fleisch, und das Land macht sie einfach klein –, und Sirit Byar war der größte Mann, den ich in meinem Leben gesehen hatte. Aber ich spreche jetzt nicht von hoch oder breit – *das* schreib jetzt auf –, ich spreche von Größe. Er strahlte Farbe aus, waren seine Haare auch weiß und die Seemannsjacke und Hosen verschossen; er strahlte Entschlossenheit aus, wie er so dasaß und sang, die alles und jeden in dieser tobenden Schenke klein und blaß und unwesentlich machte, daran erinnere ich mich. Und dabei war er nichts als ein zerlumpter alter Mann mit einer rauhen Stimme – um die fünfzig, sicherlich –, der schmutzige Lieder sang und mich „großes Mädchen" nannte. Im Grund war er nie was anderes.

Die Lieder waren nicht *alle* schmutzig, und sie waren nicht alle traurig und gemein, so wie „Gib zu". In jener ersten Nacht sang er „Großmutters Geist", das bloß albern und komisch ist, und er sang „Die Sandburgen" – kennst du es? – und „Die Ballade von Seefahrer-Lal", bei dem sogar die betrunkenen Kätner auf die Tische schlugen und den Kehrreim brüllten. Und da war ein Lied von einem Mann, der den Fuchs im Mond heiratete – es ist noch immer mein Lieblingslied, obwohl er es nicht oft sang. Ich vergaß meinen Vater. Ich vergaß sogar, mich hinzusetzen. Ich stand einfach in der Tür, kriegte den Mund nicht mehr zu, während Sirit Byar mir vorsang.

Er konnte auf dieser abgegriffenen alten *kiit* wirklich vier Stimmen gegeneinandersetzen, das ist kein Märchen. Natürlich meistens, um Eindruck zu machen, am Ende eines Liedes – am besten gefiel mir, wenn eine Zeile einen Rhythmus hatte und die *kiit* in einem anderen antwortete und du nicht glauben mochtest, daß sie schließlich zusammenfinden würden, obwohl du wußtest, es würde so sein. Sechs Jahre lang bin ich mit ihm gereist, und ich wurde nie müde, ihm zuzuhören, wenn er das mit dem Rhythmus machte.

Der Ärger begann mit „Das Gute Volk". Das war immer so, das lernte ich rasch. Das verdammte Lied kann noch heute aufreizen, alle und jeden beleidigen, vom großen Herrn bis hin zum Krämer, vom Priester bis hin zum Polizeibeamten der Königin; aber damals, als es neu war, damals kamst du nicht bis zur Hälfte des Liedes, ohne daß ein Tumult losbrach. Ich glaube trotzdem nicht, daß Sirit Byar sich dessen bewußt war, damals in Müllers Lust. Vielleicht doch. Zuzutrauen wäre es ihm.

Wie auch immer. In jener Nacht kam er nicht weiter als bis zur Hälfte von „Das Gute Volk". Ich erinnere mich, daß er just die dritte Strophe begann – nein, nein, es muß die zweite gewesen sein, die über die Priester und das, was sie auf den Altären treiben, wenn alle nach Hause gegangen sind –, als der Mann, der so laut geweint hatte, aufstand, sich die Augen wischte und Sirit Byar mit einem Schlag glatt vom Tisch fegte. Niemand sah den Schlag voraus, unmöglich, ihn abzuwehren – immerhin krümmte er sich, als er fiel, um seine *kiit* zu schützen. Der weinende Mann fiel mit Fäusten und Füßen über ihn her, und er konnte nicht zugleich die *kiit* schützen und sich wehren. Dann mischte sich dieser Kluj Dingsda ein – er geht auf jeden los, der unten liegt, der Kerl – und dann mein verdammter Vater, stell dir das vor, zu sternhagelvoll, um zu begreifen, was vor sich ging, bloß, daß es nach Spaß roch. Er und der weinende Mann stolperten übereinander und rollten über Sirit Byar und krachten gegen die Tischbeine, wo der große Grubenarbeiter saß, rissen den Tisch um und wurden darunter begraben. Na ja, der Grubenarbeiter begann mit seinen klobigen Stiefeln nach ihnen zu treten, und *das* rief Mauli Dja auf den Plan, den alten Saufbruder meines Vaters, „Schwatzmauli" pflegten ihn die Leute zu nennen – jedenfalls brachte ihn das dazu, sich einzumischen, zu kreischen und zu fluchen und dem Grubenarbeiter ins Knie zu beißen. Was dann geschah, braucht man nicht zu erzählen, glaub mir. Ein bißchen Blut, eine Menge Rotz, alles ein einziges Durcheinander. Kneipenschlägereien.

Ich hab dir gesagt, daß ich mit elf fast ausgewachsen war. Ich trat vor und riß mit der einen Hand meinen Vater von dem weinenden Mann weg, während ich mit der anderen Mauli Dja vom Grubenarbeiter zerrte. Heute würde ich ihre idiotischen Köpfe zusammentitschen, aber damals war ich nur ein Mädchen, und ich legte sie in einer Ecke übereinander ab. Dann ging ich zurück und klaubte die Männer von Sirit Byar runter und stapelte sie woanders auf. Als ich sie soweit hatte, daß sie sich nicht vom Fleck rührten, ging es leichter.

Er war nicht ernstlich verletzt. Er war schon früher hier gewesen; er wußte, wie er Kopf und Hoden und *kiit* schützen konnte. Außerdem passiert nie etwas Ernstes, wenn so viele Männer beteiligt sind. Ein bißchen Blut im weißen Schnurrbart, ein Auge, das sich schloß und schwarz wurde. Mit dem anderen

Auge blickte er zu mir auf und sagte zum zweiten Mal: „Da bist du ja, großes Mädchen." Ich streckte ihm meine Hand hin, aber er stand auf, ohne sie zu ergreifen.

Aus der Nähe hatte er einen wilden Geruch – pelzig, aber wie lebendiger Pelz, noch auf dem *shukri* oder *jarilao*. Er war untersetzt: breite Schultern, kurzer Hals, starke Hüften, dicke kurze Beine. Ein massiges Gesicht, aber nicht schwammig, nicht wabbelig – Wangenknochen, aus denen du einen Zaun, ein Haus hättest bauen können. Große Augen, weit auseinanderstehend, halb verborgen in den Schatten dieser Wangenknochen. Sehr ruhige Augen, fast schwarz wegen der weißen Haare. Er lächelte nie viel, sah aber gewöhnlich so aus, als wäre er kurz davor.

„Zeit zu gehen", sagte er lässig wie nur was mitten in den Trümmern eines Tisches, ohne von den Leuten Notiz zu nehmen, die rings um uns kreischten, bluteten, durcheinanderfielen. Sirit Byar sagte: „Ich wollte die Nacht hier verbringen, aber es ist zu laut. Wir werden irgendwo einen Verschlag oder Pferch finden."

Und ich? Ich sagte bloß: „Ich muß meinen Vater nach Hause schaffen. Du gehst auf der Fors-Straße weiter, bis du zu dem kleinen Azdak-Schrein kommst, rechts. Dort werde ich dich treffen." Sirit Byar nickte und drehte sich um, zerrte seinen Seesack unter Dordum hervor, dem Pferdehändler, der gerade von einem Fremden mit einem gelben Hut gewürgt wurde. Komisch, woran man sich erinnert. Ich sehe noch immer diesen Hut, und es ist mehr als dreißig Jahre her.

Ich schaffte meinen Vater zu unserer Kate zurück – das war nichts besonderes, wie schon gesagt. Aber dann mußte ich ihn auf ein Faß setzen und stützen, damit er nicht runterfiel, und ihm sagen, daß ich mit Sirit Byar wegginge. Das war schwierig – erstens, weil er zu betrunken war und sich mühsam zu erinnern suchte, wer wir zwei waren; und zweitens, weil ich ihm keinen vernünftigen Grund hätte nennen können, warum ich die zweite Frau sein wollte, die ihn verließ. Er ist nie grausam zu mir gewesen, er hat mich nie mißbraucht, wie es die Hälfte der Kätner, die wir kannten, mit ihren Töchtern machten und dann in Müllers Lust darüber lachten. Er hat mir nie ein Leid angetan, abgesehen davon, daß er mich an diesem gebirgigen, kalten, einsamen, elenden Ende der Welt gezeugt hat. Und jetzt tat ich ihm das an, lief weg, um einem Barden zu folgen, der viermal, fünfmal älter war als ich, einem Mann, den ich vor jener Nacht weder gesehen noch von dem ich je gehört hatte. Sie würden ihn in alle Ewigkeit deswegen verspotten, Mauli Dja und seine übrigen Freunde.

Ich glaube nicht, daß ich zum Schluß versuchte, etwas zu erklären. Ich sagte ihm bloß, ich würde ihm nicht mehr bei der Feldarbeit helfen, aber er brauche sich auch keine Sorgen um meine Ernährung zu machen. Er sagte kein einziges Wort, blinzelte nur unausgesetzt, versuchte, seinen Blick auf mich zu konzentrieren. Ich erfuhr nie, ob er ein Wort begriff. Ich erfuhr nie, was er empfand, als er am nächsten Morgen aufwachte und merkte, daß ich fort war.

Es war nicht viel, das sich mitzunehmen lohnte. Mein Messer, meine Zunderbüchse, mein guter Umhang. Ich mußte noch einmal umkehren, um meine fremdländische Glücksmünze zu holen, schau, diese da, mit ihr habe ich mir noch nie was zum Trinken kaufen können, wo ich auch war. Mein Vater war bereits eingeschlafen, auf dem Faß zusammengesackt, den Kopf an die Mauer gelehnt. Ich legte ihm eine Decke über – er konnte sie nun beide haben – und verließ ihn ein zweites Mal.

Die Straße nach Fors na'Shachim verläuft auf der letzten Meile zum Azdak-Schrein schnurgerade, und ich konnte Sirit Byar im Mondlicht aus großer Entfernung sehen. Er hielt nicht ungeduldig nach mir Ausschau, sondern kniete vor dem häßlichen kleinen Steinhaufen, in dessen obersten Stein Azdaks Antlitz mit den hervorstehenden Eckzähnen gekratzt war. In der Sprache, die man mir beigebracht hat, heißt „Azdak“ einfach Fremdling. Keiner von uns erfuhr je des Gottes wahren Namen oder seine Funktion oder wer den Schrein errichtet hatte, als mein Vater ein Junge war. Aber wie ließen ihn, wo er war, denn es bringt

Unglück, ihn zu entfernen, und einige beteten dort sogar – man konnte ja nicht wissen, wozu es gut war! Unsere eigenen Berggötter waren einen Dreck wert, das war klar, sonst hätten sie nicht versucht, in diesen Bergen zu überleben wie wir. Es gab immer die Möglichkeit, daß ein Gott, der so weit gereist war, wirklich etwas wußte.

Aber Sirit Byar schenkte Azdak nur ein rasches Nicken und ein kurzes Neigen des Kopfes. Wie gesagt, er kniete, sein großer weißer Kopf auf gleicher Höhe mit dem des Gottes, und er blickte ihm in die Augen. Seine Lippen bewegten sich, obgleich ich kein Wort hören konnte. Als ich zu ihm kam, erhob er sich schweigend, nahm die *kiit* und den Seesack und folgte der Fors-Straße. Ich rannte ihm nach und rief: „Mein Name ist Mircha. Wohin gehen wir?"

Sirit Byar blickte mich nicht einmal an. Ich fragte ihn: „Warum hast du so zu Azdak gebetet? Ist er der Gott deines Volkes?"

Wir liefen eine lange Strecke, bevor Sirit Byar mir antwortete. Er sagte: „Wir kennen uns. Er heißt nicht Azdak, und ich habe nicht gebetet. Wir haben uns unterhalten."

„Es wird regnen, bevor es Tag wird", sagte ich. „Ich kann's riechen. Wo gehen wir hin?"

Er knurrte bloß: „Lesser Tichni oder ein Heuboden, was zuerst kommt", und mehr sagte er nicht, bis wir uns zwischen zwei alten Eseln in einem alten Schuppen auf sehr altem Stroh zur Ruhe gelegt hatten. Ich kuschelte mich an eines der Tiere und versuchte, warm zu werden, als Sirit Byar sich plötzlich zu mir wandte und sagte: „Du wirst die *kiit* tragen. Du kannst das." Und er war im Nu fest eingeschlafen. Ich jedoch lag den Rest der Nacht wach, zum Teil wegen der Kälte, doch vor allem, weil das, was ich getan hatte, mir endlich – wohlgemerkt *endlich* – klar zu werden begann. Hier lag ich, auf diesem muffigen Stroh, bereits weiter von zu Hause entfernt, als ich es je gewesen war, und hörte einen fremden Mann neben mir schnarchen. Stell dir vor, ich war damals ein so unwissender Klotz, daß ich glaubte, Schnarchen sei einfach etwas, das mein Vater tat, niemand sonst.

Ich hatte keine Furcht – ich habe mich nie in meinem Leben gefürchtet, was übrigens sehr schade ist –, aber ich war verwirrt, das muß ich sagen. Ich konnte nichts tun als daliegen, auf den Morgen warten und darüber grübeln, wie schwer die *kiit* den ganzen Tag auf meiner Schulter lasten würde. Mir kam nie der Gedanke, ich könnte heimgehen.

Die *kiit* erwies sich, so kräftig ich auch war, als verdammt schwer und so unhandlich wie ein Pflug, was schlimmer war. Diese achtzehn Doppelsaiten machten es unmöglich, das Instrument richtig zu packen – es gab keine bequeme Art, sie zu tragen, außer ich trug sie ständig auf andere Art: erst auf dem Rücken, dann mit beiden Armen gegen die Brust gepreßt, dann wieder locker an meiner Hand baumelnd, wo sie gegen alles stieß, was ihr in die Quere kam. Am Ende unseres ersten Tages auf der Straße humpelte ich wie Sirit Byar.

So fing es an. Im ersten Gasthaus nach Sonnenuntergang kehrten wir ein, und Sirit Byar spielte und sang für Männer, die schmutziger und betrunkener waren, als ich es je in Müllers Lust erlebt hatte. Für mich war es eine Lehre, denn dieses Pack zollte der „Ballade von Seefahrer-Lal“ überhaupt keine Aufmerksamkeit; die Männer schrien und brüllten nach „Das Gute Volk“ und ließen ihn das Lied zweimal singen, damit sie es selber lernen konnten. Man weiß nie, was ihnen gefällt oder was sie anstellen, das ist die einzige Erkenntnis, die es gibt.

Zwei Nächte und eine Strecke auf dem Karren eines Kesselflickers später aßen und übernachteten wir in Fors na'Shachim – jawohl, auf dem schwarzen Schloß, und die Damen der Königin schenkten uns Tee ein, und die Kammer, in der Sirit Byar jedesmal schlief, war bereits für ihn hergerichtet. Vier der Damen erhielten den Auftrag, mich zu baden und eine angemessene Kleidung für mich zu finden, solange die Königin mich anschauen mußte. Ich ließ mir das Bad gefallen, als die Damen jedoch auf der Stelle meine Kleider verbrennen wollten, warf ich eine von ihnen durch den Raum, da ließen sie's. Außerdem stellte ich ihr Gekicher ab. Also kümmerte die Majestät sich selbst um das

Nachtgewand, das ich im Bett tragen sollte, und das ist mehr als *du* jemals erlebt hast, trotz deines Lesens und Schreibens. Dich hätten sie vermutlich auch gebadet.

Und zwei Tage später waren wir wieder unterwegs, ich wieder in den Lumpen, in denen ich praktisch geboren worden war (das geliehene Kleid und das Nachtgewand verbrannten sie vermutlich), und Sirit Byar trug das, was er immer trug – *ihn* putzten sie nicht heraus, um vor der Königin zu singen, das kann ich dir sagen. Aber er hatte Goldmünzen in der Tasche, sechsunddreißig neue Saiten auf der *kiit*, ein seidenes Tuch, das die Königin ihm mit ihren zarten Händen selbst um den Hals gebunden hatte, und er humpelte fort, sang seine Lieder in jedem Städtchen zwischen Fors und Chun, nur um eine erbärmliche Mahlzeit und eine von *dai*-Käfern wimmelnde Unterkunft. Ich machte in jenen Tagen nicht viele Worte, aber ich mußte ihn einfach fragen. Ich sagte: „Sie wollte, daß du bleibst. Sie wollten es."

Sirit Byar knurrte bloß. Ich fuhr fort: „Du könntest ein königlicher Barde sein – du könntest diese Kammer im Palast für immer haben, für den Rest deines Lebens. Alles, was du je zu tun hättest, wäre, Lieder zu dichten und sie hin und wieder der Königin vorzusingen."

„Das tue ich", sagte Sirit Byar. „Hin und wieder. Laß die *kiit* nicht so baumeln, sie zerkratzt die Straße." Er beobachtete mich, wie ich mich abmühte, das schmutzige Instrument auf meiner Schulter im Gleichgewicht zu halten, und zum ersten Mal, seit ich ihn kannte, sah ich ihn ein klein bißchen lächeln.

„Singen ist das, was zählt, großes Mädchen", sagte er. „Für wen, ist nicht so wichtig." Wir gingen wortlos eine Strecke, und dann fuhr er fort: „Um das zu tun, was ich will, muß ich auf der Straße sein, laufen. Ich kann nicht fahren. Wenn ich fahre, kommen die Lieder nicht. So ist das nun mal."

„Und wenn du in einem Bett schläfst?" fragte ich ihn. „Und wenn du für Leute singst, die nicht betrunken sind und blöde und erbärmlich?" Ich war elf Jahre alt, und meine Füße schmerzten, und ein paar zusätzliche Tage in jenem schwarzen Schloß hätten mir gewiß gutgetan.

Sirit Byar sagte: „Gib mir die *kiit*“, und ich reichte ihm das Instrument, froh, es ein paar Minuten nicht auf der Schulter haben zu müssen. Ich dachte, er wolle mir zeigen, wie ich sie besser tragen konnte, doch statt dessen stimmte er ein paar der neuen Saiten nach – in den ersten Tagen halten sie ihre Tonhöhe nicht, das macht einen verrückt – und begann im Gehen zu spielen. Er spielte ein Lied, das hieß „Der Jongleur“.

Nein, du kennst es nicht. Ich bin nie jemandem begegnet, der es kannte. Er spielte es selten – in den sechs Jahren, die wir zusammen waren, vielleicht dreimal, doch ich konnte es nach dem ersten Mal auswendig, wie alle seine Lieder. Es handelt von einem Jungen aus einem Ort, der ungefähr so erbärmlich ist wie Davlo, und er bringt sich selber das Jonglieren bei, weil er sich langweilt und einsam fühlt. Und es stellt sich heraus, daß er gut ist, ein Naturtalent. Er jongliert mit allem, was ihm in die Hände fällt – Steine, Früchte, Flaschen, Möbelstücke, was gerade da ist. Die Leute lieben ihn; sie kommen meilenweit, um ihn jonglieren zu sehen, und nach und nach hört der König davon und will, daß er als sein persönlicher Jongleur im Palast wohnt. Aber im Lied lehnt der Junge den Vorschlag ab. Er sagt dem König, wenn er einmal anfange, mit Kronen und goldenen Tellern und Prinzessinnen zu jonglieren, sei er nie mehr imstande, mit anderen Dingen zu jonglieren. Er würde vergessen, wie es geht, er würde vergessen, warum er es ursprünglich habe tun wollen. Darum vielen Dank, fühle mich höchst geehrt, ungemein dankbar, aber nein. Und das Lied hat am Ende jeder Strophe dieselbe Zeile: „Könige brauchen Jongleure, Jongleure keine Könige …“ Ich kann's nicht richtig singen, aber so lautete die Zeile.

Er sang es mir vor, vom Fleck weg, wir zwei da auf der Straße, und wahrscheinlich habe ich damals das meiste auf einmal über ihn erfahren. Fand es nie nötig, sich zu erklären, weder mir gegenüber noch sonst jemandem. Ich fragte ihn an jenem Tag, ob es ihn ärgere, wenn Leute seine Lieder nicht mochten. Sirit

Byar zuckte bloß die Achseln, als wäre meine Frage eine Fliege und er ein Pferd, das versuchte sie zu verjagen. Er sagte: „Das geht mich nichts an. Die Königin mag sie; dein Vater mochte sie nicht. Es macht mir nichts aus, so oder so."

Es war ihm wirklich egal. Schreib das deutlich hin, alles andere kannst du schmieren, weil's das ist, worauf es bei ihm ankommt. Solange er seine Lieder dichten, unterwegs sein und sie singen konnte, war es ihm egal, wo er schlief oder was er aß oder vor wem er sang. Ich kann dir nicht sagen, wie viele Dinge diesem Mann nichts bedeuteten. Wenn er Geld hatte, bezahlte er damit unsere Mahlzeiten oder neue Saiten – diese alte *küt* schluckte Saiten wie mein Vater rotes Bier und schwarzen Wein – oder hin und wieder eine Nacht in einem Gasthaus, damit wir uns ein wenig säubern konnten. Wenn kein Geld da war, gab es ebenso Essen und Unterkunft, meistens nicht mal schlechter. Für einen Mann, der den ganzen Tag unterwegs kaum ein halbes Dutzend Worte sagte, hatte er Freunde an Orten, an denen, so schien mir, man nicht mal einen Feind finden konnte. Das Bettelweib in Rivni: Genauso regelmäßig, wie wir im schwarzen Schloß wohnten, schlüpften wir bei ihr in dem ehemaligen Hühnerstall unter, in dem sie hauste. Die Windhexe in Leishai, wo das ein ehrenwerter Beruf ist wegen der Seeleute. Die zwei Weber nahe Sarn – sie waren Brüder und nebenbei Leichenräuber dazu. Dieser schurkische Räuber in Cheth na'Deka – obwohl der ihn den größten Teil der Nacht singen ließ und erst das, dann jenes Lied verlangte. Die Frau des Schiffsausrüsters in Arakli.

Sie bleibt mir ein Rätsel, diese Frau. Ihr Mann hatte ein Lagerhaus unten am Fluß, und sie ließ uns immer dort schlafen, solange wir darauf achteten, keine Spur zu hinterlassen. Sie war eine unscheinbare Frau – dunkel, klein, ein bißchen untersetzt, an mehr erinnere ich mich nicht. Und was zwischen ihr und Sirit Byar war, erfuhr ich nie, nur einmal, als ich eines Nachts aufstand, um zu pinkeln, hörte ich sie draußen. Sie unterhielten sich, so was Blödes – sie unterhielten sich zu leise für mich, um ein Wort zu verstehen, saßen am Wasser, berührten sich nicht einmal, der Widerschein des Mondes auf ihren Gesichtern und der Mond in Sirit Byars weißem Haar. Ich pinkelte hinter dem Lagerhaus und legte mich wieder schlafen, und das ist alles.

Wir folgten einer Art regelmäßiger Route, wenn du es so nennen willst. Nehmen wir Fors na'Shachim als Ausgangspunkt – von dort über den Dungaurie-Paß zogen wir küstenwärts, wandten uns zum Hafenort Grannach und begannen uns nach Norden durchzuschlagen, und Sirit Byar sang in den Wirtshäusern, Küchen, großen Hallen und auf Marktplätzen in allen Hafenstädten bis nach Leishai. Ach, die Häfen – der Geruch, Salz und Gewürze und Teer, Meilen bevor man die Stadt überhaupt sehen konnte. Das Essen, das dort in den Ständen und Karren auf uns wartete – frische, frische *courel*, *jeniak*, *boreen*-Suppe mit viel Katzenminze. Aufgefädelte kleine knusprige *jai*-Fische, zwei auf einen Biß. Und das Licht auf dem Wasser und Kinder, die im Schatten der morschen Pfahlbrücken planschten, und Leute, die in einem halben Dutzend Sprachen ihrem „weißen *sheknath*" ein gellendes Willkommen zuriefen. Und das Gefühl, daß alles möglich war, daß du von hier an jeden Ort der Welt gehen konntest, außer zurück nach Davlo. Das war das beste, besser als das Essen, besser als die Gerüche. Dieses Gefühl.

Nein, man könnte es vielleicht denken, aber er sang kaum einmal See-Lieder in den Hafenstädten. Ein paar, vielleicht solche wie „Käptn Schalupp und die Seejungfer" oder „Über dunkles Wasser" – ansonsten sparte er sie sich fürs Binnenland auf, wo die Leute von fremden weißen Inseln träumen und nicht wissen, was eine Meerjungfer mit dir anstellen kann. In den Häfen sang er – o ja, „Tarquentils Hut", „Der alte Priester und der alte Gott", „Mein einziger Kummer", „Die Ballade von des Käptns Mitleid". „Das Gute Volk". Also, das, „Das Gute Volk", hatten sie immer gern in den Häfen, da hast du's.

Von Bitava aus wanderten wir in der Regel ins Landesinnere, immer noch nach Norden, aber nicht weiter als bis Karakosk, nie. Man sagte mir, er hätte oft in Corcorua gesungen. Schon möglich, aber nicht solange ich bei ihm war. Er hatte keine Lust, über die Ödlande zu humpeln, und den größten Teil der hohen Nordlande mochte er sowieso nicht, wegen ihres dünnen Weins und ihrer fetten, knickerigen Städter. Also sah ich in jenen Tagen nichts Höheres als die Durli-Hügel, und die reichten mir – ich habe in meinem Leben nicht einen Tag Heimweh nach den Bergen gehabt. Wir streiften die Durlis, begannen bei Suk'kai den Bogen nach Süden und landeten am Tag des Diebes wieder in Fors. Dann ein Bad und ein warmes Bett – ein paar Tage singen für die Königin, von ihren Damen feingemacht –, und dann fingen wir wieder von vorn an. So lebten wir sechs Jahre lang.

Pflichten? Was meine *Pflichten* waren? Wie genau du's nimmst, Krakelhand, wirklich. Also, ich trug die *kiit*, und ich machte den Tee und unser Essen, wenn wir was zum Kochen hatten. Ein paarmal, meistens in Leishai, verjagte ich Taschendiebe, die er nicht vorbeischleichen gesehen hatte, und eines Nachts brach ich einem beilschwingenden Barbier aus Bitava die Schulter, der einen echten Widerwillen gegen „Die Sandschlösser" hatte. Im übrigen leistete ich ihm stumm Gesellschaft, sprach, wenn er sprechen wollte, ging mit dem Hut herum, wenn er ausgesungen hatte, hielt immer scharf Ausschau nach diesem verflixten westländischen Schnaps, den sie Blauer Tod nennen. Entsetzliches Gesöff, frißt dir glatt das Zahnfleisch weg, aber er liebte das Zeug, und man kann es östlich von Fors schwer auftreiben. Er trank es wie Wasser, wenn er's kriegen konnte, aber ich kann mich nicht erinnern, ihn je betrunken gesehen zu haben. Oder er war's vielleicht doch, vielleicht sah ich ihn sturzbetrunken und merkte es nicht. Es gab Dinge, da konnte man bei Sirit Byar nie sicher sein.

Einmal fragte ich ihn: „Was würdest du tun, wenn du kein Barde wärst? Wenn du plötzlich keine Lieder mehr machen könntest?"

Ich glaubte, ihn gut genug zu kennen, um das zu fragen, aber er blieb auf der Straße stehen und starrte mich an, als hätte er mich noch nie gesehen. Das war das einzige Mal, daß ich ihn verblüfft sah, oder erschrocken. Er murmelte: „Du weißt es nicht.“

Ich starrte zurück. Ich sagte: „Natürlich weiß ich es nicht. Ich habe keinen Schimmer, wie es ist, ein Barde zu sein, ich weiß nicht, *wie* das ist, du sprichst ja nie darüber. Ich weiß bloß, was du gern ißt, wo du gern sitzt, wenn du singst. Vielleicht denkst du ja, das ist alles, was ein Bergmädchen aus Davlo begreifen kann. Vielleicht ist das ja auch so. Das wirst du nie erfahren.“

Da lächelte Sirit Byar ein wirkliches Lächeln, nicht das Fast-Lächeln, das er immer für jedermann aufsetzte. „Hör auf die Lieder, großes Mädchen. Es ist alles in den Liedern, alles, was ich dir sagen könnte.“ Wir gingen ein ganzes Stück weiter, und als nächstes sagte er: „Ein Barde bewahrt sich immer ein letztes Lied auf für den Tag, an dem die anderen fort sind. Das passiert uns allen früher oder später – eines Morgens wachst du auf, und es ist vorbei, sie haben dich verlassen, sie brauchen dich nicht mehr. Ohne Vorwarnung. Keine Vorwarnung, wenn sie dir zufliegen, keine Vorwarnung, wenn sie wegfliegen. Darum spart man sich immer dieses letzte Lied auf.“

Er räusperte sich, spie auf die Straße, rieb sich die Nase, blickte mich von der Seite an. „Aber man muß sehr vorsichtig sein, weil im letzten Lied eines Barden Macht liegt. Man spricht nie über dieses Lied; man singt es nirgends; man bewahrt es für den Tag auf, an dem es das einzige Lied ist, das einem blieb. Denn ein letztes Lied wird immer *erwidert*.“ Und dann sagte er den ganzen Tag lang kaum ein Wort mehr.

Weißt du, er brachte mir bei, ein bißchen auf der *kiit* zu spielen. Ich bin sicher, er tat's einfach deshalb, weil er nie mit jemandem zusammengewesen war, der das Ding auch nur richtig anfassen konnte. Ich bin kein Musikant – ich kann nicht das, was er konnte, aber ich weiß, wie er es machte. Irgendwann würde ich gern jemandem zeigen, wie er spielte, bloß damit es nicht mit mir stirbt. Nicht daß er einen Pfifferling darum gegeben hätte, aber mir ist es nicht egal.

Gelegentlich gerieten wir in einen Sängerwettbewerb, einen Sängerkrieg der Barden, vor allem im Südwesten – dort ist es Brauch, Dichtern ein Thema zu stellen und sie um die Wette reimen zu lassen. Sirit Byar haßte diese Veranstaltungen. Er mied sogar eine Stadt, wo es uns gewöhnlich gut erging, wenn er hörte, daß gerade ein Wettsingen stattfand. Wurde er dort nämlich erkannt, hatte er keine Wahl – sie würden die ganze Sache absagen, wenn er nicht teilnahm. Er gewann immer, aber anschließend war er jedesmal tagelang schlecht gelaunt. Doch ich, ich liebte die Lieder-Turniere – wir aßen gut an diesen Tagen und tranken noch besser, und wenn die Städter Sirit Byar feierten, fiel auch ein bißchen für mich ab, zumindest kam es mir so vor. Ich war stolz wie eine Hofdame, neben ihm durch die Straßen zu schreiten und die *kiit* zu tragen, so daß die Leute die Blumen sehen konnten, die um ihre Saiten gewunden waren. Und immer wenn Sirit Byar in dem Getümmel zu mir hinunterblickte und mir zuzwinkerte, beinahe wie von Barde zu Barde – na, du kannst dir vorstellen, wie das war, Krakelhand. Du kannst dir vorstellen, wie es drinnen in diesem großen Wechselbalg aussah.

Nein. Oh, nein. Schlag dir *das* aus dem Kopf, bevor es überhaupt reinkommt, wenn du weißt, was gut für dich ist. Ich war elf, schleppte diese *kiit* für Sirit Byar, und dann war ich zwölf und dreizehn und vierzehn, schlief dicht neben ihm, um mich zu wärmen in Feldern, Scheunen, Schuppen, Bordellen, und niemals in dieser ganzen Zeit passierte es. *Niemals*. Nicht ein einziges Mal. Er wäre nie auf den Gedanken gekommen.

Mir kam der Gedanke, das kann ich dir sagen. Ja, da sperrst du das Maul auf, mit Recht, ich wäre enttäuscht, würdest du es nicht tun. Jetzt hör mir mal zu – ich habe dreimal, viermal so viele Männer gehabt, wie du Frauen hattest, darauf kannst du Gift nehmen. Du glaubst, Männer machen sich was aus glatter Haut, schönen Zähnen, hinreißenden kleinen Nasen? Nicht dort, wo ich gewesen bin – nicht in den Gruben, nicht auf den Prähmen, den Kanalschuten, nicht in den Karren der Händler, die sich durch die Nördlichen Ödlande schleppen. Da draußen mußte ich sogar sagen, „Nein, jetzt nicht, verpiß dich“ – kannst du dir wenigstens *das* vorstellen, Krakelhand? Versuch's.

Meinen ersten hatte ich, als ich noch mit Sirit Byar auf der Straße war. Noch nicht vierzehn war ich, und ich betrachtete mich heimlich in jeder Viehtränke, jedem glänzenden Topf, bloß in der trüben Hoffnung, daß sich seit dem letzten Mal vielleicht etwas verändert hatte. Hätte ich eine Mutter gehabt … ach je, und was hätte die liebevollste Mutter mir anderes sagen können als der Boden irgendeines Kessels? Was hätte Sirit Byar sagen können, der von einem Neujahrstag zum nächsten nicht ein einziges Mal in den Spiegel schaute? Ich zweifle wirklich, daß er sich an die Farbe seiner eigenen Augen erinnerte. Und dann ich, ich kann mich an keine Zeit erinnern, wo mir nicht bewußt war, wie häßlich ich war; so häßlich, daß Milch und Bier sauer wurden und die Säuglinge fürs Leben gezeichnet, aber es hatte mir alles nichts ausgemacht, bis diese Junge auf dem Jahrmarkt in Limsatty auftauchte.

O ihr Götter, dieser Junge vom Jahrmarkt. Ich sehe ihn noch vor mir, nach dreißig Jahren, wo ich mich nicht mal erinnern kann, wer mir letzte Woche gefallen hat. Hübsch wie nur was, mit Lavendelaugen, einer Haut wie brauner Kambrik und Knochen im Gesicht wie Drachenspanten. Er verkaufte Salzfleisch, ob du's glaubst oder nicht, und als Sirit Byar und ich vorbeigingen, sah er mich einen Augenblick an und sah höflich weg, um mich nicht anzustarren. Da wußte ich, ich hatte ein Herz, Krakelhand, denn ich spürte einen solchen Schmerz darin, daß ich nicht glauben konnte, daß ich weiterging und nicht auf der Stelle tot zu Boden fiel. Wir wollten unser Lager auf einem Feld, eine Meile vom Jahrmarkt entfernt, aufschlagen, und ich glaube, ich habe den ganzen Weg lang nur zurückgeblickt. Sirit Byar mußte mich hinten am Gewand packen und mich wie einen verdammten Kahn schleppen.

Es gab einen kleinen Bach, und ich sollte für unser Essen ein paar Fische mit der Hand fangen. Jedes Kind aus den Bergen kann das, doch statt dessen lag ich auf dem Bauch und weinte, wie ich noch nie in meinem Leben geweint hatte, weder vorher noch nachher. Ich glaubte, es würde nie aufhören. Laß das weg. Nein, laß es stehen. Was kümmert's mich.

Sirit Byar hatte wahrscheinlich lange neben mir gesessen, bevor ich seine Hand im Nacken spürte. Er berührte mich nie, weißt du, außer, um mir auf der Straße zu helfen oder mir zu zeigen, wie ich die *kiit* richtig halten sollte. Einmal, als ich am Weißmund-Fieber erkrankt war, trug er mich und die *kiit* meilenweit, bis wir ein altes Weib fanden, das wußte, was zu tun war. Dies hier war anders, es war – ich weiß nicht, laß es weg, laß es einfach weg. Er sagte: „Da."

Er nahm das seidene Tuch der Königin ab, das er immer um den Hals trug, und reichte es mir, damit ich meine Augen trocknen konnte. Dann sagte er: „Gib mir die *kiit.*" Ich starrte ihn bloß an, und er mußte es noch einmal sagen. „Gib sie mir, großes Mädchen."

Er stimmte sie so sorgfältig, daß man hätte denken können, er mache sie bereit, um wieder im schwarzen Schloß zu spielen. Dann lehnte er sich an einen Baum und begann zu singen. Es war ein Lied, das ich nie gehört hatte, und es klang nicht wie eines von ihm. Den Rhythmus kannte ich nicht, die Musik war voller Brechungen und Schleifer und Schlenker, und die Worte ergaben keinen Sinn. Ich hab dir gesagt, daß ich alle seine Lieder, kaum hatte ich sie gehört, auswendig wußte, aber dieses nicht. Ein Stückchen davon habe ich behalten:

Wenn du nicht hören kannst, so hör mich nimmer –
wenn du nicht brennen kannst, so frier für immer –
kennst du den Hunger nicht, sollst du verkommen –
was du nicht wollen kannst, sei ewig dir genommen …

Die Zeile kehrte immer wieder – „was du nicht wollen kannst, sei ewig dir genommen". Es war ein langes Lied, und während der ganzen Zeit schien ich in einer anderen Haut zu stecken. Ich lag, wo ich war, schniefte vor mich hin, während Sirit Byar sang und die Sonne ins Zwielicht hinabwanderte, so langsam wie dieses Lied. Schließlich richtete ich mich auf und wischte mir mit dem Tuch der Königin das Gesicht, und ich erinnerte mich an die Fische. Ich bewegte mich runter zum Bach, als die Musik aufhörte, jäh, wie eine Tür zufällt, und ich drehte mich um und erblickte den Salzfleischjungen vom Jahrmarkt.

Er war noch immer so schön, daß es weh tat, ihn anzuschauen, doch in seinem Gesicht hatte sich etwas verändert. Irgendeine Verwirrung, ein Zorn, wie bei jemand, der noch nicht lange blind ist, daß er sich daran gewöhnt hätte. Aber er ging direkt auf mich zu, und er nahm meine Hände und zog mich auf die Füße, und wir starrten einander eine Ewigkeit an. Als er mich wegzuführen begann, drehte ich mich nach Sirit Byar um, doch er war verschwunden. Ich weiß nicht, was er an jenem Abend gegessen oder wo er geschlafen hat.

Was mich betraf, ich schlief warm am kalten Berghang, wie es in den alten Balladen heißt, und wachte bloß eine Minute früher auf als ich sollte. Der Salzfleischjunge war schon auf, fuhr hastig in seine Kleider und blickte mit solcher Verwirrung und Verachtung auf mich herab – er meinte nicht mich, sondern sich –, wie selbst ich sie in meinem Leben noch nicht erlebt hatte. Dann floh er, die Schuhe in der Hand, und ich blieb noch eine Weile liegen, um ihm Zeit zu geben. Ich weinte nicht.

Sirit Byar war am Bach und frühstückte trockenes Brot und Käse und trank den letzten Schluck von unserem sauren Kap-Dylee-Wein. Es war genug aufgetischt für zwei. Keiner von uns beiden sagte ein Wort, bis wir wieder unterwegs waren, nach Derridow, glaube ich. Schließlich sagte ich: „Das Lied hat ihn hergebracht."

Sirit Byar knurrte, blickte weg, murmelte etwas. Ich blieb mitten auf der Straße stehen – er ging erst einmal ein paar Schritte weiter, ehe er merkte, daß ich nicht bei ihm war. Ich sagte: „Sag mir, warum du dieses Lied gesungen hast. Sag's mir auf der Stelle."

Er brauchte lange für die Antwort. Wir sahen einander an, fast so wie der Salzfleischjunge und ich, vor vielen, vielen Jahren, wie mir schien. Schließlich fuhr sich Sirit Byar mit der Hand über den Mund und murmelte: „Du bist mein großes Mädchen, und du warst so traurig."

Und so erfuhr ich, daß er mich mochte, verstehst du? Zwei, fast drei ganze Jahre trug ich sein Instrument, kochte sein Essen, kratzte die Münzen von Kneipenböden, und nie hatte er das gesagt. Dann drehte er sich schroff um und ging weiter, so rasch, wie es sein Humpeln erlaubte, und ich eilte ihm nach, während die *kiit* mir seitlich ans Knie schlug. Er sprach lange Zeit kein Wort, bis ein Regenschauer niederging und wir uns im Windschatten eines Heuschobers zusammenkauerten, um ihn abzuwarten. Ich fragte ihn: „Wie geht das zu? Mit dem Lied, das jemanden zu dir bringen kann?"

Sirit Byar erwiderte: „Wo ich herkomme, gibt es Lieder, um dem Jäger die Beute zuzutreiben – Fische, Vögel. Ich hab's für dich bloß ein bißchen verändert."

Ich wollte sagen, „Bitte, mach das nie wieder", aber mittendrin änderte ich meine Meinung. Was immer auch geschehen war, er schenkte mir das, was ich mir bis jetzt in meinem ganzen Leben am meisten gewünscht hatte, und ihn traf keine Schuld, daß ich zu früh aus meinem Traum erwacht war. Also fragte ich statt dessen: „Kannst du mit deinen Liedern machen, daß andere Dinge passieren?"

„Kleine Dinge", sagte Sirit Byar. „Die Großen, die vor meiner Zeit über die Straßen zogen – Sarani Elsu, K'lanikh-yara" – nein, ich habe auch nie von ihnen gehört, Krakelhand – „*sie* konnten Veränderungen herbeisingen, *sie* konnten Flüsse zu sich rufen, sie konnten Götter rufen, Gewitter, die Toten, nicht nur törichte Liebhaber." Er tätschelte unbeholfen meine Schulter, ich weiß es noch. Er sagte: „Alle Lieder haben Zauberkraft, großes Mädchen. Einige sind mächtiger als andere, aber Zauberkraft haben sie alle, immer. Du hast gesehen, wie ich unser Lagerfeuer im Regen zum Brennen brachte – du erinnerst dich, wie ich den Hund des Bauern heilte, der Gift gefressen hatte. Meine Lieder vollbringen kleine Wunder, das ist alles. Für mich reicht das."

Schreib das hin, vergiß nicht, genau das sagte er. Denk daran, wenn du nächstes Mal jemanden über Sirit Byars große Zauberkräfte schwatzen hörst. *Kleine Wunder*. Er hat nie mehr als das für sich in Anspruch genommen. Das hatte er nie nötig.

Wo war ich? Der Regen ließ nach, und wir brachen wieder auf, und bald darauf begann Sirit Byar ein neues Lied zu singen, eines, das er noch nicht beendet hatte, und mit einer riesigen Hand kritzelte er es im Gehen in die Luft, wie es seine Art war. Es ging so:

Vor langer Zeit, eh es die Fürsten gab,
vor langer Zeit, eh's Könige gegeben,
da lebte eine schöne Frau,
gemacht aus Blumenpracht,
aus Honigtau und Sonnenschein,
aus lauter Schönheit eben ...

Ja, natürlich kennst du es, dieses Lied war überall bekannt – ich habe es erst letztes Jahr hoch im Norden, in Trodai gehört. Er hat es mir damals zum erstenmal ganz vorgesungen, als wir im Regen fröstelten und immer noch marschierten, als die Sonne herauskam. Keiner von uns verlor je ein Wort über den Salzfleischjungen, so oft wir auch zum Jahrmarkt nach Limsatty kamen.

Danach hatte sich etwas zwischen uns ein bißchen verändert. Wir waren uns näher, ich weiß nicht – vielleicht bloß unbefangener. Jedenfalls sprachen wir mehr miteinander. Ich erzählte Sirit Byar von dem winzigen Gehöft, in dem ich gelebt hatte, und wie ich in jener Nacht zufällig in Müllers Lust geraten sei und daß ich mich um meinen Vater sorge – wir waren seit drei Jahren nicht wieder in Davlo gewesen. Immer, wenn ich jemanden traf, der dort durchgekommen war, erkundigte ich mich vergeblich nach ihm – er hätte genausogut an dem Tag gestorben sein können, als ich wegging. Tagelang dachte ich überhaupt nicht an ihn, doch ich träumte immer öfter von ihm.

Sirit Byar sprach manchmal von seiner Stadt an der Südküste – nicht viel größer als Davlo, wie es sich anhörte – und von seiner älteren Schwester, die ihn nach dem Tod der Eltern aufzog. Selbst jetzt kann ich mir Sirit Byar nicht mit einer Familie vorstellen, mit einer Schwester. Sie schiente sein Bein mit eigenen Händen, als es zwischen Ruderbooten zerquetscht wurde und meilenweit kein Kräuterweib zu finden war. Sie heiratete dort und wurde beim Aufstand der Fischer getötet, und er kehrte nie zurück. Hast du jemals jemanden sein Lied „Du" singen hören? Die meisten Leute glauben, im Lied ginge es um den oder jenen Gott, aber das stimmt nicht; es ist seiner Schwester gewidmet. Er hat's mir gesagt.

Eines Nachts im Stroh eines Kuhstalls und mit einer alten *rishu* und ihrem Kalb als Gesellschaft fragte ich ihn, warum er das gesagt hatte – *„Da bist du ja, großes Mädchen"* –, als er mich zum erstenmal in Müllers Lust gesehen hatte. Woher hatte er gewußt, daß ich vermutlich mit ihm gehen, ihm helfen und tun würde, was er mir sagte – woher *ich* das wußte. Sirit Byar saß mir gegenüber und bastelte auf der *kiit* an einer Harmonie herum, die ihn nicht befriedigte. Er antwortete, ohne aufzublicken: „Er hat's mir gesagt. Der, den dein Volk Azdak nennt." Ich verstand ihn nicht. Sirit Byar sagte: „Als ich nach Davlo kam. Ich sah ihn an der Straße, und wir unterhielten uns. Er sagte mir, ich solle auf dich aufpassen."

„Azdak", wiederholte ich. „Was sollte Azdak mit mir zu schaffen haben?"

„Er ist der Gott der Wanderer", sagte Sirit Byar. „Er erkennt die seinen." An diesem Abend wollte die *kiit* nicht gehorchen, und schließlich legte er sie behutsam in eine leere Krippe. Er fuhr fort: „Euer Azdak sagte mir, du und ich hätten zusammen eine Reise zu machen. Damals wußte ich nicht, was er meinte."

„Tja, die haben wir wahrlich gemacht“, sagte ich. „Was soll daran geheimnisvoll sein?“

Sirit Byar lachte. Er sagte: „Ich glaube nicht, daß Azdak damit die Straße meinte, großes Mädchen. Um solche Dinge kümmern sich Götter wahrscheinlich nicht viel.“

„Das sollten sie aber besser“, sagte ich, denn Sirit Byar hatte neulich schlimmer als gewöhnlich gehumpelt, und ich hatte tagelang eine Blase an der Ferse von einem Stein. „Er taugt nicht mehr als unsere gewöhnlichen Götter, wenn das alles ist, was er dir sagen konnte.“

Sirit Byar zuckte die Achseln. „Ich weiß bloß, was er nicht meinte, nicht, was er meinte. Das ist so bei Göttern.“ Er streckte sich am anderen Ende der *rishu* aus, wühlte sich ins Stroh, bis ich von ihm nur noch eine große Nase und einen weißen Schnurrbart sehen konnte. Er sagte: „Unsere wirkliche Reise kommt noch“, und schlief ein.

Ich könnte dir jetzt nicht sagen, ob es die Worte waren oder die Art, wie er sie sagte, was Besitz von mir ergriff, doch es folgte ein Albtraum auf den anderen – immer wenn die verflixte *rishu* im Schlaf schniefte, tauchte in meinem Schlaf ein neues Ungeheuer auf. Das letzte muß eine reine Schönheit gewesen sein, denn ich erwachte auf Sirit Byars Brust und drückte ihn fester an mich als damals den Salzfleischjungen. In diesem Augenblick war sein wilder, waldtiefer Geruch der größte Trost in der weiten Welt.

Na ja, Trost hin, Trost her. Ich will diesen Teil rasch hinter mich bringen – unnötig, uns beide wegen zwölf Kupfermünzen in Verlegenheit zu bringen. Er hielt mich eine Weile, liebkoste mein Haar eine Zeitlang, als könnte es sich unter seiner Hand verwandeln und ihn beißen. Dann begann er mich wegzuschieben, so sanft er konnte, doch ich wollte ihn nicht lassen. „Es ist dunkel, es ist dunkel, du würdest mich nicht mal sehen, nur dieses eine Mal. Bitte.“ In der Art.

Armer Sirit Byar, wie? Der arme Mann, wie er versuchte, dieses wimmernde Bündel wegzuschieben, ohne dessen triebhafte

Gefühle zu verletzen. Ja, *die* kannst du dir vorstellen, das sehe ich in deinen kleinen rosa Augen. Ja, ja, ich drückte ihn jedesmal nieder, wenn er sich aufsetzen wollte, und als er sagte: „Großes Mädchen, nicht doch, nein, du bist zu jung", küßte ich ihn weiter und sagte: „Das ist mir egal, ich werd's keinem erzählen, bitte, ich werde es niemals erzählen." Ach, armer, armer Sirit Byar.

Er tat das einzige, was er tun konnte. Er schob mich heftig weg – er war groß, aber ich war stärker, doch es ist verblüffend, was man kann, wenn man verzweifelt ist, nicht wahr? –, er sprang keuchend auf die Füße, als hätten wir es wirklich getrieben. Einen Augenblick lang konnte er nicht sprechen. Er stand in einer Ecke des Stalls; er hätte an mir vorbeischnellen müssen, um zu entkommen. Ich weinte nicht, ich lachte nicht, ich ging nicht auf ihn los, ich machte gar nichts, stand bloß da.

„Mircha", sagte er, und bis auf einmal war das das einzige Mal, daß er mich bei meinem Namen nannte. „Mircha, ich kann nicht. Es gibt da eine Dame."

Eine Dame wohlgemerkt. Nicht einfach eine Frau, eine Dame. „Hol sie der Teufel, deine Dame!" sagte ich. Ich glaube nicht, daß ich schrie, aber wer kann sich schon genau daran erinnern? „Drei Jahre fast, nie länger als zehn Minuten getrennt, was für eine verdammte *Dame?*"

„Vor langer Zeit", sagte Sirit Byar sehr leise. „Vor langer, langer Zeit, großes Mädchen." Die Worte kamen stockend, eines und noch eines, zwei und noch mal zwei. Er sagte: „Ich habe sie nicht mehr gesehen, noch bevor du geboren wurdest."

Es ist gleich, was ich zu ihm sagte. Wenn es in meinem Leben wenig gibt, dessen Erinnerung mir das Herz wärmt, so gibt es noch weniger, das mich wirklich mehr beschämt als das, was ich in den folgenden Augenblicken zu Sirit Byar sagte. Schreib einfach, daß ich ihn fragte, was denn nach seiner Meinung seine große Liebe treibe, während er durch das Land wandert und ihr für immer treu ist. Schreib das einfach hin – so, wie ich's sage – und laß es dabei bewenden.

Sirit Byar ertrug das alles, seine großen offenen Hände schlaff an seiner Seite, und er wartete, daß mir Worte und Luft ausgingen. Dann, und es klang sehr müde, sagte er: „Ihr Name ist Jailly Doura. Sie ist verrückt."

Ich setzte mich ins Stroh. Sirit Byar sagte: „Jailly Doura. Es gab da ein Kind. Ihre Familie verheiratete sie mit einem Mann, der das Kind mit Freuden nahm, aber es starb." Er wiegte den Kopf nach links, nach rechts, wie er es manchmal machte, wie ein Tier, das einen gewohnten Weg hinaus nicht finden kann. „Es starb", sagte er, „unser Kind. Seitdem ist sie verrückt, fünfzehn Jahre ist das her. Jailly Doura."

Im Namen ist ein doppeltes „l", hast du das? Ich sagte: „Crevedek. Der Ort, wo die reichen Leute wohnen. Wir machen immer einen Bogen um Crevedek – du willst nicht durch die Stadttore gehen, geschweige denn dort singen."

„Einmal", flüsterte Sirit Byar. Wie er da an der Mauer zusammengesackt hockte, ganz grau unter der wettergegerbten Haut wie unser alter Stein-Azdak, sah er wie jemand aus, den ich noch nie gesehen hatte. Er sagte: „Einmal habe ich in Crevedek für sie gesungen."

„Einmal in fünfzehn Jahren", sagte ich. „In Davlo denkt man da anders. Na ja, vielleicht ist es leichter, treu zu sein, wenn man die Person nicht sehen muß." Mich erfüllte eine Gelassenheit, genauso neu und unbekannt wie die Tränen, die ich wegen des Salzfleischjungen vergossen hatte. Ich kam mir sehr alt vor. Ich klopfte auf das Stroh neben mir und sagte: „Komm, setz dich. Ich werde dir nichts tun, ich verspreche es. Na, komm schon."

Vierzehn Jahre alt und kommandierte Sirit Byar herum wie ein Pferd vor dem Pflug. Aber er kam, und wir setzten uns dicht nebeneinander, denn die Nacht war bitterkalt geworden. Sirit Byar legte seinen Arm um meine Schultern, und es war alles gut. Was immer geschah, was immer es war, das mich für kurze Zeit ergriffen hatte, es geschah nie wieder. Nicht mit ihm, nicht mit jemand anderem. Ich fragte: „Wußtest du, daß ein Kind da war?"

Sirit Byar nickte. Dann, nach einer Weile: „Was hätte ich tun können? Ihre Eltern hätten sie eher eingesperrt als zugelassen, daß sie mit einem bettelarmen, ungehobelten Straßensänger von der Südküste über die Straßen zog. Und da ist dieser wohlhabende Mann, der nur darauf wartet, sie zu heiraten und mit ihr in Crevedek zu wohnen. Was kann ein Straßensänger für Mutter und Kind von vornehmer Abkunft schon tun?" Er zitterte plötzlich, heftig, ich konnte es spüren. „Ich ging fort", sagte er.

„Was wurde aus ihr?" Er sah mich verständnislos an. „Ich meine, danach – später? Wo ist sie jetzt, wer sorgt für sie?" In Davlo gab es Mutter Choy. Sie nahm alle unsere Streuner auf – Tiere, Kinder und auch die Mondsüchtigen – und wenn auch das ganze Pack in Lumpen lebte, von Abfällen und unter verfaultem Stroh, waren sie doch froh, wenigstens das zu kriegen. Sirit Byar sagte: „Jailly Douras Gatte ist ein guter Mann. Ein anderer hätte sie weggejagt, aber sie lebt noch bei ihm, in einem Haus nördlich von Crevedek, und er kümmert sich selber um sie. Ich bin in diesem Haus gewesen."

„Einmal", sagte ich. Sirit Byars Hand schloß sich fester um meine Schulter, und sein Gesicht spannte sich. Ich könnte nicht sagen, was mir mehr weh tat. „Sie wollte nicht ins Zimmer kommen", sagte er. „Ich sang die ganze Nacht für eine dunkle Türöffnung, und ich konnte sie riechen, die Luft um mich spüren, wenn sie sich bewegte, aber sie wollte sich von mir nicht sehen lassen. Ich konnte das nicht ertragen. Ich konnte es nicht ertragen, wiederzukommen."

Ich wußte, das war nicht alles. Dafür kannte ich ihn zu gut. Wir hatten nichts zu tun, saßen in diesem Stall, die *rishu* schnarchte, das Kalb beäugte uns schläfrig, und die Luft wurde klarer und kälter. Und richtig, nach einer Ewigkeit sagte Sirit Byar: „Ich dachte, ich könne sie gesund machen. Ich war so sicher."

Er sprach nicht zu mir. Ich sagte: „Alle Lieder haben Magie, immer. Das hast du mir gesagt."

„Ja", erwiderte er. „Aber meine Lieder sind bestimmt für Bauernhunde, das habe ich dir auch gesagt. Das lernte ich, bevor du geboren wurdest, ich lernte es in jenem Haus in Crevedek."

Er drehte sich zu mir, um mich anzublicken, und seine Augen waren so alt und erschöpft, wie ich noch keine gesehen habe. „Die Großen", sagte er, „sie hätten sie heilen können. Sarani Elsu hätte sie zurückbringen können. *Ich* ..." Er hörte einfach zu sprechen auf, und sein Kopf senkte sich.

Ich wußte, daß er dieses Mal nichts mehr sagen würde, wie lange ich darauf auch warten mochte. Also sagte ich nach einer Weile: „Du hast also versucht, ihre Verrücktheit wegzusingen, und es hat nicht geklappt. Und du hast es nie wieder versucht. Fünfzehn Jahre lang."

„Ihr Ehemann sagte mir, ich solle nicht zurückkommen", murmelte Sirit Byar. „Als ich sie verließ, ging es ihr schlechter als vorher, was konnte ich ihm sagen? Er ist ein guter Mann, was konnte ich sagen?" Er sah mich an, erwartete eine Antwort, aber ich hatte keine. Sein Kopf sackte wieder nach vorn. Ich rekelte mich, bis sein Kopf bequem auf meinem Arm lag, und so saß ich dann bis zum Morgen, während der alte Mann schlief und schlief, und ich saß bloß da.

Und am nächsten Tag und an den folgenden Tagen hätte man denken können, daß nichts vorgefallen war. Wir zogen über die Straßen wie gewöhnlich, sprachen ein bißchen mehr, wie ich schon sagte, aber wir sprachen nicht ein einziges Mal über unsere Nacht im Kuhstall, und über diese verdammte Jailly Doura fiel kein Wort. Oh, ich hätte fragen können, und er hätte vielleicht geantwortet, aber ich glaube nicht, daß ich auch nur ein bißchen mehr über sie und ihn und ihr Kind wissen wollte, als ich bereits wußte, nein, vielen Dank. Nein, ich war *nicht* eifersüchtig – ich bitte dich! –, aber ich war vierzehn, und er gehörte mir, das ist alles. Was immer das heißt, wenn man vierzehn ist. Er war nicht mein Vater, nicht mein Liebhaber, er gehörte mir ganz einfach. Und wäre ich *wirklich* eifersüchtig gewesen, so hatte ich das verdammte Recht dazu. Nur, ich war's nicht. Bloß groß und häßlich, dieselbe wie immer.

Trotzdem, eines war anders. Nachts, immer wenn er glaubte, ich schlief, probierte er ein neues Lied wieder und wieder. Oder vielleicht war es ein altes, ich hatte keine Ahnung, denn er sang so leise, und sein Südküstentonfall kam so stark durch, daß ich von zehn Wörtern eines verstand. Selbst wenn ich wirklich schlief, erfüllte die gleitende, wispernde Musik meine Träume mit Gesichtern, die ich nie gesehen hatte, mit Tieren, die ich nicht kannte. Es hörte sich an wie ein Wiegenlied, das Leute in einem anderen Land vielleicht sangen; wie mein Glückspfennig, der irgendwo etwas wert ist, da bin ich sicher. Solche Träume hatte ich nie wieder.

In jenem Frühling kamen wir nach Davlo – Sirit Byar nahm eine andere Route, damit wir auch richtig ankamen. Ihn zog nichts dorthin – nicht mal eine einzige Nacht in Müllers Lust, denn er blieb bei einem Bauern, während ich allein weiterging. Ich fand Desh Jakani in seiner Schmiede, und er erzählte mir, daß mein Vater seit mehr als einem Monat nicht mehr in Müllers Lust gewesen sei und er ernstlich daran denke, in den nächsten Tagen zur Kate zu gehen, um nach ihm zu sehen. „War nicht mehr derselbe, seit du weg bist", sagte er zu mir. „Die Lebenskraft war einfach weg, das sagt jeder." Mein Vater hatte ohnehin nie viel Lebenskraft, und Desh Jakani war ein geborener Lügner, aber trotzdem kletterte ich den Bergpfad hinauf, als wäre ein Fels-*targ* hinter mir her, und war dankbar, daß ich gerade jetzt heimgekommen war, und gleichzeitig wünschte ich mir von ganzem Herzen, ich wäre irgendwo sonst, irgendwo anders auf der Welt.

Der Weg war vollkommen verschwunden. Ich hatte immer alles zumindest ein bißchen saubergehalten, aber alles – der Pfad, die Weide, unsere wenigen armseligen Felder –, alles war völlig unter Fuchskraut, Eisbeerenranken und *drumak* begraben. Ich hielt Ausschau nach unserer *rishu* und nach den beiden Karakosk-Pferden, doch sie waren weg. Die Tür des Hauses hing in einer Angel. Mein Vater hockte nackt im Eingang.

Er war nicht verrückt wie Sirit Byars Jailly Doura oder auch nur betrunken. Er erkannte mich sofort, aber es war ihm gleichgültig. Ich hob ihn hoch – nur kalte Knochen – und trug ihn ins

Haus. Sinnlos, ein Wort darüber zu verlieren, wie es aussah; es war einfach das Haus eines Mannes, der sich seit langem aufgegeben hatte. Als ich fortging? Höchstwahrscheinlich. Womöglich hatte Desh Jakani am Ende doch recht.

Mein Vater sagte kein einziges Wort während der zwei Tage, die ich bei ihm war. Ich brachte ihn zu Bett und kochte Suppe für ihn – ich bin keine Köchin, und darauf bin ich stolz, aber eine anständige Suppe kann ich zubereiten – und schaffte es, ihm etwas davon einzuflößen, während ich ihm von meiner Reise mit Sirit Byar erzählte, von den Dingen, die ich gesehen, den Leuten, die ich getroffen, den Liedern, die ich gelernt hatte. Ich glaube, ich sang ihm in diesen zwei Tagen alle Lieder vor, die ich von Sirit Byar kannte, darunter auch „Das Gute Volk", das damals, vor so langer Zeit, die Rauferei in Müllers Lust ausgelöst hatte. Er hörte zu. Ich weiß nicht, was er hörte, weil seine Augen sich nie veränderten, aber er hörte zu, soviel weiß ich. Ich schwöre, er hörte zu.

Ich erzählte ihm sogar von dem Salzfleischjungen. Das war am Morgen des dritten Tages, als ich ihn auf dem Pinkeltopf festhielt. So starb er, so wahr ich hier stehe. Nicht ein Laut, nicht ein Wimmern, nicht der winzigste Furz – er war einfach tot in meinen Armen, so wie ich's sage. Ich begrub ihn vor der Haustür, denn so ist es Brauch in Davlo, und ließ die Tür geöffnet für die Tiere und die Kletterpflanzen und ging zum letzten Mal hinunter in die Stadt, um mich zu Sirit Byar zu gesellen.

Was? Was? Du solltest den Ausdruck in deinem kleinen Gesicht sehen – du kannst es nicht erwarten zu erfahren, ob wir je gemeinsam nach Crevedek gingen, es ein zweites Mal versuchten, Jailly Douras armen verwilderten Geist zurückzusingen aus dem Land, das er so lange durchstreift hatte. Also, laß dir sagen, Sirit Byar gab während der nächsten zwei Jahre darauf acht, daß wir nicht in die Nähe von Suk'hai kamen, geschweige denn nach Crevedek. Er achtete darauf, daß wir schon bei Chun nach Süden abbogen, ganz gleich wer ihn wo erwartete oder welche Beute vielleicht einzuheimsen war. Als ich fragte, knurrte er bloß, er werde zu alt, um sich in solche Höhen hinaufzuschleppen, und überdies seien die Leute dort viel zu knauserig, als daß die zusätzlichen Meilen sich lohnen würden. Stand es mir zu, mit ihm zu streiten, selbst wenn ich Lust dazu gehabt hätte? Nein.

Jene Jahre waren gute Jahre, diese letzten beiden, die wir zusammen verbrachten. Meine Körperkraft entsprach jetzt meiner Größe, und ich hätte die *kiit* einen Tag lang mit zwei Fingern tragen können. Wir tippelten über jede Straße zwischen dem Hafen Grannach und Derridow, er schrieb seine neuen Lieder im Gehen in die Luft, und ich faßte auf dem Marktplatz jeder Stadt jeden hübschen Jungen ins Auge, frech, als wäre ich eine wilde Schönheit, die ihr Leben lang ihre Wahl selber traf. Nicht einer von ihnen war so schön wie mein Salzfleischjunge, und sie kamen auch nicht alle bei Nacht, um mir was vorzuplärren – keine Sorge –, aber eines will ich dir sagen: Sirit Byar mußte mir nie wieder einen ins Bett singen, auch *darum* brauchst du dir keine Gedanken zu machen. Du bist fast hübsch, wenn du rot wirst, Krakelhand, weißt du das? Fast.

Ja. Ja, ja, wir gingen zusammen nach Crevedek.

Es war mein Werk, wenn du es wissen willst. Ich würde nicht sagen, daß er ohne mich niemals hingegangen wäre; ich will bloß sagen, daß er seit – wie viele waren es doch? – siebzehn Jahren nicht mehr dort gewesen war, also mach dir selber einen Reim drauf. Was mich auf den Gedanken brachte, das ist eine andere Geschichte. Ich wollte sie sehen, ich weiß. Mit einer verrückten Idee fing es an, mit nichts als einer flüchtigen Neugier, wie sie wohl aussehen mochte, aber dann kriegte ich den Gedanken nicht mehr aus dem Kopf; er wurde immer mächtiger und mächtiger. Und vielleicht wollte ich ihn ebenfalls sehen, zusammen mir ihr, bloß um es zu wissen. Bloß um herauszufinden, was ich eigentlich wissen wollte. Möglich, daß es das war, wer weiß?

An diesem letzten Morgen, als wir in Chun gewesen waren – ich erinnere mich, es war Chun, weil er dort den „Jongleur“

vor den Leuten sang – und wieder an den Kreuzweg nach Fors na'Shachim kamen, sagte ich so beiläufig wie möglich zu ihm: „Der Hausierer gestern, der Mann, mit dem wir über den neuen Kessel gefeilscht haben, sagte was von Ärger auf der Fors-Straße. Ich will's dir nur sagen."

Sirit Byar zuckte die Achseln. „Räuber." Ein Märchen ist, nebenbei bemerkt, wahr – es gab keinen Wegelagerer im Land, der Hand an Sirit Byar gelegt oder ihm auch nur eine Kupfermünze abgenommen hätte. Manchmal kamen sie aus den Wäldern, scheu wie Sumpfziegen, reisten eine Zeitlang mit uns, hielten sich im Hintergrund, um ihn zu ermutigen, ein neues Lied auszuprobieren, als wären sie gar nicht da. Sie wurden aus ihm nicht schlau, weißt du. Ich glaube, sie spürten, daß er irgendwie einer von ihnen war, aber sie konnten nicht sagen, warum. Glaube ich jedenfalls.

„Pest", sagte ich zu ihm. „Feuer-Pest, ist auf der ganzen Fors-Straße von hier bis nach Dushant ausgebrochen. Er sagte, die einzige sichere Route nach Süden sei die Schneefalken-Straße. Es ist eine gute Straße – wir können ihr bis Cheth na'Vaudry folgen und dann nach Westen Richtung Fors abbiegen. Das wäre möglich."

Sirit Byar blickte mich lange an. Wußte er, daß ich log? Ich weiß es ebensowenig wie du. Ich wußte nur, daß die Feuer-Pest die Südküste, sein Land, mindestens alle zehn Jahre einmal heimsucht; die Leute sterben zu Hunderten, manchmal zu Tausenden. Schließlich sagte er: „Wir müßten Crevedek passieren."

Ich antwortete ihm nicht. Schweigend standen wir am Kreuzweg, lauschten Insekten, Vögeln, dem Wind in den trockenen Blättern. Dann sagte Sirit Byar: „Azdak." Nur dieses eine Wort. Er nahm mir die *kiit* aus der Hand und setzte sich in Richtung Crevedek in Bewegung, ohne sich umzublicken. Mochte er auch humpeln, ich mußte traben, um ihn einzuholen.

So kam es, daß wir nach Crevedek gelangten, das ein merkwürdiger Ort ist: prächtige Rasenflächen, hohe Steinhäuser, gepflasterte Straßen, Diener, die kommen und gehen, wie ihre Herren befehlen. Keine Bettler. Keine Kesselflicker, keine Hausierer. Ein paar Bauernkarren, ein paar Kinder. *Stille*. Die Stille klebt sich einem an die Haut in dieser Stadt.

Sirit Byar marschierte schnurstracks die Hauptstraße von Crevedek hinunter, und ich, die ich nicht wußte, was ich tun oder auch nur wie ich gehen sollte, weil ich die *kiit* nicht trug, in seinem Schlepptau. Leute kamen an die Fenster, um uns anzustarren, doch niemand erkannte Sirit Byar, und er blickte weder nach rechts noch nach links. Schnurstracks durch die Stadt, bis die gepflasterten Steine und die Steinhäuser zurückblieben und es nicht viel mehr zu sehen gab als sprießendes Wiesenland, ein paar Weiden und die braunen Durli-Hügel in der Ferne. Und in die Schatten zwischen zwei Vorhügeln geschmiegt ein großes Haus aus Holz – du konntest es übersehen, wenn du nicht genau hinsahst. Sirit Byar sagte: „Wenn wir nachts wandern, werden wir die Schneefalken-Straße vor morgen mittag erreichen."

Ich sagte: „Dort wohnen sie, nicht wahr? Dort wohnt Jailly Doura."

Sirit Byar nickte. „Falls sie noch lebt." Er drehte sich um, blickte mich an, und plötzlich streckte er seine Hand aus und legte sie mir in den Nacken, genau hierhin. Meine Haare, meine Haarwurzeln wurden zu Eis. Er sagte: „Zwischen diesem Haus und hier, wo wir stehen, liegt unsere Reise. Das hat der Gott der Wanderer zu mir gesagt. Was immer in diesem Haus geschehen mag – es ist der Grund, weswegen wir uns begegnet sind, du und ich. Ohne dich wäre ich nicht hier. Ich danke dir, Mircha."

Ich wußte nicht, was ich sagen sollte. Ich sagte bloß: „Na ja, ich wollte weg von Davlo, das ist alles." Ich wollte die *kiit* wieder nehmen – ich meine, es war meine Aufgabe, sie zu tragen, vom ersten Tag an –, aber er ließ es nicht zu. Er schwang sie auf die Schulter, und wir begannen unsere Reise.

Und es war eine längere Reise, als ich gedacht hatte, das kann ich dir sagen. Gegen Mittag, als wir das Haus in den Vorhügeln eigentlich hätten erreicht haben müssen, schienen wir ihm kaum näher als beim ersten Augenschein. Es war kurz vor Sonnenuntergang, als wir die verlassenen, steinigen Hohlwege mühsam bezwungen hatten und eine letzte steile Straße einschlugen, die zwischen zwei gewaltigen Felsblöcken verlief. Dort wartete ein Mann. Er war klein und alt, und seine wenigen Haare waren so weiß wie die Sirit Byars, und obgleich er nicht eigentlich fett war, sah er so weich aus wie ein Klumpen Haferbrei, und dessen Farbe hatte er auch. Aber er trat uns stolz entgegen, versperrte uns den Weg, als wäre er einer der Felsbrocken. Er sagte: „Sirit Byar. Ich dachte mir, daß es heute sein würde."

Ich muß mir Zeit lassen. Das Folgende muß ich langsam erzählen. Ich muß aufpassen, mich richtig zu erinnern, damit du es genau so aufschreiben kannst, wie es war. Sirit Byar sagte: „Aung Jatt", nicht mehr. Er blickte einfach auf den anderen Mann hinunter, so wie das hohe beschattete Haus auf uns drei hinunterblickte. Von mir nahm Aung Jatt keine Notiz, was nicht einfach ist. Er sagte zu Sirit Byar: „Du kannst sie nicht sehen. Ich werde es nicht zulassen."

„Es sind fünfzehn Jahre vergangen", begann Sirit Byar, aber Aung Jatt unterbrach ihn: „Und wenn es fünfzig wären, würde sie trotzdem nicht von dir geheilt werden, von deiner Musik. Ich sagte dir, du solltest nie hierher zurückkommen, Sirit Byar." Kennst du das auch, daß etwas, das du zu fest packst, anfängt, in deiner Hand zu zittern, und glitschig wird? So war Aung Jatts Stimme.

Sirit Byar sagte schlicht: „Ich muß noch einmal für sie singen."

„Oh, ja, noch einmal", antwortete ihm der alte Mann. „Und wenn du deine Lieder gesungen hast von Liebe und Geistern und Drachen und Seefahrern, und wenn du wieder deiner Wege gegangen bist, wer wird zurückbleiben und das, was von ihr übrig ist, *noch einmal* zu einer menschlichen Gestalt zusammenfügen?" Er äffte Sirit Byars tiefe, heisere Stimme so erbittert nach, daß ich kichern mußte. Ich konnte nicht anders. Aung Jatt ließ Sirit Byar nicht aus den Augen.

„Drei Jahre lang erkannte sie mich nicht, nachdem du da warst", flüsterte er. „Drei Jahre. Welcher Teufel ritt mich, zu erlauben, daß sie dich anhört? Was ließ mich glauben, die Musik des Vaters könne sie von dem Versuch abhalten, dem Kind zu folgen? Drei Jahre lang weinte sie in der Dunkelheit und aß das, was ich unter ihrer Tür durchschob – zwei weitere Jahre sagte sie kein Wort, nur den Namen des Kindes, immer und immer wieder. Danach fünf weitere Jahre …" Er unterbrach sich; man konnte seine Kehle knacken und mahlen hören. Sirit Byar blinzelte in die untergehende Sonne und wartete. „Fünfzehn Jahre", sagte Aung Jatt kurz darauf. „Selbst heute noch gibt es Zeiten, da hält sie mich für dich, weißt du das?" Er grinste wie ein Totenschädel. „Du denkst vielleicht, das verletzt mich, und auf eine Weise tut es das, weil sie dann manchmal versucht, mich umzubringen. Ich muß immer auf der Hut sein."

Sirit Byar schloß die Augen, schüttelte den Kopf und fing an, um Aung Jatt herumzugehen, die Straße hinauf zum Haus auf der anderen Seite. Aung Jatt hielt ihn auf, drückte ihm die offene Hand gegen die Brust. Er sagte: „Aber sie hat aufgehört, nach dem Kind zu rufen. Meistens schläft sie die Nacht durch, und es ist eine Weile her, das ich sie füttern mußte. Und sie haßt dich weit mehr, als ich dich hasse, Sirit Byar."

Man konnte nicht sicher sein, weil das Sonnenlicht schräg von den Fenstern zurückfiel, aber ich glaubte im Haus eine Bewegung zu erkennen, nur sekundenlang, so wie man eine Empfindung im Auge eines anderen aufflackern sehen kann, und schon ist es wieder verschwunden. Aung Jatt fuhr fort: „Sie haßt dich, weil sie weiß – weil sie *weiß* –, daß das Kind noch am Leben wäre, wenn du dich ihren Eltern widersetzt hättest und bei ihr geblieben wärst. Ich weiß es besser, aber was soll ich tun?" Er grinste und tippte mit den Fingerspitzen auf Sirit Byars Brust. „Habe ich dir erzählt, als du hier warst, daß es ein Junge war? Ich werde alt, ich vergesse Dinge."

Ohne mich anzuschauen sagte Sirit Byar: „Komm, großes Mädchen", und er schob Aung Jatt mit einem Arm beiseite. Dieses Mal leistete Aung Jatt keinen Widerstand. Er lächelte immer noch ein wenig, als er uns vorbeigehen sah – ich sage *uns*, aber für mich hatte er keinen Blick, nicht einen. Er folgte nicht, und er sprach nicht, bis wir an den Steinstufen waren, die zur Eingangstür führten. Da rief er uns nach: „Sei auf der Hut, Sirit Byar! Das zweite Stockwerk ist ihr Reich – wenn du dort mit ihr bist, bist du wie auf dem Mond. Die Diener steigen niemals die Treppe hinauf, und sollte sie herunterkommen, huschen sie in die Ecken wie Käfer, bis sie vorbeigegangen ist. Sei auf der Hut vor ihr, Sirit Byar!"

Neben mir hörte ich Sirit Byars spöttisches Knurren – nach sechs Jahren an seiner Seite gab es kein Knurren oder Schnauben, das ich nicht deuten konnte. Aber mir war nicht nach Spott zumute, das will ich dir sagen. Ich sagte, ich hätte keine Furcht gekannt, und das ist wahr, aber Verrückte – verrückte Frauen – flößen mir ein unbehagliches Gefühl ein, wenn du so willst. Verrückte Frauen in der Dunkelheit machen mich sehr unruhig. Sirit Byar stieß die Tür auf. Kurz bevor wir eintraten, warf ich einen Blick zurück auf Aung Jatt. Er stand genau dort, wo wir ihn verlassen hatten, und er lachte ohne einen Laut.

Es war ein schönes, prächtiges Haus – und vergiß nicht, daß ich in einem Schloß geschlafen habe. Es kam mir drinnen größer vor als draußen, und alles erschien viel zu weich – jede Menge dicke Tahi'rak-Teppiche und Vorhänge und diese fetten Kissen, die sie in Fors aus den alten Satteldecken der Händler nähen. Kaum ein Zoll Boden oder Wand war zu sehen: Das ganze Innere glich einer Wiege, einem besonderen Kästchen, in dem man etwas Kostbares und Zerbrechliches aufbewahrt. Diener schlüpften wortlos an uns vorbei, oder vielleicht waren es ihre Schatten, denn ich konnte ihre Schritte nicht hören, die unseren übrigens ebensowenig. Ich konnte die Eingangstür nicht zufallen hören, noch hörte ich irgendein Geräusch von draußen, nachdem die Tür zu war. Ich hörte nur, daß jemand atmete. Es war nicht Sirit Byar, und ich war es auch nicht – ich glaube nicht, daß einer von uns geatmet hatte, seit wir durch diese Tür gegangen waren. Sirit Byar berührte mich an der Schulter und lenkte mich nach links zur Treppe. Man würde in einem Haus wie diesem eine große Wendeltreppe erwarten, aber es war nur eine kleine, schmale Treppe, auf der wir beide nicht nebeneinandergehen konnten. Sirit Byar mußte die *kiit* fest an sich drücken, damit sie nicht gegen das Geländer schlug. Ich folgte ihm, ohne viel nachzudenken, ohne etwas zu empfinden, denn wozu sollte das nützen? Wohin sonst sollte ich gehen?

Im zweiten Stock war es anders. Kalt wie tief unter Wasser war's und vollgesogen mit Zwielicht, altes, abgestandenes, graues Zwielicht erfüllte unsere Augen und Ohren und Nüstern, wie Bettzeug, das einen begräbt, wenn man schläft, so daß man von nichts anderem träumen kann. Jetzt kam das Atmen von allen Seiten, nicht lauter, aber rascher, hastiger. Auf der ganzen Welt gab es kein anderes Geräusch. Sirit Byar blieb auf dem Treppenabsatz stehen. Er sagte mit klarer, ja lauter Stimme: „Jailly Doura."

Das Atmen wurde nicht schwächer. Sirit Byar sagte noch einmal: „Jailly Doura. Ich bin da."

Keine Antwort. Von dort, wo wir standen, konnte ich einen Sessel erkennen, eine Wand, einen weiteren Sessel, ein graues Gesicht, das in der Luft schwebte, die graue Öffnung eines Flures. Sirit Byar blickte nach links, nach rechts, versuchte zu erraten, von wo das Atmen kommen mochte. Meine Augen hatten sich inzwischen an die Düsternis gewöhnt – ich sah, daß das schwebende Gesicht ein Gemälde war, das an der Wand hing, und ich erkannte andere Gemälde und Lampen und Kohlenpfannen, so groß wie ich, größer, alle kalt, und einen großen dunklen Kronleuchter, der darüber hing. Der Flur lag direkt vor uns, mit großen Flügeltüren zu beiden Seiten. Sirit Byar sagte: „Hier entlang", und ging vorwärts wie ein Mann, der sich am hellen Tag in seinem Haus bewegt. Ich eilte ihm nach. Ich wollte nicht zurückbleiben, wollte nicht allein bleiben auf dem Mond.

Er warf auf keine der Türen einen Blick, sondern schritt aus, bis der Flur eine Biegung nach rechts machte und sich zu einer Art –

was? – nun, zu einem Innenhof öffnete, schätze ich. Irgendwo mußte es eine Öffnung zum Himmel geben, denn hier war das Zwielicht wässriger, doch ich konnte immer noch nicht weiter sehen als bis zu den Wänden, und der laue, warme Nachtwind, den ich ab und zu auf dem Gesicht spürte, ließ mich zweifeln, ob der Raum überhaupt Wände hatte. Es gab ein paar Bänke und fahle Statuen in Nischen – und, zu allem Überfluß, einen Baum, mitten im Boden, genau in der Mitte des Raumes. Ein *sesao*, denke ich, es könnte aber auch ein roter *mouri* gewesen sein, was verstehe ich schon von Bäumen? Ich weiß wirklich nicht, wie Aung Jatt das Ding wässerte und pflegte, aber sein Stamm verschwand in der Dunkelheit, und seine Zweige reichten fast bis zu der Bank, auf der Sirit Byar ruhig Platz genommen und angefangen hatte, die *kiit* zu stimmen. Ich blieb stehen. In diesem Haus mußte ich die Füße unter mir spüren, soviel war mir klar. Das Atmen schien so nahe, daß ich zuweilen glaubte, es spüren zu können, und war dabei nicht einmal sicher, von wo es kam. Sirit Byar blickte hinauf in die Zweige des Baumes und sagte: „Erinnerst du dich an dieses Lied, Jailly Doura?" Er schlug alle Saiten der *kiit* zart mit dem Handballen an, um ihnen eine Art tiefen Seufzer zu entlocken, und begann zu singen.

Ich kannte das Lied. Du kennst es ebenfalls – wenn es ein Lied von Sirit Byar gibt, das der Wind überallhin trug und das sich, wenn es landete, wie eine Klette festklammerte, war es „Wo ist mein Schuh?" Richtig, dieses komische, lächerliche Lied über einen Mann, dem dauernd Dinge abhanden kommen – sein Schuh, seine Perücke, seine Brille, seine falschen Zähne, seine Klöten, seine Frau – so jedenfalls singen es die Leute in den Kneipen. Aber die Melodie ist traurig, wenn du sie langsam nachpfeifst, und die Leute singen nicht immer die allerletzten Verse, weil sie davon handeln, daß du deine Treue, dein Herz nicht mehr wiederfindest. Niemand hat es je so gesungen wie Sirit Byar in jener Nacht, leise und sanft, während die *kiit* fröhlich hüpfte und die Worte umkreiste. Ich kann es nicht mehr hören, nicht mehr seit damals.

Er sprach wieder zum Baum. „Erinnerst du dich? Du hast dieses Lied immer geliebt – jetzt hör dir dieses an." Und seine Stimme, dieses Grollen wie ein Fischer, klang wie eine Knabenstimme, und man hätte denken können, er hätte nie zuvor jemandem seine Lieder anvertraut.

Er sang als nächstes „Des Holzfällers Weib", ein eigenartiges Stück über eine alte Frau, die nicht sterben will, bis jemand, irgend jemand zu ihr sagt: „Du bist meine liebe Freundin, und ich liebe dich." Jedenfalls läuft sie von ihrem Ehemann zu ihren Kindern, dann zu ihren Brüdern und Schwestern, und hört schließlich die Worte von einer ausgezehrten Dorfhure, die für Geld alles sagt. Und doch kommt es ihr, obwohl sie es für Geld sagt, glaubhaft von den Lippen, und die alte Frau stirbt glücklich. Nicht gerade ein Lied, das ich wählen würde, um eine Verrückte von ihrem Baum runterzulocken, aber er wußte, was er tat. Wenn es um Lieder ging, wußte er immer, was er tat.

Ich glaube, als nächstes sang er „Das Gute Volk" und dann „Der alte Priester und der alte Gott". Inzwischen war es in diesem sonderbaren Innenhof so dunkel geworden, daß ich den Baum nicht mehr sehen konnte und Sirit Byar schon gar nicht. Er nahm Feuerstein und Stahl aus der einen, ein Stück Kerze aus der anderen Tasche und entzündete ein kleines spuckendes Licht, das er neben sich auf die Bank stellte. Er sang das Lied über die Dame aus Blumenpracht, und er sang „Du", das er für seine Schwester geschrieben hatte, und sogar mein Lieblingslied vom Mann und dem Fuchs im Mondschein. Er rührte sich nicht vom Platz in diesem Fetzchen Kerzenlicht, ebensowenig wie ich. Ich hörte einfach nur stumm zu, wie er sang: alte Lieder nach neuen, eins nach dem anderen. Irgendwo in der Nähe konnte ich Jailly Douras Herz schlagen hören und ihren Atem auch – beides so rasch wie von einem Vogel – oder einem *shukri* –, und einmal war ich sicher, sie zu riechen wie fernes Wasser. Zweimal fragte Sirit Byar: „Willst du dich zeigen, Jailly Doura?", aber ohne Erfolg. Also sang er einfach jemanden an, den er nicht sehen konnte, wob seinen Zauber, beschwor sie so behutsam, wie man manchmal einen Traum dazu verführen kann, sich noch einmal träumen zu lassen. Auch das ist Zauber.

Darauf sang er das Wiegenlied. Das Lied, das er zwei Jahre lang jede Nacht geübt hatte. Ein Stückchen ist mir im Gedächtnis geblieben, bloß ein kleines Stück.

Schlaf nicht ein,
laß die Augen offen,
weil alles ja geschieht bei Nacht.
Schlaf nicht, du –
wenn du liegst im Schlummer,
siehst du nicht die Sonne reifen
und hörst nicht, was die Blumen raunen …

Sie machte ein Geräusch. Kein Stöhnen, kein Schrei, nichts, das einen Namen oder Klang hatte. Schreib einfach hin, daß sie sich die größte Mühe gab, es zu unterdrücken. Es entrang sich ihr trotzdem. Als sie ihn schlug, fiel ihm die *kiit* aus den Händen. Dieses Mal konnte er sie nicht retten – Teppiche hin, Teppiche her, ich hörte sie krachen und splittern, hörte achtzehn Doppelsaiten gegen Stein schrappen. Ich erhaschte nur einen blitzkurzen Blick von ihr im Kerzenschein: verfilzte, graue wehende Haare, Augen wie klaffende Wunden in totem Fleisch, hagere, fuchtelnde Arme, die unbeherrscht auf Sirit Byars und ihren eigenen Kopf einschlugen. Etwas Helles zuckte in ihren Händen gegen seine Kehle. Die Kerze fiel um und erlosch.

Die Dunkelheit war so schwer, daß ich spürte, wie ich mich unter ihr krümmte. Ich sagte: „Jailly Doura, tu ihm nichts. Bitte, tu ihm nichts." Ich konnte die Saiten der *kiit* noch immer schwach klirren und schrillen hören, aber sonst nichts, nicht einmal das schreckliche Atmen. Nichts mehr, bis Sirit Byar wieder zu singen anfing.

Schlaf nicht, du –
die Sumpfziegen singen,
und die Fische tanzen, springen,
und der Fluß gibt Rätsel auf …

Du wärst nicht darauf gekommen, daß er gegen einen Dolch ansang oder gegen eine Glasscherbe oder was immer sie sich die ganze lange Zeit für ihn aufgespart hatte. Seine Stimme hörte sich an wie immer – rauh der Südküstentonfall und ein bißchen langsamer als der Rhythmus und um nichts anderes in der Welt bekümmert als um das Lied. Er hätte wieder in Müllers Lust sitzen können, auf einem Tisch, mit einem Lied für kämpfende, brüllende Saufbolde; er hätte es sich zur Probe selber vorsingen können, während wir irgendeine abendliche Straße entlangtrotteten, auf der Suche nach einem Schlafplatz. Es klang wie Sirit Byar.

Er sang es bis zum Ende, das Wiegenlied, also wußte ich, daß sie ihn noch nicht getötet hatte, aber das war alles, was ich wußte. Ich konnte nichts sehen, ich konnte nichts hören, bis auf Tritte, die sich mir langsam schlurfend näherten. Sie waren ein wenig schleppend, als ahmte jemand Sirit Byars Humpeln nach. Am liebsten wäre ich fortgerannt – ja, du hast verdammt richtig gehört, natürlich wäre ich weggerannt, das ist nichts als gesunder Menschenverstand und was ganz anderes als Angst –, aber in dieser erdrückenden Dunkelheit kamen die Schritte von überall her wie das Atmen, das ich als erstes gehört hatte. Meine Knie wurden weich. Ich setzte mich und wartete.

Aus der Nähe roch sie überhaupt nicht wie ein ferner Fluß, sondern wie eine alte Frau aus den Bergen, wie mein Vater. Sie roch nach lebenslanger Müdigkeit, lebenslangem Schmutz, sie roch nach Kleidern, in denen man schwitzt und schläft, bis sie einfach abgestorben sind, verstehst du mich? Ich kenne diesen Geruch; ich wurde darin geboren und aufgezogen, und ich würde heute noch genauso riechen, wäre ich nicht mit Sirit Byar weggegangen. Was mir einen kalten Schauer einjagte, war die

Erkenntnis, daß eine wohlhabende Verrückte, die in einem prächtigen Haus mit verschreckten Dienern herumschlich, so vertraut roch.

Als ich sie über mir stehen spürte und die starren, kalten Haarspitzen über mein Genick streiften, sagte ich laut: „Ich bin Mircha Del aus Davlo. Das solltest du wissen, wenn du vorhast, mich umzubringen." Dann saß ich einfach da und versuchte, mit jeder Pore meiner Haut zu erfühlen, was sie in ihrer Hand hatte.

Ihr Atem auf meiner Wange war roh und verbraucht und abgestanden, der Atem eines kranken Tieres. Ich schloß die Augen, wie man es sogar in der Dunkelheit tut, wenn man hofft, der *sheknath* oder der Fels-*targ* werde glauben, man sei tot. Ich war bereit für ihre Zähne, für ihre langen, schartigen Fingernägel, doch das nächste, was ich spürte, waren ihre Arme, die mich umschlangen.

Sie wiegte mich, Krakelhand. Jailly Doura hielt mich in ihren jämmerlichen, abgemagerten Armen und stieß mich gegen ihre Brust und wieder zurück, schob und zog mich, als versuchte sie einen Baumstumpf im Erdreich zu lockern. Wahrscheinlich erinnerte sie sich überhaupt nicht mehr daran, wie man jemanden wiegt, da ich mich aber andererseits nicht erinnern kann, daß mich außer ihr in meinem Leben irgend jemand gewiegt hätte, konnte ich auch nicht wissen, wie man es richtig machte. Ich hatte eine Ahnung, daß es angenehmer sein könnte, aber es war nicht übel: Und der Atem war auch nicht so schrecklich, wenn man sich daran gewöhnt hatte, und auch nicht das Haar, das über mein Gesicht fiel. Schlimm war dieser kleine wimmernde Laut, so leise, daß ich ihn nicht wirklich hörte, sondern in meinem Leib fühlte, das halbe Weinen, das sich nie ganz in Tränen auflöste, sondern nur kurz davor zitterte und zitterte. Das war schlimm, aber ich ließ meine Augen fest geschlossen und half ihr, mich zu wiegen, und Sirit Byar begann wieder zu singen.

Es spielt keine Rolle, was er sang. Einige seiner Lieder sind mir in Fleisch und Blut übergegangen – wie sollte es schließlich auch anders sein? –, und es gibt andere, die ich nie zuvor gehört hatte und nie wieder hören würde, das zählt nicht. Was zählt, ist, daß er die ganze Nacht sang, neben seiner zertrümmerten *kiit* saß und als einzigen Beifall das Klagen einer Verrückten hörte. Jailly Doura wiegte mich in ihren Armen, und Sirit Byar sang von Liebespaaren und Bauernweibern und wandernden Kesselflickern aus Narsai, und verdammt will ich sein, wenn ich nicht einschlief – nur ein bißchen, hin und wieder für einen Augenblick –, als wären sie wirklich meine Eltern, die mich zu Bett brachten, wie sie es jeden Abend taten. Und nur der Stein-Azdak könnte sagen, was Aung Jatt über das dachte, was oben vor sich ging.

Der Morgen dämmerte plötzlich, oder ich war womöglich wieder eingedöst. Ich schien durch Regen zu starren, jedoch konnte ich den Innenhof um uns herum erkennen – da waren natürlich Wände und ein paar schmale Fenster, und der Baum war nicht *so* groß –, und ich konnte Sirit Byar sehen, der ein bißchen kleiner wirkte als sonst und in dem regnerischen Licht so weiß wie sein Haar. Jailly Doura hielt mich immer noch, wiegte mich aber nicht mehr, und irgendwann in der Nacht hatte sie aufgehört, diesen schrecklichen Laut von sich zu geben. Wenn ich meinen Kopf sehr langsam und vorsichtig drehte, konnte ich den größten Teil einer ihrer Gesichtshälften sehen – ein schmales, zerfurchtes, erschöpftes Gesicht war es, doch die Nase war kräftig, und der Mund war überhaupt kein toter Schlitz, sondern voll und weich. Ihr Haar war ein verlassenes Vogelnest, mit Schmutz durchsetzt – nun, ungefähr so wie das meine, wie du sehen kannst. Ihre Augen waren geschlossen.

Sirit Byar stand auf. Seine Stimme war ein erschöpftes Echo ihrer selbst, aber er sprach laut, diesmal nicht zu Jailly Doura und auch nicht zu mir, sondern zu irgend jemandem. Ich konnte nicht sagen, wohin er blickte, was er sah. Er sagte: „Das ist mein letztes Lied. Nehmt es. Ich mache diesen Handel aus freien Stücken. Ich, Sirit Byar.“ Er schwieg einen Augenblick, und dann nickte er einmal, langsam, als hätte er seine Antwort bekommen. Oh, Krakelhand, ich sehe ihn noch vor mir.

Ich werde dir nicht das ganze Lied vorsingen, dieses sein letztes. Ich könnte es, aber ich werde es nicht tun. Dieses Lied soll mit mir sterben. Aber so endet es:

Ob Kaufmann, Dirne, Bettelmann,
ob König oder Untertan,
ob Mann, ob Frau, ein menschlich Herz
schenkt uns nur Liebe – Lieb und Schmerz …

Gesang und Ruhm sind eitel Streben,
und nichts, was bleibt in diesem Leben.
Nur eins wird sein für alle Zeit:
Leid und Liebe, Lieb und Leid …

Als er geendet hatte, war es so hell, daß ich Aung Jatt sehen konnte, der im Eingang zum Innenhof stand. Hinter mir regte sich Jailly Doura und seufzte, und als ich den Kopf umwandte, öffnete sie wieder die Augen. Aber es waren nicht mehr dieselben Augen. Sie waren grau und groß und voll von Überraschung, Neugier, was immer du willst – es waren die Augen einer jungen Frau in einem erschöpften, gealterten Gesicht. Vielleicht hatte ich solche Augen, als ich zum erstenmal mit Sirit Byar auf die Reise ging, doch das bezweifle ich. Sie sagte leise, genauso wie er einst zu mir gesprochen hatte: „Da bist du ja." Und Sirit Byar erwiderte ihr: „Hier bin ich."

Jetzt müssen wir achtgeben, wir beide, Krakelhand, du und ich. Jailly Doura blickte zu mir hinunter, die ich in ihren Armen lag und sagte – sagte *was?* Sie sagte: „Bist du meine Tochter, Kleines?" – „Nein", sagte ich. „Nein, nein, ich bin es nicht. Ich wünschte, ich wär's." Darauf bekam ich entsetzliche Angst, ich könnte sie, weil ich das gesagt hatte, wieder verloren, sie wieder dorthin zurückgetrieben haben, wo sie gewesen war, doch sie lächelte nur und berührte meine Lippen und flüsterte: „Ach, ich weiß. Ich habe nur einen Augenblick lang gehofft, ein allerletztes Mal. Es ist nicht schlimm. Du hast ein liebes Gesicht."

Ich habe kein liebes Gesicht. Es gibt häßliche Leute, die liebe Gesichter haben, wohl bekomm's ihnen in dieser Welt. Ich habe das Gesicht, das ich will, ein schmutziges, gemeines, wildes Tiergesicht, das Leute dazu bringt, mich zufriedenzulassen. In Ordnung. In Ordnung, ich möchte es nicht anders haben. Aber wenn ich jemals in meinem Leben wünschte, Liebreiz zu haben, den jemand sehen konnte, dann war es damals. Ich stand auf, schwankend und schwerfällig, und half Jailly Doura aufzustehen.

Sie war wirklich klein, eine winzige graue barfüßige Person in den schmuddeligen Überresten eines Gewandes, das jemanden vor langer Zeit ein paar goldene *lotis* gekostet haben mußte und an dem sich jetzt ein Bettler nicht die Nase abgewischt hätte. Sie war so wackelig auf den Beinen wie eine neugeborene Sumpfziege, aber sie war nicht verrückt. Ich blickte zu Aung Jatt hinüber, versuchte ihn zum Herkommen zu bewegen, doch er schaute Sirit Byar an, der zusammengesunken war und sich auf ein Knie stützte. Jailly Doura war vor mir bei ihm. Sie kniete nieder und nahm sein Gesicht zwischen die Hände. „Nicht so bald", sagte sie. Ich erinnere mich daran. Sie sagte: „Nicht so bald, ich will es nicht. Ich will es nicht, mein Lieber, nein. Hörst du mich, Sirit Byar?"

Weißt du, sie wußte besser als ich, was er getan hatte. Er hatte sein letztes Lied den Göttern gesungen, dem Anderen Volk, oder wie ihr sie nennen mögt. Und das letzte Lied eines Barden hat Kraft, ein letztes Lied erhält immer eine Antwort so wie dieses – aber was wird aus dem Barden, wenn das Lied aus ist? Sirit Byars Gesicht war eine eingesunkene, weiße Maske, doch seine Augen waren offen und ruhig. Er sagte: „Verzeih mir, Jailly Doura."

„Nicht, wenn du uns verläßt", gab sie ihm zur Antwort. „Nicht, wenn du es wagst, jetzt von uns zu gehen." Aber es war kein Zorn in ihrer Stimme und auch keine Hoffnung. Sirit Byar gab diesen Laut von sich, halb Knurren, halb Schnauben, den er immer hervorstieß, wenn Leute ihm ein wenig lästig wurden. Er sagte: „Schön, verzeih mir oder verzeih mir nicht, dir geht es gut, und ich habe getan, was ich tun mußte. Jetzt bin ich müde."

Ich wollte ihn berühren, ich wollte ihn so halten, wie Jailly Doura mich die ganze Nacht umfangen hatte, aber ich stand bloß da, die Finger im Mund wie ein ängstliches Kind. Sirit Byar schenkte mir sein Fast-Lächeln und flüsterte: „Tut mir leid, daß die *kiit* zerbrach, großes Mädchen. Ich wollte, daß du sie bekommst. Lebewohl." Und es war zu Ende mit ihm, einfach so. Aung Jatt schloß die Augen und begann zu weinen, ich weiß es noch. Jailly Doura weinte nicht und ich auch nicht, aber der alte Aung Jatt weinte und weinte.

Ich begrub ihn und die Trümmer der *kiit* mit meinen eigenen Händen unter der Schwelle des Hauses, wie ich es mit meinem Vater gemacht hatte. Die anderen wollten mir helfen, aber ich erlaubte es nicht. Dann kratzte ich ein Bild von Azdak, Gott der Wanderer, in die Steintreppe und ging fort. So, jetzt weißt du, wo Sirit Byar liegt.

Mehr gibt es nicht, das erzählenswert wäre. Aung Jatt und Jailly Doura wollten, daß ich bei ihnen bliebe, so lange ich wollte, für immer, doch ich verbrachte bloß ein paar Tage in ihrem Haus. Am deutlichsten erinnere ich mich, daß wir immer wieder Jailly Douras langes grau-schwarzes Haar wuschen, wie die Damen der Königin es mit dem meinen zu tun pflegten, immer zu viert, um mich in der Wanne zu halten. Ich habe es immer gehaßt, und ich habe es mir seitdem nicht gefallen lassen, aber es ist ein Unterschied, ob man es für jemand anderen tut. Man spült fünfzehn, sechzehn Jahre wahnsinniger Verzweiflung nicht in drei Tagen weg, doch als ich fortging, konnte Jailly Doura immerhin in einen Spiegel schauen und anfangen, sich als die hübsche, würdige Herrin eines großen Hauses wiederzuerkennen, umschwirrt von Dienern wie von *dai*-Käfern und mit einem Ehemann, der sie wie einen Sonnenaufgang betrachtete. Ich mißgönne es ihr nicht – was immer ihr gehörte, sie hatte doppelt und dreifach dafür bezahlt. Aber ich wünschte, Sirit Byar hätte sie so sehen können, und sei es nur einmal.

Als ich aufbrach, begleitete sie mich bis zu den beiden großen Steinen, wo wir – vor hundert Jahren, wie mir schien – Aung Jatt zum erstenmal begegnet waren. Sie machte sich nicht die Mühe, zu sagen: „Komm vorbei und besuche uns", und ich machte mir nicht die Mühe, es zu versprechen. Statt dessen ergriff sie meine beiden Hände und schwenkte sie, wie Kinder es tun, und sagte nur: „Ich wäre stolz gewesen, hätte ich dich zur Tochter gehabt."

Ich wußte nicht, wie ich antworten sollte. Ich küßte ihre Hände, was ich nie bei einem Menschen getan habe, ausgenommen die Königin, und da muß man es tun. Dann schwang ich Sirit Byars alten Seesack auf die Schulter und ging fort. Ich sah mich nicht um, aber Jailly Doura rief mir nach: „Und *er* wäre auch stolz gewesen. Vergiß das nicht, Mircha Del!"

Und ich habe es nicht vergessen, und darum ist es über mich gekommen, alles von jemandem aufschreiben zu lassen, die einzige wahre Geschichte von Sirit Byar, die du wahrscheinlich je hören wirst. Nein, ich sagte dir, ich will das nicht; was nützt mir dein Gekrakel? Ich kann's nicht lesen – und außerdem, ich war dabei. Bewahre du das Gekritzel auf, bewahre es für alle auf, die ein wenig darüber erfahren wollen, wie er war. Wenn sie schon seine Lieder verhunzen, sollen sie wenigstens *etwas* kriegen, das von vorn bis hinten stimmt. Lebewohl, meine Krakelhand – hier sind deine zwölf Kupferstücke und eines dazu, weil du so hübsch errötest. In Grebak liegt ein Erzfrachter am Kai, der bloß auf eine gute Frau wartet, die Klarschiff machen kann, falls ich den Weg dorthin bis morgen abend schaffe.

Der Zauberer von Karakosk

Wie, was – bin ich an der Reihe? Nein, ich war nicht eingeschlafen – ich wäre niemals so unhöflich, einzudösen, wenn ein anderer eine Geschichte erzählt. Ich war bloß in Gedanken, sann darüber nach, wie lange es her ist, seit ich so mit Freunden beisammensaß – oder überhaupt mit irgend jemandem – und beim Kaminfeuer Wundern und Dummheiten und abermals Wundern lauschte. Ich habe ein merkwürdiges Leben geführt und fürchte, daß es davon wenig zu erzählen gibt, das nicht die jüngeren unter uns langweilen und die älteren aufbringen würde; und keines von beiden möchte ich heute abend, um nichts in der Welt. Ihr müßt Nachsicht mit mir haben – ich verspreche, die Geschichte kurz zu halten und für Gri und Chashi und Fräulein Kydra heute noch ein gutes Stück des Abends übrigzulassen. Ich bin ebenso darauf erpicht wie ihr alle, mit meinem Geschwafel zu Rande zu kommen.

Wohlan denn. Es war einmal vor einer sehr langen Zeit in dem Land, aus dem ich komme, ein Zauberer, der sich zu gut aufs Zaubern verstand. Ach, da guckt ihr, schaut einander an und kichert, aber es ist so – es ist gut möglich, sich auf etwas zu gut zu verstehen, und das betrifft besonders die Zauberkunst. Denkt doch mal – wenn ihr nichts weiter als einen sanften Regenschauer braucht, um eure dürstenden Felder zu erquicken, wozu nutzt euch dann ein Zauberer, der nur Stürme kann, die sie wegspülen werden? Bittest du um einen kleinen Allerweltszauber, damit dein Mann dir treu bleibt, was nutzt dir ein Zauber, der macht, daß du deinen Mann ständig vor den Füßen und auf den Hacken hast, bis du dir nichts sehnlicher wünschst, als einen einzigen Augenblick ungestört zu sein? Nein, nein, wenn's ums Zaubern geht, wünsche ich mir immer ein bescheidenes Mittelmaß. Glaubt mir, ich weiß, wovon ich rede.

Der Zauberer, von dem ich spreche, war in jeder Hinsicht bescheiden. Er war von niedriger Geburt, der Sohn eines *rishu*-Hirten, und obwohl er wie die meisten Zauberer recht früh seine Fähigkeiten unter Beweis stellte, ergab sich nie die Möglichkeit, daß er die richtige Ausbildung zu deren Anwendung erhielt. Selbst wenn er Zugang zu den Unterrichtsrollen von Am-Nemil oder Kirisinja gehabt hätte, die in der großen thaumatologischen Bibliothek von Cheth na'Bath aufbewahrt werden, habe ich große Zweifel, ob er sie überhaupt hätte lesen können. Er war ein Bauer mit einer Gabe, nicht mehr. Sein Name war Lanak.

Wie er aussah? Tja, wenn ihr euch unter einem Zauberer jemanden vorstellt, der groß, schlank und eindrucksvoll ist, mit einem schwarzen Umhang, der um die Schultern weht, wärt ihr von Lanak gründlich enttäuscht gewesen. Er war klein und untersetzt wie alle Männer seiner Familie und teilte ihre Anlage zur frühen Kahlköpfigkeit, wie ich leider sagen muß. Jedoch hatte er hübsche Augen, so hab ich wenigstens gehört, und recht gute Manieren und große, freundliche, braune Hände.

Ich wiederhole es, weil es von Bedeutung ist: Dieser Lanak war ein Mann, der überhaupt keine hochfliegenden Träume hatte – höchst ungewöhnlich für einen Zauberer, gleich welcher Herkunft. Er wohnte in Karakosk, einer Stadt, die lediglich für ihre Arbeitspferde und ihr schwarzes Bier bekannt ist, was für unseren Lanak genau das richtige war, wie man sagen könnte, denn er verstand sich bestens auf diese beiden guten Dinge. Tatsächlich bestand der erste Zauber, den er mit Erfolg versuchte, darin, das ziemlich wässrige, heimische Gebräu seines Vaters stärker zu machen, der zweite Zauber brachte einen Hengst zur Ruhe, den der Schmerz vom Biß einer Sandspinne rasend gemacht hatte. Sich selbst überlassen hätte es ihn wahrscheinlich nie danach verlangt, etwas Größeres als solche Dinge mit seiner Zaubergabe anzufangen. Sein Leben als städtischer Zauberer zu verbringen, nicht anders als der städtische Bäcker oder Schuster – ja, das hätte ihm prächtig in den Kram gepaßt.

Aber es liegt in der Natur der Zauberei, daß sie dich nicht in Ruhe läßt. Sie hat den Ehrgeiz, ausgeübt zu werden, selbst wenn du es nicht willst. Unser Lanak lebte viele Jahre vor sich hin, von allen, die ihn kannten, geliebt und geachtet – er heiratete sogar eine Frau aus Karakosk, und die Zauberer, die je geheiratet haben, kann ich an den Fingern einer Hand abzählen. Sie tun es einfach nicht; Zauberer leben großartig allein, das ist so. Lanak jedoch hielt sich wirklich nie für einen Zauberer, wißt ihr. Lanak hielt sich für einen Bürger von Karakosk, und für sonst nichts.

Und wäre sein Talent so bescheiden gewesen wie er selbst, hätte er sein Leben höchstwahrscheinlich in völliger Seelenruhe zugebracht, hätte seine Allerweltszaubersprüche über Felder, Gärten, Öfen gesprochen, hätte verirrte Kinder und Vieh gleichermaßen gefunden, Ehen und Melonen, Betten und Beete gleichermaßen gesegnet und – ja, warum nicht? – hin und wieder für einen Regenschauer gesorgt. Aber es sollte nicht sein.

Er war einfach zu gut. Fangt ihr jetzt an, mich zu verstehen? Die bresthaften alten Pferde, denen er die Hand auflegte und zusprach, genasen nicht nur – sie arbeiteten doppelt so gut wie in ihren besten Jahren, so wie die Obstgärten, die er verzauberte, so viele Früchte trugen, daß die Kleinbauern von Karakosk zum erstenmal in der Geschichte der Stadt Obst in Städte wie Bitava, Leishai und sogar nach Fors na'Shachim exportierten. Ich erinnere mich, daß es ein harter Winter war, als Lanak einen Zauber vom Stapel ließ, der nur dazu bestimmt war, den Schneefall einzudämmen, bloß wegen der Kinder, damit ihre Schuhe länger hielten – und was war das Ergebnis? Der Frühling kehrte nach Karakosk zurück, gute zwei Monate bevor irgendwo sonst im ganzen Land auch nur ein einziger grüner Keimling aufschoß. Das sind Dinge, die Aufmerksamkeit erregen.

Und sie wurden bemerkt, zuerst vom örtlichen Kriegsherrn – ich habe seinen Namen vergessen, ich werde gleich wieder darauf kommen –, der eines Tages mit seinem schäbigen Haufen in Karakosk einfiel. Ihr kennt diese Sorte Herren, ihr habt zweifellos einen eigenen Nachtbesucher oder einen Schirmherrn, stimmt's? Ja, dann könnt ihr euch vorstellen, was es für die Stadt Karakosk bedeutete, als ihr ureigener Maulheld und sein Trupp auf den Marktplatz stolziert kamen, Monate bevor der jährliche Tribut fällig war. Es waren knapp vierzig Männer: allesamt laut, beschränkt und brutal, ihr Befehlshaber ausgenommen, der nicht beschränkt, zum Ausgleich dafür aber zweimal so brutal war wie die übrigen. Sein Name war Bourjic, jetzt erinnere ich mich.

Also, dieser Bourjic verlangte, den großen Zauberer zu sehen, von dem die Leute ihm erzählt hatten; und als die Stadtleute zu zögern schienen, ihren Lanak nur wegen der Laune eines Banditen zu holen, riß er unvermutet den kleinen Sohn des Vorstehers zu sich in den Sattel und drohte, ihm auf der Stelle die Kehle durchzuschneiden, wenn man nicht innerhalb der nächsten fünf Minuten einen Zauberer herbeischaffe. Da war nichts zu machen – Bourjic hatte in der Vergangenheit ähnliche Drohungen ausgestoßen und sie alle wahrgemacht –, also rannte der Vorsteher persönlich zum Stadtrand, um Lanak in seinem Schuppen aufzusuchen, wo er wieder einmal seine Feuerwerke zur Feier des Tages des Diebes neu entwarf. Lanaks Feuerwerke waren der Stolz der Gegend im Umkreis von zwanzig Meilen, aber er war jedesmal sicher, daß er sie mit einem bißchen Mühe noch verbessern könnte.

Als er die Gefahr begriff, in der des Vorstehers Sohn schwebte, wurde er vor Wut so rot wie ein *taiya*-Busch. Obgleich er von Natur aus ziemlich rotgesichtig war, hatte niemand je sein Gesicht so tiefrot gesehen. Er legte den Arm um die Schultern des Vorstehers, sprach drei Worte – und schon waren sie auf dem Marktplatz, von Angesicht zu Angesicht mit einem aufgeschreckten Bourjic, der versuchte, sein noch viel verschreckteres Pferd in den Griff zu bekommen. Bourjic sagte: „He!", und das Pferd sagte: „Wie!", und Lanak sagte den Namen des kleinen

Jungen und ein weiteres Wort. Der Junge verschwand aus Bourjics Sattel und tauchte in den Armen seines Vaters wieder auf, ganz der alte und sechs Monate lang von seinen Schulkameraden beneidet und gehätschelt. Lanak stemmte die Fäuste in die Hüften und wartete, daß Bourjics Pferd sich beruhigte.

Habe ich euch erzählt, daß Bourjics Männer allesamt so blöde waren wie Torpfosten? Ja, nun, einer von ihnen spannte seine Armbrust und schoß einen Bolzen auf Lanaks linkes Auge ab, als dieser sich gerade über den Jungen beugte, um sich zu vergewissern, daß er unverletzt war. Lanak schnappte den Bolzen ohne aufzublicken aus der Luft, küßte ihn – ausgerechnet! – und schleuderte ihn zurück, wo er sich um den Hals von Bourjics Mann wie eine Schlinge legte, die ziemlich eng anlag. Nicht eng genug, um ihn zu erdrosseln, aber ausreichend, um ihn vom Pferd zu Boden zu werfen, wo er um sich schlug und krächzte. Bourjic sah einmal zu ihm hinunter, ein zweites Mal nicht.

„Genau der Kerl, den ich sehen wollte", sagte er mit einem breiten weißen Lächeln. Schließlich war Bourjic ein geborener Edelmann und hatte einen Hauch von Manieren, wenn es ihm in den Kram paßte. Darauf sagte er: „Ich habe prächtige Neuigkeiten für dich, junger Lanak. Du sollst stracks ins Schloß kommen und für mich arbeiten."

Lanak gab ihm zur Antwort: „Ich bin nicht jung, und dein Schloß ist ein baufälliger Schweinestall, und ich arbeite für die Leute von Karakosk und für niemanden sonst. Verlaß uns jetzt."

Bourjic langte nach seinem Schwertgriff, aber er riß sich zusammen und behielt sein angeklebtes Lächeln bei. „Laß uns reden", sagte er. „Ich glaube, wenn man *mir* die Wahl ließe zwischen einem Leben als persönlicher Zauberer eines Edelmanns und der Aussicht, meine Stadt, meine Felder, meine Freunde zu verwehender Asche verbrannt zu sehen – nun ja, ich muß sagen, *ich* wäre ein bißchen geneigter, Vernunft walten zu lassen. Das ist natürlich bloß meine Meinung."

Lanak wies mit dem Kinn auf den Mann, der sich im Schmutz krümmte. Bourjic lachte zu ihm runter. „Ach, aber das hat mich bloß in meinem Wunsch bestärkt, siehst du. Und ich muß einfach haben, was ich will, darum bin ich das, was ich bin. Also fliege hier rauf zu mir oder zaubere dich selbst auf ein Pferd, ganz wie du willst, und laß uns aufbrechen."

Lanak schüttelte den Kopf und drehte sich um. Bourjic sagte nichts mehr, doch da gab es hinter Lanak ein Geräusch, daß er auf der Stelle herumwirbelte. Es war das Geräusch von vierzig Feuersteinen, die gleichzeitig gegen Stahl schlugen und steife Talgfackeln in Brand setzten, die die Männer an ihren Sätteln bereithielten. Die Stadtleute sahen entgeistert zu und jammerten; ein paar griffen tapfer und verzweifelt nach Erdklumpen zum Werfen. Aber Lanak richtete seine milden, verwaschen blauen Augen auf Bourjic und sagte bloß: „Ich sagte dir, du sollst uns verlassen."

„Und das werde ich", gab ihm der Kriegsherr heiter zur Antwort. „Mit dir oder ohne dich. Du hast noch zehn Sekunden, dich zu entscheiden."

Lanak blieb standfest. Bourjic seufzte herausfordernd und sagte: „So sei's denn." Er drehte sich im Sattel um, seinen Männern das Zeichen zu geben.

„Zurück", sagte Lanak zu den Leuten von Karakosk. Sie beeilten sich, ihm zu gehorchen, während Bourjics grinsende Soldaten ihre Fackeln hoben. Lanak kreuzte die Arme, verbeugte sich tief – vor der Erde selbst, wie es schien – und begann etwas zu singen, das sich nicht anders anhörte als ein läppisches Kinderlied. Bourjic, plötzlich beunruhigt, rief seinen Männern zu: „Feuer! Jetzt!"

Doch genau als er diese Worte hervorstieß, begann sich die Erde vor ihm zu heben, zu strecken und zu grollen wie ein alter Mann, der endlich beschließt, seine Bettdecke abzuwerfen und aus dem Bett zu steigen. Wo die Erde sich streckte, riß sie auf, und ein paar Klumpen fielen nach innen und hinab und verschwanden, und andere Klumpen wuchsen bis zur Höhe von Sturmwellen an, die auf das Ufer zurasen. Bourjics Pferd bäumte sich auf und tänzelte vor dem Abgrund zurück, der sich zwischen ihm und Lanak aufgetan hatte, während alle seine Männer sich verzweifelt bemühten, ihre eigenen entsetzten Tiere unter Kontrolle zu bekommen, und die Leute von Karakosk sich an ihre Kinder, an ihre Nachbarn, an alles klammerten, was ihnen sicher schien. Die Erde riß links und rechts weiter auf, als ob sie ihre Haut abwerfen wollte: Überall taten sich wüste rohe Schluchten auf, und man konnte im Innern Feuer sehen, das tiefer und tiefer kroch. Läden und Häuser rings um den Marktplatz kippten um, brachen auseinander, und das zornige, zitternde, ächzende Geräusch wurde lauter und lauter. Lanak selbst hielt sich die Ohren zu.

Bourjic und seine Bande verkrümelten sich wie trockener Käse. Sie rissen die Köpfe ihrer Pferde herum und waren ein ganzes Stück schneller verschwunden, als sie gekommen waren, und es ist schwer zu sagen, wer lauter schrie, die Pferde oder die Reiter. Der Erdboden begann sich nach und nach zu beruhigen, sobald sie außer Sicht waren, und die verblüfften Stadtleute beobachteten, wie die furchtbaren Wunden in der Erde sich vor ihren Augen schlossen, wie die Narben heilten, ohne Spuren zu hinterlassen, wie die Gebäude irgendwie wieder zusammenflossen, und der Marktplatz von Karakosk sich zögerlich wieder in das staubige, heimelige Fleckchen Erde verwandelte, das er immer gewesen war. Und da stand Lanak in der Mitte des Platzes, trat ein paar glimmende Fackeln aus, wischte sich die Stirn und putzte sich die Nase.

„Na also“, sagte er. „Na also. Nichts als eine Täuschung, wie ihr seht, aber eine, die uns Freund Bourjic für eine Weile vom Leib halten wird. Hat mich gefreut, helfen zu können, ich gehe jetzt nach Hause.“ Er machte Anstalten zu gehen; dann warf er einen Blick auf seine Nachbarn, denen es die Sprache verschlagen hatte, und er wiederholte: „Eine Täuschung, das ist alles. Mehr nicht. Das Feuerwerk, ja, das ist echt.“

Aber die Bürger von Karakosk hatten alle gesehen, daß einer von Bourjics Soldaten – der mit dem Armbrustbolzen, der sich so anmutig um seinen Hals gewickelt hatte – geradewegs in einen bodenlosen Spalt gestürzt war, der sich auftat, wo er lag, und sich einen Augenblick später wieder über ihm schloß. Und wenn *das* eine Täuschung war, mit diesem Mann hätte man das nie beweisen können.

Ich bin sicher, ihr könnt euch gut vorstellen, daß diese ganze Sache es für den armen Lanak noch schwieriger machte. Bourjic war vermutlich ebenso wie Lanak nicht daran interessiert, daß die Geschichte sich herumsprach; aber sie machte die Runde und wurde in Städtchen und Städten gehört, die vom Karakosk des Schwarzbiers weit entfernt waren. Sirit Byar machte ein Lied daraus, glaube ich. Und Lissi Jair, soviel ich weiß – auch ein gutes Lied. Und es gab noch andere.

Und die Königin in ihrem schwarzen Schloß in Fors na'Shachim hörte sie alle.

Keiner von euch weiß viel über die Königinnen in Fors, nicht wahr? Dachte ich mir, und es gibt keinen Grund, warum es anders sein sollte. Also, dort gibt es immer eine Königin, was wenig mehr bedeutet als der erbliche Titel einer Herrscherin über Fors na'Shachim und eine Handvoll angrenzender Provinzen und Städte – darunter Karakosk – und auch ein paar bestimmte Herrenhäuser. Die meisten Königinnen haben sich über die Jahre als recht harmlos erwiesen; einige sind überraschenderweise gütig und weitsichtig gewesen, und sehr wenige haben sich als schlicht tückisch entpuppt. Die eine, von der ich spreche, gehört leider zur letzten Sorte.

Das soll nicht heißen, daß sie eine dumme Frau war. Im Gegenteil, sie war bei weitem die klügste Königin, die Fors na'Shachim je gehabt hat, und das ist eine ziemlich alte Stadt. Sie lauschte neuen Liedern mit derselben gesammelten Aufmerksamkeit wie den Worten ihrer Minister und Spione; und man erzählt sich, daß sie sich oft in verschiedenen Verkleidungen unter ihre Untertanen mischte und auf diese Weise viele Dinge erfuhr, die manche vor ihr verborgen hätten. Als sie genug Balladen über den Zauberer von Karakosk gehört hatte, sagte sie zu ihrem geschicktesten Hauptmann, dem Lord Durgh: „Diesen Mann. Holt ihn mir."

Nun war dieser Durgh alles andere als ein Dummkopf, und auch er hatte die Lieder gehört. Er hatte nicht die geringste Lust, sich von einem Scharlatan aus der Provinz demütigen zu lassen, damit über *ihn* ebensoviele Leute lachen und Lieder singen konnten wie noch immer über Bourjic. Daher, als er sich auf den Weg nach Karakosk machte, ging er unbewaffnet und nahm als Begleiter nur zwei seiner verschwiegensten Leutnants mit. Er bat höflich darum, zum Haus eines Herrn namens Lanak geleitet zu werden, und ritt hübsch langsam hin, damit das Gerücht von seinem Kommen und seinem Reiseziel das Haus erreichte, bevor er dort eintraf. Schließlich war er selbst in diesem Land geboren, dieser Lord Durgh.

Und als er dem Zauberer Lanak schließlich im Vorgarten gegenüberstand, stieg er vom Pferd, verbeugte sich formvollendet und ließ seine Männer dasselbe tun. Er sagte: „Sir, ich komme von der Königin zu Euch mit einem Auftrag von außerordentlicher Dringlichkeit. Würde es Euch etwas ausmachen, ihr aufzuwarten?"

Ja, natürlich war das eine Finte, und alle, die hier versammelt sind, hätten das zweifellos auf Anhieb durchschaut. Aber noch nie zuvor hatte eine hochgestellte Persönlichkeit so bescheiden zu Lanak gesprochen. Er fragte bloß: „Dürfte ich erfahren, wessen Ihre Majestät bedarf?", worauf Lord Durgh erwiderte: „Ich habe nicht das Privileg, dies zu wissen", – was gewiß der Wahrheit entsprach. Darauf verbeugte sich Lanak seinerseits und ging ins Haus, um Dwyla, seiner Frau, zu sagen, daß man ihn zur Königin gerufen hätte und er rechtzeitig zum Priestermond zurück sein werde; dies ist die Zeit, in der die Leute um Karakosk ihre Frühlingsaussaat vornehmen. Dwyla packte ein paar Kleider, die er verlangte, küßte ihn zum Abschied und nahm ihm das Versprechen ab, ihrer kleinen Tochter aus Fors etwas Hübsches mitzubringen.

Seit jener Zeit hat man längst eine neue Straße gebaut, aber es ist noch immer ein scharfer Ritt von drei Tagen vom Marktflecken Karakosk bis zum schwarzen Schloß. Durgh deutete schüchtern den Vorschlag an, der Zauberer könne vielleicht einen Wind beschwören, um sie im Nu ans Ziel zu pusten, doch Lanak erwiderte, das würde die Pferde erschrecken. Er saß hinter Lord Durgh auf dessen Pferd und genoß die Reise ungeheuer, was immer die anderen dabei empfanden. Ihr dürft nicht vergessen, daß Lanak sich in seinem Leben noch nie weiter als fünf Meilen von Karakosk entfernt hatte.

Als sie über seine ersten richtigen Pflastersteine der Straßen von Fors na'Shachim trotteten, verrenkte er sich fast den Hals, weil er den Kopf in alle Richtungen drehte, dieser glotzende Bauerntölpel, der den Winter verscheuchen konnte und machte, daß die Erde unter den Füßen von Banditen aufriß. Er war so sehr damit beschäftigt, sich alles, was er sah, wegen Dwyla einzuprägen – den Marktplatz, so groß wie seine ganze Heimatstadt; den sagenhaften Gläsernen Obstgarten; Abteilungen der Königlichen Leibgarde in ihren silbernen Uniformen, die rechts schwenkten und salutierten, als Lord Durgh vorbeigaloppierte –, daß das schwarze Schloß über ihm aufragte, ehe er begriff, daß sie angekommen waren. Gleichwohl entging ihm Lord Durghs kaum unterdrückter Seufzer nicht, als sie absaßen und ihre Pferde den Stallburschen übergaben.

Ist zufällig jemand unter uns, der Fors überhaupt kennt? Aha, Ihr Vater, Fräulein Kydra? Also, ich bin sicher, als Ihr Vater es sah, hatte es sich seit Lanaks Zeiten nicht sehr verändert, und es dürfte auch heute nicht viel anders aussehen. Fors na'Shachim verändert sich eigentlich nie. Trotz seiner Farbigkeit, trotz des Menschengewühls, trotz der Musiker, Akrobaten und Tänzer an jeder Ecke, der Falschspieler und der Straßenmädchen, der Straßenkarren, wo du alles kaufen kannst, von *namph*, noch feucht von den Feldern, bis hin zu dampfenden Pasteten aus Neunaugen – die sind wirklich gut – trotz alledem, sage ich, entkommt man niemals wirklich dem Geschmack von Eisen, der darunterliegt, der gehorsamen Hingabe, die über die Zeit am Werk ist, um das kalte Antlitz der Macht zu verschleiern. Und selbst wenn diese Macht keinen Schatten über die Stadttore hinaus wirft, kann ich euch versichern, daß sie in Fors na'Shachim da ist. Ich bin oft genug dort gewesen, um das zu wissen.

Lanak jedoch war nie in Fors gewesen, und für ihn war es so aufregend wie für ein Dutzend Bauerntölpel, jene Obsidiantreppe von Lord Durghs Hand sanft am Ellenbogen hinaufgeleitet zu werden, und all die Männer in silbernen Rüstungen, die sich ihnen anschlossen. Er wurde nicht direkt vor die Königin geführt – das wird keinem je zuteil. Das macht's wohl eigentlich aus, eine Königin zu sein, wie man sagen könnte. Es hat Leute gegeben, wohlgemerkt, die sich mit Gewalt Zutritt zu ihr verschafften; doch das waren andere Leute als unser bescheidener Lanak. Die meisten von ihnen fanden auch ein ganz anderes Ende.

Lanak war es zufrieden, daß man ihn in sein Quartier führte, das im Hügelturm lag, den man so zu nennen pflegte, weil man von seinen oberen Fenstern gerade noch den Dunst über der Geister-Bergkette erkennen konnte. Heute nennt man ihn den Turm des Zauberers. Dort erwarteten ihn Speis und Trank und heißes Wasser, und er nutzte die Zeit, um sich zu waschen, seine schmutzige Reisekleidung mit einem Anzug zu vertauschen, der besser geeignet war, einer Königin gegenüberzutreten, und dann einen langen Brief an Dwyla daheim zu beginnen. Er war immer noch fleißig damit beschäftigt, als Lord Durgh kam, um ihn zu holen.

Wie das schwarze Schloß wirklich aussieht? Na, es ist prächtig, wie man sich vorstellen kann, Hramath, aber vielleicht nicht ganz so, wie du es vor dir siehst. Zunächst war es eine Festung, weißt du, in den alten Zeiten, als Fors nichts weiter als ein militärischer Vorposten war; darum ist es schwarz, denn es ist zum größten Teil aus behauenem *almuri* erbaut, aus den Steinbrüchen nahe Chun. Während der letzten fünfhundert Jahre hat eine Königin nach der anderen versucht, das Schloß für sich selber ein bißchen luxuriöser, wenn nicht gar für ihre Untertanen weniger abschreckend zu gestalten; darum gibt es eine große Zahl von Fenstern und kostbare Teppiche und ungezählte Kronleuchter, sogar an Stellen, wo du nicht mehr als ein Binsenlicht erwarten würdest. Es gibt immer Musik, die immer direkt neben dir ertönt, selbst wenn die Musikanten ein Dutzend Emporen entfernt sind – das ist eine merkwürdige Eigenart von *almuri*, die kein anderer Stein aufweist. Und an den Wänden jedes Gemaches und jedes Flures hängen natürlich richtige Gemälde, nicht bloß die üblichen rostigen Schilde und Teile von Rüstungen – und die Gemälde sind auf echten Stoff oder auf Leinwand gemalt, nicht auf Borke oder rohes Holz, wie es bei uns der Fall ist. Die Speisen und Weine, die den Gästen der Königin vorgesetzt werden, sind die besten, die südlich der Durli-Hügel zu haben sind; die Hofdamen tragen alle Tage Kleider aus Stimezst-Seide; die Betten sind fast zu weich, um bequem zu sein, wenn du verstehst, was ich meine. Oh, es würde dir im schwarzen Schloß in Fors an nichts fehlen, was du dir erträumst, Hramath.

Trotzdem ist das Schloß, genau wie die Stadt auch, immer noch die steinerne Festung, die sie zu allen Zeiten war, und die Silberne Garde nie weiter als einen Raum entfernt, und solch ein Tölpel war Lanak nicht, daß ihm das lange verborgen geblieben wäre. Nicht, daß er besonders auf der Hut war, als Lord Durgh ihn mit einer tiefen Verbeugung zur Audienz bei der Königin bat – ich möchte vielleicht eher sagen, daß er von Anfang an versuchte, sein wunderbares Abenteuer mit den Augen seiner Frau zu sehen, und Dwyla war eine gewitzte Frau vom Land, der sehr wenig entging. Zugegeben, er war ein Zauberer, aber unser Lanak hatte gut daran getan, sie zu heiraten.

Ja, ja, ja, die Königin. Sie empfing Lanak im privatesten ihrer Gemächer, und niemand außer Lord Durgh war anwesend, und sie schickte ihn mit einem Auftrag fort, ehe Lanak noch mit seinen Bücklingen fertig war. Man hat mir erzählt, sie sei eine recht kleine Frau gewesen, von zierlicher Statur, mit einer Fülle dunkler Haare, einem reizend geschwungenen Mund, wasserglatter Haut und Augen, glitzernd und kalt wie die schwarzschimmernden Mauern ihres Schlosses. Sie schien nicht älter zu sein als Lanak, aber natürlich weiß man das bei Königinnen nie genau.

Nun denn. Sie grüßte Lanak höchst majestätisch und liebenswürdig und sagte sogar mit einem reizenden Anflug von Schüchternheit: „Ich habe in diesen Gemächern noch niemals einen Zauberer empfangen. Du mußt mir vergeben, wenn ich nicht recht weiß, wie ich mich benehmen soll."

Das waren ihre genauen Worte, wie sie mir überliefert wurden, und natürlich hätte sie nichts Schlaueres sagen können, um Lanaks Herz zu erreichen, der *wirklich* schüchtern war. Er mußte mehrere Male schwer schlucken, bevor es ihm gelang zu antworten. „Majestät, ich bin kein großer Zauberer, sondern bloß ein Handwerker aus einer Handwerkerstadt. Ich fühle mich hoch geehrt, aber ich weiß dennoch nicht, warum Ihr mich gerufen habt, wo Ihr doch unter Meistern die Wahl habt."

Und er meinte, was er sagte, und die Königin konnte sehen, daß er es meinte, und sie lächelte, wie eine Katze lächelt, die schläft. Sie sagte: „Ich muß in der Tat zugeben, daß ich Zauberer einigermaßen sorgfältig studiert habe. Ich weiß sehr wohl, welche in diesem Reich die Meister sind und welche die Handwerker – ich kenne jeden – und weiß, wer Meisterschaft beansprucht, dem es schwerfallen würde, Sahne in Butter zu verwandeln. Und nirgendwo habe ich Geschichten gehört, die den Nachrichten gleichkämen, die ich von dir erhielt, guter Lanak. Ohne dich aus deiner lieben, kleinen Stadt – deren Namen ich dauernd vergesse – fortzubewegen, hast du den Neid von Zauberern erweckt, deren Namen du gewiß nicht kennst. Ich möchte wissen, was du dazu zu sagen hast."

Lanak wußte überhaupt nicht, was er sagen sollte. Er sah auf seine Hände, wandte den Blick zum blaßrosa Baldachin über dem königlichen Bett und murmelte schließlich: „Ich denke, es ist nicht gut, wenn man beneidet wird. Wenn es stimmt, was Ihr sagtet, beunruhigt es mich ungemein, aber ich kann nicht glauben, daß es so ist. Wie könnten ein Rhyssa, ein K'Shas, ein Tombry Dar einen Lanak aus Karakosk beneiden? Ihr irrt Euch, Majestät, gewiß."

„Königinnen irren sich nie", gab ihm die Königin zur Antwort,

„was selbst große Zauberer wissen müßten.“ Doch sie lächelte Lanak weiter freundlich und nachdenklich an. „Ich werde also deine Geschicklichkeit prüfen, wenn auch nur zu deiner Beruhigung, nicht zu der meinen. Das Wasser meines Gebietes ist nicht das beste, wie du weißt.“

Lanak wußte es. Ihr hier könnt es nicht wissen, nicht einmal die ältesten unter uns. In der Zeit, von der ich spreche, war das Wasser von Fors na'Shachim und des Landes ringsum wegen seiner Bitterkeit berüchtigt. Es war weder schmutzig genug, um ungenießbar zu sein, noch schädlich genug, um Krankheit oder Pest zu bewirken, doch es schmeckte wie Kupfermünzen und Lederfett mit einem leichten Beigeschmack von Kerzenwachs. Kleider, die man in einem Fluß wusch, nahmen eine blasse, unappetitliche Gelbfärbung an, so daß belustigte Fremde ihre Eigentümer rasch daran erkennen konnten; tatsächlich wurden die Bürger von Fors in jenen Tagen oft „Pißhosen“ genannt. Das Wort wird hin und wieder noch immer benutzt, selbst heutzutage, obwohl niemand in der Stadt euch den Grund nennen könnte.

Die Königin sagte: „Ich habe zahlreiche Zauberer aufgefordert, das Wasser von Fors na'Shachim zu verbessern. Ich will einen so bescheidenen Mann nicht in Verlegenheit bringen, indem ich ihre Namen nenne. Es genügt, wenn ich sage, daß nicht ein einziger Erfolg hatte, obgleich sie sich alle im Verschwinden als bewunderungswürdig begabt erwiesen, als ich mein Mißfallen bezeigte.“ Sie beugte sich vor und berührte Lanaks rauhe braune Hand. „Ich bin davon überzeugt, bei dir wird es ganz anders sein.“

Lanak gab hilflos zur Antwort: „Ich werde mein Bestes tun, Majestät. Doch ich hege die schlimme Befürchtung, daß ich Euch, nicht anders als meine Kollegen, enttäuschen werde.“

„Dann hoffe ich, daß du ihnen zumindest im Verschwinden ebenbürtig sein wirst“, erwiderte die Königin. Sie lachte, um ihm zu zeigen, daß das scherzhaft gemeint sei, und erhob sich, um zu erkennen zu geben, daß die Audienz beendet war. Während sich Lanak rückwärts aus dem Raum zurückzog (Dwyla hatte irgendwo etwas über die richtige Art gelesen, sich von königlichen Häuptern zu verabschieden), setzte sie hinzu: „Schlafe wohl, lieber Freund. Was mich betrifft, ich werde gewiß die ganze Nacht wach liegen und mir die Verblüffung meiner Untertanen ausmalen, wenn sie morgen ihren Nachmittagstee aufsetzen."

Lanak jedoch legte sich nicht einmal auf das prächtige weiche Bett, das man für ihn bereithielt. Er schritt im Mondschein im Zimmer auf und ab und versuchte sich nach Kräften vorzustellen, welche Zauberer sich mit ihrer Kunst am Wasser von Fors versucht und welche Zauber sie wohl angewendet haben mochten. Denn die Sprache der Zauberei ist, müßt ihr wissen, wie die der Musik immer gleich: Erst der eine besondere Sänger, erst der eine besondere *chayad*-Spieler, erst der eine besondere Zauberer macht den Unterschied, im Lied wie im Zauber. Lanak ging im Kreis, murmelte während der ganzen Nacht vor sich hin, und am Ende blieb er am Fenster stehen und starrte ausdruckslos nach unten in den dunklen Hof. Und als der Morgen dämmerte, verspeiste er das üppige Frühstück, das ihm der Haushofmeister der Königin persönlich brachte, spülte es mit der dünnen Brühe, die in Fors noch immer als Bier gilt, hinunter, rülpste danach behaglich, lehnte sich im Sessel zurück und verwandelte das Fors-Wasser in ein Wasser, das süßer war als jedes, das man finden konnte, ohne den Ozean zu überqueren. Und so ist es bis auf den heutigen Tag geblieben, obwohl er offensichtlich für das dortige Bier nichts tun konnte.

Die Königin war höchst zufrieden. Sie führte Lanak hinaus auf einen hohen Balkon und brachte ihn dadurch mächtig in Verlegenheit, daß sie ihn ihrem Volk als den Wundertäter zeigte, der für sie getan hatte, was die mächtigsten Zauberer im Land unablässig versprochen und nicht zustande gebracht hatten. Die Leute jubelten ihm ausgelassen zu, feierten ihn den ganzen Tag und den nächsten und waren im großen und ganzen als Untertanen nutzlos, bis die Silbergarde sie zurück an die Arbeit jagte.

Das letztere wurde größtenteils nicht vor Lanaks Augen ausgeführt, doch nicht alles entging ihm.

„Da hast du's", sagte die Königin. „Hast du dich jetzt nicht vergewissert, daß du gut genug zaubern kannst, um mir zu dienen?"

Aber Lanak sagte: „Majestät, es war bloß meinem Glück zu verdanken, daß ich mich auf Wasser verstehe. Es liegt im Wesen des Wassers, daß es selber nicht mag, wenn es übel schmeckt; genau wie Eure Majestät ekelt es sich vor seinem Geschmack. Ich mußte nur das Wasser von Fors na'Shachim *werden*, mich hinabtasten zur Quelle seiner alten Bitterkeit und auch zu dieser werden. Eure anderen Zauberer können keine Leute vom Land gewesen sein, sonst hätten sie das ebenfalls gewußt. Auf dem Land sind Beschwörungen und Bannsprüche das allerwenigste beim Zaubern – man muß begreifen, muß das werden, was man begreift, das ist alles, bei meinem Wort. Meine Königin, Ihr braucht einen Zauberer, der die Welt von Königinnen, Ministern, Hauptleuten, Feldzügen begreift. Verzeiht mir, dieser Mann bin ich nicht."

„Sprich zu mir nicht von dem, was ich brauche", antwortete die Königin, und ihr Tonfall war zum erstenmal schroff. „Sprich von meinen Wünschen, wie ich es von dir erwarte." Doch rasch verbarg sie ihre Ungeduld und tätschelte wieder Lanaks Hand. Sie sagte: „Sehr gut, also dann, laß mich dich einer letzten überflüssigen Prüfung unterwerfen. Es ist mir bekannt und unterliegt keinerlei Zweifel, daß drei hohe Offiziere meiner unbestechlichen Silbergarde im Sold eines ausländischen Fürsten stehen, dessen Name unwichtig ist. Ich kann das nicht beweisen, aber *das* wäre nicht wichtig" – und sie zeigte bloß die Spitzen ihrer Zähne – „wenn ich wüßte, wer sie sind. Spüre diese Verräter für mich auf, schlichter Lanak vom Lande, und sei auf immer meiner Gunst versichert."

Nun hatte Lanak selbst in Karakosk allen Bemühungen widerstanden, ihn mit seinen magischen Talenten zu einem Friedensrichter, Wachtmeister oder Diebsfänger zu machen. Er wollte mit der Forderung der Königin nichts zu tun haben, doch selbst er konnte erkennen, daß es keine höfliche Art der Ablehnung gab, ohne ihre Gastfreundschaft zu verletzen. Also sagte er schließlich: „Sei es drum, doch gebt mir noch einmal die Nacht, damit ich mit meinen Geistern zu Rate gehen kann.“ Und weil das genau die Sprache war, welche die Königin hören wollte, und nicht das Gefasel von Begreifen und Werden, lächelte sie ihr wärmstes Lächeln und überließ Lanak sich selbst. Doch sie hatte auch zwei vertrauenswürdige Bewaffnete zurückgelassen, die in dieser Nacht auf- und abrasselten, und einen weiteren Mann unter seinem Fenster, weil man bei Zauberern mit allem rechnen mußte.

Und so war dem armen Lanak eine weitere schlaflose Nacht beschieden, der sich so friedlich daran gewöhnt hatte, sich eng an Dwyla anzukuscheln, einen Arm um sie gelegt und ihre kalten Füße zwischen den seinen. Wie zuvor brütete und grübelte er, machte sich selber mit lauter Stimme Vorschläge, wie er vorgehen sollte, und brach jedesmal ab, um sich selbst als unfähigen Narren zu verspotten. Doch irgendwann zwischen tiefer Mitternacht und Morgendämmerung wurde er wie schon einmal ganz still, so still, wie nur ein Zauberer still sein kann; und nach und nach begann er, im Staub auf dem Fenstersims merkwürdige Linien und Formen zu zeichnen, und dann begann er Worte zu sagen. Sie ergaben nicht mehr Sinn als die Staubspuren, die er zog; auch war nichts großartig Rätselhaftes in ihrem Klang. Allmählich hörte er auf zu sprechen und lehnte nur den Kopf ans Fenster wie ein Kind an einem regnerischen Tag, starrte stumm in den Hof hinab. Ich glaube, daß er sogar ein bißchen schlief, die Augen halb geöffnet, denn er war rechtschaffen müde.

Und mit einemmal, was glaubt ihr – da kam das Geräusch rascher Hufschläge auf Stein, und ein Reiter in der funkelnden Uniform der Silbergarde klapperte über den Hof, am inneren Wachhaus vorbei, ohne dem schläfrigen Posten einen Blick zu schenken, und sprengte in vollem Galopp dem Fallgitter zu.

Nichts rührte sich im schwarzen Schloß, am allerwenigsten der Zauberer Lanak.

Nach einer Stunde, vielleicht früher, da entfernt sich, bei allen seefahrenden Göttern des schrecklichen Goro-Volkes, ein zweiter Reiter von Fors, so rasch er kann. Ihm auf den Fersen kommt keuchend ein dritter, und was Lanak von seinem Gesicht im eisigen Mondlicht erkennen kann, ist verzerrt, versteinert vor Angst. Ihnen folgt niemand mehr, doch Lanak lehnt die ganze restliche Nacht am Fenster, wer weiß, ob er schlief oder nicht.

Am Morgen ging er zur Königin in den Thronsaal und sagte ihr, sie solle die Silbergarde zur Parade antreten lassen. Da sie gewohnt war, das nicht öfter als einmal in der Woche zu tun, blickte sie Lanak mit einiger Überraschung an, doch sie tat, was er sagte. Und als sie feststellte, daß drei ihrer ranghöchsten Offiziere weder als anwesend gemeldet noch irgendwo zu finden waren, wo sie sie hatte suchen lassen, wandte sie sich an Lanak und schrie ihm wütend ins Gesicht: „Du hast sie gewarnt! Du hast ihnen geholfen, mir zu entkommen!"

„Nichts dergleichen tat ich", sagte Lanak ruhig. Selbst ein kindlicher Mann vom Lande kann königliche Größe richtig einschätzen, läßt man ihm nur genug Zeit, und inzwischen hatte er die Königin durchschaut. „Um herauszufinden, wer Eure Abtrünnigen waren, legte ich einen Zauber von Furcht über Eure ganze Garnison, einen Zauber von Schuld und dem unvernünftigen Entsetzen, entdeckt zu werden. Diese drei gerieten in Panik und flohen in der Nacht und können Euch nichts Böses mehr zufügen."

„Ich wollte sie haben", sagte die Königin. Ihr Gesicht war jetzt sehr bleich und ihre Stimme so leise wie sanft. „Ich wollte sie mit gebrochenen Knochen und abgezogener Haut an meinem Balkon hängen sehen, noch ein bißchen lebendig, in der Sonne dörrend. Ich bin sehr enttäuscht, Lanak."

„Nun", sagte Lanak reumütig, „ich sagte Euch, daß ich nicht die rechte Art Zauberer für eine Königin sei." In Miene und Betragen zeigte er sich niedergeschlagen, ja trübsinnig, und er gab sich alle Mühe, seinen Jubel vor dem Überschäumen zu bewahren. Die Königin würde gar nicht anders können, als ihn auf der Stelle aus ihren Diensten zu entlassen, und er konnte, sich selbst überlassen und unbehelligt von berittenen Gefährten, zum Mittagessen wieder in Karakosk sein, seine Tochter auf den Knien wiegen und Dwyla erzählen, wie es war, im schwarzen Schloß zu speisen, während Musikanten aufspielten. Aber die Königin brachte ihn durcheinander.

„Nein, das bist du nicht", sagte sie, und ihre Stimme war völlig ausdruckslos. „Keiner von euch ist das, keiner dieser Lackaffen und Wichtigtuer. Aber das war mir seit langem klar, als ich erkannte, was ich tun mußte, um mein Verlangen zu erfüllen." Sie starrte ihn aus dem tiefsten Grund ihrer dunklen, schimmernden Augen an; und Lanak, der, ohne jemals darüber nachzudenken, sehr wenig fürchtete, erwiderte ihren Blick und bekam Angst.

„Du wirst mich unterweisen", sagte die Königin. „Du wirst mich deine Zauberkraft lehren – alles, was damit zusammenhängt, jeden Zauberspruch, jede Geste, jeden Runenzauber, jeden Zauberreim. Verstehst du mich?"

Lanak versuchte zu sprechen, doch sie gebot ihm mit einer Handbewegung Schweigen und zeigte ihm abermals die Spitzen ihrer Zähne. Sie sagte: „Verstehst du mich? Du wirst diesen Ort nicht eher verlassen, bis ich nicht alles weiß, was du weißt. Alles."

„Ihr werdet Euer ganzes Leben dazu brauchen", flüsterte Lanak. „Es ist nicht damit getan, einen Zauberspruch zu lernen oder ein Dutzend. Es ist immer so, daß man zu einem Zauberer *wird*, immer ..."

„Wieder dieses *werden*", fauchte die Königin verächtlich. „Ich habe dir nicht befohlen, mir die Philosophie des Zauberns beizubringen – es ist dein Zauber selbst, denn ich begehre, und ich werde ihn bekommen, da kannst du ganz sicher sein."

Ihr Ton wurde jetzt milder, und sie nahm wieder die heuchlerische Sanftmut an, mit der sie ihn empfangen hatte. „Es wird nicht annähernd so lange dauern wie mein Leben, guter Lanak. Du wirst in mir eine recht gute Schülerin finden – ich lerne rasch, wenn die Sache mich interessiert. Wir werden morgen beginnen, und ich verspreche, dich am Ende des ersten Tages zu überraschen. Übrigens, Lanak" – und ihre Stimme wurde abermals ausdruckslos und streng – „bitte, daß dir auch nicht der Schatten eines Gedankens in den Sinn kommt, mich auf Zaubererart zu verlassen. Deine Frau und dein Kind im niedlichen kleinen Karakosk wüßten dir keinen Dank dafür."

Lanak, der nur zwei kurze Formeln und einmal Aufstampfen mit dem Fuß brauchte, um eben genau das zu tun, wurde auf der Stelle zu Stein. Wie aus weiter Ferne drang seine eigene Stimme an sein Ohr, und sie war ausdruckslos, als er sagte: „Wenn Ihr ihnen ein Leid angetan habt, werde ich dieses Schloß Stein für Stein niederreißen, um einen Grabhügel für Euch daraus zu machen. Das liegt in meiner Macht."

„Ich hoffe, daß du das kannst", gab die Königin ihm zur Antwort. „Warum sollte ich mit einem Zauberer lernen wollen, der weniger vermöchte? Und ja, du könntest deine liebe Familie gesund in deinen Armen halten, Tage ehe ich den Männern eine Nachricht zukommen lassen könnte, die freundlich über sie wachen, seit du dein Heim verlassen hast. Und du könntest mit einem Wedeln deiner Hand diese Männer vernichten, wenn sie und tausend ihresgleichen und hinter ihnen weitere tausend gegen dich anrückten – das alles weiß ich, glaube mir, ich weiß es." Ihr schläfriges Katzenlächeln wurde breiter und freundlicher, als sie sprach.

„Aber wie lange, Lanak? Wie lange kannst du deiner Familie die Sicherheit bewahren, was glaubst du? Vergiß die Legionen, denn ich bin keine solche Närrin, gegen einen Mann wie dich mein Vertrauen auf Lanzen und Rüstungen zu setzen. Ich spreche von dem Messer auf dem Marktplatz, den durchgehenden Kutschpferden in der überfüllten Straße, dem Pfeil, der im Zwielicht im Küchengarten fliegt. Ist dein Zauber – nein, ist deine *Aufmerksamkeit* mächtig genug, jene zu schützen, die jede Minute ihres Lebens lieben? Sie sollte es besser, Lanak. Ich habe meine Schwächen, ob Königin oder nicht, doch noch nie hat jemand von mir gesagt, ich wäre nicht geduldig. Ich werde nicht müde werden, auf meine Gelegenheit zu warten, und ich werde nicht vergessen. Bedenke das wohl, Zauberer, bevor du mir Lebewohl sagst."

Lanak sagte lange Zeit nichts. Sie sahen einander an, allein in dem großen, kalten Thronsaal, geschmückt mit den feierlichen Wappenschildern und Bannern von hundert ehemaligen Königinnen, und ich kann euch nicht erzählen, was ihre Augen sich sagten. Doch schließlich sagte Lanak: „So sei es denn. Ich werde Euch beibringen, was ich weiß."

„Ich bin dankbar und fühle mich hoch geehrt", erwiderte die Königin, und es war fast kein Spott in ihrer Stimme. „Wenn du deine Aufgabe erfüllt hast, darfst du in Frieden gehen und mit so vielen Geschenken einer Königin an deine Familie, daß du sie kaum tragen kannst. Bis morgen also." Und sie neigte anmutig ihr Haupt, um anzudeuten, daß er sich gebückt zurückziehen dürfe.

Wenn niemand etwas dagegen hat, werde ich rasch über das hinweggehen, was Lanak in jener Nacht in seiner Einsamkeit dachte, empfand und tat – selbst über die Frage, ob er schlief oder nicht, wobei ich zuversichtlich hoffe, daß er schlief. Ich hege starke Zweifel, ob einer von euch oder ich hätte schlafen können, aber Zauberer sind ganz anders als ihr und ich. Es war das Pech der Königin, daß sie sich, obgleich sie so schlau war, einfach nicht vorstellen konnte, wie verschieden Zauberer von anderen Leuten sind.

Auf jeden Fall erschien sie früh am Morgen in Lanaks Gemächern, genau wie eine emsige Schülerin, die hofft, einen guten Eindruck auf ihren Lehrer zu machen. Und die Wahrheit ist, daß ihr das vollauf gelang. Sie hatte nicht geprahlt, als sie gesagt hatte, sie lerne rasch; gegen Nachmittag hatte er mit ihr bereits die Ersten Grundsätze der Zauberei durchgenommen, die zugleich simpel wie ein Kinderlied und trügerisch wie gebuttertes Eis sind. Viele Zauberer werden euch bestätigen, daß nichts in ihrer späteren Ausbildung so schwierig gewesen ist wie das Verstehen der Ersten Grundsätze. Selbst Kirisinja brauchte dazu acht Monate – das erzählt man sich jedenfalls.

Und die Königin überraschte Lanak an diesem Tage in der Tat, als er, um den Sechsten Grundsatz zu verdeutlichen, einen Winterapfel sich auflösen ließ und sie umgehend seine Geste umkehrte und den Apfel wiederkehren ließ. Elementares Wissen, gewiß; aber da der Sechste Grundsatz das Zurückbringen einschließt, zwar nicht des verschwundenen Gegenstandes selbst, sondern den allerletzten Augenblick, in dem der Gegenstand noch existiert hat, ist leicht zu begreifen, warum Lanak mehr als überrascht war. Viele Leute haben zumindest ein kleines Talent zum Zaubern, aber die meisten sterben, ohne es jemals zu nutzen. Die Königin kannte ihr Talent.

Jetzt werde ich euch erzählen, wie schrecklich es für Lanak war, als er feststellte, daß es ihm Spaß machte, sie zu unterrichten, daß er sogar anfing, sich auf den Unterricht zu freuen. Er hatte seine Kunst noch nie gelehrt und auch nicht viele Gelegenheiten gehabt, sie mit anderen Zauberern zu erörtern. Dwyla verstand soviel wie nötig vom praktischen Alltagsleben mit Zauberei, doch wie der Königin war es ihr gleichgültig, was die Kreidekreise und Drudenfüße bedeuteten, die sie am Morgen vom Boden schrubbte. Aber die Königin war wenigstens scharf darauf, zu erfahren, was einen Zauberspruch oder die Wirksamkeit auch des geringsten Zaubers möglicherweise beeinflussen konnte. Lanak hatte zuweilen ausgesprochene Schuldgefühle, daß er an der Arbeit mit ihr so viel Freude hatte.

Was sie mit den Fähigkeiten, die sie von ihm erwarb, vorhatte, darüber machte er sich nämlich überhaupt keine Illusionen. Sie sagte es mehr als einmal selber: „Dieses ganze Reich südlich der Durlis sollte ein echtes Königreich sein, ein Weltreich – und was ist es? Nichts als ein rostiger Haufen zugewucherter Familiensitze, so kraftlos, daß es nicht einmal zu einem richtigen Krieg reicht. Aber wenn ich eine Zauberin bin, werden Wir uns *darum* kümmern. Glaube mir, das tun Wir.“

„Majestät, Ihr werdet nie eine Zauberin sein“, pflegte Lanak ihr klipp und klar zu antworten. „Wenn wir fertig sind, mögt Ihr das Handwerk eines Zauberers beherrschen, ja. Das ist keinesfalls dasselbe.“

Dann pflegte die Königin zu lachen: Das prustende Gekicher eines Kindes, das die unerbittliche Lust an der Macht nie völlig verhüllte. „Es wird mir ebensogut nützen, mein lieber Lanak. Alles wird mir nützen, in Kürze.“

Und Lanak wurde klar, daß dieses *in Kürze* mehr als rasch Wirklichkeit werden konnte, wenn die Königin weiterhin so erstaunliche Fortschritte machte. Sie verschlang das Wissen mehr, als daß sie es erlernte, verknüpfte die Zaubersprüche, die er sie lehrte, so wie sie plante, die kleinen Stadtstaaten, Provinzen und Fürstentümer, die sie verhöhnte, miteinander zu verknüpfen. Er hatte keinen Zweifel, daß sie es konnte: Jeder fähige Zauberer hätte eine so unkomplizierte Sache längst bewerkstelligen können, wären Zauberer überhaupt an dieser Art von Macht interessiert, was nicht der Fall ist. Selbst der bösartigste Zauberer hat kein echtes Interesse an Land oder Reichtum oder großem Ruhm in der vergänglichen Welt. Das ist ein Spiel für Könige und für Königinnen – was jene anderen begehren, ist eine Geschichte, die ich hier nicht erzählen will.

Was nun unsere Geschichte angeht – sie hätte ganz anders ausgehen können, wenn Lanak nicht ein verheirateter Mann gewesen wäre. Wie ich schon sagte, nehmen Zauberer und Zauberinnen fast nie eine Frau oder einen Ehemann; wenn sie schlaflos im Bett liegen, dann weil sie heftig über ethische Grundsätze der Zauberei, über die logische Grundlage der Illusion oder den Einfluß der Gestirne auf Gestaltverwandlung nachgrübeln. Doch Lanaks Nächte wurden von seinen beständigen Sorgen um Dwyla und das Kind heimgesucht, von Dwylas Sorge um ihn (er hatte es seit Wochen nicht gewagt, mit ihr Verbindung aufzunehmen, nicht einmal durch Mittel der Magie, aus

Furcht, ihre Wächter zu reizen) und dem tiefsitzenden Zorn eines sanften Mannes. Und vor letzterem muß man sehr auf der Hut sein, ob unser Mann ein Zauberer ist oder nicht. Aber die Königin hatte solche Dinge nie berücksichtigen müssen. Lanak ebensowenig, wenn man es genau nimmt.

Nun denn. Die Königin lernte also mit der Zeit mehr Zauberformeln kennen, als irgendein anderer, Zauberer ausgenommen, je gekannt hat; und überdies lernte sie sie schneller, als es einem echten Zauberlehrling je möglich gewesen wäre. Sie schritt durch die Mauern ihres Schlosses, versetzte ihre Diener und Soldaten in äußerstes Entsetzen, die sie für ihren eigenen Geist hielten; sie ließ die Gerichte, die in den großen Küchen für sie zubereitet wurden, aufsteigen und feierlich durch die Hallen auf ihren Eßtisch schweben; zuweilen hinterließ sie einen lächelnden königlichen Schatten, der mit Ministern und Beratern debattierte, während sie selber unbemerkt entschlüpfte, um von ihrem höchsten Turm weit über die Länder zu schauen, die sie zu beherrschen vorhatte. Es gibt eine Sage – eine Sage, wohlgemerkt –, daß sie, als ihre Fähigkeiten gewachsen waren, dazu überging, durch die mitternächtlichen Gassen der Stadt zu streifen, in der Gestalt eines schlanken *lourijakh* mit menschlichem Gesicht, der geradewegs aus den Ödlanden gekommen zu sein schien. Es wird weiterhin erzählt, daß sie in dieser Gestalt niemals hungerte, aber das glaube ich nicht. Lanak hätte das nie zugelassen, dessen bin ich ganz sicher.

Endlich sagte Lanak zu ihr: „Ich habe meinen Teil unserer Abmachung eingehalten, Majestät. Ihr wißt jetzt, was ich weiß – kennt jeden Zauberspruch, jeden Runenzauber, jeden Reim. Ausgenommen vielleicht –", und er hustete plötzlich und schaute zur Seite, weil er offenbar versuchte, das verräterische Wort zu verschlucken. Jedoch es war zu spät.

„Ausgenommen", wiederholte die Königin. Ihre Stimme war hell, ihr Tonfall zwar respektvoll neugierig, aber ihre Augen waren leuchtende Steine. „Ausgenommen was, Meister?" Als

Lanak nicht antwortete, sprach sie noch einmal, und nur ein Wort: „Lanak."

Lanak seufzte und sah sie immer noch nicht an. „Heimsuchungen", murmelte er. „Ich brachte Euch nichts über Heimsuchungen bei, weil ich sie selber nicht benutze. Ich würde nie eine Heimsuchung verwenden, aus keinem Grund. Niemals."

Die Königin sagte: „Aber du weißt, wie es gemacht wird."

„Ja, ja", erwiderte Lanak. Er rieb sich heftig die Hände und schauderte, obwohl es für diese Jahreszeit ein heißer Tag war. Er sagte: „Eine Heimsuchung bedeutet Tod. Das ist ihr einziger Zweck – ob sie ihr Opfer je berührt oder nicht, ihre Anwesenheit tötet. Sie kann als gewöhnlicher Mann oder als gewöhnliche Frau erscheinen, in der Gestalt jedes Tieres, ob als Schlange, *shukri* oder Fels-*targ* – doch in Wahrheit ist sie der innersten Natur des Zauberers entsprungen, der sie beherrscht. Und doch ist sie nicht mit dem Zauberer gleichzusetzen, auf gar keinen Fall." Seine Stimme wurde drängender, und er sah die Königin offen an. „Majestät. Zauber ist von Natur aus weder gut noch schlecht, aber eine Heimsuchung ist ihrer Natur nach böse, immer. Wie Ihr das, was ich Euch lehrte, benutzen werdet, ist Eure eigene Sache – aber fragt mich nicht mehr nach Heimsuchungen. Ich flehe Euch an, fragt mich nie wieder."

„Oh, aber ich muß", erwiderte die Königin liebenswürdig. „Ich muß einfach fragen, weil du meine Neugier so sehr angestachelt hast. Und du mußt es mir erzählen, lieber Lanak." Sie starrten einander an, und ich glaube, in Lanaks Augen war etwas zu lesen, das die Königin hinzufügen ließ: „Natürlich habe ich nicht die Absicht, so etwas jemals zu benutzen. Schließlich bist du mein Meister, und ich nehme deine Worte außerordentlich ernst. Darum will ich auch alle hören. Alle. Lanak."

Also belehrte Lanak sie über Heimsuchungen.

Er brauchte dazu mehr als zwei Wochen: Immer noch viel weniger Zeit, als nötig gewesen wäre, wenn man allein das Auswendiglernen bedenkt, ganz zu schweigen von den peinlichen Ritualen, den Kräutern, die gesammelt und zu stinkenden Gebräuen verkocht werden müssen, die gnadenlose Kasteiung des Geistes – und alles für eine simple Heimsuchung! Aber die Königin nahm alles so hin, als wäre es nicht mehr als eine weitere Unterweisung im Vorhersagen des Geschlechtes bei einem Kind oder des besten Monats zum Pflanzen. Wahrlich, diese Dame war eine bemerkenswerte Frau, daran besteht kein Zweifel.

Am Ende sagte sie: „Gut, Lanak, du hast dein Wort in der Tat gehalten, und ich werde das meine halten. Wenn du es willst, kannst du in diesem Augenblick zu Haus und Herd zurückkehren, obwohl es mir wirklich eine große Ehre wäre, wenn es dir beliebte, an diesem letzten Abend mit mir zu speisen. Ich kann mir nicht vorstellen, daß wir uns noch einmal begegnen, und ich möchte dir meine Hochachtung bezeigen, wenn ich darf. Ich mag mich ja zuweilen ein wenig über dich lustig gemacht haben, aber nicht, wenn ich dich *Meister* nenne." Und sie sah so jung aus, als sie das sagte, und so ernst und so besorgt, daß Lanak nichts anderes übrigblieb als zu nicken.

In jener Nacht setzte die Königin Lanak ein Essen vor, wie er es nie wieder in seinem Leben genoß, und er wurde sehr alt und berühmter, als ihm behagte. Sie tranken zusammen eine tüchtige Menge Wein – ja, ihr habt ganz recht, Chashi, die Weinberge dieser Provinz haben das schwarze Schloß immer beliefert –, und beide lachten mehr, als ihr euch denken könnt; und Lanak sang sogar ein paar Takte eines alten Liedes, das die Leute von Karakosk über ihre Herrscher in Fors na'Shachim singen, was die Königin so zum Lachen brachte, daß sie ihren Wein verschüttete. Dennoch war Lanak, als er zu seinen Gemächern aufbrach, von außerordentlicher, eiskalter Nüchternheit, und er wußte, auch die Königin war es. In der Tür drehte er sich um und sagte zu ihr: „Vor allem merkt Euch das allerletzte Wort eines Zauberspruchs. Es ist ein sicherer Schutz, sollte etwas schiefgehen."

„Das habe ich vollkommen begriffen", erwiderte die Königin. „Ich glaube nicht, daß ich es je brauchen werde."

„Und merkt Euch auch dies“, sagte Lanak. „Heimsuchungen nennen niemanden *Meister*. Niemanden.“

„Ja“, sagte die Königin. „Ja. Gute Nacht, Lanak.“

In dieser Nacht ging Lanak nicht zu Bett. Bei Kerzenlicht faltete er sorgfältig die Kleider zusammen, die Dwyla für ihn eingepackt hatte – wie lange war das her! –, und tat sie wieder in seine Reisetasche, zusammen mit den Geschenken und den kleinen Andenken, die er für sie und ihre Tochter gekauft oder die ihm die Königin gegeben hatte. Als er fertig war, stand der Mond niedrig im Osten, und er konnte eine neue Wache Posten auf den Schloßmauern beziehen hören. Aber er legte sich nicht nieder.

Wärt ihr dort gewesen, hättet ihr verblüfft zugesehen, wie er seine Arme genauso sorgfältig, wie er seine Tasche gepackt hatte, um seine Schultern legte; und selbst wenn ihr die Worte nicht verstanden hättet, die er murmelte, hättet ihr gesehen, wie er sich auf Zehenspitzen stellte – ein bißchen zu hoch, meint ihr? – und sich dann auf merkwürdige Art zu drehen begann, schneller und schneller, bis er sich in die Luft erhob, zur gewölbten Decke schwebte und in einer Ecke verschwand, wohin der Kerzenschein nicht reichte. Und wie er dort blieb und wie lange, kann ich nicht sagen.

Nach und nach, als alle Kerzen bis auf eine niedergebrannt waren und jedes andere Geräusch im schwarzen Schloß längst von anderen hohen, kalten Winkeln verschluckt war, da war auf dem Flur just vor seiner Tür das schwache Kratzen von Krallen auf Stein zu hören. Niemand rüttelte am Griff, niemand versuchte sich am Schloß – Lanak hatte den Schlüssel nicht herumgedreht –, es war einfach etwas im Raum. Die Schatten an der Tür verbargen es anfangs, aber ihr hättet gewußt, daß es da war, ganz gleich, ob man es sehen konnte oder nicht.

Es machte einen Schritt vorwärts, halb ins zitternde Licht hinein. Es stand auf zwei Beinen, sah aber aus, als könnte es jeden Augenblick auf vier zurückfallen. Die Beine waren zu lang und an den falschen Stellen gebogen, während die Arme – oder Vorderbeine, was immer sie waren – dick waren und ohne Gelenke und wegen der Krallen zu kurz wirkten. Rostig-grüne Schuppen schimmerten, und Bauch und Brust hingen schwer über – wie bei einem *sheknath*, ja, Gri, aber es war auch von einer kränklichen Weichheit, wie sie niemand je an einem lebendigen *sheknath* sah. Es war nicht tot und nicht lebendig, und es roch wie feuchte, verfaulende Blätter.

Dann machte es einen zweiten Schritt, und der Kerzenschein huschte über sein Gesicht. Es war das Gesicht der Königin.

Nicht ganz ihr Gesicht, nein, denn die feinen Züge waren verwischt, wie von Schichten alter Spinnweben überdeckt, und die rostige Haut schien von ihren Augen fortzueilen wie Wasser, das sich unter einem kleinen Wind kräuselt. Aber es waren Tränen darauf, einige wenige goldene, wo das Licht sie traf.

In der Dunkelheit sprach Lanak sehr leise: „Ich habe etwas Schreckliches getan." Die Königin oder das, was von der Königin übrig war, drehte sich schwerfällig seiner Stimme zu, ihre ausdruckslosen schwarzen Augen suchten nach ihm. Lanak sagte: „Aber ich sah keinen Ausweg."

Die Kreatur hob ihren mißgestalteten Kopf dem Klang entgegen, so daß Lanak zum erstenmal sehen konnte, was mit dem Haar der Königin passiert war. Der Mund krümmte sich entsetzlich, zeigte splitternde braune Zähne, und die Augen waren beim Klang seiner Stimme plötzlich groß und tödlich hell geworden.

„Etwas Schreckliches", sagte Lanak noch einmal. „Es bestand für mich keine Notwendigkeit, Heimsuchungen zu erwähnen, weil ich Euch kannte. Ich wußte sehr wohl, daß Ihr mir befehlen würdet, Euch zu lehren, wie man sie herbeiruft, und daß Ihr damit anfangen würdet, sobald ich außer Sicht war. Ich habe keine Ahnung, für wen diese erste Heimsuchung bestimmt war. Vielleicht für den Rat in Sukk'ai jenseits der Berge – vielleicht für den Jiril von Derridow – vielleicht sogar für mich, warum nicht? Heimsuchungen nennen schließlich niemanden *Meister*, und Ihr könntet durchaus das Gefühl haben, daß es sicherer sei, mich zum Schweigen zu bringen. War das Euer Plan, Majestät?"

Die Königin-Kreatur machte ein Geräusch. Es war so entsetzlich, daß es euch oder mir die Knochen hätte aufweichen oder die Herzen hätte brechen können, wer kann das sagen? Lanak fuhr fort: „Das letzte Wort der Heimsuchung. Ich habe Euch nicht belogen, nicht ganz. Es ist in der Tat ein Schutz gegen die Heimsuchung – aber nicht für den, der sie schickt. Statt dessen durchkreuzt es den ganzen Zauber und macht ihn zunichte, weil es das Ziel vor der Bosheit des Feindes schützt. Folglich habt Ihr Euren Bogen gespannt und den Pfeil fliegen lassen und ihn aus der Bahn geschlagen, alles mit demselben Zauberspruch. Mein Werk." Ich könnte mir vorstellen, daß seine Stimme langsam und müde war.

„Aber Heimsuchungen nennen niemanden *Meister*. Ich warnte Euch. Als die Heimsuchung erkannte, daß ihr wahrer Ursprung sich gegen sie stellte, wandte sie sich wie rasend gegen ihre Quelle und einzige Heimat – gegen Euch. Und als sie sich weder selber vernichten noch sich mit der Seele, die sie ersann, wieder vereinigen konnte, zog sie es vor, so gut sie konnte in Eurem Körper aufzugehen. Und so geschah es. Darum."

Irgendwo in der Stadt krähte ein Hahn, obwohl kein Morgenschimmer am Himmel zu sehen war. Die Königin-Kreatur schwankte und blickte Lanak mit rasendem Flehen an. Er sagte bedrückt: „Oh, das ist alles schlimm. Es liegt kein Segen darauf. Ich glaube nicht, daß ich Dwyla jemals davon werde erzählen können. Majestät, ich empfinde keine Liebe für Euch, aber ich kann Euch nicht hassen, wenn ich Euch so sehe." Er gab einige rauhe Worte von sich, die er mit großer Sorgfalt aussprach. Falls er sie mit Gesten begleitete, waren sie natürlich nicht zu sehen.

Die Königin-Kreatur begann zu leuchten. Sie entflammte heller und heller, zuerst an ihren Rändern und dann im Inneren, bis selbst Lanak die Augen schließen mußte. Sogar jetzt noch klebte das Bild unbarmherzig an den Innenseiten seiner Lider wie die klebrige Glut, welche die Leute vom Stamm der Dariki in ihren Höhlen beim Hafen Grannach entzünden. Er sah die Umrisse der Königin und ihrer Heimsuchung, getrennt und zusammen zur selben Zeit: sie in ihrem Stolz, ihrer Schönheit, ihrem Scharfsinn, und das andere – *jenes andere* –, welches sie im Feuer umfing. Dann war es verschwunden, doch ich glaube, daß Lanak in Wirklichkeit nie aufhörte, sie zu sehen. Ich kann mich irren.

Der Raum brachte jetzt tatsächlich ein bißchen Licht hervor, und draußen gesellte sich zum Krähen das Wehklagen eines Nounouris bei seinem Morgengebet. Es gibt viele Nounos in Fors, jedenfalls früher. In die Stille, die keine Leere war, sagte Lanak: „Niemand sonst wird Euch je sehen. Ich kann Eurem Leiden kein Ende machen, aber Ihr müßt es nicht vor den Augen aller ertragen. Und wenn ein Größerer als ich mehr tun kann, werde ich ihn herschicken. Vergebt mir, Majestät, und lebt wohl."

Nun, das ist die ganze Geschichte, und sie ist länger geworden, als ich vorhatte, wofür ich meinerseits um Entschuldigung bitte. Lanak kehrte heim nach Karakosk, zu Dwyla und seiner Tochter und zu den Feldern, seinem schwarzen Bier und seinen Feuerwerken; und er tat sein Bestes, aus allen anderen Geschichten und Erinnerungen zu verschwinden. Es gelang ihm nicht ganz – aber so ist das nun mal, wenn man gegen den eigenen Ehrgeiz eine Sache zu gut beherrscht. Ich will nichts mehr über ihn sagen, was ihn gewiß froh gemacht hätte.

Noch einmal zur Königin. Als ich zuletzt in Fors na'Shachim war, vor gar nicht so langer Zeit, gab es immer noch ein paar Straßenhändler, die jedem, der als Gast im schwarzen Schloß erwartet wurde, Zauber anboten. Sie sollten vor dem traurigen und rachsüchtigen Geist schützen, der diese Hallen selbst jetzt noch durchstreift. Übrigens ist der Verkauf strengstens verboten – du kannst deine Hand einbüßen, wenn du sie kaufst, und deinen Kopf, wenn du sie verkaufst. Ich selbst habe Nächte im Schloß ohne diesen Schutz zugebracht, und mir ist nie Böses widerfahren. Es sei denn, ihr rechnet meine Träume dazu.

Die tragische Geschichte von den Schauspielern des Jiril

Bis auf den heutigen Tag wird Lisonje Ihnen erzählen, daß alles, was in Derridow geschah, hätte vermieden werden können, wenn ich nur ein wenig Weitblick und ein wenig Entschlossenheit bewiesen hätte. Das von einer Frau, die dreißig Jahre lang ständig gejammert hat, ich sei, alles was recht ist, richtig besessen davon, jede Kleinigkeit des Betriebs meiner Truppe im Griff zu haben, vom erwünschten ständigen Kontakt mit den Bürgern am Ort außerhalb der Bühne bis hin zur genauen Zahl der wöchentlichen Proben für *Der Blinde König* oder *Die Komödie von den drei Priestern*. Wenn ich jetzt bestimmte Lehren aus einem Leben ziehe, das ich sehr oft damit verbracht habe, daß ich auf zwei Planken, die in einem Scheunenhof auf zwei schlammige Schragen gelegt waren, schwankend Verse plärrte und versuchte, die Schauspieler so einzusetzen, wie es mir Klugheit und Berufserfahrung zu erfordern schienen – wieso macht mich das zu einem kleinkrämerischen, pedantischen, nörgeligen, anmaßenden, zänkischen Tyrannen? Fragen Sie Lisonje.

Und doch sieht sie überhaupt keinen Widerspruch darin zu behaupten, daß ich vor zwanzig Jahren in Derridow hätte entschlossener sein müssen! Mit einer Frau wie ihr kann man nicht vernünftig reden, und versuchte man's, hätte man auch keine Aussicht, sie zu überzeugen; und die Götter wissen, man könnte nicht mit ihr leben oder arbeiten, wäre sie nicht – wenn sie richtig besetzt und in der rechten Stimmung ist – beinahe so gut, wie sie zu sein meint. Man muß seinem Zorn Zügel anlegen und daran denken, daß man trotzdem keine Seele sehen wird – keine aus Leishai zumindest –, deren Lady Vigga oder Sul'yarak der ihren das Wasser reichen könnte. Nein, ich gehe noch weiter, wenn es sein muß, und ich sage es im Vertrauen, daß sie Ihnen in vier von fünf Vorstellungen selbst in ihrem Alter ein makelloses, makelloses Fräulein Haja gibt. *Das* werde ich ihr nie sagen, nicht mal auf meinem Totenbett; aber Sie sind ja selber ein Mann vom Gewerbe, Sie kennen dieses Leben. Die besten unter ihnen sind Kinder. Die besonders.

Kennen Sie meine Truppe? Aha. Nun ja, ich kenne die Ihre auch nicht. Traurig, wirklich, verwerflich, wenn Sie es recht bedenken – wir, zwei Männer der Bühne, erfahrene Theaterdirektoren, beide alte Hasen, erprobt in dem Geschäft, Wagenladungen talentierter Hysteriker von einem Ort zum anderen zu karren, ihnen ohne Ende durch Schmeicheln und Kosen die allergewöhnlichsten Gefälligkeiten abzuluchsen, ganz zu schweigen von so etwas wie einer Vorstellung. Und doch haben sich unsere Wege nie gekreuzt, nie haben wir vor heute abend je voneinander gehört. Traurig, traurig, heutzutage gibt es zu wenige von unserer Sorte. Auf Ihr Wohl, Kollege.

Nein, nein. Ich muß zu meiner Schande gestehen, daß wir das klassische Repertoire nicht spielen, so sehr wir das auch möchten. Nicht, daß wir es nicht könnten – Sie werden in meiner Truppe niemanden finden, bis zum untersten Grünschnabel, der seinen Jurai oder ihre Shaska nicht auswendig könnte, Szene für Szene, Rolle für Rolle. Ich will's nicht anders haben, und sie wissen das. Vielleicht sind wir ein wenig heruntergekommen, wenn Sie wollen; vielleicht verbringen wir eine staubige Spielzeit nach der anderen damit, durch dieselben unaussprechlich öden, pestverseuchten Provinzstädte zu ziehen, aber unsere eigenen Maßstäbe sind dafür um so höher, das kann ich Ihnen versichern. Wir könnten heute abend *Des Reiters Tragödie* spielen, wären binnen zehn Minuten fertig, selbst Lisonje würde das sagen. Ja, sie würde es.

Aber niemand wird uns um *Des Reiters Tragödie* bitten oder um irgendein anderes Meisterwerk dieser Art, nicht in dieser

Dreckswildnis. Doch, ja – gelegentlich werden wir immer noch von irgendeiner Gilde, einem Stadtrat, sogar von einem kleinen Fürstchen aufgefordert, den *Aufstand der Fischer* oder *Die Hochzeit des verruchten Lords Hassidanya* aufzuführen; ansonsten placken wir uns ab, bringen unsere ländlichen Possen von Priestern und Ehebrechern auf die Bühne, unsere himmelschreiend verlogenen Historien, unsere grotesk-lächerlichen Heldensagen von Helden, die es nie gab. Im Grunde sind Lisonje und ich – na ja, und Trygvalin, unser alter jugendlicher Held, und Nususir, die alle alten Weiber, Ammen und Hexen spielt, weil Lisonje mit solchen Rollen nichts zu tun haben will – inzwischen sind wir vier die einzigen der Truppe, die sich an ein anderes Dasein erinnern können. Ich werfe den anderen nicht vor, daß sie abtrünnig geworden sind, überhaupt nicht, mißverstehen Sie mich nicht. Man lebt, wie man kann; wer weiß das besser als ich? Treue, Freundschaft, ein gewisser Gemeinschaftssinn – sollen solche Dinge im Wege stehen, wenn man die Gelegenheit bekommt, den blinden König Bel'ryak oder den Zauberer Khyr auf einer Bühne zu spielen, die ein bißchen prächtiger ist als ein paar zusammengeschobene Tische? Wer bin ich, da zu richten? Alles, was ich anführen kann, ist meine schlichte Dankbarkeit, daß *ich* nicht die Regung verspürte, bei der ersten Unbequemlichkeit, der ersten Versuchung Kameraden im Stich zu lassen, Künstlerkollegen. Aber lassen wir das, es ist nicht von Bedeutung, ich wünsche ihnen allen Erfolg und daß sie ihn mit gutem Gewissen genießen mögen. Alle, wie sie da sind.

Derridow, Derridow. Sie werden den Ort natürlich nicht kennen... Nein, nein, warum sollten Sie, nicht heutzutage. Und Sie mit einem eigenen Theater im Alten Verlies, direkt hier in Fors na'Shachim, der nur herumzieht, wenn's ihm beliebt, kaum vorstellbar. Nun, Derridow ist noch immer eine hübsche Stadt – alle diese Bogengänge und Gärten, die werden sich jedenfalls nicht verändert haben –, doch ich frage mich, ob man immer noch das Prickeln spüren würde, wenn man auf der Straße der Königin reinkommt, dieses gewisse Gefühl, daß alles möglich ist, daß das eigene Leben sich jeden Augenblick ganz überraschend ändern kann. Nicht, daß es jemals eine Stadt von echter Bedeutung gewesen wäre wie Fors oder eine wilde, großzügige Lasterhöhle wie Bitava – trotzdem hätte man Derridow mit keiner anderen Stadt verwechselt, sich nirgendwo anders hingewünscht, solange man dort war. Liebes, liebes Derridow. Es wäre bestimmt schön, könnte man zurückkehren.

Gut. Wie Sie wahrscheinlich nicht wissen, waren die Dinge in Derridow vor zwanzig und ein paar Jahren erheblich anders als jetzt. Zum einen lebte der alte Jiril noch und war immer noch fähig, seine vier streitsüchtigen Söhne davon abzuhalten, sich gegenseitig in Stücke zu reißen und die Stadt dazu. Habe ihn immer für einen anständigen Mann gehalten, den Jiril, wenn Sie *mich* fragen – brachte Leute nur um, wenn er es wirklich für notwendig hielt, und folterte sie nie, hielt nichts davon. Schwer vorzustellen, was man mehr vom Adel erwarten kann. Und dazu ein wirklicher Liebhaber des Theaters, mit einer offenen Hand für jede Truppe, die durch Derridow zog. Akrobaten, Tragöden, Leishai-Tänzer, Possenreißer, sie alle spielten, um den Jiril zu vergnügen und zufriedenzustellen, und er speiste hinterher prächtig mit uns – sein Leibkoch Deh'kai war der beste, den ich je getroffen habe – in seiner großen Halle an der Festtafel. Ein echter Liebhaber, hol der Teufel seine schlechten Zähne und seinen gefärbten schwarzen Bart. Ich gebe ihm nicht die geringste Schuld an dem, was in Derridow geschah.

„Speiste mit uns?" Sagte ich das? Oh, Verzeihung – ich dachte, ich hätte mir dieses ganze törichte Schwelgen in Erinnerungen abgeschminkt. Aber ja, es stimmt. Wir waren die persönliche feste Theatertruppe des Jiril – volle sechs Jahre, Jirils Schauspieler, wir hatten ein Privileg –, und folglich wurden wir bei seinen Festessen zu Ehren aller Truppen, die durch die Stadt kamen, immer vorgeführt. Natürlich spielten wir für ihn auf Anordnung, doch während der sechs Jahre bestand unsere wichtigste Aufgabe darin, Stücke in Szene zu setzen, an denen der Jiril soviel Vergnügen fand, daß er seine Familie mitbrachte. Seine

Frau, die Jirelle, schlief bei allem anderen als den lautesten und zotigsten Possen unweigerlich ein; doch, so sonderbar es klingt, diese großspurigen, aufgeblasenen, rauflustigen Burschen, seine vier Söhne, waren vom Theater ebenso begeistert wie ihr Vater. Hätte ich gewußt – nein, nein, Sie müssen mir abermals verzeihen, das klingt wie der Prolog zu einem Rührstück, und ich konnte Prologe nie leiden. Ich wußte es nicht, und ich konnte es nicht wissen, und ich handelte damals nach bestem Wissen. Und nun zu dem, was geschah. Aah – ja, danke, warum nicht? Auf Ihr Wohl.

Dramatis personae. Den Jiril kennen Sie, doch seine Söhne muß ich etwas näher beschreiben. Der älteste wurde Gol genannt – der kleinste der Bande, seltsamerweise, das heißt nicht größer als ein *rishu*-Bulle. Mochte Rachetragödien, je blutiger desto besser – oh. *Die Verschwörer, Tumuraks Rückkehr*, solche Sachen. Zweitklassiges Beispiel für gutes Aussehen im herkömmlichen Sinn, ziemlich verdorben durch die kleinen, blassen, berechnenden Augen eines Komödianten. Ziemlich schlau; einer von denen, die einen Souffleur überflüssig machen, weil sie so laut sie können die nächste Zeile rausschreien, wenn man mal einen Augenblick einen Hänger hat. Lisonje hat ihm mal etwas wirklich Scheußliches ins Bier getan.

Der zweite Sohn war Javeri – oder war er der dritte? Nein, eindeutig Nummer zwei, klar, und nicht eine Minute glücklich darüber. Riesig und rot und immer aufs Schlagen aus, verlor bereits seine Haare – der letzte, von dem man denken würde, daß er einen Abend auf eine der philosophischen Komödien von K'darodaraf verschwendet. Ich mag sie selber recht gern, doch sie sind für einen anerzogenen Geschmack bestimmt und tun nur bei einem höchst kultivierten Publikum ihre Wirkung. Trotzdem versäumte der rüpelhafte Javeri nie eine Vorstellung, selbst wenn das bedeutete, daß er auf ein Essen oder eine Frau verzichten mußte. Sie werden es nicht glauben, aber er piesackte mich unablässig, *Des Schuhmachers Suche nach der wahren Weisheit* aufzuführen. Götter, nicht einmal ich verstehe das Stück, und ich bin nicht sicher, ob die gute K'daro-daraf selber es verstand, ganz zu schweigen von Javeri. Ein dummer Mann, aber nicht ganz so dumm, wie er aussah. Es war schwierig, das nicht zu vergessen, doch man durfte es niemals.

Jetzt zu Sohn Nummer drei, Torleg. Ja, *der* war ein Juwel, wenn's recht ist, *der* war ein Herzchen. Er war der Liebling des Hauses, denn er hatte Javeris Größe, Gols Schlauheit – ganz zu schweigen davon, daß er hübscher war als diese beiden zusammen –, seines Vaters freundliches Benehmen und eine Seele aus Eis und Asche. Ja, Torleg machte mir angst, trotz seines einnehmenden Wesens; sein Blick brauchte während einer Vorstellung bloß dem meinen zu begegnen, und mir brach auf der Stelle der Schweiß aus, ich fing an zu stottern, und ich veränderte meine Stellung, damit ich ihn nicht anschauen mußte. Er machte auch Lisonje angst, was nicht so leicht ist. Doch er war scharf auf romantische Komödien: alles von *Des Schäfers Torheit* bis hin zu *Liebe oder keine Liebe*. Das war sein Lieblingsstück, nichts ging ihm darüber – ich kann Ihnen gar nicht sagen, wie oft er uns befahl, dieses Stück einzuschieben, ohne die geringste Vorankündigung, ganz gleich, was wir gerade spielten. Manchmal bestand er sogar darauf, selbst eine kleine Rolle zu spielen: Gewöhnlich war es die des Numi, des weisen und witzigen Clowns, der in seinem Text die besten Pointen hat – er machte das recht gut für einen Laien, das will ich sagen. Der alte Dichter Chanir, den ich spiele, hat keinen gemeinsamen Auftritt mit Numi. Dafür war ich immer dankbar.

Jetzt tritt Davao auf. Davao, das Kind, der offenbar nie aufhörte, kindisch zu sein. Ein äußerst unsympathisches Bürschchen mit einer hohen, winselnden Stimme, einer dauernd feuchten Nase und einem vollkommen zutreffenden Gefühl, daß niemand auf der Welt ihn gern hatte. Doch selbst er hatte seine Anhänger, weil er von hoher Geburt war und bedingungslos die durchsichtigsten Schmeicheleien hinnahm. Wie seine Mutter liebte er die lärmenden Possenspiele: Immer wenn wir einen echten Höhepunkt erreichten, Kammertüren zugeschlagen wurden, Liebhaber unter Betten huschten, Clowns auftauchten, um obszöne Unsinnsverse zu rülpsen – in solchen Augenblicken konnte man, wie mir hinterbracht wurde, noch auf Booten, die auf dem Fluß vorbeifuhren, Davaos hingerissenes kollerndes Lachen hören. Trygvalin wollte schwören, daß Davao seinen Sessel oft feucht zurückließ, doch das ist vermutlich nicht wahr. Trygvalin ist für jeden Scherz gut.

Die wichtigsten Rollen sind Ihnen also klar? Denken Sie daran, jeder von ihnen hat die anderen seit seiner Jugend, ja, nach allem, was man hörte, von Kindesbeinen an gehaßt, ohne Zweifel aus triftigen Gründen. Der Jiril selbst hatte einen grimmigen Witz; er sagte, seine eigentliche Sicherheit vor einem Aufstand einer seiner Söhne liege darin, daß die anderen drei den Rebellen verraten würden, sobald sie Wind von der Sache bekämen. Daß man irgendwo zusammenarbeiten könnte, ging nicht in ihre Köpfe; sie konnten sich gerade noch soweit zurückhalten, sich beim Tee nicht gegenseitig mit dem Buttermesser die Bäuche aufzuschlitzen. In regelmäßigen Abständen prügelte ihr Vater sie durch und sperrte sie ein, lediglich um sie daran zu erinnern, daß er immer noch der Jiril von Derridow war. Bis jetzt hatte er noch keinen von ihnen als seinen Erben benannt, wozu er oft bemerkte, in diesem Fall wäre sein Testament der Abschiedsbrief eines Selbstmörders. Was gewiß zutraf und trotzdem ein Irrtum war.

Drei Viertel unserer sechsten Spielzeit in Derridow hatten wir hinter uns, und wir hatten allen Grund anzunehmen, daß wir in der riesigen alten Gerberei, die der Jiril für uns so großzügig hatte herrichten lassen, auf Dauer ein Zuhause gefunden hatten. Der Gestank war fast völlig verschwunden, und wir konnten leicht siebenhundert Zuschauer auf einmal unterbringen, ohne daß auf der Bühne gähnende, spuckende Edelleute herumlümmelten. Vortreffliche Beleuchtung, Kerzenhalter, wo immer man sie brauchte – ich könnte fast weinen, wenn ich daran denke –, ein Balkon für Musikanten, so viele wie ich anzuheuern beliebte, und hinter der Bühne genügend Raum, um Kulissen für ein ganzes Repertoire zu lagern, und überdies noch Platz für die Pferde, die wir im letzten Akt von *Die Verteidiger von Bitava* brauchten. Ich sage ja kein Wort gegen das Alte Verlies, aber wenn Sie niemals in Derridow und in dieser Gerberei gespielt haben, dann wissen Sie einfach nicht, was gut ist. Götter, ich könnte weinen.

Lisonje behauptet noch immer, es sei meine Idee gewesen, Surjks *Tragödie von König Vilnanash, dem Verfluchten* wieder auszugraben, die wir vor sehr langer Zeit nur zweimal gespielt hatten. Es kann, wenn man es nicht so genau nimmt, tatsächlich meine Entscheidung gewesen sein, aber der Vorschlag kam eigentlich vom Jiril selbst. Nein, es war kein Befehl, aber was hätten Sie getan? Der Jiril war mit uns zufrieden, mehr als mit einer Truppe zuvor, und wir waren mit ihm und unserem wunderbaren Theater noch weit mehr zufrieden. Sollte ich seine Forderung ablehnen und es riskieren, diese friedliche Harmonie zu stören, die man in unserem Gewerbe so selten findet? Ich habe diese Möglichkeit nie ernstlich erwogen. Diese unsere Bühne war jedes Zugeständnis wert, jeden Kompromiß.

Im übrigen, welchen Schaden konnte der verstaubte alte *König Vilnanash* anrichten? Ich muß sagen, ich verstand nie, warum der Jiril das Stück sehen wollte: Es ist weder gut noch ausgesprochen schlecht, es erfordert eine zu große Besetzung, eine zu lange Probenzeit und hat so viele Effekte, daß sich für die meisten Truppen die Kosten nicht lohnen. Es sind ein paar rollende, polternde Monologe drin – typisch Surjk, ganz nach dem Herzen von Trygvalin – und eine Handvoll Szenen mit dem verdammten König und seiner übertrieben treuen Königin, mit denen Lisonje und ich wahrscheinlich Tränen aus einer Klowand quetschen könnten. Davon abgesehen würde eine Aufführung mühselig und unbefriedigend werden; aber, wie ich dem Jiril sagte, sein Vergnügen sei für seine Schauspieler Belohnung genug. Nennen Sie mich einen Heuchler.

Nebenbei bemerkt, falls ich den Eindruck erweckt haben sollte, Lisonje sei nichts als eine mürrische Vettel gewesen, möchte ich ihr mehr Gerechtigkeit widerfahren lassen. In Wahrheit war sie als Helferin so sachkundig, wie ein Direktor es sich nur wünschen kann, das ist nicht zu bestreiten. Sie kann den ganzen Tag mit einem Tischler oder einer Näherin arbeiten, mit einem schüchternen Anfänger stundenlang proben, um im nächsten Augenblick einen Hauptdarsteller zurechtzustutzen, der sich für den Größten hält. Sie konnte ohne weiteres als Garderobiere oder Souffleuse aushelfen, sogar wenn sie selber spielte; und ihre Begeisterung, ihr – was soll ich sagen? – ihr *Frohsinn* kann eine Truppe beflügeln und durch die Erschöpfung und Langeweile bei der Vorbereitung einer neuen Aufführung tragen, mit einem derart feinen Gespür, wie ich es selber nicht immer entwickeln kann. Oh, Lisonje, sie versteht ihr Handwerk wie keine zweite, ohne jeden Zweifel. Ich wünschte bloß, sie könnte mittlerweile ihre Gefühle beherrschen und aufhören, mich zu belehren.

Was immer sie heute sagt, damals hielt sie es für eine prächtige Idee, *Die Tragödie von König Vilnanash* wiederaufzunehmen, und packte sofort zu. Es war keines von den etwa vierzig Repertoirestücken, die wir auswendig konnten (in meinem Fall sind es sechzig, obwohl ich bezeugen kann, daß der große K'sharik, von dem ich diese Truppe erbte, ganze dreiundneunzig Rollen beherrschte, ich schwör's); also mußte ein verschimmeltes Rollenbuch aus meiner Truhe ausgegraben werden, die Schreiber des Jiril mußten weitere anfertigen, Rollen wurden verteilt, und jeder fing sogleich an, seinen Part zu lernen. Um die Sache noch schwieriger zu machen, erforderte *König Vilnanash* beinahe doppelt so viele Schauspieler, wie ich sie gewöhnlich beschäftigte, selbst wenn ein Schauspieler zwei oder mehr kleinere Rollen übernahm. Das bedeutet immer, daß man für blutsaugerische Gagen Schauspieler anderer Truppen verpflichten muß, sollte eine andere Truppe in Reichweite sein. Wie es der Zufall wollte, war eine solche Wandertruppe – wie wir jetzt eine sind – in der Stadt, nicht eines Auftritts wegen, sondern um von den hiesigen Pfandleihern und Trödlern gebrauchte Kostüme und Teile von Kulissen zu erbetteln. Wir schlossen einen Handel. Ich war damals sehr stolz darauf.

Im Tausch für eine Ladung – die unseren Fundus erheblich erleichterte – verschiedenster Kostüme und Überreste von Stücken, die wir noch seltener spielten als den *König Vilnanash*, warben wir für zwei Monate leihweise elf Schauspieler an, und der Jiril verpflichtete sich, sie ebenso fürstlich zu ernähren und zu beherbergen wie uns. Was seine Großzügigkeit beweist, möchte ich hinzufügen, denn von den elf hatten vielleicht nur zwei etwas Besseres verdient als die Heuböden, Pferdeställe, zweifelhaften Absteigen und das saure Bier, woran sie seit langem gewöhnt waren. Woran wir uns inzwischen leider selber seit noch längerer Zeit haben gewöhnen müssen, aber wer konnte das wissen? Ich wies ihnen ihre verschiedenen Rollen zu, teilte die Textbücher aus, machte sie mit allem bekannt, was sie über das Theater wissen mußten, und belehrte sie über das Betragen, das von allen Mitgliedern der Truppe des Jiril erwartet wurde, selbst von den zeitweiligen. Dann schließlich begannen wir ernsthaft mit den Proben.

Ich habe gesagt, daß *König Vilnanash* ein mittelmäßiges Stück sei, das die Zeit und die Mühe, die es erfordert, überhaupt nicht lohne, aber auch kein ausgesprochen schreckliches. Das ist, wenn ich das sagen darf, das vernünftige Urteil eines Fachmannes, darauf gegründet, daß er ein Leben damit zugebracht hat, ähnliche Urteile zu fällen. Vor zwanzig Jahren jedoch hätte ich Ihnen nach einer Woche Probenarbeit gesagt, ich sei gestraft mit diesem bis zum Exzeß schwülstigen, überladenen, verklausulierten und langweiligen Gewäsch, seit der allererste Mann, der je einen *sheknath* erlegte, seinem Stamm seinen Triumph darstellte. Es waren die Verse, wissen Sie. Wir führen Surjk sehr selten auf, und ich hatte vollkommen vergessen, daß, obwohl die meisten seiner Stücke in ziemlich einfacher, ein wenig einfallsloser Prosa geschrieben sind, in diesem Stück alle großen Monologe in Versform sind, und was für Verse, was für Verse! Nehmen Sie zum Beispiel den Monolog des Königs, als er entdeckt, daß er sich die Verdammung der Götter zugezogen hat, weil er in der Schlacht unwissentlich seinen natürlichen Sohn getötet hat. Leider erinnere ich mich noch an recht viel.

Wie? Erschlagen? Er erschlagen?
Und ich, ich sollt die Schuld dran tragen?
Nein! Nein! Nein, nein, nein, nein, nein, nein, nein, nein!
Das kann nicht sein! Das darf nicht, darf nicht sein!
O nein!
Das kann nicht sein – und doch ist's wahr! Und Ihr,
Ihr saget, die Götter zürnen mir? …

Genug? So rasch flehen Sie um Gnade? Es gibt noch mehr davon in diesem Stil. Lisonje als Königin Noura hatte eine Klagerede am Leichnam des Königs, die ich in voller Länge rezitieren könnte, es sei denn Sie bezahlen die nächste Runde. Ah, danke. Wie ich schon sagte, es ist wirklich kein so schlechtes Stück, aber wenn man probt und diese Zeilen den Tag über immer wieder, Dutzende von Malen hört, gesprochen von den ausdruckslosen Stimmen gelangweilter, überforderter Fahrensleute – na, nach einer Weile klingt das alles einfach noch schlimmer. Es war eine schwierige Zeit.

Trotzdem. Trotzdem hätten wir es schaffen können, hätten mit Leichtigkeit über dieses verflixte Stück triumphiert, das eine Laune des Jiril uns aufgebürdet hatte. Unser Verderben, lieber Kollege, lag weder im Stück selbst noch in der Vorbereitung oder der Aufführung – zwei Wochen vor der Premiere beherrschten wir das Stück vollkommen, einschließlich unseres ausgeliehenen Sammelsuriums. Nein, der Ärger begann mit Gol, dem ältesten Sohn des Jiril. Mit ihm begann er und von ihm pflanzte er sich fort.

Gol kam eines Morgens zu mir geschlendert, während die Truppe sich zur Probe versammelte, und fragte strahlend: „Wie geht's, wie steht's, Dardis, mein Freund, und wie kommen wir denn voran?“ Er drehte eine Blume zwischen zwei Fingern und sah mich kaum an, während er sprach, weil er viel mehr damit beschäftigt war, mit Lisonje und den beiden Naiven zu liebäugeln, welche die Töchter von König Vilnanash spielten. „Sind wohl bereit für die Aufführung, oder?“ Mir mißfällt es ungemein, von Leuten „Freund“ genannt zu werden, die nicht meine Freunde sind. Ich antwortete ihm so kühl und abweisend, als spielte ich den bösen Minister Glaum in *Des Reiters Tragödie*, und sagte: „Die Truppe ist zur Zeit weiter als geplant, das stimmt. Ich versuche die Schauspieler davor zu bewahren, zu früh ihren künstlerischen Höhepunkt zu erreichen. Wenn Sie mich jetzt entschuldigen wollen.“ Minister Glaum ist eine meiner besten Rollen.

Gol legte mir eine Hand auf die Schulter, als ich mich abwandte. Seine Hand fühlte sich schwer und feucht an – das hatte die ganze Familie an sich, sogar der alte Jiril. Er sagte: „Begleiten Sie mich einen Augenblick. Ihre Komödianten malen sich noch die Wangen an, und ich habe etwas mit Ihnen zu besprechen.“ Er hakte mich unter und zog mich nach draußen.

Die Gerberei stand am Ufer des Flusses Tomelly – eigentlich bloß ein öliges kleines Flüßchen, das rasch durch Derridow gleitet, als hoffte es, nicht bemerkt zu werden. Gol führte mich mit einem höflichen, lähmenden Griff am Unterarm zum Wasser, schwatzte im Gehen von nichtssagendem Theaterklatsch, wandte sich jedoch oft zurück, beinahe wie der Fluß selber. Als er sicher war, daß wir unbeobachtet waren, blieb er stehen, wirbelte mich jäh herum, damit ich ihm ins Gesicht sah, und sagte: „Dardis. Dieses Stück braucht das gewisse Etwas, meinen Sie nicht auch?“

Ich muß gestehen, daß ich ihn einfach verständnislos anblickte. Was immer ich nach seinem Betragen erwartet hatte, Kritik an einem Drama war es nicht. Gol, der das zweifellos erkannte, ließ meinen Arm los, tätschelte ihn und lächelte sein freundlichstes Lächeln. In einem Ausbruch unübersehbarer Freimütigkeit sagte er: „Dardis, Sie von allen wissen am besten, wie ich bin, wenn ich ein Stück sehe, daß man so leicht vollkommen machen könnte. Ich muß Sie demütigst um Verzeihung bitten, daß ich mich in Ihre Kunst einmische, aber Sie müssen doch selbst sehen, daß nur wenig vonnöten ist, den armen alten Vilnanash, den Verfluchten, in ein Erlebnis zu verwandeln, das mein Vater nie vergessen würde. Eine zusätzliche Szene würde reichen – ein einziger Monolog vielleicht. Sie wissen natürlich genau, wo der wunde Punkt ist."

„Nein, das weiß ich nicht", erwiderte ich. „Und Sie müssen selbst wissen, Mylord Gol, daß ich grundsätzlich dagegen bin, am ursprünglichen Text eines klassischen Stücks herumzupfuschen. Mir ist nicht entgangen, daß dergleichen immer häufiger geschieht, sei es, um es den Grenzen dieses oder jenes Schauspielers anzupassen oder den Befürchtungen und Einbildungen eines Herrschers ..." Ich unterbrach mich eilig, als mir zu dämmern begann, was Gol vorhaben könnte, und brachte meinen Satz ziemlich kläglich zu Ende: „Aber ich billige es nicht. Welchen Grund man immer anführen mag."

Gols Lächeln veränderte sich nicht. Er sagte: „Lieber Dardis, Ihre Treue zu Ihren künstlerischen Grundsätzen habe ich immer bewundert. Wie auch mein geschätzter Vater, der unglücklicherweise nicht ewig unter uns weilen kann, was er zu seiner großen Überraschung erfahren wird. Seien Sie versichert, ich habe die volle Absicht, Ihre kleine Truppe weiter hier in Derridow zu behalten, wenn die tragische Zeit kommt; wenn wir jedoch unsere Verbindung mit einer so grundsätzlichen Unstimmigkeit beginnen sollten – nun, einer meiner Grundsätze hat mit Loyalität zu tun. Verstehen Sie mich recht, Dardis?"

Ich dachte, er wolle mich vielleicht auf die Probe stellen. Die hohen Herren müssen das immer tun – ist Ihnen das aufgefallen? –, und besonders Gol stichelte unentwegt, versuchte herauszufinden, an welchem Punkt ein Tier zubeißen, die Frau ihm eine Ohrfeige geben, der Gefolgsmann sich weigern würde, auch nur einen Schritt weiter zu gehen. Folglich hängt der Lebensunterhalt eines Hofnarren, wenn nicht gar sein Leben selbst, davon ab, zu wissen, wann – und *was* – sein Arbeitgeber zu spielen wünscht. Ich sagte: „Ein Monolog, denken Sie?"

„Achtzehn Zeilen, und nicht ein Wort mehr“, antwortete Gol. „Hier, ich habe sie bei mir“, und er drückte mir einen zusammengefalteten Quartbogen in die Hand. „Sie werden sehen, es paßt haargenau in die letzte Szene mit Vilnanash und seinen Ministern. Und Sie werden Wunder damit tun; es ist Ihnen auf den Leib geschrieben.“ Ich wollte protestieren – schwach, ja, gewiß, schwach, wie sonst sollten die Schwachen protestieren? –, aber Gol klopfte mir auf die Schulter und sagte: „Götter, wie ich einen Künstler beneide!“ und stolzierte das Ufer hinauf, während ich ihm mit offenem Mund nachstarrte. Er wußte, wie man einen Abgang macht, der Bursche. Ehrlich gesagt, ich habe ihm diesen Abgang seitdem nachgemacht.

Die Probe war unter Lisonjes Leitung im vollen Gang, als ich ins Theater zurückkehrte. Ich hatte keine Gelegenheit, einen Blick auf den Monolog zu werfen, bevor es Mittagszeit war, die ich damals gewöhnlich allein verbrachte, um die morgendliche Arbeit in Ruhe zu überdenken. Dieses Mal, und das meine ich ehrlich, wollte ich nicht einmal mit Gols Gekritzel allein sein, von seiner Poesie nicht zu reden. Ich setzte mich zu Lisonje und zu einem unserer ausgeliehenen Schauspieler, einem Possenreißer namens Chachak, dem sie gerade schöne Augen machte. Ein guter Steptänzer, aber zu nichts anderem als zu unflätigsten Witzen nutze. Ohne Einleitung sagte ich: „Gol hat mir das gegeben“, und breitete das Papier zwischen uns auf dem Tisch aus.

Lisonje begreift schnell. Chachak bewegte noch seine Lippen und kratzte sich den Kopf, als sie mich anblickte und fragte: „Er will, daß wir diesen Schund ins Stück einfügen? Wo, am Ende?“

Ich nickte. „Es würde gehen“, sagte ich. „Diese Stelle läßt sich nie so spielen, daß sie so wirkt, wie sie sollte, das hast du selber gesagt. Wenn man es richtig macht, müßte dieser Text sie zumindest ein bißchen wirkungsvoller machen. Ich bin eigentlich ziemlich beeindruckt.“

Lisonje schenkte mir einen Blick, den sie sich im allgemeinen für einen jugendlichen Liebhaber aufspart, dem seine eigenen Improvisationen zu gefallen anfangen. Sie sagte mit gefährlich ruhiger Stimme: „Das beeindruckt dich?“, und sie las, so gut ich mich erinnern kann, laut vor:

Ihr Ritter, edle Freunde und Vasallen,
Freimütig räum ich meinen Fehler ein.
Der Fluch, der schwer auf diesem Lande lastet,
Er fällt auf mich zurück, ich trag die Schuld.
Denn ich regier zu lange schon, viel länger,
Als Weisheit, Kraft und Göttergunst erlauben,
Drum: hier und heute räume ich den Thron.
Nun sollen die die Last des Herrschens tragen,
Die jünger sind und noch Visionen haben,
Ich aber werde in die Wildnis ziehn …

Sie blickte mich an, schürzte verächtlich die Lippen, wie es ihre Gewohnheit war, als wollte sie sie aus der Reichweite eines Feuers nehmen, das folgte: „Dardis, das ist schlechter als das Original, und ich habe nie gedacht, daß ich selber das je sagen würde. Du kannst Vilnanash nicht abdanken lassen; das massakriert das ganze Ende …“

„Besser, als wenn das Ende *uns* massakriert“, warf ich ein. „Denke, was du willst, aber ich bin nicht bereit, mir Gol zum Feind zu machen. Die Abdankung steckte immer in der Szene, und wenn er nichts weiter von uns will, als das klarer zu machen, deutlicher …“

„Gröber, plumper, pompöser“, unterbrach mich Lisonje; aber Chachak unterbrach sie – nicht mit einem seiner üblichen schmutzigen Witze, vielmehr verzog sich sein Gesicht wie das eines Säuglings, während er zusammensuchte, was er sagen wollte. „Das ist nicht alles, was Gol will“, stieß er schließlich hervor. Wir starrten ihn an. Chachak sagte: „Das zielt auf den Jiril. Es ist eine Warnung.“

„Chachak, mein Lieber“, sagte Lisonje. „Geh tanzen. Den Jiril und den armen alten König Vilnanash kann man nicht vergleichen. Niemand würde sie je in Zusammenhang bringen.“ Doch ich hob die Hand, um sie zum Schweigen zu bringen, und las das letzte Stück vor:

Und ich ermahne alle, die mich hören:
Sollt ich, sollt sonst ein Herrscher, der zu alt,
Versäumen es, beizeiten abzudanken,
So zaudert nicht und setzt ihn schleunigst ab
Und überlaßt ihn ruhig dem Geschick,
Das sein verräterisches Tun ihm eingebracht.

Chachak war bleich unter seiner braunen, südländischen Haut. Er sagte: „Ich wurde in dieser Gegend geboren. Meine Vorfahren kannten die Vorfahren des Jiril. Diese Rede ist eine Aufforderung zur Abdankung – und wenn ich das weiß, weiß das jeder. Auch der Jiril. Du kannst diese Zeilen nicht in das Stück schmuggeln."

Lisonje änderte, wie es ihre Art war, völlig ihre Meinung und übernahm die seine, ohne sich im geringsten um Logik zu kümmern. „Dardis, er hat vollkommen recht. Es ist mir gleich, was du Gol versprochen hast …"

„Ich habe ihm nichts versprochen", sagte ich barsch zu ihr. „Er war's, der Versprechungen gemacht hat. Er hat mir sehr deutlich zu verstehen gegeben, daß wir, wenn wir uns weigern, kein Theater mehr haben werden, wenn der Jiril nicht mehr da ist …"

„Und du wirst keine Schauspieler mehr haben, wenn du es tust", stieß Chachak hervor. „Wir mögen ja eine Rotte viertklassiger Tölpel sein – oh, wir wissen, was du von uns denkst, Dardis! –, aber blöde sind wir nicht. *Wir* haben kein Theater zu verlieren, bloß unser Leben. Sobald sie erfahren, wer diese Rede geschrieben hat …"

„Aber sie werden es nicht erfahren", sagte ich. „Oder, Chachak?"

Nun, es lohnt nicht, sich hier in schäbige Einzelheiten zu verlieren. Gegen ein räuberisches Entgelt schwor Chachak schließlich bei den nicht auffindbaren Gräbern seiner ungewaschenen Großeltern, seinen Kollegen niemals den Verfasser der neuen

Schlußrede von König Vilnanash zu offenbaren. Ich zählte weniger darauf als auf meine Drohung, ich würde dafür sorgen, daß er diesseits der Ödlande nie mehr für irgendeine reputierliche Truppe würde arbeiten können, falls er mich hinterginge. Ich genoß genügend Ansehen, um das versprechen zu können, damals.

Lisonje sagte später, sie hätte nicht gewußt, für wen von uns beiden sie sich mehr schämte. Ich schenkte ihr damals keine Beachtung, und ich würde es heute auch nicht tun, nicht einmal jetzt, wo ich es besser weiß. Für Leute wie Sie und mich sind künstlerische Grundsätze nicht das, wofür Gol und seinesgleichen sie halten. Für uns besteht der erste Grundsatz der Kunst darin, unsere Truppe zu ernähren, sie so sicher und unversehrt wie möglich zu halten, Arbeit für sie zu finden und sie zum Arbeiten zu bringen. Und immer, immer dafür Sorge zu tragen, daß ausreichend geprobt wird.

Die Rede kam ins Stück. Immerhin fiel es mir zu, sie zu deklamieren, und Sie wissen sehr wohl, wie wenig Aufmerksamkeit Schauspieler Reden schenken, die nicht die ihren sind. Ich mußte in der Szene bloß zwei, drei Zeilen verändern, um sie anzupassen; nach ein paar Tagen hätte man den Unterschied nicht mehr ausmachen können. Das Ende des Stücks erlitt keinen wirklichen Schaden, keiner zeigte Neugier nach dem Ursprung der neuen Passage. Chachak hielt den Mund, wie vereinbart, obwohl ich zu meinem Verdruß das sichere Gefühl hatte, daß ich ihm für sein Schweigen zuviel bezahlt hatte. Die Truppe wäre bestimmt bei dem Gedanken, Gol wolle dunkel andeuten, sein Vater solle abtreten, nicht in Panik geraten. Sie kannten den Jiril, und sie kannten seine angeberischen Söhne – es war mehr als wahrscheinlich, daß sie lachend über die ganze Sache hinweggegangen wären und sich weiter damit beschäftigt hätten, ihre Auftritte und Kostümwechsel zu üben. Ich hatte eher erwartet, Lisonje werde abermals ihre Meinung ändern und mich verspotten, daß ich mich von einem Trottel wie Chachak hatte übers Ohr hauen lassen, doch sie sagte kein Wort. Ich hätte das für ein böses Omen nehmen sollen, wenn schon nichts sonst.

Dann machte uns Javeri einen Besuch.

Es war eine Woche oder zehn Tage nach Gols Besuch, glaube ich – vielleicht früher. Er tauchte zu Beginn einer morgendlichen Probe auf, genau wie sein Bruder; doch anstatt mich direkt abzufangen, pflanzte er sich in einen der prächtigen Sessel, die für die Familie des Jiril reserviert waren, schaute sich, ohne eine Miene zu verziehen, den ganzen Durchlauf an und sah dabei aus wie ein geschwollener, königlich entzündeter Karbunkel. Das beunruhigte mich – nicht seine Anwesenheit, sie war normal, sondern seine Geduld, die nicht normal war. Javeri hatte keine Manieren, die der Jiril ihm nicht durch Prügel eingebleut hätte, und diese wenigen wurden kaum an seine Untergebenen verschwendet. Trotzdem wartete er, bis die Schauspieler sich zerstreuten, ehe er sich mir näherte. Er versuchte es sogar mit Höflichkeit, knurrte, er hätte schon schlechtere Truppen als die unsere gesehen, um mich dann in eine Ecke zu schleppen und den Ballen zerknüllter Seiten aus seiner Tasche zu ziehen.

„Nicht mein Fall, dieses Stück, verstehen Sie?“ knurrte er. „Altmodisch, kein geschliffener Witz drin, keine echte Philosophie, keine klare Ausgewogenheit zwischen cholerischen und melancholischen Stimmungen, wie man sie bei K'daro-daraf findet.“ Versuchen Sie sich einen *nishoru* vorzustellen, einen dieser flügellosen, acht Fuß hohen, menschenfressenden Vögel, die es im Norden gibt – wie ich sagte, versuchen Sie, sich einen *nishoru* vorzustellen, der klassische Poesie rezitiert, und Sie haben ungefähr einen Begriff von Javeris Aussehen. Er fuhr fort: „Aber weil der alte Rohling darauf besteht, daß Sie das Ding auf die Bühne bringen, ist hier etwas, um die große Szene mit Vilnanashs Bastard ein bißchen rauszuputzen. Nein, nein, danken Sie mir nicht. Das ist das wenigste, was jemand tun kann, dem das Theater am Herzen liegt.“

Anders als Gol las er mir den Text auf der Stelle vor. Es geht um die Szene, in welcher des Königs geliebter Sohn Sakha wegen des Streits mit seinem Vater bricht, ob man einem eingeschlossenen Häufchen entlaufener Sklaven, die in den Sümpfen Zuflucht gesucht haben, Freiheit und Unabhängigkeit gewähren solle. Vilnanash weigert sich, und Sakha spuckt ihm ins Gesicht und geht fort, um bei den Flüchtlingen zu leben und schließlich ihr Schicksal zu teilen. Es ist wohl die beste Szene im Stück, und Trygvalin und ich spielten sie gut, indem wir uns zurückhielten bis zu dem Punkt, an dem es zu Sakhas plötzlicher unerhörter Auflehnung kommt. Selbst heute noch muß man jede Minute auf Trygvalin aufpassen, sonst erstickt er einen mit einem Redeschwall; aber damals hatte ich ihn recht gut – wenn auch nur vorübergehend – im Griff, und alles, was ihm jetzt noch fehlte, war, daß man ihm irgendeine neue schwülstige Tirade in die Hände gab. Aber hier war genausowenig auszurichten wie bei Gol. Ich setzte mich hin, wo ich war, und lauschte.

Wie? Ist das wirklich Euer letztes Wort?
So will ich Euch nicht länger König heißen,
Nicht Vater, sondern Bestie, nein, Kretin,
Herzloser Schurke, grausamer Tyrann,
Den jeder, dem die Ehre lieb ist, hassen
Und seine kranke Herrschaft muß zerschlagen,
Zu feiern eines solchen Teufels Fall und
In seinem Blut zu baden unser Schwert! …

Von solchen Versen gab es noch eine Menge, doch sie waren alle in dieser Art. Alles, was ich herausbringen konnte, nachdem er geendet hatte, war: „Ich dachte, dadurch, daß er seinem Vater ins Gesicht spuckt, wären seine Gefühle ziemlich genau ausgedrückt." Javeri ragte über mir auf und brummelte unfreundlich vor sich hin. Ich fuhr fort: „Es fehlt eine gewisse Ausgewogenheit zwischen den Stimmungen, würden Sie das nicht auch sagen?"

„Das gilt für das ganze verdammte Stück, das sagte ich Ihnen", knurrte Javeri. „Aber Sie brauchen den Zusatz bloß so einzufügen, wie er da steht, und Sie werden sehen, daß das Parkett tobt, das verspreche ich Ihnen. Das ist es schließlich, was wir alle wollen, nicht wahr?" Als ich mit der Antwort zögerte, warf er mir über seine faustgroße, pickelige Nase einen scheelen Blick zu, als würde er maßnehmen, und wiederholte: „Ist es nicht so, Dardis?"

Trotz seiner Größe und Angriffslust schüchtert Javeri im allgemeinen die Leute weniger ein als Gol, und entschieden weniger als Torleg. Mit keinem der beiden hätte ich je so zu sprechen gewagt wie mit ihm, als ich sagte: „Javeri, ich danke Ihnen untertänigst für Ihre Bemühungen zugunsten unserer Truppe, aber das mit dem Zusatz wird nicht gehen. Er ist für die Szene völlig ohne Belang und außerdem unbeholfen geschrieben." Ich bin ganz sicher, daß ich den letzten Satz wirklich hinzusetzte, und ziemlich sicher, daß ich mich anschließend verbeugte, um abzutreten. Nach so langer Zeit ist es schwer, sich vorzustellen, daß man sich sperrte.

Javeri spie Gift und Galle, wie man voraussagen konnte. Er packte meine Schulter, wirbelte mich herum und donnerte: „Idiot, diese Rede paßt haargenau in diese Szene!" Da fällt mir ein, daß er die Neigung hatte zu spucken, wenn er sprach. Ich zerrte vergeblich an seinen Fingern, während ich ihm vorhielt: „Erstens einmal, die Rede ist vollkommen überflüssig, übertrieben. Maßlos."

„Ist sie nicht!" brüllte Javeri zurück. „Sie ist knapp und sparsam, und das wissen Sie sehr wohl! Sie bringt *Bewegung* in dieses saudumme, langweilige Stück, sorgt für Abwechslung!"

„Bewegung? Die Rede würde das Stück mit einem Schlag zum Stillstand bringen!" Ich denke, angesichts der Tatsache, daß er mich zu diesem Zeitpunkt schon in der Luft hielt, war ich bemerkenswert standhaft und gelassen.

Javeri nahm eine interessante Farbe an, wie ein Sonnenuntergang: malvenfarben gesprenkelt mit einem grünen Untergrund. „Dann soll sie das verfluchte Stück eben zum Stillstand bringen! Wenn Sie die Wahrheit wissen wollen, Dardis, diese

Rede ist zu gut für dieses erbärmliche Fragment von einem Stück!"

„Und wenn Sie die Wahrheit wissen wollen, es ist die schlechteste Rede, die ich in meinem Leben je gehört habe!" Das ist im Grunde unwahr, um gerecht zu sein. Selbst damals war ich schon sehr lange ein Mann vom Fach.

Javeri setzte mich ab. Seine Stimme war sehr ruhig, als er abermals sprach: furchteinflößend kann das sein, wenn man an das bloße Bellen eines Raufboldes gewöhnt ist. Er sagte: „Die Rede stammt von mir."

Wir blickten einander an. Javeri immer noch mit derselben leisen, unnatürlich klaren Stimme: „Sie stammt von mir, Dardis. Sie werden meine Rede in die Szene einbauen, und Sie werden dafür sorgen, daß sie genau so aufgeführt wird, wie ich sie niedergeschrieben habe, genau so. Weil ich bin, wer ich bin, und weil Sie sind, was Sie sind, und weil die Lage nun mal so ist. Verstehen Sie mich?"

Ich sagte kein Wort. Ich verbeugte mich. Javeri blickte mich noch eine Weile finster an, dann schob er mir die Blätter wieder zu, raffte seinen Umhang mit einer schwungvollen Gebärde um sich, die dazu führte, daß er mit dem schweren Saum sein Auge traf, und schlurfte davon. Und ich? Ich hatte gerade noch Zeit für einen Becher heißen *boreen*, um mich ein bißchen zu beruhigen, bevor ich die Truppe wieder zur Arbeit rief. Als ich die neue Rede vorstellte, sah Lisonje heftig auf, doch weder protestierte sie jetzt, noch sagte sie den ganzen übrigen Tag ein einziges Wort. Ich fand das ausgesprochen zermürbend. Was Trygvalin anging, *er* sah aus, als hätte ihm ein völlig Fremder ein Vermögen hinterlassen. Mehr Zeilen. Nichts, weder damals noch heute, hat Trygvalin je glücklicher gemacht, als mehr Zeilen zu haben.

An diesem Abend kam Lisonje mich besuchen. (Ich sollte erwähnen, daß ich, obgleich die übrigen Schauspieler des Jiril zusammen untergebracht waren, als Direktor meine eigene kleine Hütte hatte, die am Ende einer winzigen von Blumen gesäumten

Gasse lag, in unmittelbarer Nähe des Hauptplatzes.) Es war nicht ungewöhnlich, daß sie oder ein anderer der älteren Schauspieler mich dort aufsuchte, jedoch es war überraschend, daß sie nicht gekommen war, um mich auszuschelten, weil ich mich Javeri wie Gol gebeugt hatte. Sie kam mir bedrückt vor, nachdenklich, ja ängstlich – nichts davon paßt zu ihrem Charakter –, doch sie kam ohne Umschweife zur Sache, und das ist typisch für sie. Sie fragte mich geradeheraus: „Was willst du machen, wenn Torleg dir die Rede aushändigt, die *er* im Stück haben will?"

„Wie kommst du darauf, daß er das vorhat?" Es war eine törichte Frage, und ich wußte es, und Lisonje hörte es gewiß an meiner Stimme. Sie sagte: „Torleg kommt als nächster, dann Davao – nicht, weil er der jüngste ist, sondern weil er so lange braucht, um auf die Idee zu kommen. Dardis, jeder dieser vier Idioten hat seine Gefolgsleute, und alle *diese* Idioten warten auf ein Zeichen, um sich gegen den Jiril zu erheben, und das und nichts anderes sind diese Reden. Wir proben Parolen, Dardis, Schlachtrufe. Das ist die Wahrheit."

„Das wissen wir nicht", erwiderte ich kläglich. „Ich habe nicht vor, das Risiko einzugehen, einen von ihnen zu erzürnen, nur auf deinen Verdacht hin, einer oder der andere könnte vielleicht einen nicht durchdachten Aufstand planen. Ob es stimmt oder nicht, es ist nicht unsere Sache. Wir sind Unterhaltungskünstler, Lisonje. Wir unterhalten."

„Wir unterhalten", äffte sie mich nach – dafür hat sie ein grausames Talent. „Dardis, ich kenne dich zu lange, um zu erwarten, daß du begreifst. Ich will bloß, daß du dir merkst, was ich jetzt sage. *Wir* werden diejenigen sein, die mittendrin stecken, wenn das geschieht, was immer geschehen mag – *wir* werden diejenigen sein, denen man die Schuld daran geben wird, was immer geschehen mag, ob durchdacht oder nicht. Aber wir könnten das immer noch vermeiden, wenn du den Mut hättest, jedes einzelne ihrer Worte aus dem Stück zu verbannen. Du brauchst es ihnen nicht mal zu sagen – sollen sie es selber herausfinden bei der Premiere." Sie packte mich heftig an der Schulter, und ich war verblüfft, als ich spürte, daß ihre Finger zitterten. „Ich verspreche dir, wenn du das tust, wirst du mir so dankbar sein, daß du dir selber auf die Nerven fallen wirst, weil du mir alle zehn Minuten dankst. Das verspreche ich dir, Dardis."

Ja, ja, ja, jetzt ist es so leicht zu sagen, daß ich ihren Rat ohne zu fragen hätte befolgen sollen. Aber ich kann trotzdem nicht sagen, daß alles besser geworden wäre, hätte ich es getan. Ich mochte den Jiril, doch ich fürchtete seine Kinder: Anders als ihr Vater wußten sie, wie man seinen Groll sehr behutsam hegt, so wie man vielleicht ein kleines Vögelchen hegt. Er hätte meinen vermeintlichen Mut sehr wahrscheinlich nach einer Woche vergessen; sie würden das nie vergessen. Nennen Sie mich einen Feigling.

Also tat ich nichts. Javeris Rede wurde in die Szene eingefügt, und obgleich ich dieses Mal viel zurechtstutzen und verschieben mußte, damit es so aussah, als gehörte sie dorthin, waren die Stiche so gut wie nicht zu sehen, wenn ich das sagen darf. Tatsächlich schien die veränderte Fassung den Schauspielern im großen und ganzen mehr zuzusagen. Trygvalin verschlang seine neuen Zeilen in einem einzigen Zug, zog sie weder in Zweifel, noch verstand er sie. Chachak sah entsetzt drein, sagte aber kein Wort; und sogar der Jiril selbst, der bei uns eine hysterische Unordnung auslöste, als er unangekündigt zur Probe kam, schien die beiden zusätzlichen Reden so gut wie gar nicht zu bemerken. Ich glaube, er machte eine Bemerkung zu Gols Rede für König Vilnanash, und sagte ungefähr: „Völlig vergessen, daß der Mann abdankt, ist so lange her, daß ich das Stück gesehen habe. Sehr bewegend, sehr bewegend." Als er ging, stieß ich einen mächtigen, dankbaren Seufzer aus und lächelte Lisonje triumphierend zu. Sie tat so, als hätte sie mich nicht gesehen.

Dann kam Torleg.

Ich bitte um Entschuldigung, aber ich brauche noch ein Bier. Nein, jetzt bin ich dran, es muß sein. Ich war nie ein knickeriger Mann – nein, und auch kein Schmarotzer. Das Schlimmste, das man mir nachsagen kann, ist, daß mich eine gewisse berufliche

Eitelkeit oft zu der Annahme verleitet, weil ich viel weiß, wisse ich alles. Manchmal. Ja. Aber in diesem Fall war es kein Fehler meinerseits, was Lisonje auch sagen mag. Es war nicht Stolz, der mich vernichtete, sondern Furcht; und nicht einmal so sehr das, sondern eher ein Gefühl von Verantwortung, das nur zu oft mein Verderben gewesen ist. Vielleicht haben Sie ein ähnliches Problem? Ja, ich dachte es mir.

Wo war ich? Richtig. Torleg hatte seinen Auftritt nicht im Theater, sondern in einem heißen, schmutzigen Lagerhaus am Fluß, wohin ich mich allein begeben hatte, um nach einem besonderen rostbraunen Stoff für König Vilnanashs Kostüm im ersten Akt zu stöbern. Es war nicht der Ort, wo man darauf gefaßt war, dem schlauesten, dem am meisten geliebten und gefährlichsten Sohn des Jiril gegenüberzutreten; und ich sage es offen, daß ich, als ich auf dem Weg nach draußen um eine Ecke bog und gegen Torlegs breite Brust prallte, über meinen Stoffballen lugte und dieses furchteinflößend schöne Gesicht auf mich niederlächeln, diese blauen Augen in eiskalter Fröhlichkeit blinzeln sah – nun ja, sagen wir, kurz davor war, mir in die Hosen zu machen. Torleg hatte diese Wirkung auf mich.

„Welch glücklicher Zufall, Dardis“, schnurrte er – er war der einzige der ganzen Bande, der wirklich schnurren konnte, wenn Sie verstehen, was ich meine. Gol konnte es auch, schlecht und recht, doch es war nie mehr als ein Abklatsch jenes katzenfreundlichen Schnurrens seines Bruders. Er wiederholte: „Welch glücklicher Zufall, welch ein großes Glück. Sie, ein Mann, der nach Möglichkeiten sucht, ein langweiliges, verstaubtes Stück herauszuputzen, alles zum Vergnügen meines Vaters, und hier bin ich, ganz zu Ihren Diensten. Erzählen Sie mir doch, welche Szene Sie besonders zur Geltung bringen wollen, welche Rede gewürzt, welcher Vers neu belebt werden soll – ich mache es Ihnen bis morgen und bin Ihnen überdies dankbar für die Gelegenheit.“ Er legte den Arm um meine Schultern und beugte sich wie ein Liebhaber zu mir. „Nun reden Sie schon, Dardis, sagen Sie, wie ich Ihnen helfen kann. Sind wir nicht beide bescheidene Diener des Jiril?“

Habe ich Ihnen ein Bild von ihm gezeichnet? Ich bin Schauspieler – habe ich Ihnen etwas von seiner betörenden Macht gezeigt? Sie war verbrämt mit Humor, wissen Sie, immer – er war auch das einzige Mitglied seiner Familie, das zumindest einen Hauch davon besaß; wenngleich es wiederum Gol war, der Humor ein bißchen vortäuschen konnte. So tiefe Furcht er mir auch immer eingejagt hatte, war es mir doch rascher als ich gestehen mag gelungen, ihn wissen zu lassen, daß seine beiden älteren Brüder mir bereits dasselbe Angebot gemacht hätten, obwohl ich meine, daß es mir gelang, ihre eingefügten Passagen nicht zu erwähnen, ohne ihn offen zu belügen. Vielleicht täusche ich mich, aber das spielt kaum eine Rolle – Torleg war viel zu durchtrieben, um auch nur einen Augenblick zu glauben, Gol und Javeri hätten mich aus einem anderen Grund aufgesucht als dem seinen oder um sich einzubilden, daß ich sie straflos zurückgewiesen haben könnte. Er ließ seinen Arm auf meinen Schultern, umfaßte mich warmherziger, während er mir versicherte, er hätte keine Reden, die er mir aufzwingen wolle – und meinem Stück –, sondern er erwarte bloß, daß man ihm sage, wie er sich mir nützlich erweisen könne.

Ja, ja, bring's hinter dich, Dardis. Ehe ich mich versah, ertappte ich mich dabei, daß ich ihn bat – *bat*, wohlgemerkt! –, eine unangenehme Szene im zweiten Akt zu verändern, in der eine betrunkene Hexe König Vilnanash prophezeit, daß er bald von einem gemeinen Komplott kleiner Krämer und Laufburschen gestürzt werden würde, weil die Götter ihn im Stich gelassen hätten. Niemand konnte die Dramatik dieser Rolle besser zur Geltung bringen als Nusurir; aber es steckt auch ein wenig Komik darin, und die liebe Nusurir kann einfach keine Komödie spielen – das ist Lisonjes Fach. Ich sagte Torleg, ich wünschte mir, jemand könnte die Szene umschreiben, Nusurir von den humoristischen Elementen entlasten, damit sie für das ganz frei sei, was sie am besten könne: das Verhängnis prophezeien. So, jetzt hab ich's eingestanden. Ich wurde weder eingeschüchtert, genötigt oder erpreßt, sondern einfach dazu verführt, stillschweigend in meinen eigenen Sturz einzuwilligen. Ich sah, was geschah, begriff es vollkommen und konnte trotzdem nichts dabei tun. Das ist alles.

Wie versprochen suchte mich Torleg am nächsten Tag mit der veränderten Szene auf und reichte mir den Text mit der angstvoll entzückten Miene eines jungen Mannes, der davon träumt, mit den Schauspielern durchzubrennen. Recht kühn hatte er die humoristischen Zeilen der Hexe einem spöttischen, ungläubigen Vilnanash untergeschoben, wo sie sich so zwanglos einfügten, als hätten sie immer dort gestanden. Ironischerweise überlas ich völlig die drei Zeilen von seiner Hand, die er ihr gleichsam als Ausgleich in den Mund gelegt hatte. Es war Lisonje, die auf sie hinwies.

Und es werden Eure Feinde beim nächsten Neumond sich versammeln
am Wäscherinnenteich, wo einst gefallen ein Despot, die Waffen zu empfangen und
in die Schlacht zu ziehn …

Keiner von uns beiden maß dem Hinweis Bedeutung zu, doch seltsamerweise wußte Trygvalin etwas damit anzufangen. Er hatte vor ein paar Tagen mit einem Mädchen aus dem Ort ein Stelldichein gehabt, und sie hatte ihn in einer kleinen steinigen Senke außerhalb der Stadttore erwartet, die längst ausgetrocknet und so von Unkraut überwuchert war, daß Trygvalin sie ohne das Mädchen nie bemerkt hätte. Vor einem Menschenalter, erzählte sie ihm, war hier ein tiefer, von einer Quelle gespeister Teich gewesen, wo sich alle Wäscherinnen aus Derridow versammelten, um zu arbeiten und zu schwatzen. Dann versiegte die Quelle, die Wäscherinnen zogen zum Fluß hinunter, und alle bis auf einige wenige vergaßen, daß es den Teich gegeben hatte. Einer der wenigen war offensichtlich Torleg.

„Nun, dann sind es drei“, sagte Lisonje mit einem müden Seufzen. „Ich möchte wissen, wo sich nach Davaos Willen *seine*

Umstürzler versammeln sollen! Wahrscheinlich in der Küche des Jiril – die Arbeit, Tyrannen zu stürzen, macht hungrig.“ Sie hatte es seit langem aufgegeben, mir Vorhaltungen zu machen, und schien sich überhaupt mit unserer Lage abgefunden zu haben, wie immer sie war. Ich füge das hinzu, weil ich selbst keinen wirklichen Begriff davon hatte, wie tief wir in der Patsche steckten, und Lisonje auch nicht, soll sie sagen, was sie will. Was hieß das schließlich schon, daß drei der Söhne des Jiril Botschaften an ihre Anhänger in unser harmloses altes Stück schmuggelten? Vielleicht wollten sie alle zur gleichen Zeit einen Aufstand versuchen, vielleicht wollten sie losziehen und sich gemeinsam betrinken. Derridow war damals eine bekannt friedliche Stadt, ist es immer gewesen; Sie machen sich keine Vorstellung, wie lächerlich es erschien, sich ein gewaltsames Ende dieser lauen Ruhe auszumalen. Ach ja, wir wissen es besser, nicht wahr? Hmm ja, warum nicht, danke. Ihr Wohl. Jedermanns Wohl.

Nein. Nein, Davao war nicht der nächste, der mich aufsuchte. Als nächste kam das Mädchen.

Habe ich sie nicht erwähnt? Oh, ich bitte um Entschuldigung, aber da sehen Sie. Selbst jetzt vergesse ich dauernd Firial, des Jiril einzige Tochter. War ungefähr ein, zwei Jahre älter als Davao – stilles Mädchen, hübsches Geschöpf; und in dieser Familie gab es keine bessere Möglichkeit, vergessen zu werden als still und hübsch zu sein. Der Jiril selbst vergaß gelegentlich, daß er überhaupt eine Tochter hatte, und ihre Mutter schien aus Prinzip immer ein wenig über ihre Tochter verärgert zu sein. Daran lag es wahrscheinlich, daß sie so selten das Theater besuchte – was mir als kleine Rechtfertigung dienen mag, daß ich sie nicht erkannte, als sie mich auf der Straße ansprach. Ich ging spazieren, um nach einer dieser Proben einen klaren Kopf zu gewinnen, die unweigerlich zu einem Albtraum werden, wenn jeder seinen Text bis ins kleinste kennt und sich davon tödlich gelangweilt fühlt. Das zumindest ist ein Vorteil, wenn man mit zwei Wagen durch die Provinzen tingelt – was auch immer sonst, wir sind alle über dieses Stadium lange, lange hinaus. Uns langweilt alles, was wir tun, aber in unserem Innersten wissen wir, wie es gemacht wird. Möglicherweise ist das tatsächlich besser als das, was wir in Derridow hatten. Ich bezweifle es.

Wie auch immer. Also, als Firial, während ich vom Marktplatz kommend in meine bezaubernde kleine Gasse einbog, sich mir näherte, brauchte ich einen Augenblick, um sie zu erkennen. Dabei war sie durchaus hübsch, verstehen Sie mich nicht falsch: langes, glattes Haar – rötlich blond, glaube ich –, klug, ein wenig schwache braune Augen, ein ziemlich rundes Gesicht, annehmbare Figur, nicht zu mager, nicht zu dick. Kurz gesagt, sie hatte von *nichts* zuviel, da haben Sie's. Das arme Kind war in eine Familie hineingeboren, die von *allem* zuviel besaß; was war da noch für sie übrig, außer Sanftmut, Vornehmheit, guten Manieren? Nein, ihr Haar war braun, braun war's, ich bin beinahe sicher.

„Dardis", sagte sie und kam gleich zur Sache – ganz ungewöhnlich, denn sie war immer ein schüchternes, unentschlossenes Mädchen –, „Dardis, ich muß Sie um einen Gefallen bitten."

„Das ist was Neues", erwiderte ich ziemlich kurz angebunden. Ich hatte, wie gesagt, einen aufreibenden Tag hinter mir; sonst hätte ich mir nicht träumen lassen, mit einer Dame ihres Ranges in diesem Ton zu sprechen. „Ihre Brüder bitten niemals um etwas, sie wollen es immer. Um ehrlich zu sein, ich habe Ihre Brüder ausgesprochen satt, Mylady Firial."

Darauf lächelte Firial. Sie hatte ein sehr nettes Lächeln, daran erinnere ich mich. „Das geht mir oft selber so", sagte sie. „Darf ich Sie zu Ihrem Haus begleiten, Dardis?" Ich verbeugte mich, und sie hakte sich unter.

So spazierten wir zusammen weiter, und die Leute grüßten Firial, als wir vorbeikamen, und erkannten sie immer ein wenig zu spät, um mehr als die Andeutung eines hastigen Bücklings zustande zu bringen. Nach ein paar höflichen Fragen, wie es mit den Proben vorangehe (sie kam äußerst selten ins Theater, und niemals mit ihrer Familie), sagte sie mir unverblümt und nur ein bißchen errötend: „Dardis, ich werde heiraten."

„Ich wünsche Ihnen Glück", antwortete ich. In diesem Sommer hatten sich ein paar vornehme Jüngelchen aus den nördlichen Provinzen am Hof des Jiril herumgedrückt; offenbar hatte er die Verhandlungen mit einem davon zum Abschluß gebracht. „Falls Sie wünschen, daß meine Truppe bei Ihrer Hochzeit spielt, kann ich Ihnen versichern, daß es uns eine große Ehre wäre. Wir haben ein großes Repertoire geeigneter Szenen, Lieder, Gedichte, ausgewählter Monologe …"

Sie schnitt mir mit einer Kopfbewegung das Wort ab. „Ich danke Ihnen, aber diese Heirat wird höchstwahrscheinlich in einer Scheune stattfinden, vorgenommen von einem betrunkenen Bauernpriester und mit glotzenden Schäfern als Zeugen. Der Mann, den ich mir als Gatten ausgesucht habe, wird meinem Vater gründlich mißfallen."

„Aha, aha – eine Entführung", sagte ich. Ich hasse Entführungen. Man verliert nicht bloß die Naive, die einem in der Nacht wegläuft; sehr oft nimmt sie auch einen vortrefflichen Musikanten oder Schauspieler mit. Ich fragte sehr vorsichtig: „Mit Verlaub, Mylady, aber es muß schon ein außergewöhnlicher Mann sein, um den Jiril so zu kränken, daß er Ihnen verbieten würde, ihn zu heiraten. Darf ich den Namen des bemerkenswerten Herrn erfahren?"

Firial schenkte mir wieder das Lächeln, das ihr gewöhnliches kleines Gesicht verwandelte. „Aber Sie kennen ihn bereits gut, lieber Freund", erwiderte sie. „Es ist Deh'kai, meines Vaters Leibkoch. Wir lieben uns, seit er ein Küchenjunge war und Prügel bekam, weil er Kuchenstückchen für mich gestohlen hatte. Wir haben uns die Ehe versprochen, und ich will keinen anderen haben."

Ich verstand ihre ganze Lage nur zu gut. Zwar war er noch jung, doch bereits ein Meisterkoch: Er konnte nicht nur die allergewöhnlichsten Gerichte der örtlichen Küche auf hervorragende Weise abwandeln – was man heutzutage *soudrillak* nennt und was die halbe Welt verlangt, ist nichts anderes als Deh'kais Art, einen Eintopf zuzubereiten, den jede Bauersfrau hierzulande kochen kann –, er hatte auch selber Rezepte erfunden, die gerade anfingen, jenseits der Grenzen von Derridow berühmt zu werden. Glauben Sie mir, der Jiril hätte sich bereitwilliger von einem seiner Kinder als von diesem Burschen getrennt. Überdies hatte er gewiß nicht vor, seine Tochter als Ehefrau eines solchen Mannes in Derridow zu dulden, mochte er auch Deh'kai heißen. Sie tat mir ziemlich leid. Ich war jünger damals.

Wir hatten meine Hütte erreicht. In der Hoffnung, sie nicht hereinbitten und bewirten zu müssen, weil ich mir doch auf der Welt nichts anderes wünschte, als mein gewohntes Glas schwarzen Weins zu leeren und ein Nickerchen zu machen, fragte ich vorsichtig, welchen Gefallen ich ihr erweisen könne. Ich hatte die Worte kaum ausgesprochen, als Firial sich auf sie und auf mich ebenfalls stürzte, mich ins Innere zerrte, nachdem ich die Tür aufgeschlossen hatte, und sie hinter uns zuschlug. „Wir haben unsere Flucht für den Abend Ihrer ersten Vorstellung geplant. Mein Vater hat darauf bestanden, daß ich mit der übrigen Familie daran teilnehme, aber wenn die Vorstellung erst einmal begonnen hat, wird er nicht auf mich achten. Ich muß Deh'kai wissen lassen, wo wir uns nach dem Ende des Stücks treffen werden – aber ich sehe ihn so selten und zu schreiben wage ich nicht, und ich dachte, Sie könnten vielleicht ..." Ihre Stimme verlor sich auf sehr rührende Weise, und sie guckte weg.

„Das ich vielleicht eine Rede einfügen könnte, deren Bedeutung nur er versteht", sagte ich. Firial sah auf, und ihre Augen glänzten. „Dardis, Sie müssen es tun! Es ist unsere einzige Gelegenheit, so eine werden wir nie mehr bekommen. Mein Vater hat uns in Verdacht, ich weiß es, und er wird uns sicher für immer auseinanderreißen und mich mit einem blöden, abscheulichen Baron verheiraten, wenn Sie uns nicht helfen. Oh, bitte, *bitte*, Dardis!"

Eine geborene Erpresserin, verstehen Sie, wie ihre Brüder Erpresser waren. Bloß der Hebel, den sie ansetzte, war von ganz anderer Art. Wenigstens hatte sie den Scharfsinn und die Raffinesse, nicht zu weinen, das muß man sagen. Ich sagte müde: „Lady, ich werde tun, was ich kann. Zweifellos haben Sie Ihren Text bei sich?"

Sie hatte ihn in der Tat bei sich, ein paar kaum lesbare Zeilen auf die Ränder eines Anstandsbuches gekritzelt. Ich erinnere mich kein bißchen an sie – wenigstens dafür danke ich den Göttern –, doch sie paßten gut in eine Szene des letzten Aktes, in der König Vilnanashs sterbender Sohn seinem treuesten Freund erzählt, wo er begraben werden möchte. Ein Junge aus Fors namens Brij – mit Abstand der begriffsstutzigste Schüler, den ich je hatte – spielte den Freund, und ich schreckte vor dem Gedanken zurück, ihm in diesem Stadium die neuen Zeilen eintrichtern zu müssen. Aber ich sagte Firial dennoch, sie könne auf mich zählen, und sie verließ mich in einem Zustand solch dankbarer Seligkeit, daß ein Fels-*targ* angeekelt gewesen wäre. Ich trank mehr als ein Glas vom schwarzen Wein und machte überhaupt kein Nickerchen.

Damit hätten wir wohl alle, ausgenommen Davao, stimmt's? Er ließ sich ein, zwei Tage später blicken, eine Antiklimax wie immer. Davao tat mir wirklich leid, muß ich sagen, mit langen Pausen dazwischen, denn er nahm in der Familie eine Stellung ein, die ich nicht einmal gewissen Theaterdirektoren, die ich kenne, wünschen würde. Er stürzte in meiner Garderobe auf mich los – Götter, der bloße Ausdruck *Garderobe* ruft eine Zeit zurück, eine Welt, ein Leben. Ich habe so viele Jahre versucht, das um meiner selbst willen zu vergessen. Und doch ist es vielleicht ebensogut, die Wörter hin und wieder laut zu flüstern – Garderobe, Garderobe, ja, ich hatte einmal eine eigene Garderobe, ganz für mich allein, und nicht auf Rädern. Sie hatte einen richtigen Spiegel und ein besonderes Bord für meine Schminkutensilien.

Gleichviel. Davao fand mich, als ich mich an einem neuen

Gesicht für König Vilnanash versuchte, stilisierter, ähnlich den schattierten schwarzen und weißen Gesichtern, die Schauspieler in den Provinzen der Westküste ihren legendären königlichen Figuren verleihen. Ich war gerade kurz davor, mich für das alte Aussehen zu entscheiden, als Davao in den Raum einbrach, ohne sich mit Anklopfen aufzuhalten. Seine Haut sah wieder übel aus – ich frage mich, ob sie jemals rein wurde –, und seine dünnen gelblichen Haare sahen aus wie das urinfeuchte Stroh der Betten meiner Truppe in den meisten Nächten. Doch sein Zorn war wie eine prägefrische, blitzende Münze, die er seit seiner Geburt mit Hingabe gehegt hatte.

„Dardis!“ schrie er und machte aus meinem Namen eine Beleidigung, die ein Duell hätte nach sich ziehen können. „Dardis, was hat es damit auf sich, daß meine drei verdammten Brüder Sie heimlich aufgesucht haben? Was wollten sie, he? Was haben Sie ihnen versprochen?“

Er versuchte so aufzutreten wie der Jiril, wie sie es alle auf die eine oder andere Weise versuchen. Aber er schaffte es nicht, der arme Junge – selbst Firial gelang eine viel bessere Nachahmung als ihm. Ich sagte: „Überhaupt nichts, Mylord. Sie sind bloß gekommen, um einen kurzen Einblick in die Probenarbeit zu nehmen und uns Glück zu wünschen. Nicht mehr, das versichere ich Ihnen.“

Davao starrte mich argwöhnisch an, doch es gelang ihm so schlecht, daß es mir nicht schwerfiel, ihn so anzustrahlen, daß mein Gesicht von milder und demütiger Unschuld überfloß. Damit wäre ich bei Torleg nie durchgekommen. Davao knurrte schließlich: „Das mag sein, wie es will, aber *ich* will etwas von Ihnen, und ich lasse nicht mit mir spaßen. Verstehen Sie das, Dardis. Kein Spaß.“

Und was sollte sein Beitrag zur *Tragödie von König Vilnanash* sein? Beileibe keine Verszeile, nicht einmal eine Bühnenanweisung: Nein, unser Davao wünschte nicht mehr und nicht weniger als ein einziges Wort einzufügen – den Namen *Riath*, um genau zu sein. Er erklärte mir umständlich, es sei der Name eines zu

Tode gemarterten Patrioten, der zufällig auch der entfernte Vorfahr eines seiner liebsten Freunde sei. Es sei nun der schiere Zufall, daß unsere erste Vorstellung just am Vorabend des Geburtstages dieses Freundes stattfinde. „Ich will, daß Sie den Namen seines Vorfahren in die Rede einfügen, in der Vilnanash anfängt, über all die großen und berühmten Männer zu sprechen, die für sein Land gestorben sind. Es soll sein Geburtstagsgeschenk sein, das wird ihm gefallen, ich will es so. Tun Sie es."

Nun, vorausgesetzt, man konnte sich mit der Vorstellung abfinden, daß Davao einen liebsten Freund hatte, ganz zu schweigen davon, daß er jemandem tatsächlich etwas schenkte, war die Forderung selbst eine, die sich bei weitem am leichtesten erfüllen ließ. Lisonje, der ich die Zeilen vorlas, fiel der neue Name auf der Liste sofort auf, doch sie tat nichts, außer daß sie eine gezupfte müde Augenbraue hob. Als ich ihr nachher die Sache erklärte, zuckte sie bloß die Achseln und sagte: „Warum nicht, warum in aller Welt nicht, können wir denn überhaupt noch mehr Ärger kriegen? Ich will dich bloß daran erinnern, Dardis – wenn sie auf uns losgehen und wir zehn Minuten haben, um zu packen und zu verschwinden, die guten Schminkhandtücher gehören *mir*." In mancher Hinsicht hätte Lisonje ganz prächtig in die Familie des Jiril hineingepaßt.

Jetzt wissen Sie also Bescheid, falls Sie immer noch aufmerksam zuhören und hinter Ihren höflich offenen Augen nicht eingeschlafen sind. Fünf Einfügungen, keine für sich wirklich schädlich – oh, zwei fielen vielleicht etwas aus dem Rahmen –, aber jede ein Signal für *irgendwelche* Personen, und alle diese Personen sollten durch unseren Mund alarmiert werden. Wenn ich das alles immer noch zu leicht nahm, nach Lisonjes Maßstäben – und, ja, wie sich herausstellte, ja, nahm ich's wahrscheinlich zu leicht –, muß zu meiner Entschuldigung gesagt werden, daß ich selber eine Rolle vollkommen zu beherrschen hatte, ein riesiges Ensemble unterweisen und anleiten und Musikanten überwachen mußte – das schwierigste war, Musikanten zu *finden* –, dazu die Beleuchter des Jiril umschmeicheln und beschwatzen und ködern, damit sie einer Szene das Licht gaben, das annähernd der Stimmung entsprach, die ich verlangte. Eine jämmerliche Entschuldigung, doch zweifellos die allerbeste, die ein armer Schauspieler ins Feld führen kann.

Also dann. Der Abend der Premiere kam schließlich. Ich war den ganzen Tag ein schreckliches Nervenbündel, aber das bin ich immer – Sie kennen das, da bin ich sicher. Es liegt einfach daran, daß man aus einem Gefühl heraus, das kein bloßer Schauspieler je kennenlernen wird, genau weiß, wie viel schiefgehen kann, wie kräftig und lebenssprühend das Unglück ist, das begierig auf dich wartet. Nusurir blieb so gelassen, wie es nur jemand sein kann, dem wirklich jede Vorstellungskraft fehlt; Trygvalin jedoch war wie ein Pferd, das irgendwo in der Nähe Feuer wittert, und Lisonje war ruhig, ohne im geringsten gelassen zu sein. Sie hatte den größten Teil des Tages damit zugebracht, ihre Requisiten, Kostüme und Schminksachen mit Blick auf eine überstürzte Abreise einzupacken; und so oft ich ihr sagte, sie vergeude ihre Zeit, verdrehte sie verächtlich die Augen und würdigte mich keiner Antwort. Eines Tages wird jemand sie erdrosseln, wenn sie das mit ihren Augen macht. Ich kann warten.

Die übrigen Mitglieder der Truppe gingen den üblichen Beschäftigungen nach, wie es vor der Premiere zu sein pflegt: kotzen, schwitzen, zittern, Karten spielen; Anfälle von kreischendem Gelächter, die sich abwechselten mit hysterischer Stille, die ich nirgendwo anders als im Theater kennengelernt habe. Chachak, der Clown, brachte den Tag damit zu, sich vorsätzlich zu betrinken – ich bin dessen sicher –, und versetzte sich in einen Zustand, in dem er nicht einmal mehr aufstehen konnte, um sich zu erbrechen, von tanzen und singen ganz zu schweigen. Da wir keinen zweiten Clown hatten, war ich gezwungen, seine Zeilen zwischen mehreren anderen Schauspielern aufzuteilen und seine Hopser und Hüpfer ganz zu streichen. Kein großer Verlust für dieses Stück, aber für die Schauspieler beunruhigend, die bereits nervös genug waren. Ich beschäftigte mich emsig, wie ich es mir zur Gewohnheit gemacht hatte, mit den gewöhnlichsten Dingen, die ich finden konnte, vergewisserte mich, daß die Kostüme zum Wechseln bereit waren, daß jeder der Musikanten auf der Empore seinen Einsatz kannte, daß die frischen Fackeln in die richtigen Halter gesteckt wurden und die Maschinen für Rauch, Blitz und Donner am richtigen Platz waren. Lisonje scherzt mit verängstigten Schauspielern vor jeder Vorstellung, hänselt und tröstet sie. *Ich* dagegen mache es so.

Von Zeit zu Zeit huschte der eine oder andere jüngere Schauspieler nach vorn, um aus den Kulissen einen Blick auf die Zuschauer zu werfen, was immer ein Fehler ist. Jedesmal kamen sie völlig benommen und entsetzt zurück angesichts der Unruhe, die siebenhundert Leute hervorrufen können, die sich in ein Theater schieben, sich wegen bestimmter Sitzplätze streiten, Freunden etwas zurufen, nach den Verkäufern von Obst, Süßigkeiten und Bier brüllen, während diese wiederum ihre Waren anpreisen, bis sich unsere schmutzigen Kulissen unter ihrem Gebrüll beulen. Diesen Lärm habe ich so lange eingeatmet und ausgestoßen, daß es schwierig ist, sich heute daran zu erinnern, wie entsetzlich es war, als ich fest davon überzeugt war, alle kreischten nach meinem Blut. Aber ich erinnere mich daran, noch immer, ja.

Der Jiril und sein kleines Gefolge trafen genau spät genug ein und nicht einen Augenblick später, sie nahmen ihre Plätze in der für sie reservierten Reihe ein, während ihre Untertanen ihnen genau so kräftig zujubelten, wie es erwartet wurde. Seine vier Söhne trafen nacheinander ein, jeder kurz einer Gruppe von Rüpeln zunickend, die ihre wohlbekannten Farben trugen – der Jiril schien keine Notiz von ihnen zu nehmen –, und Firial folgte im Kielwasser, die Augen sittsam niedergeschlagen, nichts in ihrem Verhalten ließ darauf schließen, daß sie die feste Absicht hatte, sich noch in dieser Nacht mit dem geschätzten Leibkoch ihres Vaters davonzumachen. Den besagten Koch, Deh'kai, erblickte ich hoch oben auf der Galerie der Dienstboten – ein hübscher Bursche, ziemlich schlank für einen Koch, der sich fortwährend vorbeugte, um hinabzustarren, und keinen Augenblick die Augen von ihr ließ. Ich erinnere mich, daß ich dachte: *Ah, du wirst es schon noch lernen.*

Ich wartete, bis das Gefolge des Jiril Platz genommen hatte, dann trat ich in meiner Rolle als Chor auf (der Schauspieler des Königs Vilnanash tritt immer auch als Chor auf, wozu überhaupt keine Notwendigkeit besteht. Ich weiß nicht, wer damit angefangen hat. Das weiß man nie), um das Publikum willkommen zu heißen und ihm zu versichern, daß ihm ein seltener Genuß bevorstehe:

… die Mär von Leid, in Worte nicht zu fassen,
Von Stolz, Macht, eitlem Ehrgeiz, die zuschanden,
Ein Herrscherhaus, zerfallen so zu Staub,
Daß jeder kommt, wie groß auch seine Macht,
Daß jeder kommt und sitzet hier heut nacht.

Ich mache mir nichts aus Prologen und Chören, wie ich sagte, aber sie sind noch schlimmer, wenn du sie sprechen mußt. Und der erste Akt, der König Vilnanash auf der Höhe seiner Macht zeigt, ist der einzige im Stück, der wirklich Zusammenhalt hat – als dramatische Einheit, meine ich, nicht als eine Ansammlung von locker verknüpften Szenen. Wir brachten ihn hinter uns, und Lisonje riß jede Szene an sich, in der sie mitwirkte – jede Geste, jedes Lächeln, jedes Beiseitesprechen, jede Wendung ihres Körpers, jeder Rhythmuswechsel ihrer Sprache, alles Werkzeuge für ihre schamlose Verführung des Publikums. Und ich ließ sie nicht nur gewähren, ich half ihr – ich diente ihr in diesem ersten Akt als Hintergrund, als drehte sich das ganze Stück um Königin Noura und nicht um ihren jämmerlich verfluchten Gatten. Morgen abend würde ich ihr auf die Schleppe treten, wenn es sein mußte, um sie davon abzuhalten, mich an die Wand zu spielen …

… aber andererseits würde morgen abend das Schlimmste gewiß vorüber sein, und nichts hätte sich vielleicht verändert. Vielleicht hätte sich erwiesen, daß kein Gefolgsmann der Söhne des Jiril so scharf auf einen Umsturz war, wie diese gedacht hatten; der alte Mann hatte sie vielleicht alle gekauft, so wie er einmal die Priester eines einfallenden Heeres so bearbeitet hatte, daß sie eine verheerende Niederlage prophezeiten, wenn der Angriff nicht auf unbestimmte Zeit verschoben würde. Aber worauf ich wirklich setzte, wie ich es immer tue, war Trägheit: die Tatsache, daß in jeder menschlichen Lage meistens im Grunde nicht viel passiert. Sie sind ein Mann von Erfahrung, Sie wissen also, auf wen Sie Ihr Geld setzen, wenn es darauf ankommt. Sagen Sie, wenn ich falsch liege.

Ja, in Ordnung, damals lag ich falsch. Nicht grundsätzlich, aber im Ergebnis, die alte Geschichte. Der Monolog, in den ich auf Wunsch Davaos den Namen Riath einflechten sollte, steht im ersten Akt, und in dem Augenblick, da ich ihn aussprach, scharf, wenn auch dünn, wurden an verschiedenen Stellen des Hauses Hochrufe ausgebracht. Zuerst war ich nervös, und dann mußte ich mannhaft darum kämpfen, nicht in Gelächter auszubrechen. Wenn diese Bande Davaos Streitmacht darstellte, dann mußte sich der Jiril mehr um die Koliken und die Huf-Fäule in seinen Pferdeställen sorgen. Soviel jedenfalls zu *diesen* Aufrührern.

Und soviel zum ersten Akt, und im Laufe des zweiten mit einer schönen rhythmischen Steigerung waren die Zuschauer (jene, die ins Theater gekommen waren, um wirklich das Stück zu sehen) bereits ergriffen vom Verhängnis, das König Vilnanash drohend bevorstand, und ich war selber so sehr mit diesem stolzen, verfluchten Trottel eins geworden, wie ich erwartet hatte – Sie wissen, wie dieser älteste Zauber sich einstellt –, daß ich die drei neuen Zeilen völlig vergessen hatte, die Torleg für die Zauberin geschrieben hatte. Als Nusurir sie in ihrer besten seherischen Manier rezitierte, tobte das ganze Theater in einer Weise, die – in ihrer Art, nicht bloß in der Lautstärke – von dem Gekläff von Davaos Bande so schrecklich verschieden war wie das Wimmern eines Hündchens nach Milch vom Beuteschrei eines Fels*targs*. Nusurir erstarrte, und man mußte ihr die nächsten Worte soufflieren. Ich hatte das nicht nötig, nie; aber für den Rest der Vorstellung entglitt mir der arme Vilnanash. Von jetzt an gab es nur noch Zeilen und Gesten, Hin und Her, mit einem Auge auf das Publikum schielen und mit einem Ohr krampfhaft auf den nächsten Einschub lauern. Nicht daß es wichtig wäre, aber es war vermutlich eine der schlechtesten Vorstellungen, die ich je gab.

Sie kamen nicht wieder völlig zur Ruhe, weder Torlegs Leute, nachdem sie ihren Führer einmal anerkannt hatten, noch Davaos, obwohl man diese Bande nicht immer hören konnte. Und als Trygvalin im dritten Akt mit Javeris aufrührerischen Phrasen den Widerstand gegen seinen Vater herausschrie – also, da trat eine völlig neue Partei hinzu, die sich mit Fußgetrampel erhob und ihre Unterstützung herausbrüllte, daß die festgefügten alten Mauern unserer ehemaligen Gerberei davon erzitterten. Danach herrschte das reine Chaos, das nur gelegentlich von schlichtem, natürlichem Tumult unterbrochen wurde. Wir auf der Bühne konnten einander kaum verstehen, und das auch nur, weil wir jeden Versuch aufgaben, den Aufruhr zu übertönen, sondern leiser sprachen. Und trotzdem gab es lange Strecken, wo selbst den schlauesten unter uns – von den völlig in Panik geratenen Anfängern und puren Handwerkern abgesehen – keine andere Wahl blieb, als Worte zu formen, sich mit eingeübten Schritten vom Auftritt bis zum Abgang zu bewegen, ohne zu kollidieren und ständig zu beten, daß wir uns alle noch irgendwie in derselben Szene desselben Aktes desselben Stückes befanden. Und, ich muß es betonen, das war erst der Anfang.

Hinter der Bühne herrschte ein kaum geringerer Aufruhr. Ich ließ die Pausen zwischen dem dritten, vierten und fünften Akt fast ganz wegfallen, denn diese brüllende Front – was immer sie wollte – war nackte Roheit, ob man sie nun fürchtete oder nicht, und würde rasch jeden von uns verrückt machen. Wenn schon Lisonje, weiß um den Mund, gegen die Kulissen prallte und ihre Requisiten fallen ließ, können Sie sich vorstellen, wie es um die übrigen bestellt war. Ich wollte ihnen keine Zeit lassen, sich ganz und gar vom Schrecken packen zu lassen; noch den anderen, ihre Kräfte abzuschätzen und auszukosten. Einmal spähte ich selber hinaus und erblickte den Jiril, der gelassen in seinem prächtigen Sessel saß und sich interessiert umblickte, als die Anhänger seiner Söhne ihre Schlachtrufe skandierten und die eine Seite die andere verspottete und bedrohte. Die Söhne hatten es noch nicht gewagt, sich vor den Augen des Jiril wegzustehlen, keiner von ihnen. Seine Frau sah so verärgert aus, als hätte Firial sie abermals enttäuscht; was nämlich dieses gezierte kleine Biest anging, so hob es kaum die Augen von irgendeiner bunten Perlenstickerei, die sie mitgebracht hatte. Selbst im letzten Akt, als die sterbende Sakha die Worte hervorkeuchte, die (falls er sie hören konnte – Trygvalin konnte es nicht) ihrem Liebhaber Aufklärung über ihren Treffpunkt geben sollten, schien sie für nichts anderes Augen zu haben als für ihre häusliche Aufgabe. Götter, es gibt Zeiten, da ich mich frage, warum ich mir überhaupt die Mühe mache, in meiner Truppe Männer mitzuschleppen. Männer denken immer, schauspielern sei spielen, täuschen; selbst den besten kannst du nie etwas anderes beibringen. Frauen wissen, es ist das Leben.

Gols Text kam zuletzt, die Abdankungsrede, die ich mühsam in die Szene kurz vor dem lange überfälligen Selbstmord König Vilnanashs eingebaut hatte. Erstaunlicherweise trat im Haus einen Augenblick lang Ruhe ein, und ich konnte die Zeilen mit Sorgfalt deutlich und genau nuanciert deklamieren. Sie hörten wirklich zu, man kann's kaum glauben; sie waren so still, daß ich Lisonjes drängendes Flüstern hinter der Kulisse hören konnte: „Dardis – stirb so dicht an der Seitenkulisse, wie du kannst! Ich zieh dich weg, und wir verduften. Fall zur Seitenkulisse, Dardis!"

Es war ganz reizend von ihr, aber stellen Sie sich das vor – König Vilnanash, der Verfluchte, soll links sterben? Unmöglich, völlig ausgeschlossen, nicht mal unter diesen ungewöhnlichen Umständen. Meine Minister schlichen der Reihe nach schniefend und heulend von der Bühne, versuchten dem Kummer von Getreuen Ausdruck zu geben, und ich sprach mein letztes Reimpaar (seine Moral: Verärgere die Götter nicht, selbst wenn du nicht weißt, daß du es tust), zog meinen juwelenbesetzten königlichen Dolch mit seiner Klappklinge, durchbohrte mich und starb in der Mitte, hingestreckt auf die Vorbühne – in der Mitte der Bühne, wohin ich, verdammt noch mal, auch gehörte. Und das Haus raste.

Wenn ich mich in dem Glauben wiege – heimlich, nur heimlich und vor mir selbst –, daß ein kleines bißchen von dem verrückten Gebrüll und Beifall wirklich eine Anerkennung meiner Darbietung war … nun ja, was ist dabei? Es schadet keinem, tröstet mich und hat für die Geschichte überhaupt keine Bedeutung. Zugegeben, die große Masse des Gebrülls war aus verschiedenen Schlachtrufen und Racheschreien zusammengesetzt, als eine Hälfte des Publikums über die andere herfiel – nein, die Parteien waren mehr aufgesplittert, eher bestanden sie aus Dritteln, Vierteln und Achteln, und alle gingen mit allen möglichen Waffen, die sie unter ihren Umhängen eingeschmuggelt hatten, mörderisch aufeinander los. Zumeist waren es Knüppel, doch ich sah Dolche, auch Schlegel, Heugabeln und Fleischermesser, glauben Sie mir. Für jeden etwas, könnte man sagen.

Natürlich war an irgendeine Art von Verbeugung überhaupt nicht zu denken. Ich sprang auf die Füße und rief: „Überall Schlammbäder!“, das ist immer noch unsere spezielle Parole für: *Verlaßt das Schiff, schlagt euch in die Berge*. Dem Rest meiner Truppe muß der Tumult wie ein verrückter Zufall vorgekommen sein – Angriff aus bloßer Freude am Angriff –, aber zumindest Lisonje und ich wußten es besser. Ich hätte auch weit Besseres zu tun gehabt, als auf der Bühne zu bleiben, aber ich tat es trotzdem, sah zu, wie die letzten von Davaos schmächtiger Gefolgschaft überrannt und beiseite gestoßen wurden, zumeist von Zuschauern, die zu den Türen eilten, während die Banden seiner Brüder fast unter meiner Nase zusammenprallten, ihre Schlachtrufe kreischten, mit den Köpfen der Gegner die Sitze zertrümmerten, entsetzte Unschuldige zu Boden trampelten und überhaupt in ihrer Berserkerwut alles taten, was sie konnten, unser armes Theater zu Kleinholz zu machen. Ich konnte über dem Getöse Gol und Javeri hören, die ihren Speichelleckern wütend zubrüllten, mit dem gegenseitigen Morden aufzuhören und sich auf das Gefolge des Jiril zu konzentrieren. Sie hätten ebensogut Statisten anflehen können, ihre Rollen nicht durch Stolzieren und Tanzen und das Erfinden neuer Zeilen aufzublähen. Ich kenne das Gefühl.

Torleg dagegen hatte seine Streitkräfte vollkommen unter Kontrolle. Ich hatte nichts anderes erwartet; trotzdem war es unleugbar erregend, mit anzusehen, wie sich diese Schläger in den sauberen kastanienbraunen Livreen mit leidenschaftsloser Brutalität durch dieses Chaos bewegten. Ihr Ziel verloren sie keinen Augenblick aus den Augen, das darin bestand, den Jiril von seinem Gefolge zu trennen, und dieses Ziel erreichten sie mühelos, weil der alte Mann offensichtlich nicht die Absicht hatte, Widerstand zu leisten. Er hatte sich seit Beginn des Tumults kaum gerührt und sah unter dicken Augenbrauen zu, wie Torlegs Männer sich unaufhaltsam zu ihm durchboxten. Die Jirelle, über ihre Söhne ernstlich verärgert, ließ das trotz des Durcheinanders wissen; aber Firial, wie immer unbeachtet, fuhr einfach mit ihrer Handarbeit fort. Ich dachte, die Panik müsse sie gelähmt haben, daß sie sich den Tumult nicht zunutze machte, um mit Deh'kai zu entkommen; doch dann blickte sie auf, sah mich hinter einem Chaos hingestreckter Körper und zertrümmerter Verkaufskarren. Sie zwinkerte. Ich werde noch nach meinem Begräbnis schwören, daß sie zwinkerte.

Lisonje zerrte mich am Arm, versuchte mich von der Bühne zu ziehen, wie sie es tut, wenn sie glaubt, daß ich mit meiner Rede vor dem Vorhang kein Ende finde. Ich gab nach, von ihrer offenkundigen Sorge berührt, aber auch von dem Gedanken, sie werde sich doch noch die guten Schminkhandtücher schnappen, als Torleg einen Befehl rief und seine Gefolgsleute auf der Stelle innehielten, während der Jiril und sein Gefolge völlig eingeschlossen waren. Torleg trat lächelnd vor. Er sagte: „Also, Vater."

„Also, Junge", antwortete der Jiril. Habe ich erwähnt, daß seine Stimme einen ausgeprägten, rauhen, pfeifenden Beiklang und einen näselnden Hügeltonfall hatte, den er sich sorgfältig zu erhalten trachtete? Das paßte großartig zu einem insgesamt bäurischen Gehabe, das gefährlich trügerisch war. „Ihr seid fleißige Kinder gewesen, ihr alle. Keine schlechte Arbeit."

„Lob von einem solchen Vater ist doppelt wertvoll." Torlegs Worte wurden beträchtlich gedämpft von der sahnigen Fülle seiner Selbstzufriedenheit. Du kannst darüber verrückt werden, wenn du versuchst, hochgelobten Schauspielern genau diesen Tonfall abzugewöhnen. Er breitete jetzt anmutig die Hände aus und sagte: „Ich hoffe, du faßt dies nicht als Vorwurf gegen deine Herrschaft in Derridow auf, Vater. Es ist bloß so, meine Freunde und ich denken, daß für dich und Mutter die Zeit gekommen ist, das Leben ein bißchen leichter zu nehmen. Euch zu amüsieren."

„Ich habe mich, so wie es ist, sehr hübsch amüsiert", sagte der Jiril barsch, gelassen wie immer. „Beinahe so wie du und deine Brüder, die ihr euch bald in meinem Kerker amüsieren werdet. Ich denke, ich sollte euch alle in ein und dieselbe Zelle sperren und ein paar Wetten abschließen, wer von euch die erste Nacht überlebt. Ich setze auf dich, mein Sohn, das will ich dir schon jetzt sagen."

Torleg lachte lauthals und schüttelte den Kopf. „Ich glaube nicht, Sir. Meine geliebten Blutsverwandten, schon möglich, aber meine Eltern – ach natürlich, und die reizende, bescheidene Firial – sie alle erhalten sicheres Geleit und werden erster Klasse nach Leishai transportiert, von wo sie sich, wenn sie belieben, zu Schiff zur angenehmen Insel Lang-y-fydyss begeben können, wo sie ihre sich neigenden Jahre in lauter Frieden und Schönheit verbringen werden. Ich verspreche aufrichtig, sie einmal im Jahr zu besuchen. Mindestens."

Jene zu beiden Seiten der Vorderbühne, die fliehen konnten,

hatten das längst getan: unser verwüstetes Theater – Sessel und Bänke zerschlagen und blutbefleckt, die Teppiche zerrissen, die Wandbehänge heruntergezerrt, Fackeln unter Füßen ausgetreten, die Bühne, welche Ironie, unversehrt – war leer bis auf Gruppen zusammengeschlagener Aufrührer, in der Minderheit und von Torlegs Männern gründlich umzingelt. Gol, Javeri und Davao waren bereits in Ketten, ihre Gesichter blutig. Lisonje hatte es aufgegeben, an mir zu zupfen, und stand wie ich hilflos herum, gebannt von einer Vorstellung, welche die unsere weit übertraf. Nein, vielleicht nicht ganz gebannt – ich muß widerwillig einräumen, daß es ihr spitzer Ellenbogen war, der meine Augen auf die vollkommen unauffälligen Männer ohne Livreen fallen ließ, die sich gleichmütig durch die Verwüstung schoben und eher wie ein ziemlich verwirrtes Aufräumkommando aussahen. Sie trugen Eimer und Besen, wie ich mich erinnere. Torleg hätte in ihnen vielleicht die legendären Namenlosen des Jiril erkannt – man erzählt sich, daß ihr Wappenspruch lautete: *Nie zu sehen, immer in der Nähe* –, doch er war zu sehr damit beschäftigt, seinen Vater mit seiner Schlauheit zu verblüffen. Ach ja, auch ich kenne dieses Gefühl.

Er kostete noch immer leicht spöttisch seinen Triumph aus, aber die schlichte Gleichgültigkeit des Jiril hatte ihn inzwischen so gereizt, daß er verkündete: „Im Grunde war der ganze Plan lediglich eine leichte Abwandlung deiner eigenen Rebellion vor vielen Jahren. Ich war ein wenig in Sorge, du könntest die Ähnlichkeit bemerken."

„Rebellion?" krächzte der Jiril. „Welche verdammte Rebellion? Ich wurde am ersten Tag, da ich den Fuß in diese Stadt setzte, als der rechtmäßige Jiril ausgerufen, und du und deine niederträchtigen Brüder, ihr wißt das sehr wohl. Und ich bin hier noch immer Jiril, Junge, wie du in den nächsten Augenblicken feststellen wirst." Es war etwas in seiner Stimme, das mir, selbst wenn ich die Namenlosen nicht hätte anrücken sehen, verraten hätte, daß dies kein Bluff, keine Schauspielerei war; aber Torleg hatte in diesen Dingen nicht meine Sachkenntnis. Das ist der entscheidende Unterschied, schätze ich, zwischen einem alten Hasen und einem begabten Laien.

Torleg fuhr fort, selbstvergessen zu prahlen und zu plappern, Sätze wie: „An einem bestimmten Punkt muß ein Mann familiäre Rücksichten außer acht lassen und im Interesse des höheren Zwecks handeln" – bis zu dem Augenblick, da zwei dieser gewöhnlich aussehenden Männer seine Arme festhielten und ein dritter einen Dolch sehr sanft auf einen Fleck just unter seinem linken Ohr setzte. Ich weiß nicht, was aus den Eimern geworden ist.

Der Jiril sagte: „Fahre fort, Sohn. Du hast meine ganze Aufmerksamkeit." Torleg verlor nicht die Selbstbeherrschung, nicht einen Augenblick. Es gab den Moment, in dem sich seine Augen weit öffneten, als er die drei Männer anstarrte; dann lachte er ein Lachen, das anders klang, und sagte: „Ich hätte schwören können, ihr Halunken wärt mit von der Partie."

„Wir nahmen Euer Geld, Herr", sagte der Mann mit dem Dolch rauh. „Es erschien uns höflich."

„In der Tat", sagte Torleg. „Nun, wenn ihr erlaubt, möchte ich meinen Vater grüßen." Die Männer, die seine Arme hielten, lockerten den Griff kurz, und er verbeugte sich elegant vor dem Jiril und sagte: „Leben Sie wohl für den Augenblick, Sir. Wir haben Sie immer unterschätzt, nicht wahr?"

„Immer", knurrte der Jiril. „Auf Wiedersehen."

Torleg nickte seiner Mutter und seiner Schwester zu, als er mit den Namenlosen fortging. Ich blickte mich um und sah, daß seine Rebellen – kurz zuvor noch triumphierend, jetzt gelähmt und unterwürfig – fortgetrieben wurden, wer weiß, wohin. In der Stille fragte die Jirelle müde: „Wie lange willst du sie dieses Mal im Kerker lassen?"

„Ein Jahr", sagte der Jiril. „Ein Jahr auf alle Fälle, bei den Ärschen der Götter, dieses Mal ein volles Jahr." Darauf erblickte er Lisonje und mich und rief: „Dardis, ich bitte um Verzeihung für den Schaden. Er wird wiedergutgemacht werden."

„Wir haben nie daran gezweifelt, Herr“, erwiderte Lisonje strahlend, als hätte sie nicht hinter den Kulissen ihren ganzen Besitz zur Flucht gepackt. Der Jiril drehte sich jäh um und fauchte Firial an: „Mädchen, gibt es denn auf der Welt nichts anderes zu tun als diese verdammte Stickerei? Deine Brüder haben gerade alle vier versucht, mich zu stürzen, und sind deswegen hinter Schloß und Riegel, und du sitzt hier und glotzt auf diese idiotischen Perlen; nicht ein Wort, nicht mal ein Aufblicken, als Torleg sagte, wir würden in die Verbannung geschickt. Bist du auch noch schwach im Kopf, wenn du schon so reizlos bist?“ Er sagte noch mehr, aber lassen wir es dabei bewenden. Manchmal war sein Zorn unangenehm.

Darauf hob Firial den Blick nicht, und was immer in ihren hübschen braunen Augen zu lesen sein mochte, es schloß dem Jiril den Mund mit einem Klicken, das Lisonje und ich hören konnten. Sie legte die Nadelarbeit weg, erhob sich rasch und stand kerzengerade auf. An meiner Schulter flüsterte Lisonje: „Ach, Barduinn, laß mich das machen! Laß mich für zwei Minuten mit ihr tauschen, nur für zwei Minuten!“ Barduinn soll angeblich unser Gott sein, der Gott aller Schauspieler, doch ich muß sagen, daß er mir nie sonderlich nützlich war – vielleicht haben Sie mehr Glück gehabt, ja? Wie immer nahm er keine Notiz von Lisonje: Sie war gezwungen, mit anzusehen, wie noch ein weiterer Laiendarsteller etwas spielte, wovon sie wußte, daß sie diese Szene weitaus pompöser hätte hinlegen können. Ich fühlte mit ihr, das muß ich sagen. Doch dann sprach Firial, und alles änderte sich.

Firial sagte: „Es reicht, Vater.“ Der Kopf des Jiril fuhr herum – wie unsere –, nicht der Worte wegen, sondern wegen der Art, wie sie ihren Text brachte. Tonlage und richtiger Zeitpunkt, auf nichts anderes kommt es an, das habe ich immer gesagt. Lisonje hätte es nicht besser machen können, und ein Seitenblick verriet mir, daß sie es wußte. Firial machte genau die richtige Pause, genau die richtige Drehung der Schultern und dann das schlichtweg vollkommene kleine Lächeln, als sie deutlich sagte: „Weil mein Gatte sehr verärgert sein wird, wenn er dich so zu mir sprechen hört.“

Vielleicht gab es irgendwo im Theater einen Unterkiefer, der nicht runterklappte, ich jedenfalls sah keinen. Mit Sicherheit habe ich Lisonje nie so verblüfft gesehen, weder vorher noch später. Das Gesicht des Jiril nahm jede erdenkliche Färbung an, er spuckte wie eine angestochene Pumpe, während seine Frau mit hervorquellenden Augen dastand und sagte: „Du Flittchen, ich glaub es nicht, wie konntest du nur?“ und sich wieder setzte. Das Gefolge schluckte ausgiebig und rang nach Luft; und ich erinnere mich an eine herausgeputzte Vettel, die Firials Amme gewesen sein mußte, die versuchte, sie schmeichelnd zu ihrem Sessel und ihrer Nadelarbeit zurückzubewegen. Doch Firial schob sie entschlossen beiseite und rief: „Deh'kai, mein Gebieter, ich bin hier!“ Ich habe selten eine Stimme gehört, in der eine so heitere Einladung lag und so viel Triumph.

Auch habe ich in meinem Leben keine solche Verblüffung gesehen, wie sie nun jeden Muskel im Gesicht des Jiril lähmte und ihm mit seinem gefärbten Bart die Blässe von Kap-Dylee-Nebel verlieh, da er seine Männer – seine eigenen, unbestechlichen, völlig ergebenen Namenlosen – sah, wie sie sich umdrehten, um seinen Leibkoch als ihren Meister zu grüßen. Denn er war es in der Tat, der junge Deh'kai, der jetzt auf sie zugeschlendert kam, der ungezwungenste, am wenigsten anmaßende Eroberer, den man je sah, der die Abtrünnigen mit Namen begrüßte und sich mit großer Ehrerbietung vor dem Jiril und dessen Frau verbeugte, ehe er Firial umarmte. „Ich erbitte eure Verzeihung und eure Liebe, meine Eltern“, sagte er so kühl wie Torleg. „Ich denke, ich habe auf das eine wie auf das andere Anspruch.“

„Du hast einen Anspruch darauf, daß Kinder auf der Straße mit deinem Kopf Ball spielen!“ brüllte der Jiril ihn an. „Nimm deine schmierigen Hände von meiner Tochter, oder ich werde sie dir mit deinem eigenen Ziehmesser abhacken lassen – ja, und ein paar andere Dinge gleich mit, du hochgekommener

Schankkellner! Du Ascheimer, du Küchenflegel, ich habe deinetwegen sechs Pferde zurückgewiesen – sechs Pferde und ein trächtiges Paar von Jagd-*shukris* –, und du tust mir so was an! Entehrst meine Tochter, verführst meine Leibwache – bei den Hoden der Götter, gibt es etwas in der Welt, das du nicht tun würdest?"

Firial trat zwischen sie und schlug dem Jiril heftig auf den Mund. Sie hätte es ein zweites Mal getan, aber Deh'kai hielt sie zurück, ergriff sanft ihre Handgelenke und lächelte die ganze Zeit. „Liebste, Allerliebste", besänftigte er sie, „keiner erhebt die Hand gegen meinen Schwiegervater, ich werde es nicht zulassen. Ich verspreche dir, daß er mich mit der Zeit genauso hochschätzen wird, wie du es tust. Er meint keines dieser Worte ernst, keines – du und Mutter, ihr könnt ihn sanft nach Hause geleiten, während wir hier ein wenig aufräumen." So umschmeichelte er Mutter und Tochter, während Lisonje und ich mit offenem Mund dastanden, bis die beiden schließlich die Arme des Jiril faßten – wie die Männer, die Torleg ergriffen hatten – und ihn behutsam wegführten, wie man einen sperrigen Kleiderschrank einmal auf diesem, dann auf dem anderen Bein dreht. Der alte Mann war so gelähmt, daß sie ihn fast schon aus dem Theater geführt hatten, ehe er sich losriß und auf Deh'kai losging. Wahnsinn war in seinen Augen, und er hielt einen kleinen Schmuckdolch in der Hand.

Von allen Seiten schoben sich Männer herbei, aber Deh'kai winkte sie zurück und erwartete ihn, seine Augen so freundlich wie eh und je. Der Jiril blieb vor ihm stehen, starrte ihn wütend an wie ein in die Falle gegangener *shukri* und herrschte ihn an: „Was hast du ihnen gegeben? Meine Söhne, andere, andere Leute, zu Dutzenden haben sie versucht, meine Namenlosen zu bestechen – nie hatten sie Erfolg, um nichts in der Welt. Was hast du ihnen gegeben? Was hast du *getan?*" Er senkte den Dolch und brach weinend zu Deh'kais Füßen zusammen, und der ehemalige Küchenmeister bückte sich rasch und respektvoll, um ihn aufzurichten.

„Nun, ich gab ihnen nichts, Sir“, antwortete er. „Wie Sie richtig sagen, es gibt nichts in der Welt, mit dem man die Treue solcher Männer kaufen könnte.“ Oh, er war gut, dieser Mann – ich hätte eine Menge darum gegeben, hätte man mir seine Ausbildung übertragen. Ein Jahr, ja sechs Monate, und er hätte den Zauberer Khyr oder sogar den Fürsten Cocius in *Des Reiters Tragödie* spielen können. Er sagte: „Die Namenlosen haben meine Küche immer sehr geschätzt. Ich habe ihnen aufbewahrt, was von Ihrer hohen Tafel übrig blieb, wann immer ich konnte.“ Der Jiril starrte ihn an. Deh'kai fuhr fort: „Nach und nach dachten sie vielleicht, daß es ihnen gefallen könnte, jeden Abend so zu speisen, genau wie Sie. Wir trafen eine Abmachung.“

„Abendessen“, sagte der Jiril. „Sie verrieten mich für ein Abendessen.“ Er blickte kurz auf den Dolch, den seine Hand immer noch umklammerte, und ließ ihn zu Boden fallen. „Aber ich habe ihnen Nahrung gegeben“, flüsterte er. „Wenn ich sonst niemandem Nahrung gegeben habe, die Namenlosen hatten immer alles.“

Zum erstenmal sah Deh'kai für meinen Geschmack ein wenig zu blasiert aus, eine Spur zu selbstzufrieden. Er sagte, immer noch deutlich bescheiden: „Nun, Sir – Vater – man kann Nahrung zu sich nehmen oder speisen, wenn Sie verstehen, was ich meine. Das sind zwei verschiedene Dinge.“

Der Jiril warf ihm einen letzten verzweifelten Blick zu, und dann drehte er sich stumm um und kehrte in die Arme seiner Wächter zurück. Ich hörte ihn nie wieder ein Wort sprechen, obgleich ich sicher bin, daß er gesprochen haben muß. Soweit ich mich erinnere, starb er kurz vor oder kurz nach Deh'kais Einsetzung als neuer Jiril von Derridow. Die Jirelle – oder Ex-Jirelle, die Witwe Jirelle, oder wie immer der genaue Titel lautet – verbrachte ihre verbleibenden Tage, und das waren viele, als geehrter, ignorierter Gast ihrer Tochter, ihres Schwiegersohns und ihrer Enkelkinder, während ihre vier Söhne in die Verbannung in vier verschiedene Gegenden geschickt wurden, aus denen keiner von ihnen, wie man hört, zurückgekehrt sein soll. Das alles ist Nachspiel, Antiklimax, und es ist schrecklich spät geworden, Entschuldigung. Wenigstens können Sie und Ihre Truppe länger schlafen – wir sollten, wenn Sie erst frühstücken, besser schon Lis hinter uns haben, wenn wir morgen abend in Goliak spielen wollen. Elende Stadt, Goliak. Ich danke Ihnen zutiefst, daß Sie einem schwatzhaften alten Kollegen zugehört haben.

Was? Oh, natürlich, sie wurden von irgendeinem hergelaufenen Priester getraut, ehe Firial mich überhaupt besuchte. Das sagt doch alles, oder? Warum und wie es dazu kam, daß wir Derridow für immer verließen – nun, Lisonje packte trotz Deh'kais offensichtlicher Freundlichkeit ihre Sachen nicht aus, und sie hatte recht, so wie sie es eines Tages vielleicht müde sein wird, mich daran zu erinnern. Deh'kai rief uns nämlich in die große Halle, zusammen mit Trygvalin, Nusurir und einigen anderen, nicht lange nach seiner Einsetzung. Ich kann Ihnen noch heute seine genauen Worte wiederholen, so wie es die anderen zweifellos auch können.

„Ich bewundere euch alle aufs höchste", das sagte er, „und ich bedaure es unendlich, euch sagen zu müssen, daß ihr morgen bei Sonnenuntergang fortgehen müßt und nie zurückkehren dürft." Er gab sich noch immer einen bescheidenen, liebenswürdigen Anstrich, ob Jiril oder nicht, aber er legte bereits ein bißchen an Gewicht zu und begann eine Schwäche für Uniformen zu entwickeln. Seine Fingerspitzen zusammenlegend fuhr er fort: „Um ganz offen zu sein, ihr wißt ein wenig zu viel darüber, wie es dazu kam, daß ich dort sitze, wo ich sitze. Es sind einige in meiner Nähe, denen es lieber wäre, keiner von euch verließe lebend diese Halle."

Damals nahm ich an, er spreche von seinem Minister oder von den Namenlosen, doch heute bin ich unsicher. Könnte er gar Firial gemeint haben, was meinen Sie? Hinter diesem runden, milden Gesicht spielte sich viel mehr ab, als alle außer Deh'kai je erfuhren. Er sagte: „Ich selbst habe keinen Grund, so etwas zu tun – welche Chancen haben schon die Geschichten eines buntscheckigen Haufens von Komödianten gegen den Jiril von Derridow? Deshalb mögt ihr unbehelligt gehen, und wenn es ein Trost für euch ist, die Gerberei wird von heute an leerstehen. Ich habe guten Grund zu glauben, das jedes Theater, und sei es noch so eng an ein Haus gebunden, viel zu viele Möglichkeiten in sich trägt, während ich regiere, Unruhe und Unsicherheit zu entfesseln. Gebt dieses Wort weiter, seid so freundlich, an jede Truppe, der ihr begegnet – in Derridow sind Schauspieler nicht mehr willkommen. Seid jedoch versichert" – und ja, er betrachtete uns alle genau, aber diese lächelnden Augen verweilten am längsten auf mir – „daß meine Frau und ich sich eurer mit Zuneigung und einem gewissen Gefühl der Dankbarkeit erinnern werden. Lebt wohl."

Das war's also, so verloren wir unser schönes Theater. Am nächsten Tag begaben wir uns auf die Straße, und dort sind wir seitdem immer gewesen, mehr als zwanzig Jahre sind's inzwischen. Deh'kai ist immer noch Jiril von Derridow – regiert wohl auch ganz leidlich, wie ich höre – ausgenommen das gelegentliche scharfe Durchgreifen, den Torschluß, Ausweisung oder Verschwindenlassen –, aber Sie werden selbst heute noch keinen Jongleur oder Seiltänzer finden, der seine Grenzen überquert, und sein Volk, heißt es, lebe dabei recht behaglich. Was sie darüber denken, was sie dabei empfinden – ach ja, dafür ist Theater schließlich da, oder? Damit wir eben diese Dinge über uns selbst entdecken, über uns alle. Er hatte ganz recht, wissen Sie, dieser Deh'kai.

Manchmal grübele ich darüber nach, ob sie uns in Derridow vermissen, und sei es nur, wenn sie an der zweimal aufgegebenen Gerberei am Tomellyufer vorbeigehen. Wir haben ihnen dort in den alten Zeiten ein paar anständige Vorstellungen geboten. Sei's drum, ich wünsche Ihnen eine gute Nacht und viel Glück für Ihre Spielzeit hier im Verlies – volle Häuser, ehrliche Bühnenmeister, emsige Neulinge, die ihre Texte sprechen können, wenn sie müssen, Hauptdarsteller, die sich an ihre Zeilen wenigstens *erinnern* können, leidliche Clowns und vor allem den Segen des göttlichen Barduinn. Denn in Wirklichkeit ist es doch so: Keiner von ihnen mag Schauspieler *wirklich*, keiner von den Göttern, nicht wirklich.

Lal und Soukyan

Jenseits der weißgekalkten Hütte, die nur aus einem Raum besteht, ist nichts als Wüste. Die alte schwarze Frau sah ihn schon sehr lange und aus weiter Ferne kommen und erkannte ihn, bevor das Mädchen auch nur eine Bewegung am milchigen Horizont wahrnehmen konnte. Sie stemmte ihre langen, noch jugendlichen Hände in die Hüften, hob den Kopf und schüttelte ihn langsam ohne ein Wort.

Das kleine Mädchen, einen Fellbeutel in der einen, einen groben Binsenkorb in der anderen Hand, sah ihr aufmerksam zu und machte das Schweigen der alten Frau nach, so wie sie alles andere an ihr nachmachte. Es war sonst niemand in der Hütte und nichts innerhalb ihrer Wände, außer ein wenig Geschirr, eine Feuerstelle und zwei Schlafmatten in einer Ecke. Überraschend tief flüsterte das Mädchen schließlich: „Soll ich gehen, *inbarati?*"

„Natürlich nicht", sagte die alte Frau. „Stell das Wasser im Schatten ab, du weißt, wo. Und bring den Korb her. Ich bin hungrig." Sie war eine kleine Frau, vollkommen weißhaarig, mit dem dreieckigen Gesicht einer Katze und rauchig goldenen Augen; und in ihrer Stimme war deutlich ein rhythmisches Auf und Ab zu hören, anders als der rauhe Singsang des Kindes. Sie blieb in der Türöffnung stehen und beobachtete die ferne Gestalt, die sich auf sie zubewegte.

Das kleine Mädchen stellte den Korb zu ihren Füßen ab und kauerte sich hin, die Augen hell vor Neugier, doch geduldig, unbeweglich. Gleich darauf seufzte die alte Frau, murmelte etwas, das das Mädchen nicht verstehen konnte, und ließ sich mühelos neben ihr auf den Fersen nieder. Sie lüftete den Deckel des Korbes, nahm ein paar breite, dicke, gelbe Blätter heraus und legte sie nacheinander auf dem Boden aus. In die meisten waren Streifen von getrocknetem Fleisch eingewickelt, doch ein paar enthielten kleine, stummelige Gemüse, und es gab sogar eine überreife Melone, purpurn und klebrig. Die alte Frau teilte die Speisen sorgsam zwischen sich und dem Mädchen und überließ ihm das meiste der Melone. „Ich schmecke nichts Süßes mehr", erklärte sie gleichmütig. „Verschwende nie süße Dinge an jemanden, der sie nicht genießen kann. Erzähle mir eine Geschichte, während ich frühstücke."

Das Mädchen holte lange, langsam Atem, schloß die Augen und fing an, eine Geschichte vorzutragen, in der ein mächtiger Fürst, sein ruchloser Minister, eine Bäuerin und ihre Tochter, ein gerissener Dieb und ein singender Fisch vorkamen. Die Hände des Mädchens formten all diese Figuren in der Luft, und seine Stimme wurde zu einem eintönigen Singsang. Die alte Frau aß, ohne das Mädchen anzublicken, brummte hier und da bei einer besonderen Wendung der Geschichte, wiewohl das Mädchen nicht erkennen konnte, ob sie damit Vergnügen oder Mißvergnügen ausdrückte. Die Geschichte und die Mahlzeit gelangten im gleichen Augenblick ans Ende, doch die alte Frau sagte geraume Zeit nichts. Sie stand auf, lehnte sich wieder an den Türrahmen und spähte mit zusammengekniffenen Augen in die just aufgegangene Sonne. Der angestrengte Blick in die Wüste machte die Augen des kleinen Mädchens tränen, und sie schmerzten: Es konnte nicht erkennen, daß die winzige Gestalt näher gekommen war, ob sie ein Mann oder eine Frau, alt oder jung war, zu Fuß oder zu Pferd kam. Es wartete aufmerksam wie eine Eidechse, dachte an nichts, war auf alles gefaßt.

„Du mußt diese Geschichte *so* erzählen", sagte die alte Frau. Ihre nackten Füße machten kein Geräusch, als sie mit einem leicht wiegenden Seemannsgang über den harten Lehmboden zurück kam und sich vor dem kleinen Mädchen hinkauerte. Sie sah ihm jetzt genau ins Gesicht und begann die ganze Geschichte von Anfang an noch einmal zu erzählen. Sie erzählte sie mit fast den gleichen Worten, die das Mädchen benutzt hatte, jedoch mit einer Stimme, in der gedämpfte Trommeln und im Wind knatternde Segel mitklangen. Jetzt spielerisch, jetzt volltönend, wenn die Handlung voranschritt, jetzt vor Mitleid oder Staunen oder Zorn bebend, sich dann wieder kurz zu einem Lied entfaltend, erzeugte und bewahrte ihre Stimme einen hypnotischen Rhythmus, der das Mädchen bannte, selbst als die Geschichte bereits zu Ende war. Es rührte sich nicht, bis die alte Frau eine Hand vor ihren Augen hin- und herführte und mit normaler Stimme sagte: „Schau, so habe ich gelernt, sie zu erzählen. So wird es gemacht."

„Noch eine Geschichte", flüsterte das kleine Mädchen. „Bitte, *inbarati*."

Die alte Frau lächelte zum erstenmal. Ihre Zähne waren klein und gegen ihre pflaumendunkle Haut bemerkenswert weiß. „Zuerst wirst du mir die Geschichte von dem Dieb und dem singenden Fisch noch einmal erzählen. Dann wirst du etwas Feuerholz herbeischaffen, während ich die Hütte ausfege, und dann werden wir unser Nickerchen machen. *Dann*" – und sie zupfte das Mädchen sanft an einem ihrer dicken, schwarzen Zöpfe – „*dann* wirst du von Zivinaki hören, welcher der größte Lügner der Welt war. Es ist ganz wichtig, daß du etwas über Zivinaki weißt, wenn du eine *inbarati* werden willst."

Das Mädchen blickte unglücklich auf seine winzigen braunen Füße nieder. „Aber dann wird dein – Gast – schon hier sein, und du wirst mich fortschicken."

„Mein Gast?" Die alte Frau lachte schallend: ein merkwürdiges kehliges Knarren, in dem immer ein wenig Überraschung mitklang, als überfiele die Heiterkeit sie immer unverhofft. „Kind, was immer er auch sein mag, mein Gast wird er nie sein. Außerdem ist er uralt, tatterig, senil, wie ich – ich versichere dir, er wird den Rest des Tages brauchen, um dieses Haus zu erreichen. Also. Erzähle mir eine Geschichte."

Die Sonne hatte ihren halben Weg am Himmel zurückgelegt, und das kleine Mädchen schlief fest auf seiner Strohmatte, als die alte Frau heraustrat, um ihren Besucher zu begrüßen. Sie trafen sich am einzigen Baum der Gegend, einem verkümmerten, verkohlt aussehenden Ding wie eine geballte Faust. Die alte Frau sprach als erste. Sie sagte: „Du bist magerer als früher."

„Nur ein Abblättern des Unwesentlichen", erwiderte er ernst. „Nichts Notwendiges ist verloren." Er war ein großgewachsener alter Mann, nichts als knorrige Knochen und Knorpel und wettergegerbte braune Haut, nicht viel heller als die der alten Frau. Er trug lediglich leichte Hosen, eine Lederweste und ein Paar abgewetzte, zerrissene Stiefel. Ein fast mannshoher Bogen hing über seiner rechten Schulter. Die Bogensehne schob die Weste beiseite und enthüllte zahlreiche schmale weiße Narben, die sich von oben nach unten über die Rippen zogen, und eine große gezackte Narbe unmittelbar über der Hüfte, die halb um seinen Leib reichte. Als er lächelte, erwärmten sich seine Augen, von der Farbe unbeschreiblichen unsteten Zwielichts, und nahmen eine Farbe wie Lavendel an. „Schau dich an", sagte er. „Sei gegrüßt, Lal."

„Hallo, Soukyan", erwiderte die alte Frau. „Was willst du?"

„Eine Tasse Tee wäre nett", erwiderte der alte Mann. „Eine Tasse Tee, ein Nachtlager und ein freundliches Wort – ich kann mir nicht vorstellen, daß ich auf der Welt mehr wünschen könnte, im Augenblick jedenfalls." Er legte seine Hände leicht auf die Schulter der alten Frau. „Schau dich an", sagte er noch einmal. „Schau dich an."

„Seit Jahren nicht mehr, danke." Die alte Frau löste sich von ihm. „In meinem Haus gibt es keine Spiegel und auch keine Porträts. Es gibt keine Lal in meinem Haus, Soukyan, nicht mehr."

Das Lächeln des alten Mannes wurde ein wenig breiter. „Nein? Und wer ist das, der uns dort erwartet?" Sie drehte sich rasch um und sah das kleine Mädchen an der Tür der Hütte stehen, das sich die Augen rieb, während es zu ihnen hinausspähte. Soukyan sagte: „Lal, ganz sicher."

„Nein." Die Antwort kam ruhig und grimmig. „Ihr Name ist Choushi-wai. Nachdem ich eine Weile hier gewohnt und die Leute sich an meine Anwesenheit gewöhnt hatten, schickten sie sie zu mir. ‚Sie lügt fortwährend', sagten sie, ‚aber sie ist kräftig, und sie kann kochen. Brauche sie, wozu du willst.' Und so ist sie inzwischen meine Haushälterin und auch meine Schülerin, die einzige, die ich je hatte. Aber sie ist nicht Lal, Soukyan, nicht ich, niemals." Die langen Finger gruben sich heftig in seinen rechten Oberarm. „Dank all den idiotischen Göttern, die mich zu dem gemacht haben, was ich bin – was ich war –, sie wird niemals Lal sein müssen."

Der große alte Mann legte seine Hand auf die ihre. „Ah. Mir kommt es allerdings so vor, als gebe es viel schlimmere Dinge auf der Welt als Lal-khamsin-khamsolal zu sein."

„Nicht für Lal", sagte sie. „Soukyan, den Tee und das Nachtlager kannst du haben, aber ich will, daß du morgen gehst. Was immer du von mir willst, die Antwort ist nein. Du hast die Seefahrer-Lal gesucht, die Stockdegen-Lal, Allein-Lal, und du hast ein altes Volkssagen-Weib gefunden, verwelkt und abstoßend, das seine Zeit damit verbringt, einem barbarischen Wüstenstamm Geschichten zu erzählen, der nicht ihr eigener ist, aber seinen Zweck erfüllt. Am Ende bin ich das, wozu ich immer bestimmt war – alles andere, alles war ein Traum, einer meiner alten schlimmen Träume. Du erinnerst dich an meine Träume."

„So viele Träume wie Nächte, in denen ich dich hielt?" Sie gingen langsam zur Hütte, blinzelten gegen die untergehende Sonne. „Wie du willst. Ich werde meinen Tee trinken und dankbar sein für das Nachtlager und am Morgen dahin aufgebrochen sein, wohin ich gehen muß. Doch in den Stunden dazwischen dürfen wir nicht von Lal sprechen, nicht mal ein bißchen? Ich habe eine Botschaft für dich, soviel ist wahr. Vielleicht wirst du erleben, daß sie Lal erreicht."

Die alte Frau antwortete nicht. An der Tür verbeugte sich Choushi-wai dreimal bis zum Boden, wie es bei ihrem Stamm Brauch war; aber als Soukyan feierlich vor ihr niederkniete, um ihr die Hand zu küssen, da verließ sie der Mut, und sie floh wimmernd in die Hütte. Durch Schmeicheleien zurückgelockt, wurde sie rasch auf scheue Weise kokett: Sie sprach den alten Mann nicht einmal an, aber am Ende des Abendessens lehnte sie sich gegen seine Schulter, aß von seinem Teller und bot ihm Bissen von ihrem eigenen an. Lal nahm keine Notiz davon, bis das Mädchen sich zum Haus seiner Mutter aufmachte, wo es immer noch die Nächte verbrachte. Darauf sagte sie verärgert zu Soukyan: „Jetzt wird sie tagelang für mich nicht zu gebrauchen sein. Anstatt die unsterblichen Chroniken und Preislieder und Balladen zu lernen, die sie kennen muß, wird sie ihren Kopf mit einem Dutzend Seifenblasenträumen füllen, die um dich kreisen – und um sie selber, natürlich. Kannst du nie in mein Leben treten und die Dinge so lassen, wie du sie vorgefunden hast?"

„Und hast du niemals solche närrischen Geschichten erfunden, sondern bloß diese alten unsterblichen Geschichten wiedererzählt, immer aufs neue?" Keine der Fragen erwartete eine Antwort. Sie schwiegen, sahen einander über zwei kleinen, rauchenden Öllampen an, während es in der Hütte dunkel wurde. Lal sagte nach einiger Zeit: „Diese Leute sind auf eine Weise mit meinem Volk verwandt. Die Sprache ist fast dieselbe, und sie wissen, was eine *inbarati* ist, obgleich es nie eine bei ihnen gegeben hat. Jetzt haben sie eine. Ich bin recht zufrieden hier, Soukyan."

„Zufriedenheit steht dir. Ehrlich, ich spotte nicht."

Der alte Mann streckte seine langen Beine und Arme aus und lächelte schwach, als seine Gelenke wie Kieferknorren im Feuer knackten. „Wo ist denn der Stockdegen hingekommen?"

Lal deutete auf einen schlanken Rosenholzstab, der an der Wand gegenüber lehnte. „Soviel Staub drauf wie auf der Bibliothek eines Königs. Ich benutze ihn tatsächlich hin und wieder, um Früchte vom Baum zu schlagen oder um für Choushi-wai Bilder auf den Boden zu zeichnen. Sie hat keine Ahnung, was er enthält, und ich will's auch nicht wissen. Das gefällt mir."

„Ja, ja, so ist's recht." Soukyans Stimme war schläfrig und

gelassen, seine merkwürdigen Augen halb geschlossen. „Aber gefällt es dem Stockdegen? Das ist die Frage." Er lachte leise. „Da mir diese zierliche Waffe immerhin dreimal das Leben gerettet hat, habe ich Grund, mich um ihren Seelenfrieden zu sorgen. Das verstehst du doch, oder?"

„Ich verstehe dich", sagte Lal entschieden. „Und das zählt. Ich habe nie einen Mann gekannt, der so verschlagen war, ohne ein Zauberer zu sein. Begreife ein für allemal – der Stockdegen und ich, wir beide sind dort, wo wir hingehören, und damit soll es sein Bewenden haben. Hier, du kannst auf der Matte des Kindes schlafen. Sie wäre bis zum Schwachsinn aufgeregt, wenn sie es wüßte."

Sie richtete und glättete das durchgelegene Stroh und fügte über die Schulter hinzu: „Was mich betrifft, dein Bogen hat mir dreimal das Leben gerettet, mindestens, also sind wir längst quitt, wie du wohl weißt. Also, das war's dann. Jetzt haben wir zu Abend gegessen, und wir haben uns unterhalten, und jetzt werden wir schlafen, und am Morgen nimmst du wieder einmal Abschied." Dann wandte sie ihm das Gesicht zu und gestattete ihren langgezogenen goldenen Augen endlich, ein Gefühl zu zeigen. Sie sagte: „Wie oft haben wir uns wohl Lebewohl gesagt, was schätzt du? Irgendwo in der Gegend von Arakli habe ich die Übersicht verloren."

„Kein Wunder", antwortete ihr der alte Mann, „denn dort war's, wo ich dich verlor. Auf einem Marktplatz voller betrunkener Soldaten war's, die Hälfte der Marktbuden stand in Flammen, und du hattest dich über dieses arme verrückte Straßenmädchen geworfen wie eine *sheknath*-Mutter." Er stand auf, seine Augen waren dunkel und fern. „Ich wußte, daß du tot warst, Lal. Drei Jahre lang *wußte* ich es. Die Sonne geht auf, die Sterne ziehen, die Brise ist heute angenehm, das Bier ist miserabel in Chun, Lal ist fort."

„Ich habe nach dir gesucht", sagte sie erbost. „Du weißt, wie ich gesucht habe, daß ich überall eine Nachricht hinterließ, wo du mich vielleicht suchen könntest. Und es war keinen Deut schlimmer als Bitava, als ich dich abseits der Königinstraße beobachtete – du *würdest* diesen Weg reiten, allen Warnungen zum Trotz – und wußte, was dein Ziel war, aber nicht wußte, ob ich dich je lebend wiedersehen würde. War das etwa anders? Wie anders war die Trennung in Cheth na'Bata? In Rhyak? Soukyan, ich glaube, wir waren nie dazu bestimmt, Freunde zu sein, Kameraden, Gefährten, welches Wort du auch benutzen willst. Weil keiner von uns je mit Sicherheit weiß, was der eine vom anderen mit Recht verlangen kann, höhlen wir einander aus, und nach vierzig Jahren haben wir uns oft genug Lebewohl gesagt. Wir erwarten nicht dieselben Dinge von unserem restlichen Leben, du und ich. Schlafe wohl und geh fort."

„Und meine Botschaft für Lal?" Grau und hager und unerbittlich stand er dicht neben ihr, roch nach Straßen durch Wälder, die längst abgeholzt, nach Geschichten, die vergessen, nach Städten und Menschen, die längst zu Vergangenheit geworden waren. „Wird sie die Botschaft also nie erreichen?"

„Du kannst sie ebensogut in eine Flasche stecken", sagte die alte Frau, „und sie bei Kap Dylee ins Meer werfen." Sie starrten einander an, einen Augenblick lang fast unerträglich vertraut. Erinnerungen kreuzten erbittert die Klingen. Schließlich zuckte Lal unmerklich die Achseln; jedem anderen als dem alten Mann wäre das entgangen. Sie sagte: „Verdammt noch mal. Ich werde heute nacht überhaupt nicht schlafen, stimmt's?"

„Oh, das kommt darauf an." Soukyan ging in die Knie und ließ sich ohne das leiseste Stöhnen auf der Matte nieder. „Wo ist deine Matte? Zieh sie rüber und laß uns reden. So haben wir uns früher immer unterhalten, wenn du erst mal den richtigen Zweig gefunden hattest, um damit deine Zähne sauberzumachen. Diese winzige Nußschale, dieses Boot auf dem Susathi – erinnerst du dich?"

„Das allerbeste am Alter", sagte Lal, „ist das Privileg, dich genau an das zu erinnern, woran du dich erinnern willst, und an nichts sonst." Doch dann lächelte sie, und ihr schmales dreieckiges Gesicht war einen Moment lang so weich und so voller Staunen wie das von Choushi-wai. Sie holte ihre Matte aus der Ecke und sagte: „Na schön, wir werden über vergangene Zeiten sprechen. Über alles, was du willst, aber über nichts – *nichts* –, was über morgen hinausgeht. Sind wir uns da einig?"

„Einverstanden und gutgeheißen." Der alte Mann wartete geduldig, daß sie auf der Matte Platz nahm, wo sie sich sorgsam hinlagerte, ihre erstaunlich langen Beine übereinanderschlug, so daß sie das Kinn auf eine hartknochige Faust stützen konnte. Er fragte: „Bloß weil ich über solche Dinge nachdenke – bist du jemals wieder in deiner Heimat gewesen?"

„Nein", sagte sie heftig. „Nein, nie. In eine Heimat, wo ich geraubt und verkauft und noch einmal verkauft wurde – in eine Heimat, wo niemand genug Interesse daran hatte, mir zu folgen und mich zu suchen? Soukyan, wenn irgend jemand auf der Welt Bescheid weiß –" Sie brach ab und wandte den Blick von ihm ab, ihre Stimme war gezwungen ausdruckslos. „Wir wollen auch darüber nicht sprechen."

„Gut, wollen wir nicht." Der alte Mann beugte sich vor; es schien, als wollte er ihr Gesicht berühren, tat es aber nicht. „Laß uns lieber an einen Ort denken, wo wir vor sehr langer Zeit zusammen waren. Nehmen wir Surijat."

„Surijat." Lal sah ihn fragend an. „Surijat. Dieser hübsche kleine Ort, oben in den Durli-Bergen, wo wir die Karawane eskortierten. Surijat, ich erinnere mich."

„Nein, du erinnerst dich an Toshtiyk. Das war vor Toshtiyk – ich glaube, du warst gerade von der See zurück, und wir trafen uns auf dem Kai –"

„Kulpai", sagte Lal. „Kulpai, und es war nicht auf dem Kai, es war im Gefängnis." Sie lachte, ein jähes, brüchiges, bellendes Lachen. „Ich erzählte Choushi-wai, du seiest genauso altersschwach wie ich, und das mußt du sein, um den Kerker in Kulpai zu vergessen. Mich haben sie zusammen mit einer Bande von Schmugglern eingesackt – ich habe nie erfahren, weshalb du drin warst."

Soukyan grinste, die Lippen drückten sich an den fleckigen

Zähnen platt. „Das ist auch gut so. Viel zu peinlich, um darauf einzugehen, selbst heute noch. Also Kulpai – wichtig ist, daß du und ich uns dort wiederfanden, und was noch wichtiger ist, daß uns in der zweiten Nacht die Flucht gelang. Kannst du dich daran erinnern?"

„Besser als du", antwortete die alte Frau scharf. „Es war in der dritten Nacht, und *ich* hätte nie die Frechheit besessen, das eine Flucht zu nennen. Der Wächter" – sie hielt nur einen Augenblick lang inne – „der Wächter schlief ein, das war's. Und du hast ihm die Schlüssel aus dem Gürtel geangelt und alle Zellen aufgeschlossen. Und du fragst mich, ob ich mich an Kulpai erinnere!"

Soukyan beugte sich weiter vor, jetzt lächelte er überhaupt nicht mehr. Sie bemerkte eine unbekannte Narbe, halb unter den weißen Stoppeln seiner Kinnlinie verborgen. „Nein. Nein, so war es nicht. Du hast dem Wächter eine Geschichte erzählt."

Lal richtete sich auf, die goldenen Augen rund und empört. „Oh, du fängst an, alles zu verwirren. Das war nie und nimmer in Kulpai."

„Doch", sagte der alte Mann. „Du erzähltest ihm eine Geschichte von einem Fürsten, der sich, wenn er wollte, in einen Fels-*targ* verwandeln konnte, und von einer Dame, die sich in ihn verliebte, obwohl sie wußte, was mit ihm los war. Und sie hatte eine Freundin, die bloß eine Näherin war, die ihr aber sehr gern helfen wollte. Du erzähltest diese Geschichte, und er kam immer näher an die Gitterstäbe heran und hörte zu, wie dein kleines Mädchen dir zuhören würde. Ich stand neben dir, und er sah nicht, daß ich mich bewegte – er sah mich überhaupt nicht, bis ich meine Hände an seiner Kehle hatte. Na? Fällt es dir wieder ein?" Seine Stimme war vor Heftigkeit rauh und seine Haut sonderbar bleich geworden.

Lal sagte lange Zeit nichts. Der alte Mann beobachtete sie, studierte ihr Gesicht, so wie er sich selbst vielleicht im Spiegel angeschaut hätte. Schließlich sagte sie: „Da war ein Junge. Ich sehe ihn, aber ich kann mich nicht erinnern… Ein kleiner Junge."

„Der Sohn des Wächters." Soukyans Stimme war jetzt völlig ausdruckslos. „Ja, er war dort – mußte in der Spülküche eingeschlafen sein. Und er wachte auf, kurz nachdem wir seinen Vater gefangen hatten, und um ihm zu helfen, griff er uns an, zielte mit dem Spüleimer auf meine Beine. Aber du hast ihn aufgehalten."

„Ich habe ihn nicht verletzt." Lals Stimme war jetzt schrill. „Soviel weiß ich, Soukyan."

„Nein, nein, natürlich nicht", stimmte er ihr zu. „Wir haben bloß seinen Vater verletzt. Und er hat es gesehen."

Lal war mit einer einzigen Bewegung auf den Füßen, viel zu geschmeidig für ihr Alter. „Wovon redest du? Alles, was wir von diesem Dummkopf wollten, war Schweigen und den Schlüssel, und das hatten wir im Nu. Keine Rede davon, ihn zu verletzen."

„So war es." Soukyans Stimme blieb ausdruckslos. „Es war Spätsommer und sehr heiß in den Zellen, und das Essen war entsetzlich – das schlimmste, was ich je in einem Gefängnis bekommen habe. Außerdem hatten wir beide anderswo ernste Geschäfte zu erledigen. Vielleicht hatten wir damals eine kleine Entschuldigung für das, was wir taten."

„Was wir taten? Was taten wir denn?" Der Ärger machte ihre Bewegungen immer jünger, als sie jetzt über den Lehmboden der Hütte schritt, ihr großer Schatten gekrümmt, um Schritt zu halten. „Wir haben ihm kein Leid getan – meinst du, ich hätte es vergessen, wäre es anders gewesen? Er war einer von der trägen, fetten Sorte – daran erinnere ich mich –, und er sprach in dieser schneidenden Flachland-Mundart und tat so, als verstünde er kein Wort, das wir sagten. Er war ein Wächter wie alle Wächter, er tat, was sie alle tun. Was soll's? Warum sprechen wir über ihn?"

„Weil wir ihn vor seinem Sohn gedemütigt haben", sagte der alte Mann. Lal blieb stehen und starrte ihn einfach nur an. Soukyan war ebenfalls aufgestanden und deutete zuerst auf sie und dann auf sich selbst. „Wir beide. Halb erdrosselt, kämpfte er immer noch darum, die Schlüssel zu behalten. Du mußtest ihm den Gürtel wegreißen, Lal, und dann rutschten seine Hosen an seinen wabbeligen weißen Beinen runter. Doch er schlug weiter um sich, so gut er konnte – er traf dich ins Auge, erinnerst du dich?" Lal schüttelte den Kopf. „Es gab mehr Schwierigkeiten, als wir erwartet hatten, und das machte uns wütend. Ich preßte seine Arme hinter ihm gegen die Gitterstäbe, hielt ihn mit einer Hand fest unterm Kinn, so daß er wie ein Vogel aussah, dem man den Hals zum Schlachten langzieht, der flattert und kreischt. Du warst es, die die Schlüssel nahm und die anderen Zellentüren geöffnet hat – ich hatte die Hände voll zu tun mit einem schwitzenden, halbnackten Tölpel, der einfach nicht wußte, wann man aufgeben muß. Er biß mich sogar ins Handgelenk."

In der völligen Dunkelheit draußen brachte ein leichter Wind den Sand zum Flüstern. Zwei *mardriu*-Eidechsen stritten sich mit durchdringendem Geschrei um ein Weibchen; ein *tharakki* huschte lautlos auf zwei langkralligen Füßen vorüber und machte sich zunutze, daß die nächtlichen Jäger beschäftigt waren. Soukyan sagte: „So ist es gewesen. Kaum waren die anderen Gefangenen frei, rannten sie an dem Wächter, den ich festhielt, vorbei und jeder spie ihm ins Gesicht. Es waren nicht wenige." Seine Stimme war sehr leise, aber sehr klar. „Der Junge sah alles mit an."

Sie zuckte die Achseln. „Na und? Ich habe keinen Gefängniswärter gekannt, dem ich nicht dasselbe zugefügt hätte, und ich wäre froh gewesen über jede Gelegenheit. Du vergißt, wer wir damals waren, Soukyan, und wo wir waren."

„Nein", sagte er. „Nein, ich vergesse nichts. Und ich erinnere mich, daß er anständig zu uns war, jedenfalls so anständig, wie er konnte. Es war nicht seine Schuld, daß das Essen so schlecht war und das Wasser nicht reichte. Er hat höflich mit uns gesprochen. Er hat wirklich versucht, freundlich zu sein. Ich habe keine Ahnung, warum."

„Und ich habe immer noch keine Ahnung, warum du dich so mit ihm aufhältst. Es ist lange her, und was immer ihm angetan wurde, er hatte es gewiß verdient. Es gibt keine unschuldigen Wächter."

„Vollkommen richtig, ohne Zweifel." Soukyan fiel schwer auf die Matte zurück und blickte auf seine großen verschlungenen Hände. Nach einer Weile sagte er: „Aber der Junge war unschuldig."

Lal knurrte, ohne ihn anzublicken. Soukyan fuhr fort, als spräche er zu sich selbst. „Und das zwischen ihnen, zwischen ihm und seinem Vater, war Unschuld." Er sah zu ihr empor, sein verstörtes Gesicht plötzlich so jung wie das von Choushi-wai. „Es quält mich, Lal."

Die alte Frau wollte offensichtlich etwas Spöttisches sagen, doch sie riß sich fast hörbar zusammen und blickte ihn nur stumm an. Er wiederholte: „All diese Jahre, und doch quält es mich – ich, ich werde von Träumen heimgesucht. Der graue Speichel, der über sein fettes, erstauntes Gesicht tropfte, der Ausdruck in den Augen des Jungen. Nie vorher habe ich davon geträumt."

Immer noch schweigend ließ sich Lal mit gekreuzten Beinen gegenüber nieder und beugte sich vor, um eine Hand auf sein Handgelenk zu legen. Einen Augenblick später hatte sich Soukyans knochige braune Hand auf die ihre gelegt. Sie sagte leise: „Es gibt ein Lied, um solche Träume zu verscheuchen. Es ist ziemlich lang und eintönig, aber es hilft. Glaube mir, ich weiß es aus Erfahrung."

„Aber ich will nicht, daß der Traum verschwindet!" rief er aus. In seiner Stimme mischten sich Wut und Verzweiflung. „Ich brauche ihn, ich muß mich erinnern." Er hielt inne und rieb sich heftig die Stirn. Er sagte langsam: „Ich muß dorthin zurück. Nach Kulpai. Um mich zu entschuldigen."

„Was?"

In den nächsten zehn Minuten redete nur Lal, obgleich Soukyan nach der Hälfte zu lachen anfing. Als ihr die Luft ausging, sagte er: „Da haben wir's, ich wußte es. Dem ganzen Gerede zum Trotz, dein Kreis hätte sich geschlossen, du hättest deinen Weg zurück zur echten Heiterkeit gefunden, wußte ich, daß meine alte Lal hier irgendwo war. Mach weiter, laß dich von mir nicht unterbrechen – du kannst dir nicht vorstellen, welch ein Trost das ist, mich wieder wegen meiner Blödheit von dir ausschelten zu lassen. Oh, du hast vollkommen recht – uns war nie bestimmt, etwas miteinander zu schaffen zu haben, aber was macht das schon? Hallo, liebe Lal."

„Sei still", sagte die alte Frau. „Ich spreche nicht mit dir." Sie erhob sich und ging zu einer abgeschabten Seekiste aus Holz und Leder in der dunkelsten Ecke der Hütte. Daraus zog sie eine graue Tonflasche mit Wein, deren Siegel am Hals so alt war, daß es bereits abbröckelte, als sie sie hochhielt. Hinter ihr lachte Soukyan abermals, dieses Mal vor Erstaunen. „Drachentochter, ich glaube es nicht. Hier?"

Ohne zu antworten schlug Lal mit dem Griff eines Tafelmessers den Rest des Siegels ab und nahm einen raschen Schluck. Sie runzelte die Stirn, betrachtete aufmerksam die Flasche. „Vermutlich ganz in Ordnung. Schwer zu sagen bei diesem Gesöff." Sie reichte Soukyan die Flasche.

„Drachentochter", wiederholte er. „Das Gasthaus in der Nähe von Corcorua. Das sind zu viele wehmütige Erinnerungen für einen Mann in meinem Alter." Er trank, wischte sich den Mund ab und zog eine zufriedene Grimasse. „Schrecklich wie eh und je, den Göttern sei Dank. Also. Kommst du mit mir?"

Lal drehte sich wie der Blitz um und deutete mit degenspitzem Finger auf die Flasche. „Halt dich ran. Ich habe sie nach all diesen Jahren nicht aus Zartgefühl geöffnet, sondern um dich so betrunken zu machen, daß du wenigstens heute nacht aufhörst, weiter von Kulpai zu plappern. Trink einfach."

Der alte Mann lächelte bitter. „Eine Verschwendung. Ich hätte es dir sagen können." Trotzdem kippte er die graue Flasche erneut, während sie zusah. Als er sie absetzte, sahen sie einander lange Zeit an, bis sie schließlich sagte: „Kulpai ist eine Zeitverschwendung. Ich sag's dir."

Soukyan, die Flasche in der Hand, nickte nachdenklich. „Höchstwahrscheinlich."

„Höchstwahrscheinlich. Ja, ja, er ist höchstwahrscheinlich tot, der Wächter. Und der Junge, wer weiß? Selbst wenn er noch in Kulpai ist, wird er die ganze Sache inzwischen wahrscheinlich vergessen haben. Wie jeder sonst."

„Wie jeder bis auf einen alten Söldner mit Gewissensbissen." Er bot ihr die Flasche an, doch sie schüttelte ungeduldig den Kopf. „Nein", sagte er, „nein, der Junge hat es nicht vergessen. Du hast nie Kinder gehabt, Lal, sonst würdest du das verstehen."

„Und du warst nie ein Kind, keine zehn Minuten lang. Und du kanntest kein Gewissen – nur Loyalitäten." Sie unterbrach sich jäh und schlug sich die Hand vor den Mund. Der alte Mann sagte nichts. Sie senkte die Hand und sagte entschieden mit klarer, gleichmäßiger Stimme: „Also gut. Die wunden Stellen des anderen haben wir immer gekannt. Ich denke immer noch, es ist töricht und sinnlos, diese lange Pilgerfahrt nach Kulpai zu machen, nur um zu sagen *Es tut mir leid*. Es wird niemand da sein, dem du es sagen kannst, außer dir, und es wird keine Verzeihung geben, außer deiner eigenen. Verzeihung gibt es nie."

Soukyan stellte die Flasche hin und streckte ihr beide Hände entgegen. Nach einem Augenblick kam sie und kniete sich neben ihm nieder, schob ihre langen Finger zwischen die seinen. Er sagte: „Liebe Lal, ich weiß das. Und du hast wahrscheinlich recht, wenn du sagst, anstelle eines Gewissens hätte ich bloß meine sonderbaren, bedeutungslosen Vorstellungen von Treue. Aber eine davon ist die Treue zu mir selbst. Sie war schwer zu erringen, und es war eine beschwerliche Zeit, als sie sich formte, wie du selbst wohl weißt, und jetzt ist sie wirklich alles, was ich habe. Ist es letzten Endes für dich anders?"

Lal zog ihre Hände nicht zurück – ja, sie drückte die seinen noch fester –, doch sie antwortete ihm nicht. So saßen sie lange Zeit im flackernden Lampenlicht, während ihre Schatten auf den Wänden zitterten.

Choushi-wai erschien wie immer noch vor Tagesanbruch. Die Hütte war leer, und das rasche Auge des kleinen Mädchens erkannte sofort, daß die wenigen Kochtöpfe und der Stockdegen verschwunden waren, bevor es die Botschaft sah, die auf die Unterseite eines der Blätter gekritzelt war, die am Tag zuvor das Essen umhüllt hatten. Sie sagte die Worte mehrmals laut vor sich hin – sie lernte gerade lesen, und Lal war noch nicht ganz fertig damit –, und dann stellte sie sich in die Tür, unbewußt die Haltung der alten Frau nachahmend, während sie auf die zwei Paar Fußspuren starrte, die in die weiße Wüste hinausführten.

Sie war eine geborene Spurenleserin wie alle ihres Stammes, und es bedurfte keines angestrengten Nachdenkens, um zu erkennen, daß eine der Spuren einige Stunden frischer war als die andere. Hätte man sie gefragt, hätte sie den genauen Ort und die Zeit angeben können, da Lal den großen alten Mann einholen mußte, mit dem sie letzte Nacht die Speise geteilt hatte. Aber es war niemand da, der sie fragte. Nach einiger Zeit wandte sie sich ab, fand den Besen am gewohnten Platz und begann den Boden zu fegen. Heute nacht würde sie hier schlafen, und alle anderen Nächte, bis Lal zurückkehrte.

Sie gingen eine gute Weile Seite an Seite, bevor einer sprach. Der alte Mann sagte schließlich: „Wir werden Pferde brauchen. Es ist eine sehr lange Reise nach Kulpai."

„Ich spreche noch nicht mit dir." Auf dem Sand machten Lals Füße ein ebenso winziges Geräusch wie auf dem Boden ihrer Hütte. „Und übrigens spreche ich auch nicht mit mir selber – nicht, bevor ich mir einen halbwegs angemessenen Grund für mein Hiersein ausgedacht habe." Ungeachtet der Hitze war sie ganz in grobes, ausgeblichenes Leder gekleidet, von den abgetragenen kurzen Stiefeln, den Gamaschen und dem Hemd bis hin zur merkwürdigen Anordnung schwarzer Riemen, die ihren Kopf bedeckten. Der Stockdegen hing auf ihrem Rücken, zwischen den vorspringenden Schulterblättern. Ihr Seemannsgang paßte sich Soukyans Tempo leicht an, doch sie blickte nicht zu ihm hin, während sie auf das dünne dunkelgrüne Band zustapften, das vor ihnen flatterte, wo der Horizont sein sollte.

Soukyan sagte: „Blöderweise werden wir zwischen hier und

Jahmanyar keine Pferde finden – in diesem Land bestenfalls *churfas*. Hast du je einen *churfa* geritten, Lal?"

Als sie nicht antwortete, fuhr er heiter fort: „Du wirst sie hassen. Sie sind bösartig, völlig unzuverlässig, sie stinken, und das schlimmste: sie zu stehlen ist wirklich das Letzte. Erinnerst du dich, was für ein Albtraum es war, diese Pferde aus Stro Gandrys Ställen zu stehlen, als wir nach Kashak unterwegs waren? Ach ja, das wird uns eine liebe Erinnerung sein, wenn wir erstmal einen mitternächtlichen Versuch mit einem Paar *churfas* gemacht haben. Aber uns bleibt nichts anderes übrig, fürchte ich. Hast du schon einen Grund gefunden, mit mir zu reden?"

Aber Lal blieb bei ihrem Entschluß und sprach kein Wort bis zum späten Nachmittag. Sie rasteten am Grund eines trockenen Bachbettes, wo sie sich den spärlichen Schatten der zerbröckelnden Uferwände zunutze machten. Nachdem sich Lal ein paar sehr kleine Schlucke aus ihrem Wasserschlauch gestattet hatte, verkündete sie barsch: „Ich bin zu dem Schluß gekommen, daß ich einzig und allein mit dir reise, um mir selber zu beweisen, daß dies nicht mehr mein Leben ist. Du hattest letzte Nacht recht – bei seltenen Gelegenheiten werde ich von Gedanken an ferne Orte geplagt, die wir zusammen sahen, an sonderbares Volk, von dem ich kaum glauben kann, daß wir es tatsächlich kannten, an Ereignisse, die ich nie in Geschichten verwandeln, über die ich mit niemandem reden konnte, außer mit dir, du verdammter Kerl. Offenbar besteht der beste Weg, dieses überflüssige Gepäck loszuwerden, darin, daß ich mir eine letzte solche Reise zumute – die lächerlichste, sinnloseste, anstrengendste Reise, die ein altersschwacher alter Narr vielleicht zu überleben hofft." Sie verschloß sorgfältig den Wasserschlauch und lächelte zum erstenmal an diesem Tag. „So. Ich mache mir gern ein klares Bild."

Soukyan nutzte die Rast, um seinen Bogen neu zu bespannen. Ohne aufzublicken fragte er: „Von welchem altersschwachen alten Narren reden wir?"

„Oh, ganz nach Belieben", sagte Lal heiter. Soukyan bog den großen Bogen, spannte mit einem kaum hörbaren Stöhnen der

Anstrengung die neue Sehne und stand fast im selben Augenblick auf. „Wir müssen vor Einbruch der Nacht ein Wasserloch erreichen." Die Strecke, die sie zurückgelegt hatten, schien ihn nicht erschöpft zu haben, doch seine Wangenknochen und die Stirn schienen schärfer hervorzutreten, als sie es in Erinnerung hatte, die Haut, anstatt vom Alter schlaff zu werden, war sonderbar straff. Sie ergriff die Hand, die er ihr hinstreckte, und zog sich auf die Füße, den vertrauten Stich im linken Knie verspürend. *Dreißig, fünfunddreißig Jahre ist es her, seit jenem Kampf im Weinkeller mit diesem – wie hieß er noch? Und seitdem ist es nie wieder in Ordnung gekommen.* Sie schlang den Stockdegen über ihre Schultern und straffte das Rückgrat, damit er bequem anlag.

Meistens wanderten sie bei Nacht. Das grüne Band schien bei keiner Morgendämmerung näher zu sein, ausgenommen die gelegentlichen sternflirrenden Luftspiegelungen, wenn flüchtige Flüsse sie lockten, trügerische Oasen, Bruchstücke von Gärten, Spiegelsplitter von Dschungelwasserfällen. Dann gruben sie Mulden in den Sand und dösten den Tag über, hielten ihre Köpfe bedeckt, befeuchteten Lippen und Zungen alle paar Stunden, um einen Bissen Dörrfleisch oder Dörrobst zu kauen. Nach dem ersten Tag sprachen sie kaum; bis zu einem späten Abend, als die Brise zumindest eine Ahnung von Kühle brachte und den Geruch vielleicht von einem Kochfeuer. Soukyan sagte: „Das wird Doule sein. Ein kleiner Ort, doch so groß, daß sie ein paar *churfas* haben werden. Morgen um diese Zeit, wenn wir dieses Tempo beibehalten, werden wir reiten wie die Edelleute."

Lal massierte ihre geschwollenen Füße und sah nicht auf, als sie sagte: „Du solltest besser wissen, daß ich seit dieser Sache in Kashak nicht wieder auf einem Pferd geritten bin. Geschweige denn eines gestohlen habe. Du wirst einen sehr alten Anfänger auf dem Hals haben, wenn der große Augenblick kommt."

„Es würde dir nicht viel nützen, wenn es anders wäre", erwiderte Soukyan. „Nichts von Pferden läßt sich auf *churfas* übertragen, das wird dir jeder sagen." Er strahlte und drohte ihr scherzhaft mit dem Zeigefinger. „Zum Glück kenne ich einen Trick, der sich bei diesen aufsässigen Tieren besser bewährt hat als alles andere. Du mußt einem *churfa* lediglich deinen Arm ins Maul stecken, alte Gefährtin."

Darauf blickte sie ihn ziemlich lange an. Schließlich sagte sie mit bemerkenswert sanfter Stimme: „Ich stecke also meinen Arm in sein Maul. Ich verstehe. Welchen Arm?"

„Oh, such dir einen aus", machte er sie ungeduldig nach. „Wichtig ist, daß du ihm deinen ganzen Arm so rasch du kannst zwischen die Kiefer schiebst. Ganz rein, wohlgemerkt, bis dahin, wo keine Backenzähne sind. Ganz gleich, wie wütend sie sind – und sie sind immer wütend: ein hübscher Arm, an dem sie kauen können, beruhigt sie auf der Stelle. Süße Erinnerungen an die Fohlenzeit, schätze ich, oder an das Verspeisen ihrer Jungen. Schwer zu sagen."

„Aber grenzenlos aufmunternd, das zu wissen. Und was soll ich mit dem anderen Arm machen?"

„Ah. Gut, daß du das gefragt hast." Soukyan war aufgesprungen und ging auf und ab, wobei er ihrem Blick auszuweichen versuchte. „Das wichtigste ist, sie am Schreien zu hindern. Vergiß die Zähne, vergiß den Gestank, vergiß, daß du die Wachen wecken könnest – glaube mir, du willst keinen *churfa* schreien hören, wenn du es irgend vermeiden kannst. Also. Wenn du ihm den Arm ins Maul rammst, mußt du gleichzeitig mit der anderen Hand die Nüstern des Tieres packen. Fest zudrücken, *fest,* und es wird auf die Knie fallen, so daß du aufsitzen kannst. Und frage mich nicht, warum das so ist, Lal, weil ich es einfach nicht weiß. Aber die Methode hat immer Erfolg. So gut wie."

„So gut wie. Ja." Lal zwängte ihre Füße wieder in die Stiefel und stand auf. „Also. Ich bin so scharf drauf, diese wundersamen Kreaturen kennenzulernen, daß ich nicht länger warten kann. Bist du fertig?"

Als am nächsten Morgen die Sonne aufging, waren sie so nahe an Doule, daß sie die Nounouri-Anhänger bei ihren Gebeten hören und den frischen *rishu*-Dung in den Straßen riechen konnten. Doule, inzwischen zu bevölkert, um Dorf genannt zu werden, doch auch keine richtige Stadt, war und blieb eine von Dornhecken umschlossene Ansammlung schmutziger weißer Hütten, die sich von der Wüste nur durch eine launenhafte Regenzeit unterschied und durch eine mehr und mehr beanspruchte unterirdische Quelle. Die Hütten waren mit Reet gedeckt und niedrig, ein paar verstreute größere Häuser standen für sich in eingezäunten Grundstücken. Diese hatten Holz- oder Ziegeldächer, schüttere Blumengärten, richtige Fenster und ihre eigenen Ställe, aus denen die frühe Brise einen Geruch wie von beißendem Urin herbeitrug und die Geräusche schwerer Klauen, die auf Holz kratzten.

Lal und Soukyan betraten Doule durch eine Seitenpforte im Verhau, kaum bemerkt von einem Torwächter, der emsig damit beschäftigt war, einer Gruppe entrüsteter Gewürzhändler eine Bestechungssumme abzunötigen. Die beiden schoben sich müde durch die braunhäutigen, mit Kaftanen bekleideten Bauern und Ladenbesitzer, ohne Aufmerksamkeit zu erregen, abgesehen von den gelegentlichen Seitenblicken auf den großgewachsenen alten Mann mit dem großen Bogen. Lal zeigte auf den Gemeindestall in der Mitte der Stadt, doch Soukyan schüttelte den Kopf. „Viel zu öffentlich. Zu viele Tiere, zu viel Lärm, wir können es nicht riskieren. Wir brauchen einen von denen", und er zeigte auf die Häuser, die wohlhabender aussahen. „Und erst mal brauchen wir ein Bett, ein Bad und ein anständiges Essen. Uns erwartet eine harte Nacht." Er legte eine Hand auf ihre Schulter. „Ich bin froh über deine Gesellschaft. Wie in den allerältesten Zeiten, nicht wahr?"

„Ja", sagte Lal. Sie hoben beim Gehen die Füße, um nicht in dampfende Kothaufen oder Pfützen zu treten. Sie sagte: „Ich glaube, ich mochte die alten Zeiten nie. Ich versuche mich zu erinnern."

Das Gasthaus schien noch eine Stufe elender zu sein als der Gemeindestall, doch keiner der beiden hatte die Absicht, wählerisch zu sein. Sie wuschen sich in Zinneimern, die nach schalem Getreide rochen, verspeisten Brot, schwaches Bier und die dicke

Suppe aus Sauermilch und Käse, das Hauptgericht dieser Gegend, und schliefen dann bis kurz vor Mitternacht in einem Bett, das offenbar mit Knien und Ellenbogen ausgestopft war. Soukyan erwachte als erster. Er setzte sich langsam auf, lehnte sich mit dem Rücken an die Wand und betrachtete Lals schlafendes Gesicht. Sie erwachte binnen einer Minute und hatte die Hand an ihrem Stockdegen, bevor sie ihn erkannte. „Ich hasse das", sagte sie. „Du weißt, daß ich es hasse, auf diese Art beobachtet zu werden."

„Ich weiß", erwiderte der alte Mann. „Tut mir leid. Aber das ist immer meine einzige Chance gewesen, deiner Kindheit nachzuspüren, und ich konnte nie widerstehen. Verzeih mir."

Lal war bereits aus dem Bett und spähte durch die trübe Hornscheibe des Fensters. „Kann überhaupt nichts sehen", murmelte sie. „Dunkel genug jedenfalls." Sie drehte sich um und sah ihn an. „Wie sehe ich aus?"

„Vertrauensvoll", sagte Soukyan. Lal gab einen respektlosen Laut von sich. Sie fuhr mit beiden Händen kraftvoll durch ihr kurzes weißes Haar, schüttelte sich einmal und sagte: „Ich dachte, wir wollten zwei Reittiere stehlen und nicht hier herumsitzen und die ganze Nacht schwatzen. Deine *churfas* können nicht grausamer sein als die Wanzen in diesem Bett."

Sie schlüpften aus dem schlafenden Gasthaus, ohne die beiden Tazri-Wachtvögel zu wecken, die an der Hintertür postiert waren, um eben solche bei Nacht flüchtenden Gäste zu begrüßen. Die Wüstennacht war kühl, beinahe kalt und roch sauer, als sie stehenblieben, damit sich ihre Augen an die Dunkelheit gewöhnten. Nirgendwo war ein Licht zu sehen, abgesehen vom Halbmond über ihren Köpfen. Soukyan murmelte: „Wir hätten auf den Mond verzichten können, aber er wird wenigstens die *churfas* beruhigen. In völliger Dunkelheit sind sie unmöglich."

„Das wird ja immer besser", sagte Lal. Soukyan orientierte sich und nahm dann eine Gasse hinter dem Gasthaus. Nach zwei Schritten war er verschwunden, doch die alte Frau folgte ihm ohne Zaudern. Soukyan wählte eine Zickzackroute, um die

Stadtmitte zu meiden, machte eine Biegung zurück an ihrem äußersten Rand, streifte eine schaumige Viehtränke und huschte schließlich einen flachen Hang hinauf zur Rückseite eines der privaten Ställe. Lal erkannte den Geruch und das kehlige Atmen, das sich anhörte wie fauchende Flammen.

Soukyan blieb jäh stehen und warf den Kopf hoch. „Zwei. Nur zwei, jedem der gesegneten Götter sei dafür gedankt." Er drehte sich um und ergriff Lal leicht an den Oberarmen. „Es muß sehr schnell gehen. Hast du dir alles gemerkt, was ich dir über *churfas* erzählt habe?" Lals Antwort kam leise, präzise und höchst unflätig, und Soukyan grinste fröhlich im harten Silberlicht. „Das ist meine alte Lal, zu allem bereit. Dann wollen wir mal. Auf geht's."

Es waren zwei Schlösser, schwer wie Anker. Soukyan hatte sie so rasch und lautlos geöffnet, daß das Atemgeräusch im Stall sich nicht veränderte. Er blickte über die Schulter und flüsterte: „Das Tier links drüben im Stall. Kümmere dich nicht um Sattel oder Zügel – bloß raus mit dem verdammten Biest und weg. In Ordnung. Jetzt."

Lal rechnete mit dem Quietschen der Angeln, als sie die Stalltür aufrissen, doch ihr Keuchen war in ihren Ohren lauter als jedes andere Geräusch, bis die *churfas* auf ihre Klauenfüße sprangen. Sie waren ein bißchen größer als Pferde, aber viel massiger, mit dickem, klebrig aussehendem Pelz, büscheligen runden Ohren und so unverhältnismäßig breiten und stumpfen Köpfen, daß diese wie gestutzt aussahen. Ihre Lippen waren seltsam weich und hingen herab, so daß die Hauer, die aus ihren Oberkiefern hervorragten, länger und schärfer erschienen als sie waren. Lal hatte keine Gelegenheit, mehr zu erkennen, weil die *churfas* ihre Köpfe hoben und ihre riesigen Mäuler aufrissen, um zu schreien.

Aus dem Augenwinkel sah sie Soukyan vom Boden hochschnellen, die eine Hand über den Nüstern eines *churfa,* den anderen Arm schräg in das geifernde Maul gerammt, so weit es die Kraft des alten Mannes zuließ. Seine Beine suchten bereits nach einem Halt auf den Flanken des Tieres. Kleiner als Soukyan und in solchen Dingen längst nicht mehr geübt griff sie nach dem großen stinkenden Kopf, der über ihr pendelte, bekam Hals und Nüstern zu fassen, aber nicht bevor der *churfa* bereits zu einem durchdringenden, betäubenden Schrei ansetzte, der bis ins Mark ging, daß sich die Knochen aufzubäumen schienen. Doch dann fiel das Tier schwer nach vorn auf seine Knie, wie Soukyan es prophezeit hatte, und sie krabbelte auf den bulligen Nacken hinauf, schob den Arm zwischen die Kiefer, spürte das Kratzen der gelben Zähne, als sie die Faust tief hinabstieß in die sichere Zone des Gaumens. Überraschend verstummte der *churfa* auf der Stelle, schlug aber immer noch wie besessen mit dem Kopf, um sie abzuwerfen. Lal hielt fest und verfluchte der Reihe nach und in drei Sprachen Soukyan, einen Gefängniswärter, dessen Sohn und die gesamte Bevölkerung von Doule.

Zu ihrer Linken splitterten Holzplanken unter rasenden Klauen, und Soukyans *churfa* schoß an ihr vorbei durch die Stalltür. Ihr eigenes Tier ging hoch, um zu folgen, und sie hatte kaum Zeit, sich an die struppige Mähne zu pressen, um nicht gegen den Türrahmen geschmettert zu werden. Dann waren sie draußen in der Dunkelheit, und Soukyan führte sie nicht denselben Weg zurück, sondern unmittelbar am Hauptgebäude des Anwesens vorbei. In einem Fenster nach dem anderen erschienen Fackeln, und die Stimmen laufender Männer waren zu hören.

Sie hatte keine Ahnung, wie sie den *churfa* lenken sollte, aber zum Glück war das nicht notwendig. Das Tier blieb seinem Stallgenossen so dicht auf den Fersen, daß dieser sich umdrehte und mehrere Male boshaft nach ihm biß. Wie es Soukyan gelang, sie ohne großen Aufruhr zurück durch die Stadt zu führen, und wie er die unbewachte Lücke im Dornenverhau entdeckte, blieb ihr ein Rätsel, kümmerte sie auch nicht. Sie klammerte sich an den Hals ihres Reittieres – das jetzt erstaunlich fügsam war, selbst nachdem sie versuchsweise den tauben Arm aus seinem Maul gezogen hatte – und dachte bloß immer wieder: *Ich bin grenzenlos zu alt, um so etwas zu tun.*

Die *churfas* waren geborene Paßgänger, deren zwei Beine auf jeder Seite sich gleichzeitig bewegten. Soukyan, den Halbmond im Rücken, lenkte sie scharf nach Süden und Westen bis zur Morgendämmerung. Lal nickte ein, Träume kamen und gingen, und sie wurde nur durch die stoßende Gangart ihres Tieres und durch das Pochen von Wunden geweckt, die zu bemerken Seefahrer-Lal sich nie herabgelassen hätte. Zu ihrer Rechten witterte sie Wasser in der Nähe, und sie konnte spüren, daß der Boden anstieg und unter den krallenbewehrten Füßen weicher wurde. Trotz des unausweichlich widerlichen Gestanks des Tieres stieg ihr häufig der scharfe Geruch nach Holzrauch der purpurnen *calocali* in die Nase, die überall im Hügelland wachsen. Zweimal hörte sie in schläfrigem Entzücken den leisen Ruf eines *desidro*-Weibchens, das ihrem Männchen und den Jungen mitteilte, daß sie Beute gemacht hatte. *Desidri* sind selten und schön, und man sieht sie unterhalb der Baumgrenze fast nie. Soukyan drehte sich um und lächelte. Im Mondlicht sah er aus wie ein junger Mann, ein Fremder.

Aus Doule wurden sie nicht verfolgt. Soukyan hatte das nicht bezweifelt; doch in den folgenden beiden Nächten kreuzte er in weiten Bögen ihren Fluchtweg, um sicherzugehen. Dennoch verlangsamte er die Geschwindigkeit nicht, sondern trieb die *churfas* stetig durch die Vorberge, die zwar ständig anstiegen, doch nie zu richtigen Bergen wurden, denn in ihrem grünen Inneren waren sie zu weich und zu freundlich. Gleichwohl waren sie stellenweise steil und die Nächte so kühl, daß Lal und Soukyan oft aneinandergeschmiegt schliefen und sich abwechselnd den Rücken wärmten („Das ist beinahe so – als wäre die Vergangenheit zurückgekehrt, oder bist du anderer Meinung?“ – „Alter Mann, laß deine Füße, wo sie sind, wenn du morgen heil aufwachen willst!“); und es gab Hochlandtiere in Fülle wie die *desidri* und Bäume wie den scharlachroten *hajyll*, dessen staubige Samenschoten ein halbes Dutzend Beschwerden kurieren können, und den nebelgrauen *cromni,* der gar nichts kuriert, aber entzückend anzusehen ist. Aber dennoch blieben es sanfte, schwellende Hügel, die ihre Rippen sorglich mit Gebüsch und Gestrüpp und Gras überzogen, und Lal und Soukyan waren dafür dankbar. Auch die *churfas* schienen dankbar, obwohl es schwierig war, das mit Sicherheit zu sagen.

In einem Leben, dessen Länge sie mehr als jedes seiner Ereignisse überraschte, war Lal noch nie Kreaturen begegnet, die entfernt an *churfas* erinnerten. War man bei Tageslicht in ihrer Nähe, erschien ihre unglaubliche Häßlichkeit beinahe einnehmend: Irgendwie hatten sie etwas Erhabenes, selbst ihre pißätzende Ausdünstung, die längst alles, was sie und Soukyan besaßen, durchtränkte. Ihre Manieren ließen jedoch keineswegs auf zukünftigen Liebreiz hoffen, denn sie waren noch viel schlimmer, und Soukyan hatte nicht genug Zeit gehabt, davor zu warnen. Sie scheuten und sträubten sich aus unerfindlichen Gründen oder aus gar keinem, bissen zu, wann immer sich Gelegenheit bot, schrien in mondlosen Nächten private Dämonen an und schissen mit einem ausgeprägten Sinn für Ort und Zeit große, halbflüssige Fladen von gelblich-brauner Heimtücke. Außerdem fraßen sie alles, vom giftigen *royak*-Busch bis hin zu Baumrinde und verfaulten Ästen, stapften den ganzen Tag unermüdlich auf breiten, gepolsterten Füßen dahin, die stumpfen Krallen halb eingezogen. Obwohl sie ohne Sattel ritt, wurde Lal allmählich mit der Gangart ihres Tieres vertraut, lernte nach und nach, es durch einen Druck der Knie in eine bestimmte Richtung zu lenken, und gewöhnte sich mit der Zeit zumindest an den Gestank; das Beißen dämmte sie ein, indem sie als unmittelbare Vergeltung in die empfindlichen Büschelohren des *churfas* biß. Die nächtlichen Schreie blieben jedoch ein Problem.

Seit den ersten Tagen hatten sie sehr wenig über Kulpai gesprochen. Am meisten sprachen sie über den langen Ritt auf diesen merkwürdigen Tieren durch halbvertrautes Gelände: Lal und Soukyan stellten fest, daß sie ohne Mühe wieder so sprachen, sich so bewegten wie in der Vergangenheit, daß sie auch beim Lagern ohne Diskussion die Aufgaben übernahmen, die sich jeder von ihnen vor so langer, aus dem Gedächtnis geschwundener Zeit zu eigen gemacht hatte. Anfangs wehrte sich Lal, gründlich verärgert, gegen dieses Zurückgleiten; trotzdem, es war schon mehr, als sie ertragen konnte, daß Soukyan, wenn sie an einen Bach oder Fluß kamen, fürs Abendessen Fische fangen oder das Feuer machen durfte. Ihre Beine hatten selbst nach so langer Zeit den langsamen, wiegenden Gang der zielbewußten Wanderin nicht verlernt; ihre Sinne schärften sich gegenseitig, so daß sie die alte, grimmige Wachsamkeit für Zeichen und Geräusche gewann, während sie zur selben Zeit den morgendlichen Gesang kleiner grauer Vögel wie Choushi-wai bestaunte. *Ach, ich bin ganz sicher zu alt, das alles zu tun – aber, wie dieser große Narr sagt, was soll's?*

Soukyan seinerseits war damit beschäftigt, seelenruhig mit dem Bogen auf Jagd zu gehen, die *churfas* zu versorgen und jeden Abend die Route hinter und vor ihnen zu erkunden. Doch abgesehen davon, daß er grau geworden war und neue Narben hatte, hätte Lal keinen Unterschied zwischen seinem jetzigen und seinem Aussehen vor zwanzig Jahren erkennen können. Er war immer jemand gewesen, der sich langsam bewegte, so langsam, daß das Auge nicht darauf vorbereitet war, wenn er sich unvermutet rasch bewegte; er hatte sich immer bewußt getarnt und es vorgezogen, so unauffällig wie möglich zu sein, was für eine große, schlurfende Person mit so auffallenden Augen schwierig war. Lal hatte gesehen, wie er mit jedem Hintergrund verschmolz – Wald oder Palast oder Marktplatz – wie es ihm paßte; auch in der Beziehung war er unverändert. Was sie erlegten, kochte er rasch und erfindungsreich, sprach zuviel oder überhaupt nicht und beklagte sich wie früher über die langen, unmelodischen epischen Balladen ihres Volkes, die sie beim Reiten wie immer vor sich hin sang. Doch fiel es ihm auf, daß die *churfas* sie als wohltuend zu empfinden schienen, besonders wenn es dunkel war. „Wer bin ich, zu behaupten, ich hätte einen feineren Geschmack als ein *churfa?* Außerdem ist alles besser, als sie schreien zu hören. Bitte, singe."

Die Hügel im Südland sind Banditengebiet: Doch sie waren, seit sie aus Doule geflohen waren, lediglich drei anderen Personen begegnet: einem Holzfäller, einer Einsiedlerin, die in der Friedlichkeit ihrer Höhle einen spektakulär widerlichen Schnaps braute, und einem Hirtenjungen, dessen drohend brüllende *rishus* ihre Tiere so erschreckten, daß sie ernsthaft versuchten, auf einen Baum zu klettern. Trotz der Ruhe wechselten sich Lal und Soukyan bei den regelmäßigen Nachtwachen ab und untersuchten die Route weiterhin nach Hufspuren, Kot oder einem nachlässig beseitigten Lagerfeuer. Ein-, zweimal trug der Wind für den Bruchteil eines Augenblicks Stimmen an ihre Ohren, fern wie erinnerte Träume. Lal sagte: „Da." Und Soukyan sagte: „Vielleicht, vielleicht."

Das Wetter wurde voller Anmut herbstlich, als der Weg ins Flachland abzufallen begann, das jetzt hin und wieder hinter der Schulter einer Böschung oder in einer Lücke zwischen den Hügeln sichtbar wurde. Soukyan sagte: „Von hier ab ist alles Bauernland, und selbst eine Siedlung von der Größe Doules findest du nicht, bis wir auf die Churush-Straße stoßen und uns zur Küste wenden. Von dort aus wird es einfach sein, nach Jahmanyar und Kulpai zu segeln."

„Kulpai", sagte Lal verdrießlich. „Ich hatte Kulpai fast vergessen."

Soukyan berührte ihre Schulter. „Um die Wahrheit zu sagen, ich ebenfalls. Ich sehe Kulpai nicht mit Freude entgegen, Lal. So lange das auch alles her ist – es ist keine Freude, sich der eigenen Grausamkeit zu stellen, noch kann man daraus aufwachen, oder alles ungeschehen machen. Dennoch, es ist das, was ich tun muß."

„Dumm", murmelte die alte Frau. „Ich habe Dummheit niemals ausstehen können." Doch sie streifte seine Hand nicht ab, und Soukyan lächelte.

„Ein weiteres Geständnis. Hättest du es rundweg abgelehnt, mich auf dieser zweifellos lächerlichen Reise zu begleiten, bin ich nicht sicher, ob ich weiter gewandert wäre als bis zu deiner weißen Wüstenhütte. Oh, ja" – als sie zu sprechen begann – „ja, du hast nein gesagt, ich ging alleine fort. Aber ich wußte, du würdest folgen, weil ich dich kenne. So wie du mich kennst – so wie kein Lebender einen von uns kennt." Er berührte rasch ihre Wange, überraschend schüchtern. „Folglich bin ich sogar froh über Kulpai, in gewisser Weise, weil wir sonst nie diese Zeit zusammen gehabt hätten. Was immer dort geschieht, es wird der Mühe wert sein. Wie alles übrige, all diese Jahre."

Lal antwortete ihm eine Weile nicht. Ein auflandiger Wind trug den plötzlichen Duft von frisch gemähtem *kohi*-Gras herbei und ließ die *churfas* knurren wie die hüpfenden Bäuche, die sie waren. Die großen, üppigen Bergbäume begannen den überall zu findenden *harishi* des Südens zu weichen, die in Wirklichkeit nur große, dichte Büsche sind, jedoch zartes Holz haben und eine bitter-köstliche Beere tragen. Der Bach, der sie ruhig fließend fast den ganzen Weg von Doule auf ihrer rechten Seite begleitet hatte, brach jetzt in der Ebene in eine rauhe Gier nach dem Meer aus, als könnte er es kaum erwarten, auf den unten harrenden Fluß zu stoßen. Lal hörte die unverkennbaren Rufe eines Grasfalken, *flieh wie nie, flieh wie nie,* der sich von kleinen Lebewesen ernährt, die vom Pflug aus ihren Schlupfwinkeln vertrieben werden. Sie sagte: „Wir sollten versuchen, einander dieses Mal nicht zu verlieren", und kein Wort mehr.

Es war am selben Tag gegen Abend, als sie den Atem hörten – erst den Atem, dann die Stimmen. Der Atem kam den vor ihnen liegenden Pfad herauf, ein röchelndes Geräusch, das nur zustande kommt, wenn die Lunge zu erschöpft ist, um Luft zu holen. Die *churfas* scheuten heftig, und Soukyan wurde fast abgeworfen. Der Bogen war bereits in seiner Hand, als er das Gleichgewicht wiederfand, und der Stockdegen war gezückt, denn beide fürchteten ein verwundetes Tier. Als sich der Junge aus einem Dickicht wand, hielten sie ihn einen Augenblick lang wirklich für ein Tier, denn er bewegte sich auf allen vieren und außerdem mühsam. Als sie fassungslos stehenblieben und die *churfas* ausschlugen und protestierten, gelang es ihm, sich schwankend aufzurichten, indem er sich an einem Baumast festhielt, um ihren Blick mit den Augen eines toten Mannes zu erwidern. Er trug den schmutzigen geflickten Halbkittel und die Hosen eines Bauern aus dem Süden. Sein Gesicht war blutig, die Nase offenbar gebrochen, und er konnte nicht älter sein als siebzehn Jahre.

Die Stimmen näherten sich rasch, und es waren Hunde dabei. Der Junge wollte sich weiterschleppen, doch sobald er den Ast losließ, fiel er zu Boden. Lal und Soukyan blickten einander an, und der Junge blickte sie an: ohne Hoffnung, ohne Angst. Soukyan redete den Jungen in zwei Sprachen an, aber er gab keine Antwort. Lal versuchte eine dritte und bedeutete ihm mit einer Geste, hinter den *churfas* Schutz zu suchen. Er bewegte sich so langsam, daß er sie noch nicht ganz erreicht hatte, als seine Verfolger krachend aus dem Wald kamen. Die Hunde liefen an der Spitze: drei struppige rote Metzari-Hunde mit meergrünen Augen. Ihnen folgte ein halbes Dutzend Männer, alle bis auf zwei genauso gekleidet wie der Junge. Diese zwei trugen zweischneidige Kurzschwerter, beschlagene Lederwämse und große hohe Stiefel und legten die anmaßende Protzerei der Hinterland-Herren an den Tag, zu denen sie offensichtlich gehörten, ungeachtet ihres schmutzigen und schlampigen Aussehens. Sie hatten dicke schwarze Bärte und dicke rote Gesichter.

Der Leithund erblickte den Jungen und sprang, sein tiefes Bellen brach gellend aus der Kehle. Er hätte Soukyans Reittier übersprungen, um an den Jungen zu kommen, doch Soukyan machte etwas mit einer Ferse, das Lal nicht sehen konnte, und aus dem *churfa* wurde im selben Augenblick eine spuckende, bockende Masse der Wut. Er traf den roten Hund wuchtig mit einem klauenbewehrten Hinterbein und schleuderte ihn Hals über Kopf zwanzig Fuß weit in einen „Sei-Willkommen-Freund"-Dornbusch, aus dem wiederaufzutauchen das kreischende Opfer keine übermäßige Eile zu haben schien. Der zweite Hund, der zum Angriff ansetzte, besann sich jäh anders, blieb sitzen und sah sich nach Befehlen um. Der Junge klammerte sich an Lals Stiefel.

Der größere der zwei bewaffneten Männer, der als erster die Lage erkannte, trat vor und pflanzte sich, die in Panzerhandschuhen steckenden Fäuste in die Hüfte gestemmt, vor Lal und Soukyan auf. Sein Grinsen entblößte gelb-schwarze Maiskolbenzähne. Er sprach in der zweiten Sprache, in der Soukyan den Jungen angeredet hatte, und sagte: „Einen schönen guten Tag, Großmutter, Großvater."

„Sonnenschein auf deinem Weg", erwiderte Soukyan höflich. „Ich würde nicht zu nahe kommen, wenn ich Sie wäre." Der Kopf des *churfas* schoß vor, und der Mann sprang mit einem Fluch und einem zerfetzten Lederärmel zurück, und Soukyan schlug seinem Reittier auf den Hals und sagte: „Wie ungezogen."

Der zweite Mann vergeudete keine Zeit mit Höflichkeiten. Ohne die Reiter im geringsten zu beachten und schneller als erwartet, sprang er zwischen die *churfas* und hatte den Jungen bereits zu fassen bekommen, als ihn eine lange, dünne Klinge kalt im Genick kitzelte. Er wirbelte herum und sah die weißhaarige schwarze Frau ihn nachdenklich anlächeln. Sie sagte: „Ist doch ganz zahm, oder? Er ist ziemlich jung."

Der Mann schlug die Spitze des Stockdegens beiseite, dreist genug, einen Stockdegen zu mißachten wegen der alten Hände, die ihn hielten. „Jung, Hexe? Na gut, er war alt genug, *nein* zu seinem berufenen Herrn zu sagen – er war alt genug, sich zwischen seine Vorgesetzten und ihre rechtmäßigen Wünsche zu stellen. Wer alt genug ist, sich denen zu widersetzen, welche die Götter über ihn gestellt haben, ist alt genug, um zu sterben, nach meiner Rechnung. Zieht weiter, ihr Greise, zerbrecht euch eure verehrungswürdigen Köpfe nicht über seinen unbedeutenden Fall. Mein Herr sorgt schon selber dafür."

Soukyan machte keine Bewegung. Er sagte fast geistesabwesend: „Das ist nicht uninteressant. Ich muß Ihnen sagen, daß *nein* nahezu mein Lieblingswort ist. Ich glaube, es ist auch das Lieblingswort meiner Begleiterin, es sei denn, ich irre mich?" Unter der buschigen grauen Braue warf er Lal einen schrägen Blick zu.

Die alte Frau dachte nach, während die bewaffneten Männer und ihre Diener grölten und sich hin und her schoben und lachten, der Junge mit ausdruckslosem Gesicht Leben oder Tod erwartete und der Metzari-Hund noch immer im Dornbusch winselte. Sie sagte gedehnt: „Natürlich, *vielleicht* ist auch gut – *vielleicht* ist ein ausgezeichnetes Wort. Aber am Ende, wenn man es richtig bedenkt, ist wirklich nichts mit einem *nein* zu vergleichen."

Soukyan nickte ohne ein Lächeln. „Ich bin froh, daß du so denkst." Zum erstenmal, seit Lal dem Jungen Zuflucht gewährt hatte, sah er ihn direkt an. „Wie nennt man dich?"

Der Junge brauchte drei Anläufe, um die Worte mit seinem zerschlagenen und blutigen Mund zu formen. „Riaan. Cajlis Riaan."

„Cajlis Riaan", wiederholte Soukyan. „Dann wäre Cajli also dein Vater. Ich selbst wurde Jamuraks Soukyan genannt, vor langer Zeit."

Der Mann, an dessen Ärmel Soukyans *churfa* noch immer selbstvergessen kaute, brach jetzt in schallendes Gelächter aus und kam erneut auf sie zu stolziert, ein wachsames Auge auf das Tier gerichtet.

„Ich bin Cajli, Großvater. Dieses Stück Dreck ist mein Riaan, und es ist mein Recht, mit ihm zu verfahren, wie ich will. Zweifellos kommt ihr aus einem zivilisierten Land und werdet solche Dinge begreifen."

„Ja", sagte Lal. „Recht gut." Sie sprach so leise, daß nur Soukyan sie hörte. Cajli fuhr fort: „Ich will Leute im ehrwürdigen Alter wie euch nicht kränken, aber ich hatte seit langem geplant, diesen wertlosen Rammler mit der kleinen gelbhaarigen Ziege meines Freundes Boudrigal zusammenzuspannen" – er tippte dem anderen Mann auf die Schulter – „und zu sehen, was dabei rauskommt. Und was passiert? Was, glaubt ihr, passiert? Er will nichts davon hören, man stelle sich vor! *Sie* ist vorbereitet und willig – *er* macht einfach schlapp und geht weg, kann sich damit nicht abgeben, vielen Dank. Als ob er in der Sache verdammt was zu sagen hätte. Einen Scheißdreck hat er!"

Die Stimme des Jungen war klarer, als er wieder sprach. „Sie war nicht willens. Und wenn sie's gewesen wäre, hätte ich sie trotzdem nicht angerührt. Die Götter haben uns zu euren Dienern gemacht, nicht zu euren Haustieren."

Bei diesen Worten verschlug es dem Mann Cajli völlig die Sprache, er ließ jede Vorsicht außer acht, zog sein Kurzschwert und ging Speichel schnaubend auf Riaan los. Lal stupste ihren *churfa* leicht mit dem Knie, und Cajli rannte mit voller Wucht in die Flanke des Tieres und prallte zurück. Am Boden sitzend kollerte er Befehle, worauf sich Boudrigal und die vier Leibeigenen grimmig in Bewegung setzten. Boudrigal machte Lal und Soukyan ein Zeichen, Platz zu machen; als sie blieben, wo sie waren, bleckte er kurz die Zähne und schritt weiter vor.

Soukyan drehte gemächlich den Kopf, um Lal geradewegs anzublicken. Er sagte: „Ich hatte vergessen, wie es in diesem Land zugeht. Tut mir leid."

„Achte auf den zu deiner Linken", sagte die alte Frau. „Auf dieser Seite warst du immer langsamer."

„Stimmt", sagte Soukyan; und wäre Lal nicht darauf vorbereitet gewesen, hätte sie weder den Bogen gesehen, der sich von seiner Schulter löste, noch den Pfeil, der sich an die Sehne schmiegte. Der erste Schuß, bewußt daneben gezielt, ließ Boudrigal laut auflachen, und er grinste noch immer, als der zweite ihm das rechte Bein unter dem Körper wegriß. Blut quoll, sprudelte aber nicht hervor. *Aha, er kann noch immer die Arterie verfehlen, wenn er will.* Die vier Raufbolde erstarrten, aber Cajli sprang, um Lal wütend zu packen, und grunzte: „Komm runter zu uns, Großmutter. Komm runter, altes Miststück, komm *runter.*"

Früher hätte sie ihn weggeschleudert; heute landete sie taumelnd, war vor ihm auf den Beinen und zielte mit dem Stockdegen auf sein Herz. „Hör auf", sagte sie eindringlich, „hör auf", aber er brüllte und griff wieder an, das Kurzschwert, das ihre

Klinge zerschmettert haben würde, wie eine Machete schwingend. Lal wich weiter und weiter zurück, unablässig warnend: „Hör auf, treibe kein Spiel mit alten Leuten. Alte Leute sind gefährlich; alte Leute nehmen keine Rücksicht." Cajli nahm keine Notiz. Sie erspähte aus dem Augenwinkel Riaans zerschlagenes Gesicht, spürte den ekligen Atem ihres *churfa* im Genick und stieß zu. *Der Körper erinnert sich – gleiten, auftreten, ausfallen und weiter zum nächsten, bevor er weiß, daß er schon tot ist*... Aber sie konnte den Degen nicht aus seiner Brust ziehen, und Cajli entriß ihn ihr, als er fiel. Dann waren zwei der Leibeigenen über ihr, gleichermaßen unbewaffnet, schlugen mit roher Kraft und Wucht auf sie ein. Sie duckte sich, wich aus, ließ sich fallen, rollte weg und fingerte nach dem winzigen Dolch, der immer in ihrem rechten Stiefel steckte. Boudrigal brüllte vor Schmerz und Wut lauter als die *churfas*; aus Schreien hinter ihrem Rücken konnte sie schließen, daß Soukyan die beiden anderen Männer mit gespanntem Bogen im Schach hielt und wie immer mit tödlicher Geduld darauf wartete, die Angreifer mit einem sauberen Schuß zu treffen. *Töte sie nicht, Soukyan, diese nicht, töte sie nicht.*

Ein Stein zischte an ihrem Ohr vorbei und krachte gegen die schmutzige Schläfe des Mannes, der unbeholfen versuchte, sie zu erdrosseln. Halb betäubt torkelte er zurück, und sie hörte Riaans rauhen, heiseren Schrei, durch die gebrochene Nase verzerrt. „Groy, hör auf! Chash, Stenyi, was macht ihr? Laßt die Alten zufrieden – sie haben euch nie ein Leid getan, ich habe euch nie ein Leid getan, aber diese beiden haben euch ein Leben lang verletzt! Warum kämpft ihr für sie?"

Der Leibeigene, der noch immer blindlings auf Lal einschlug, zögerte, offensichtlich verwirrt. Er rieb mit der Hand über sein Gesicht, blickte sie verständnislos an, dann den Jungen und Boudrigal und Cajlis reglosen Körper und drehte sich halb herum, um seinem benommenen Kameraden zu helfen. Die beiden Männer, die Soukyan bedrängten, sahen ebenfalls zweifelnd und verwirrt aus, und einen einzigen Augenblick lang glaubte Lal, alles könnte doch noch gut ausgehen. Aber Boudrigal stemmte sich mühsam auf ein Knie und schrie hysterisch vor Wut und Schmerz: „Bringt ihn um, ihr elendes Geschmeiß! Bringt die beiden um, oder ich werde eure Häuser niederbrennen – ich schwör's, ich werde es tun! Bringt sie auf der Stelle um!"

„Ihr seid zu viert, und er ist allein!" rief Riaan heftig. „Ändert euer Leben! Müßt ihr immer Sklaven sein?"

Die vier Schläger zögerten nur kurz: Sie gingen ohne Worte mit sich zu Rate, wogen ihre Geschichte, ihre bittere und genaue Welterfahrung gegen das Gerede eines verrückten Jungen ab und gegen die Leben zweier alter Fremdlinge. Dann rückten sie resigniert an, zwei und zwei, die roten, kläffenden Hunde im Gefolge, als ob man ihnen aufgetragen hätte, Land zu roden oder zu pflügen. Lals Pärchen stapfte wieder auf sie los, drängte sie gegen ihren *churfa*, während Soukyans Angreifer ihn im Halbkreis umschlichen und plump so taten, als wollten sie in die Reichweite seines großen Bogens gelangen. Für sie war klar, daß der alte Mann zögerte zu schießen, und sie waren daran gewöhnt, ohne nachzudenken jeden kleinen Vorteil zu nutzen, der sich ihnen bot.

Boudrigal, zunehmend wahnsinnig, war zusammengebrochen, schrie jedoch immer noch wie rasend Befehle und Drohungen. Riaan schoß mit einer Hirtenschleuder so rasch Steine ab, daß oft zwei gleichzeitig in der Luft waren – das war ziemlich gut, denn wahrscheinlich würde er binnen kurzer Zeit einen seiner Verteidiger treffen. In einem Augenblick des Zorns drehte Soukyan sich drohend zu ihm um und wurde sogleich auf seiner verwundbaren linken Seite angegriffen. Sein *churfa* kreischte und bäumte sich auf, und der Bogen flog aus Soukyans Hand, als er auf dem Boden aufschlug. Zwar waren die beiden Leibeigenen ungelenk, doch sie waren über ihm, ehe er aufstehen konnte.

Lal, der es so vorkam, als stünde eine zweite Lal neben ihr, sah mit kühler Faszination zu, wie eine magere alte Frau, die sie beinahe wiedererkannte, einem der Angreifer zwischen die Beine trat, dem anderen gleichzeitig einen knochigen Ellenbogen in die Kehle rammte, sich mit derselben fließenden Bewegung zu ihrem Stiefel bückte und sich im Wurf wieder aufrichtete. Der kleine Dolch flirrte in der Dämmerung wie ein helles Insekt, und einer der plumpen Männer, der mit gespreizten Beinen über Soukyan stand, schrie auf, ehe er fiel, während der juwelenbesetzte Griff in seinem rechten Auge vibrierte. Sein Kumpan starrte ihn verständnislos an, dann schrie er noch lauter und länger und flüchtete wankend in den Wald. Die alte Frau bückte sich rasch, um ihren Dolch an sich zu nehmen, wischte ihn am Bein ab und ging hinüber, um ihren Stockdegen aus Cajlis Brust zu ziehen. Geistesabwesend summte sie vor sich hin.

Boudrigal war ohnmächtig geworden, und der Junge Riaan schien kurz davor. Die zwei restlichen Leibeigenen kamen mühsam auf die Beine und sahen sehr erschöpft aus. Sie warfen Lal und Soukyan unausgesetzt Seitenblicke zu und trotteten zu ihren gefällten Herren: Einer schloß furchtsam Cajlis Augen, während der andere bei Boudrigal kniete und sich vergeblich bemühte, den Pfeil aus seinem Schenkel zu ziehen und die Blutung zu stillen. Soukyan schob ihn sanft zur Seite, knickte das gefiederte Ende des Pfeiles ab und trieb ihn ganz durch das Bein. Boudrigal erwachte, holte Luft, um zu schreien, versuchte zu spucken, vermochte keines von beiden und wurde abermals ohnmächtig.

Lal schüttelte einmal heftig den Kopf, als holte sie sich aus einem heftigen Traum, und hockte sich neben Soukyan auf die Fersen. Sie reinigte Boudrigals Wunde, so gut sie konnte, befahl einem benommenen, stummen Riaan, vom Hemd seines Herrn Streifen für einen Verband abzureißen. „Wir werden eure Toten begraben, wenn ihr wollt“, sagte sie schroff zu einem der Leibeigenen, während sie arbeitete. „Wir sind alt, aber wir räumen trotzdem auf, bevor wir gehen.“

Aber die Männer schüttelten den Kopf und antworteten, für Cajli gebe es Zeremonien, die außer seiner hochgeborenen Familie niemand vornehmen könne; sie selbst dürften lediglich seinen Tod melden und hätten dafür unter Umständen eine

Strafe zu erwarten. Der tote Leibeigene könne überhaupt nicht begraben werden, weil er seinen Herrn im Stich gelassen hätte, er müsse als Fraß für Vögel und Insekten liegenbleiben. Nur den verletzten Boudrigal heimzuschaffen, sei ihnen als Überlebende erlaubt, und wenn er sich erholt habe, müsse er ausgiebig von ihrer Berührung gereinigt werden. Sie hoben ihn jetzt zwischen sich hoch, trotteten fort und zeigten auf ihren schmutzigen, erschöpften Gesichtern weder Kummer noch Furcht, Zorn oder Bedauern. Sie sahen sich nicht ein einziges Mal nach Riaan um.

Träge, schwirrende Schatten hatten sich bereits auf den beiden Leichen niedergelassen. Soukyan und Lal blickten einander an, und Riaan sah, daß der alte Mann zitterte und die schwarze Frau die Arme eng um sich geschlungen hatte, als versuchte sie etwas zurückzuhalten, was kurz vor dem Ausbruch stand. Soukyan sagte ruhig: „Wir scheinen immer bei Mondschein Gräber zu buddeln, oder?“

„Wir müssen den einen begraben, den ich getötet habe“, erwiderte sie. „Um *ihn* geht es mir nicht, aber um den anderen schon. Wir müssen ihn begraben.“

„Sie werden zurückkommen und ihn wieder ausgraben“, stieß Riaan hervor. „Sie tun's, ich habe es gesehen.“ Soukyan nickte stumm. Lal sagte: „Laß sie doch.“

Es war tiefe Nacht geworden, als die drei einen flachen Graben ausgehoben und Steine darüber aufgehäuft hatten. Lal flüsterte etwas in ihrer Sprache, und Soukyan sagte feierlich: „Wir hatten nicht den Wunsch, dich zu töten. Wir verzeihen dir, daß du uns zu Totschlägern gemacht hast.“ Er trat beiseite und sah Riaan an.

Einen Augenblick lang blickte der Junge verständnislos; dann kniete er am Steinhaufen nieder, warf den Kopf zurück und sagte: „Stenyi, du warst ein Narr, und du starbst umsonst, umsonst wie immer früher und immer in Zukunft. Ich liebte dich. Leb wohl.“ Er stand auf, die Augen im Mondlicht tränenlos und grimmig und elend.

„Deine Nase“, sagte Soukyan. Er packte mit einer Hand kräftig

Riaans Genick, die gebrochene Nase mit der anderen. Riaan jaulte einmal kurz auf. Soukyan sagte: „So, das ist alles, was ich tun kann. Sie wird heilen." Er wandte sich an Lal. „Ist mit dir alles in Ordnung?"

„Es tut mir überall weh, verdammt", sagte sie gereizt. Sie rieb heftig ihren linken Arm und zuckte bei jedem Atemzug leicht zusammen. „Götter, hab ich immer so leicht Beulen gekriegt? Ich hatte keine Ahnung, wie sehr ich verweichlicht bin. Zwei Minuten stoßen und schieben mit zwei unbewaffneten Bauerntölpeln, und ich bin Mus. Ekelhaft."

Soukyan lächelte, so gut er es mit den gespaltenen, geschwollenen Lippen konnte. Er hatte einen Eckzahn verloren, ein Auge war so gut wie geschlossen, und er stöhnte, als er sich bückte, um den Bogen aufzuheben. „Mein Fehler. Wir hätten uns da raushalten können."

„Nein", sagte Lal. Beide wandten sich Riaan zu, der unter ihren prüfenden Blicken errötete und noch jünger aussah, als er war. „Es tut mir leid, daß ihr Verletzungen erlitten habt, um mein Leben zu retten", sagte er mit überraschender Würde, „aber ihr braucht euch nicht länger um mich zu kümmern. Ich werde jetzt selber auf mich aufpassen. Auf Wiedersehen. Ich bin euch dankbar."

Sie sahen zu, wie er den Weg einschlug, den sie gekommen waren, und dabei sogar versuchte, fröhlich zu summen, wie Lal es getan hatte. Er schaffte vielleicht zehn Schritte und sackte dann langsam zusammen. Soukyan humpelte hin und hob ihn mühelos auf seine Arme. Er sah Lal müde an: „Ich fürchte, er gehört nun doch uns."

„Setz ihn bei mir rauf, vorne", sagte sie. „Ich kann ihn festhalten."

„*Churfas* tragen nicht das doppelte Gewicht. Nie und nimmer, Lal."

„Schmetterling schon."

Um ein Haar ließ Soukyan den Jungen fallen. *„Schmetterling?"*

„So habe ich sie genannt", erwiderte Lal ruhig. „Oder ihn,

ganz gleich. Und wenn sie uns beide nicht tragen will, werde ich zu Fuß gehen. Ich kann Bewegung ganz bestimmt brauchen."

Das Tier war nach allerlei lebhafter und trefflich ausgedrückter Wut damit einverstanden, zwei Personen zu tragen, und aus Furcht vor Verfolgung ritten sie bis zum Monduntergang weiter. Riaan verschlief alles, hin und wieder wimmernd, aber ohne aufzuwachen, nicht einmal, als er vom Tier gehoben, behutsam auf das trockene Gras einer von Unkraut überwucherten Lichtung gelegt und mit Soukyans zerfetztem zweiten Umhang zugedeckt wurde. Lal und Soukyan lagen in seiner Nähe und unterhielten sich schläfrig.

„Mein Fehler, mein Fehler, die ganze Sache. Wenn mir auch nur die Hälfte meiner alten Vernunft geblieben wäre, hätte ich daran gedacht, was das in diesem verdammten Land für Leute sind. Boudrigal – wenn ich nur nicht auf ihn geschossen hätte, alles wäre vielleicht anders gewesen …"

„Glaubst du?" Die Stimme der schwarzen Frau war hart und kühl. „Wenn er dich getötet hätte, so wie Cajli vorhatte, mich zu töten – ja, ich denke, dann wäre alles anders gewesen. Ich muß sagen, dies gefällt mir besser."

„Unbewaffnete Bauernlümmel", sagte Soukyan bitter. „Das waren sie, sogar diese anderen zwei. Jämmerlich. Jämmerlich. An die Orte zurückzudenken, wo wir gewesen sind, daran, was uns zugestoßen ist, an die Dinge, die wir gesehen und getan haben und tun mußten, an die sonderbaren Freunde, die wir hatten, und an die Feinde, die schrecklichen, ehrbaren Feinde – und dann so zu enden, als Schlächter von Bauern auf einer Landstraße. Ich bin krank vor Scham, Lal. Ich wünschte, ich hätte diese Morgendämmerung nie erlebt."

„Ich bin sicher, Boudrigal empfindet dasselbe", erwiderte sie. „Ich habe weniger Stolz als du. Für mich ist der Tod eben der Tod; er ist überall derselbe, und er hat mit Ehre nichts zu tun. Ich wünschte, ich hätte diese Männer nicht töten müssen, ja, aber es ist geschehen. Auf nach Kulpai."

„Kulpai", sagte Soukyan. „Kulpai. Welcher Teufel hat mich

geritten? Warum war es so wichtig, daß ich dich auf eine so idiotische Reise mitschleppen mußte? Verzeih mir, Lal. Geh – laß mich einfach mit diesem anderen Idioten zurück und kehre zu jenem klugen, schwer erkauften Leben heim, das ich nicht so lassen konnte, wie ich es fand. Ich werde dich nicht wieder stören."

Lal blieb derart lange stumm, daß Soukyan glaubte, sie sei eingeschlafen. Er war selbst beinahe weggedämmert, als er ihre Stimme vernahm: ruhig und entfernt, doch sehr deutlich. „Ich hatte meine Gründe, dir zu folgen. Daß ich mir um einen verrückten alten Mann Sorgen machte, war bloß einer davon." Dann schlief sie und er ebenfalls, und die Sonne hatte den Zenit längst überschritten, als sie wieder erwachten.

Riaan hatte ein kleines Feuer entzündet und briet bereits drei kleine Fische an Spießen, die er aus entrindeten *harshi*-Busch-Zweigen gemacht hatte. Er hatte am Fischgewässer die Wasserschläuche gefüllt, die *churfas* zu einem Flecken blauer Brombeeren gelockt, die sie gern mochten, und saß jetzt dicht am Feuer, die Arme um die Knie geschlungen. Seine Nase war noch immer böse geschwollen, und gut die Hälfte seines Gesichtes war von Beulen purpurn gefleckt. Trotzdem, er war ein hübscher Junge, grauäugig, schwarzhaarig, und schien zufrieden mit sich und der Welt, während er in das Feuer starrte und darauf wartete, daß sie aufwachten. Genauso hatte Lal Choushi-wai an manch einem Morgen gesehen.

„Ich bin nie so weit von Zuhause fortgewesen", sagte er ruhig zu ihnen. „Ich habe nie Leute wie euch gesehen. Ausgenommen Pilger und Hausierer. Ich habe nie jemanden gesehen, den ich nicht mein Leben lang gekannt hätte. Und ihr könnt unmöglich jemandem begegnet sein, der unwissender war als ich." Sein unsicheres halbes Lächeln ließ ihn jünger als siebzehn Jahre erscheinen.

„Ich habe gestern gerade zwei getötet", sagte Lal. Der Junge schluckte heftig. Soukyan sagte: „Unser Ziel ist Kulpai. Du kannst bis dorthin mit uns reisen oder dich in Jahmanyar von uns trennen, wenn du dich dazu entschließt. Ich denke, deine Herren werden uns nicht verfolgen."

„Nein", flüsterte Riaan, „nein, das werden sie nicht. Sie sind ebenfalls unwissend – sie würden Worte wie *Kulpai* und *Jahmanyar* für Flüche halten oder für Dinge, die man essen kann. Ich weiß, daß sie kleine und große Städte bedeuten, aber ich weiß nicht, was eine Stadt ist, ich kenne nicht einmal ein anderes Dorf. In dem Augenblick, da ich euch beide sah, wie ihr mich anschautet, begriff ich, daß ich nichts weiß, gar nichts, nicht einmal das, was ich nicht weiß. Ich werde euch auf eurem Weg nicht von Nutzen sein, nicht mal ein Gefährte, sondern bloß eine dumme Last. Vergeßt mich. Ich danke euch, aber vergeßt mich."

Soukyan setzte sich ans Feuer, ohne zu antworten. Er zog einen der Fische vom Spieß und verschlang ihn in drei Bissen. „Gut", sagte er. „Sehr bekömmlich." Lal klopfte Riaan leicht auf die Schulter und nahm ihren Fisch. Sie sagte bloß: „Du hast Mut, und du kannst kochen. Iß dein Frühstück, und dann werde ich dich richtig mit Schmetterling bekannt machen."

Selbst unten im offenen Land waren die meisten Nächte frostig geworden, und sie hatten nicht immer genügend trockenes Holz, um ein Feuer bis zum Morgen durchbrennen zu lassen. Die alten Leute – mittlerweile vollkommen an den Gestank gewöhnt – schliefen wegen der Wärme immer dicht bei den *churfas*. Der Junge beklagte sich nicht; doch als Soukyan sah, wie er die ganze Nacht damit verbrachte, auf und ab zu laufen und mit den Armen gegen seinen Körper zu schlagen, verschwand er am selben Tag in aller Frühe und holte sie erst nach Sonnenuntergang wieder ein, gebündelt auf seinen Schultern das dichtbehaarte Fell eines *guangsu*, das wild im Tiefland lebt und mit dem *rishu* verwandt ist. „Das Fleisch habe ich den Dörflern gegeben, die mir beim Gerben halfen", erzählte er und erstickte Riaans Dankbarkeit mit einem Knurren. „Sie kennen in diesem Land einen Trick, ein Fell ziemlich rasch zu gerben –

eine Sache von Stunden, wenn erst mal das Abkratzen erledigt ist. Eine grobe, schlampige Arbeit, aber das Fell wird seinen Zweck erfüllen." Und Riaan schlief in dieser Nacht wärmer als sie, wie Lal mehrere Male betonte.

Es war in der Tat alles Bauernland, nachdem sie die Berge einmal verlassen hatten. Die Weiden kamen zuerst, die saftigsten wimmelten von fetten *rishus* und wolkenflaumigen *jejebhais*; die kärglichsten konnten nur noch ein paar dürre, zweibeinige *drushindis* ernähren, die wertlos sind bis auf ihren Kot, aus dem man Brennstoff und guten Dünger gewinnt. Soukyan und Lal waren seit Doule wahrlich wenigen Menschen begegnet; aber jetzt konnten sie einen Tag oder länger reiten, ohne ein anderes menschliches Wesen zu sehen. Der Himmel war hoch und fahl und unverändert dunstig, so daß es fast unmöglich war, Entfernungen zu schätzen. Für den Jungen war das alles so faszinierend, wie es irgend etwas anderes gewesen wäre, doch Lal fand es langweilig, sogar niederdrückend, und Soukyan trieb ihre Reittiere zu scharfer Gangart an und blickte kaum nach links oder rechts. „Wir können Kulpai immer noch rechtzeitig vor dem Schnee erreichen, wenn wir vom ersten bis zum letzten Licht reiten. Und falls wir nicht anhalten müssen, um noch jemanden zu begraben."

Die Obstgärten waren besser. Der Boden wurde wieder wellig – obgleich er niemals wirkliche Hügel aufwarf –, und der weiße Himmel brach in Tausende winzige glänzende Wolken auf. Die Blätter der *ki*-Bäume waren bereits so tiefgolden wie ihre runzeligen, faustgroßen Früchte, die überall von Schwärmen kreischender Kinder gepflückt wurden, die gitterartige Netze an den Enden von Stangen befestigt hatten, die größer als sie selbst waren. Es gab auch spätreifende *maradis* an Ranken und sogar Winteräpfel, obgleich Soukyan sagte, hier im tiefen Süden dienten sie ausschließlich als Viehfutter. Lal riß ein paar ab, als sie unter den sich biegenden Ästen hindurchritt, und zeigte Riaan, wie man sie aß. Den ersten spie er aus, suchte sich argwöhnisch einen zweiten und verspeiste dann alle, die sie gepflückt hatte.

Der Umgang mit ihr fiel ihm leichter als der mit Soukyan, trotz des *guangsu*-Fells. Während er tagsüber meist schwieg, quälte er sie am Abend, wenn sie sich in einem Dickicht oder einem kühl duftenden Gehölz zur Ruhe gebettet hatten, mit endlosen Fragen über die Welt hinter dem Horizont und die Welt dahinter und ihrem Leben darin. Das hatte Lal erwartet; was sie überraschte, war, daß so viele der Fragen mit ihrer und der Familie Soukyans zu tun hatten. Wenn sie sagte: „Riaan, das weiß ich wirklich nicht" oder: „Riaan, über gewisse Dinge reden wir nicht viel, er und ich", schien ihn das ernsthaft zu erschüttern, und allmählich begriff sie.

„*Churfas*", sagte sie zu Soukyan, als sie nebeneinander ritten. „So züchten sie wie Tiere." Sie unterhielten sich in einer alten Sprache, die sie beide beherrschten, während der Junge hinter ihr döste. „Er weiß, wer seine Mutter ist, aber das ist schon alles. Er glaubt, daß er Halbbrüder, Halbschwestern hat, aber er kann nicht sicher sein. Es ist für ihn ein Wunder, daß wir, du und ich, wirklich unsere Familien kennen – anders kann er sich so etwas nicht vorstellen." Ihre Stimme war völlig ausdruckslos, wie sie es immer wurde, wenn sie auf eine besondere Art sehr wütend war.

„Vielleicht ist er besser dran", antwortete der alte Mann. „Und, ja, ich meine es so, und ich weiß, was ich sage. Vielleicht sind die Leute klüger als wir dachten in diesem elenden Bergland."

„Ich weiß von deiner Schwester", sagte Lal. „Du weißt Bescheid über – über das, was mit mir geschah, als ich geraubt wurde. Dies hier ist anders."

„Wirklich? Das, was meiner Schwester geschah – von unseren Eltern an diesen bösartigen Dummkopf verkauft zu werden, der sie umbrachte –, ist das so ganz verschieden von dem, was Riaan sein Leben lang angetan wurde? Zumindest hat er nie gelernt, jemanden zu lieben, der ihm für immer entrissen werden sollte – für immer –, von einer Minute auf die andere. Bringe ihm bei, zu bedenken, daß er auch Segen empfangen hat, und dankbar dafür zu sein." Den Rest dieses Tages sprach Soukyan kein Wort mehr.

Zwei Nächte später schlugen sie ihr Lager am Rande eines weiteren Obstgartens auf, verspeisten *ki*-Früchte, die Reste ihres getrockneten Fisches und tranken Wasser aus einem nahen Fluß. Soukyan erzählte ihnen, sie wären eine Tagesreise von der Churush-Straße entfernt und drei von Jahmanyar. „Zehn Tage höchstens, und wir werden Kulpai riechen. Sage mir nicht, Lal, daß du dich nicht an den Geruch von Kulpai erinnerst."

„Abgestandenes Wasser", sagte sie. „Verdorbenes Gemüse. Ich habe nie eine Hafenstadt erlebt, die weniger nach Meer roch." Soukyan schlief rasch ein, aber Riaan blieb hellwach, was bedeutete, daß auch Lal mehr oder weniger wach blieb. Riaan bat sie um eine Geschichte: Da er nie mehr als die wenigen traurigen Bruchstücke gehört hatte, an die seine Mutter sich erinnern konnte, war er arglos begierig auf Geschichten wie ein viel jüngeres Kind. Lal erzählte ihm Choushi-wais Lieblingsgeschichte, die von einem Zauberbaum handelte, den Zwillingstöchtern einer Königin und einem jungen Mönch auf furchtbarer Fahrt, dem der Geist eines Dichters Beistand leistete. Als sie fertig war, seufzte Riaan sehnsüchtig und sagte: „Ich wünschte, das wäre wahr. Ich wünschte, alle Geschichten wären wahr."

Lal lächelte in der Dunkelheit, obgleich er sie nicht sehen konnte. „Alle Geschichten sind Lügen, eben weil sie Geschichten sind. Aber sie sind dennoch wahr, jede von ihnen, und manchmal erweist sich, daß die größten Lügen die größten Wahrheiten sind. Und frage mich nicht, warum das so ist, Riaan, weil ich es dir nicht sagen könnte. Aber das ist so bei Geschichten."

Der Junge schwieg so lange, daß Lal fast einschlummerte, aber er riß sie jäh aus dem Halbschlaf, als er sagte: „Also sind auch Geister wahr. Ich bin froh. Der Geist in der Geschichte, der ein Freund war – es wäre gut, einem solchen Geist zu begegnen. Er könnte mir von meinem Vater erzählen."

„Hängt vom Geist ab", murmelte sie. „Sie sind nicht alle so wie er in der Geschichte, mein Wort darauf." Dann erfaßte sie die Bedeutung seiner letzten Worte und rüttelte sich wach, um nachzufragen: „Warum sollte dich das kümmern? Warum spielt es eine Rolle, welcher von diesen" – sie suchte vergeblich nach einem passenden Wort in seiner Sprache – „diesen bösen Leuten deine Mutter schwängerte?"

„Oh", erwiderte er mit verblüffendem Eifer, „weil ich weiß, daß es nicht Cajli war. Er wollte, aber er konnte nicht, das weiß ich jedenfalls. Und wenn es nicht Cajli war, dann keiner von den anderen großen Herren ..." Er zögerte einen Augenblick, aber dann fuhr er fort: „Meine Mutter wird es nie sagen, aber ich glaube, mein Vater ist tot. Und ich denke, er war einer von uns, jemand wie ich. Ich denke, er – er machte sich etwas aus meiner Mutter. Vielleicht konnte er sie nicht beschützen, vielleicht konnte er nicht bei mir sein, aber er sorgte sich um uns. Manchmal male ich mir in Gedanken aus, daß er bei dem Versuch starb, uns zu retten. Ich muß es wissen, Lal, verstehst du? Verstehst du das?"

„Ja", sagte sie. „Ja, natürlich." Sie verspürte die schwere Last von Erinnerungen, schwerflüssig und träge geworden unter dem Gewicht der Zeit, und wußte, daß sie jetzt nicht mehr auf Schlaf zu hoffen brauchte. Sie fing an zu sprechen: „Riaan, wenn du es weißt, könnte es wohl sein, daß du trauriger bist, auch das mußt du wissen", aber er setzte sich auf, sah woanders hin und griff nach ihrer Hand wie ein ängstliches Kind. „Die Lichter", sagte er. „Lal, die Lichter, was tun sie? Dort drüben, sieh doch."

Es waren ein Dutzend oder mehr Lichter, winzig und zart, die langsam zwischen den Bäumen hüpften, wie Tänzer kreisten. Ab und zu sank eines herab, fast bis zum Boden, stieg dann zitternd wieder auf bis zur Höhe eines menschlichen Herzens. Riaans Hand war kalt in der ihren, doch Lal sagte: „Sie halten nachts Nachlese, weiter nichts. Sie kommen und sammeln das Fallobst auf, alles, was die Pflücker übersehen oder wegwerfen. Alles."

„Wir machen das auch", sagte Riaan leise, „meine Mutter und ich. Nicht in der Nacht, nicht in den Obstgärten – auf den Kornfeldern, den Beerenfeldern. Wir machen genau dasselbe." Er starrte lange Zeit auf die kleinen Flämmchen, bevor er sich wieder hinlegte; und Lal blickte zum Mond hinauf und erzählte sich selber sehr alte Geschichten, bis der Morgen graute.

Die Churush-Straße war eine richtige Hauptstraße – zumindest im Vergleich mit den dornigen Karrenwegen und *rishu*-Pfaden, auf denen sie geritten waren –, und Riaan glitt andauernd von seinem gewohnten Hochsitz hinter Lal, um alles zu erkunden, von unbekannten Blumen und Tiergefährten bis hin zu den kleinen Fischen der trüben Tümpel. Regelmäßig mußte er rennen, um die trabenden *churfas* einzuholen: Seine ursprüngliche Stärke und Spannkraft waren zurückgekehrt, und oft rannte er aus reinem Vergnügen an der Bewegung in Kreisen um sie herum. Lal ergriff die Gelegenheit, um Soukyan von ihrer nächtlichen Unterhaltung zu berichten. Der alte braune Mann ließ sie kaum ausreden, bevor er schroff sagte: „Nein! Nein, auf keinen Fall. Nein!"

„Was nicht?" fragte sie wirklich verblüfft. „Habe ich denn etwas vorgeschlagen, über das ich nichts weiß?" Aber da sprang Riaan wieder hinter ihr auf, und sie konnten sich erst am Abend ungestört unterhalten, nachdem sie ihr Lager auf einer verwilderten, kargen Wiese aufgeschlagen hatten und der Junge fortgegangen war, um Feuerholz zu sammeln. Soukyan, der auf einem Baumstumpf saß, um einen plumpen, langohrigen *sayao* zu häuten, blieb vielsagend stumm und überließ es ihr, auf das Thema zu kommen, das noch kein Thema war. Endlich sagte sie: „Er will bloß wissen, wer sein Vater war. Selbst die Götter könnten daran nichts Falsches finden."

Soukyan sah nicht auf. „Und sein Vater ist tot. Ja?"

„Er glaubt es. Vermutlich hat er recht."

„Vermutlich." Soukyan fuhr plötzlich herum – *Hol ihn der Teufel, diesen Mann, er bewegt sich immer schneller, als man denken kann, selbst wenn er auf dem Boden sitzt* – und richtete einen Zeigefinger auf sie, als legte er ihn an eine Bogensehne. „Und du hegst die wirklich wahnsinnige Absicht, diesen toten Bauern – nein, nein, viel schlimmer als ein Bauer, er war ein Pflug, eine Schaufel, ein Spüleimer – zurückzurufen, diesen Mistkerl aus einer Ruhe zu holen, die er weit mehr verdient, als du oder ich es uns vorstellen können, weil sein verflixter Sohn eine flüchtige Neugier für ihn verspürt hat? Versuche gar nicht erst, es zu leugnen – es lohnt die Mühe nicht, nicht zwischen uns. Schlicht und einfach nein, schlag es dir augenblicklich aus dem Kopf. Nein, Lal."

Er hatte seine Stimme kaum gehoben, doch selbst durch die kalte, tiefe Dämmerung konnte sie seine Augen sehen. Sie ging hinüber, setzte sich neben ihn und griff nach Kadaver und Häutemesser. „Gib mir das. Er ist derjenige, der Holz schneidet, nicht du."

Soukyan entriß ihr ärgerlich das lädierte Tier. „Ich machte schon *sayaos* sauber, als du noch nicht mal eine Ballade von einem Rülpser unterscheiden konntest." Doch dann lächelte er, und sie erkannte ein weiteres Mal, welche lange und bittere Reise sein Gesicht gemacht hatte, um seine angeborene Sanftheit einzubüßen. Er sagte nachdenklich: „Ausgerechnet die Zaubersprüche! Das kleine bißchen Magie, das du und ich jemals zu lernen schafften, trotz all der Zeit, die wir in der Nähe großer Zauberer zugebracht haben. Wenn du dich erinnerst, lernten wir auch, daß sich selbst große Zauberer fürchten, die Toten herbeizurufen."

„Natürlich weiß ich das", gab sie zurück. „Natürlich weiß ich, daß das kein Trick vom Jahrmarkt ist. Aber sie machen es alle trotzdem." Sie konnten Riaan in der Ferne singen hören: ein fröhlicher, wortloser Versuch, eine von Lals Melodien nachzuahmen, mit denen sie die *churfas* besänftigte. Sie sagte: „In einem berechtigten Fall und mit Ehrerbietung, wo ist der Schaden?"

„Schaden? Den Schaden erleidet das Geflecht der Dinge, Lal – Dinge, die jenseits unserer Wünsche existieren. Wenn wir je etwas lernten von einem Zauberer, lernten wir, daß es keine Wand ist, die diese Welt getrennt hält von … von jenen anderen, über die wir so wenig wissen – keine Wand, sondern ein Damm. Durchlöchern wir ihn, sei es auch mit den allerbesten Absichten, sei es für einen vollkommen harmlosen Geist, können wir doch unmöglich einschätzen, was vielleicht durchgeflossen kommt." Er schwenkte den ausgenommenen *sayao* theatralisch vor ihrer Nase. „Sie sollen nicht hier sein, niemals, das Universum haßt es. Lal, laß die Finger davon."

Riaans Gesang kam näher; sie konnten durch die Dunkelheit bloß seinen mit Scheiten beladenen Schattenriß erkennen. Sie sagte: „Du hast recht, ich weiß es, ich widerspreche dir nicht. Du hast recht."

Soukyan betrachtete sie mit eindeutig verstärktem Argwohn. „Beim letzten Mal, als du mir so lammfromm zugehört hast, steckten wir keine zehn Minuten später in den größten Schwierigkeiten unseres Lebens." Aber der Junge war da, warf stolz mehr Scheite auf den Boden, als sie für die Nacht brauchten, und ging sogleich daran, ein Feuer zu machen. Es ergab sich keine Gelegenheit weiterzusprechen, bis er seine Geschichte gehört hatte und eingeschlafen war; und um diese Zeit hatte sich Soukyan aus dem Staub gemacht, um die Wiese und den Wald in der Nähe zu durchstreifen, bis er ihre Umgebung besser kannte als jede Kreatur, die hier lebte. Lal vergrub die Reste ihrer Mahlzeit, unterhielt das Feuer und reinigte sich mit einem abgebrochenen Zweig die Zähne, ihr ureigenes Ritual vor dem Schlafengehen. Hin und wieder probierte sie flüsternd ein Wort, zwei Worte in einer Sprache, die sich anhörte wie das Krachen und Mahlen von Knochen zwischen großen Kiefern. Sie wiederholte die Wendungen immer wieder, veränderte die Reihenfolge und die Betonung, offenbar nicht zu ihrer Zufriedenheit. Im Schein des Feuers waren ihre Augen und Wangenknochen rotgolden wie das glühende Holz.

Neben ihr murmelte Soukyan gedämpft: „Es ist gewiß gut, daß du *g'reuilljk* niemals richtig aussprechen konntest. Wo wären wir sonst?"

Lebenslange Selbstbeherrschung – ihr ebensowenig angeboren wie Soukyans harter Zug um den Mund – hielt Lal davon ab, auch nur den Kopf zu wenden. Sie warf ihren Zweig ins Feuer, spie ihm nach und sagte: „Ich spreche den Zauberspruch so gut wie du. Es sind die Bestandteile, an die ich mich nicht erinnern kann."

„Die Bestandteile sind ganz einfach", erwiderte Soukyan, „und sie sind so leicht zu bekommen, daß ich im Augenblick keinen Gedanken daran zu verschwenden brauche. Zum Glück haben wir nicht das richtige Mondviertel, und auch der Wagenlenker" – er deutete zum bewölkten Himmel hinauf – „ist nicht im Aufsteigen. Darum kannst du dir umgehend aus dem Kopf schlagen, was immer du unter dieser eleganten Haube von weißem Haar ausbrütest – die dir sehr gut steht, erwähnte ich das schon? Äußerst irreführend, aber kleidsam." Als Lal nicht antwortete, legte er ihr sanft eine Hand auf die Schulter. „Diese Sache bedeutet dir mehr als ich dachte", sagte er. „Warum?"

„Weil ich Riaan bin", sagte die alte Frau. Ihr Gesicht war steif und straff wie bei großer Kälte, und die goldenen Augen waren sehr weit weg, weiter entfernt, als Soukyan sie je gesehen hatte. „Weil ich besser weiß als er selber, was ihm angetan worden ist, und weil ich weiß, was ein solches Leben aus einem Kind machen kann. So wie dieser Gefängniswärter und sein Junge dich noch immer quälen, so würde ich in der ganzen mir noch bleibenden Zeit keine Ruhe finden, wenn ich nicht das Wenige, das ich kann, für ihn täte. Weil ich Bescheid weiß, Soukyan."

Sie saßen schweigend zusammen, starrten in die Dunkelheit, die der Feuerschein noch dichter machte. Über ihnen miaute der Wind schwach in den Baumwipfeln, und sogar das Prasseln der Flammen hörte sich an wie das Krachen von Zweigen unter dem Gewicht von Schnee. Irgendwo rief allzu nahe wehmütig ein *korevu*, und Soukyan knurrte: „Verdammte Biester, sollten inzwischen Winterschlaf halten." Er zog seinen Bogen näher und stochert im Feuer, damit es aufflammte.

„Nach Kulpai", sagte Lal.

„Ich weiß nicht." Soukyan sah sie nicht an. „Du hast einen Ort, an den du zurückkehren kannst, einen Ort, zu dem du gern gehörst. Meine Buße, meine Entschuldigung bei dem Mann, den ich so verletzte – das ist so lange mein einziges Ziel gewesen, daß ich vergaß, an Heimkehr zu denken. Ein Kennzeichen des Alters, gewiß." Er spreizte die Hände vor dem Feuer und blickte auf ihren narbigen, zerfurchten Rücken. „Ich weiß nicht, wohin ich nach Kulpai gehen werde, Lal, oder warum. Es wird sich etwas finden."

Das Klagen des *korevus* ertönte wieder und wieder, anscheinend aus jeder Richtung, wie es immer der Fall ist. Soukyan sprach nicht weiter, sondern legte einen Pfeil auf, spannte den Bogen, wie es schien ohne zu zielen, und ließ den Pfeil in die Nacht fliegen. Kein Zischen des Schmerzes oder Schreckens antwortete, aber die tödliche Klage wurde in dieser Nacht nicht wiederholt, obgleich sie bis zur Morgendämmerung sehr still dasaßen.

Im Gegensatz zu Doule ist Jahmanyar eine richtige Stadt, und eine prächtige dazu, nahe genug an der Küste, um die erste Wahl unter den besten Waren zu haben, die von den südlichen Inseln und den jenseitigen Sonderbaren Landen ankamen. Die Stadt hat alles, was eine echte Hafenstadt sich nur wünschen kann, ausgenommen das Meer, und das macht sie durch ein tolles Übermaß an allem übrigen wett. Riaan, der alles zum erstenmal sah – von den Straßentänzern, den öffentlichen Dichtern, die ihre Verse heulten, den *jai*-Fisch-Straßenhändlern und schleichenden Giftmischern bis hin zu prachtvollen Kurtisanen, die von livrierten Trägern zu ihren Treffen getragen wurden –, konnte nur unter Androhung von Schlägen davon abgehalten werden, ausgelassen vom Hinterteil von Lals *churfa* zu gleiten, um für immer in einem der hundert mit goldenen Vorhängen gezierten Torwege zu verschwinden oder sich in dem wundersam namenlosen Mysterium von hundert Gassen zu verlieren. Nur die Mahnung, daß sie Jahmanyar stracks durchqueren würden, anstatt auch nur die eine Nacht dort zu verbringen, hatte eine winzige ernüchternde Wirkung.

Sie verbrachten diese Nacht in einem Gasthaus mit dem Namen „Goldener Meerdrache". Es lag in einer Seitenstraße; aber angesichts des Streitens, Schreiens und Singens, das zu allen Stunden unter ihrem Fenster weiterging, hätten sie ihr Lager ebensogut auf dem Marktplatz aufschlagen können. Lal befahl sogleich, man möge ihnen das Essen aufs Zimmer bringen, doch Riaan bat so flehentlich darum, es in einem richtigen Schankraum vorgesetzt zu bekommen, daß sie und Soukyan ihren Befürchtungen zum Trotz nachgaben und nach unten gingen. Auf dem Weg flüsterte Soukyan ihr zu: „Da sieht man, was es heißt, Großeltern zu sein. Ich hasse es jetzt schon."

„Ich glaube trotzdem, daß wir eine sehr nette Tochter gehabt haben müssen", sagte Lal leise. „Ganz bestimmt."

Im Schankraum herrschte das reine Chaos, und das war unverkennbar ganz nach Riaans Herzen. Küstenstadt oder nicht, des Wirts Speisenfolge beschränkte sich auf zu lange gebratene Koteletts und zu kurz gegarte Grünaal-Pasteten, begleitet von einem Wein, der das Leben in einer Viehtränke begonnen zu haben schien. Soukyan wies die betrunkenen Männer ab, die gegen ihren Tisch torkelten, hielt Lal davor zurück, auf einen loszugehen, der sich anschickte, auf ihre Beine zu pinkeln, und gebot Riaan, rasch aufzuessen, damit sie binnen einer halben Stunde verschwunden sein könnten. Als Riaan nach dem Grund fragte, erwiderte Soukyan: „Weil hier heute abend ein Dutzend Kahnführer und mindestens ebensoviele Matrosen von den Küstenfrachtern drin sind. Eine halbe Stunde, wahrscheinlich weniger."

„Dort ist ein Zauberer", sagte Riaan staunend. Und so war es: Ein kleiner, verärgert blickender Mann, gekleidet in das Schwarz und Grau der unteren Ränge seines Gewerbes, stand an der Theke und schnippte mit den Fingern, um aus ihnen Feuer springen zu lassen. Riaan sperrte den Mund auf, und Lal sagte grollend: „Wie immer, die drittklassigen fangen immer damit an, darauf kann man wetten." Aber sein Publikum nahm erst von ihm Notiz, als er in einer bestimmten Weise aufstampfte, worauf ein Etwas mit knallgelben Augen, langen gelben Zähnen und blutroten Flügeln hoch durch den Schankraum flitzte, kreischend wie Stahl auf Stein. Es umkreiste den Raum, stieß tückisch auf verschreckte Trunkenbolde herab und verschwand mit einem donnernden Furz durch den Kamin. Riaan spendete stürmischen Beifall, und der Zauberer verbeugte sich vor ihm, was Soukyan veranlaßte, wie ein verärgerter *churfa* zu schnauben, worauf Lal flüsterte: „Verdirb ihm den Spaß nicht. Was ist schon dabei?“

„Ja, Großmutter“, knurrte Soukyan als Antwort. Der Zauberer wandte sich danach ausschließlich an Riaan, denn die Kahnführer und Matrosen waren bereits zu stockbetrunken, um auf etwas anderes zu achten als auf ihren alten Haß gegeneinander. Der Junge saß gebannt da, vergaß zu essen, während der Zauberer zunächst mit Bierkrügen jonglierte und sie dann in die Luft warf, aus der sie als Blütenblätter niederregneten; während kleine Vögel zwischen seinen leeren Händen erwuchsen; und Bier, besser als jedes, das im „Goldenen Meerdrachen“ je ausgeschenkt worden war, aus den Ohren, der Nase, dem Scheitel, sogar aus seinen Manteltaschen sprudelte. Das erregte sogar flüchtig die Aufmerksamkeit der Matrosen; selbst Soukyan lachte und selbst Lal murmelte: „Sehr schön, dann eben *zweitklassig* …“

Zum Schluß bat der Zauberer um Ruhe und bekam sie nicht, außer von Riaan und seinen Gefährten; die Gästeschar steuerte rasch einem freudigen Siedepunkt zu. Jemand brüllte und warf einen Stuhl nach einem anderen. Der Stuhl verfehlte sein Ziel und krachte gegen die Theke. Das ärgerliche kleine Gesicht des Zauberers verfinsterte sich, der graue Umhang wurde nach hinten geschleudert, und er nickte scharf und geheimnisvoll. Er nahm eine Handvoll rotes Pulver aus einer Geheimtasche, ein Büschel dürrer Kräuter aus einer anderen, schleuderte beides vor sich auf die Theke, spie dreimal hinein und sprach Worte, die bei dem Tumult weder Lal noch Soukyan verstehen konnten, als die knochenweiße, madenweiße, ekelhaft weiße Figur in der Mitte der rauchigen Luft Gestalt anzunehmen begann. Sie wuchs genau so wie eine Perle wächst, sammelte sich um einen einzigen feurigen Funken, wo ihr Herz hätte sein sollen. Aber die

Figur war tot; sie war sehr lange tot, und sie war weder friedlich gestorben noch hatte sie jenseits des Grabes Gnade gefunden. Ihre Gewänder waren steif und braun von Blut, und ihrem durchscheinenden Gesicht mit den leeren Augenhöhlen hatte ein wütender Neid auf alles Lebendige jeglichen menschlichen Zug genommen. Sie krümmte sich in der Luft, zischte kaum hörbar, stürzte sich vergeblich auf den schäbig bedeutungslosen Mann, der sie herbeigerufen hatte. Er wies sie lächelnd mit einem einzigen Wort in die Schranken.

Was das für ein Wort war, konnte man unmöglich hören, denn niemand außer Lal, Soukyan und Riaan schenkte dem über den Köpfen wütenden Etwas die geringste Beachtung. Ein Matrose warf mit einer Flasche danach, doch sie war höchstwahrscheinlich für einen betrunkenen Kahnführer bestimmt, der zwei Matrosen in die Höhe hielt, um jede Kehle eine Hand gelegt, während er ihnen mühsam ein Detail der Anstandsregeln erläuterte. Die Flasche flog durch die Erscheinung und prallte vom kahlen Schädel des Wirtes ab, der mit der müden Selbstverständlichkeit langer Erfahrung einen abgenutzten Knüppel hinter der Theke hervorholte und auf jeden Kopf einzudreschen begann, der in seiner Reichweite war. Das betraf auch den Kahnführer mit den beiden baumelnden Matrosen: Er schleuderte sie umgehend auf den Wirt und folgte ihnen über die Theke. Ein halbes Dutzend Matrosen machte es ihnen sogleich nach.

„Raus“, sagte Soukyan, und er und Lal, die Kämpfer mit Bogen und Stockdegen abwehrend, fischten Riaan gerade noch rechtzeitig vom Tisch, ehe dieser von Kahnführern umgestoßen wurde, die ihren Kameraden zu Hilfe eilten. Der Junge erhob keine Einwände, doch er drehte sich um, als er im Türrahmen stand, um einen Blick auf den Zauberer zu werfen. Der kleine Mann stand an einer Seitenwand, unbeachtet wie zuvor, ob in Krieg oder Frieden, während sein gleichermaßen geringgeschätzter Geist machtlos über der Rauferei pirschte und schnatterte. Er wischte sich die Stirn und schnippte geistesabwesend mit dem Finger, um die Kreatur zu verscheuchen. Als er die drei erblickte, machte er vor Riaan eine tiefe, feierliche Verbeugung, drehte sich, wie man es von Zauberern gewohnt ist, auf Zehenspitzen herum und verschwand im selben rauchenden Luftloch wie die Erscheinung. Sie ließen einen Duft verfaulender Blumen zurück.

„Raus, raus, raus, raus", sagte Soukyan. Lal, Riaan und er verbrachten den Rest dieses Abends in ihrem Zimmer und lauschten auf die Debatte, die unten bis tief in die Nacht weiterging. Riaan sagte fast nichts und fragte nur einmal: „Das war ein Geist, nicht wahr? Das war ein echter Geist."

„Ich sagte dir, sie sind nicht alle so wie der in der Geschichte", erwiderte Lal. Riaan nickte. Soukyan, der drinnen einen ebenso leichten Schlaf hatte wie im Freien, wachte mehrere Male auf und sah den Jungen jedesmal still auf seiner Pritsche am Fenster liegen, während das Mondlicht seine großen Augen versilberte.

Er blieb während der nächsten paar Tage auf der Churush-Straße ungewöhnlich still. Das Land zwischen Jahmanyar und Kulpai ist sumpfig, aber die Feuchtigkeit verleiht ihm einen ganz eigenen Reiz, erfüllt von Wasservögelschreien und den Düften der Winterrosen, den *luraveli*, deren kurze und schönste Blüte durch das Einsetzen der ersten Kälte ausgelöst wird. Manchmal schreckt die Anwesenheit eines Reisenden eine Sumpfziege und ihr zartbeiniges Zicklein aus ihrem Lager in den Binsen auf und treibt sie zu großen spritzenden Sprüngen durch Gassen von Wasserlilien auf der Suche nach einem neuen Schlupfwinkel. Gewöhnlich hätte Riaan selber wie ein Vogel gezwitschert und die Aufmerksamkeit seiner Gefährten auf die gewöhnlichste Blume oder Fußspur gelenkt; jetzt war es sein Schweigen, das sie als verwirrend empfanden. Es war kein brütendes, ärgerliches Schweigen, sondern nur Nachdenklichkeit, die undurchdringlich war. Lal sagte heimlich zu Soukyan: „Richtige Großeltern wüßten, was sie ihm sagen müßten", und der alte Mann antwortete darauf: „Richtige Großeltern hätten ihm nicht in den Kopf gesetzt, über Geister nachzudenken und seinen Vater zurückzurufen. Das ist dein Werk, vergiß das nicht. Kulpai wird, mit dem verglichen, wie ein Ferienaufenthalt, ein Fest sein."

Lal beobachtete den Jungen aufmerksam, ließ ihn nie ganz aus den Augen, selbst wenn er sich unbeobachtet wähnte. Soukyan tat dasselbe. Die Straßen durch das Sumpfgebiet, die auf Dämmen verlaufen, machten es sehr oft notwendig, hintereinander zu reiten, aber drei Tage vor Kulpai lenkte Lal Schmetterling neben Soukyans *churfa*, um zu fragen: „Und wenn wir dort sind – was dann?" Riaan, der hinter ihr saß, war an diesem Tag so versunken gewesen – in Phantasien, Erinnerungen, Tagträumen? –, daß er eigentlich gar nicht da war. Schmetterling, der sich immer laut beklagte, wenn Riaan bei ihm aufsaß, schien sein Gewicht überhaupt nicht zu spüren.

Soukyan zog die Schultern hoch. „Ich weiß es nicht. Ich denke, ich werde bei den Zellen anfangen, und wenn er nicht da ist, dann werde ich nach seiner Familie fragen, jeden, der seine Familie gekannt haben könnte. Danach …"

Als er den Satz nicht beendete, bedrängte sie ihn weiter. „Danach? Wann ist es für dich vorbei, ob du ihn nun findest oder nicht? Ich habe nicht das Verlangen, in Kulpai zu überwintern."

„Ich habe dich nie gebeten, mitzukommen", sagte er barsch. „Ich habe nie darum gebeten." Eine Weile sagte er nichts mehr, dann fügte er ruhig hinzu: „Ein Tag, Lal. Ein einziger Tag, nicht mehr. Wenn es jemanden in Kulpai gibt, mit dem ich sprechen, dem ich sagen kann, was ich sagen muß, bis dahin werde ich es wissen. Wenn nicht – dann ist es eben so, dann nicht. So oder so, eines Tages."

Lal nickte. Sie neigte den Kopf leicht nach hinten, auf Riaan deutend, der von ihrer Unterhaltung nichts gehört zu haben schien. Soukyan schüttelte ratlos den Kopf und blickte weg.

In dieser Nacht schlief keiner von ihnen gut. Soukyan fand keine zufriedenstellende Lage für seinen großen Körper auf dem feuchten Boden; er wälzte sich hin und her und kämpfte um Schlaf, brachte jedoch nicht mehr zustande als ein zuckendes, kurzes Dösen. Lal ihrerseits wurde heimgesucht von Träumen, die sie in den vielen Jahren ihrer hungrigen Suche nicht gefunden hatten. *Ich war mir sicher, ihr habt vergessen, wo ich wohne*, doch sie fielen über sie her wie mörderische Kinder, überrumpelten sie so plötzlich, daß alle alten Kniffe und Ausweichmanöver, die sie kannte, um ihnen zu entschlüpfen, nutzlos waren. Sie erwachte heftig, auf der Flucht vor einem langen toten Mann, der süßlich grinste, während er sie verfolgte. Soukyan erwachte bei ihrem leisen Schrei auf der Stelle, verstand sogleich und nahm sie in seine Arme. Er sagte bloß: „Wer war es?"

„Shavak", flüsterte sie. „Shavak. Ich habe ihn nicht einmal getötet, und er ist immer der schlimmste. Was sind das für Lichter?"

„Welche Lichter?" Er wandte den Kopf und sah sie ebenfalls, wie sie weit entfernt hüpften und tanzten und langsam näher kamen; und er sagte, wie sie Riaan geantwortet hatte: „Wieder mal nächtliche Ährenleser, arme Seelen. Nichts sonst."

Sie richtete sich kerzengerade auf. „Was für Ährenleser? In diesem Land? *Wo ist der Junge?*"

Einen Augenblick später hatten sie die Antwort: Riaans Stimme, die wegen ihrer beschwörenden Sanftheit ferner schien, als sie wirklich war. Lal konnte die Worte nicht verstehen, doch beim ersten Wort war Soukyan schon auf den Füßen. „Götter, er tut es, *er ruft den Geist herbei!*" Die Lichter bewegten sich jetzt rascher.

Soukyan war bereits unterwegs, mit weit ausgreifenden Sätzen, ungeachtet der Dunkelheit. Lal folgte ihm und rief: „Er kennt den Zauberspruch nicht, er kann ihn nicht kennen. Ich habe die Worte nie gesprochen, wenn er dabei war." Sie rannte so verzweifelt wie in ihrem Traum, als wäre sie nie daraus erwacht.

Soukyan antwortete mit heiserem Keuchen, ohne den Kopf zu

drehen. „Der Zauberer hat's getan ... Wir haben es nicht gehört ... bei all dem Lärm ... aber der Junge hat's gehört – gehört und sich daran erinnert ..."

„Aber nicht denselben Zauberspruch! Der Mond steht falsch – und der Wagenlenker ..."

„Das habe ich mir alles ausgedacht ... damit du Ruhe gibst ... Es gibt viele Zaubersprüche, einen Geist herbeizurufen ..." Dann sah er sich um, sein Gesicht hager und abgespannt und jetzt wirklich alt. „*Beeil dich, Lal.*"

Riaans Stimme wurde knapper, selbstbewußter, während sie dieselben Worte wieder und wieder sprach. Lal konnte seine Gestalt jetzt in der Dunkelheit ausmachen, weil die Lichter sich vereinigten, emsig ineinanderflossen, um zu einem schrundigen, schmutzigen Leuchten zu werden, als werfe der Mond sein Licht von unten durch den Schlamm und den Wurzelboden und den Moder des Sumpfes. Eine Gestalt bildete sich, wuchs aus dem Licht, um das Licht, und die Stimme des Jungen wurde zu einem Jubelschrei, der sich in Licht verwandelte. Lal stolperte über etwas und fiel, doch Soukyan lief weiter, rief zu ihr zurück: „*Beweg dich, Lal, beweg dich!*" Sie hörte, wie Riaans Triumphschrei plötzlich zu einem Schrei des Entsetzens zerbarst, und sie war wieder auf den Beinen und rannte weiter.

Jetzt war dort nur noch ein Licht. Die Gestalt war fast vollständig; nur das Gesicht war noch undeutlich, aber Riaan wußte bereits, wer es war. Auch Lal erkannte ihn an seinem schwerschultrigen wiegenden Gang und an den prächtigen Stiefeln. Die Gestalt ging auf Riaan zu, griff mit kraftvollen Armen nach ihm, ein Lächeln in ihrem leuchtenden Gesicht.

„Cajli", flüsterte Lal zur gleichen Zeit, als Riaan den Namen wimmernd nannte. Das Licht war merklich geschwunden, die Kreatur inzwischen vollständig, doch das Gesicht erlaubte keinen Zweifel. Es war nicht mehr trübrot, sondern hatte eine breiige pilzweiße Farbe, sein Grinsen war übermäßig breit in dem schmutzigen schwarzen Bart, als es sprach. „Cajlis Riaan", sagte es, und die vergnügte menschliche Drohung in ihrem Tonfall war weit entsetzlicher, als jede Grabesleere es je hätte sein können. „Schön, daß wir uns treffen, sehr schön, Cajlis Riaan."

Riaan stieß einen kaum hörbaren Laut aus. Soukyan, immer noch gut fünfzig Meter entfernt, rief: „Cajli, *skay'vas*, Cajli!" Er gestikulierte im Laufen mit beiden Händen und rief dieses Wort und ein zweites. Der Geist lachte ihn aus. Selbst auf die Entfernung ließ dieser Laut Lal und den Jungen erstarren: Einen Augenblick lang spürte sie weder ihre Haut, weder ihre Gedanken noch ihre Beine, mit denen sie zu laufen versuchte. Doch sie war nicht Riaan, und sie kannte sich besser mit Geistern aus, und sie war unbeeindruckt von der kichernden Kälte, und sie kämpfte sich hartnäckig voran.

„Cajlis Riaan", sagte der Geist. „In deiner Welt oder in meiner gehörst du mir, und nichts wird daran je etwas ändern, solange du lebst oder wenn du stirbst. Her zu mir, Cajlis Riaan."

Der Junge konnte sich nicht rühren, nicht einmal als Soukyan ihn erreichte und den Arm eng um seine Schultern legte. „*Skay'vas*, Cajli! Höre mich, toter Mann – *skay'vas, tuja!*" Er schwenkte den großen alten Bogen wie einen Zauberstab.

Der Geist von Cajli hielt inne und richtete seinen leeren Blick auf Soukyan. Er sagte: „Großvater, misch dich nicht ein, bei deinem Seelenheil. Alles, was einmal mein war, ist auch jetzt mein – halte dein nutzloses Sabbermaul und komm nicht nähergetorkelt." Soukyan konnte die saubere Wunde in seiner Brust erkennen, die Lals Stockdegen hinterlassen hatte.

Dann war sie da: Eine sehr alte Frau, die zu lange mit alten Beinen gelaufen war, stolperte zwischen Riaan und die weiße Gestalt und keuchte trotzig: „Weg von ihm! Zurück! Ich habe kein Zauberwort, um dich dahin zu verbannen, wo du hingehörst, aber ich habe dich einmal dorthin geschickt, und ich schwöre, ich werde es noch einmal tun!" Der Stockdegen war gezückt und schimmerte, und wenn die Beine zittrig waren, die schwarze Hand bebte nicht. „Geist oder Dämon oder wandelnder Haufen von verwestem Fleisch, weg von ihm oder du stirbst zum zweiten Mal!" Soukyan trat neben sie, einen Pfeil auf der Sehne.

Das jähe bellende Gelächter des Geistes machte ähnlich frösteln wie das jämmerliche Schreien des *korevu* und umschloß sie auf dieselbe Weise. „Nein, bleib mir vom Leib, Großmutter. Was du mir antun konntest, hast du getan. Berühre mich jetzt mit dieser Nähnadel und du wirst verschrumpeln, wo du stehst – komm in meine Nähe und erfahre, wie kalt es dort ist, wo ich jetzt hause." Der Geist machte eine Bewegung, als wollte er Riaan durch das Haar fahren, aber Soukyan stieß den reglosen Jungen beiseite. Die schreckliche Heiterkeit verdoppelte sich. „Oh, hab keine Angst, Großvater – warum sollte ich meinem getreuen Diener ein Leid zufügen? Hat er mich nicht höchst durchtrieben in diese obere Welt zurückgerufen, weil er seinen Herrn vermißte, wie es sich gehört, schmachtend nach seiner teuren Knechtschaft? Nein, Freiheit hat seine Brut nicht verdient, und er weiß es, wenn du es nicht weißt." Der Geist streckte seine dicken, fahlen Hände abermals nach Riaan aus. „Zu mir, Junge", sagte er. „Rasch, bevor ich ungeduldig werde. Du weißt, wie ich bin."

Soukyan ließ seinen Pfeil fliegen. Er durchfuhr Cajlis Körper wie die Flasche, die man im Schankraum nach dem Geist des Zauberers geschleudert hatte; doch dieses Mal entflammte der Pfeil zu einem bläßlichen, gelb-grünen Feuer, das stracks über seine Flugbahn in Soukyans Hände zurückschnellte. Er öffnete den Mund und fiel zusammengekrümmt auf die Seite, fast Riaan zu Füßen. Lal setzte ihren Stoß just, als der Pfeil Feuer fing, und hatte keine Möglichkeit, die Spitze des Stockdegens seitlich zu schwenken. Sie spürte den Aufprall auf dem Körper des Geistes als einen Augenblick qualvollen Schmerzes, so kalt, daß sie ihn kaum als Schmerz erkannte, ehe sie schon mit dem Gesicht hart im schmutzigen Gras lag und um sich schlug wie ein gelandeter Fisch. Obwohl sie nicht aufstehen, nicht einmal den Kopf heben konnte, gelang es ihr, den Schwung des Falles zu nutzen, um sich auf den Rücken zu drehen, und da lag sie, hilflos zu verschmierten, verzerrten Sternen und zu einem Mond aufblickend, der einer verfaulten Frucht glich. Das Pilzgesicht grinste auf sie herab und sagte: „Ich habe dich gewarnt, Großmutter. Bleib dort liegen, wo du liegst, und denke über den bösen Tag nach, da du meinen Weg gekreuzt hast. Ich habe mit meinem Diener etwas zu erledigen."

Aus dem Augenwinkel konnte sie sehen, daß Riaan seine Lähmung endlich abgeschüttelt hatte und sich davonschlich, mit purer Willenskraft einen Fuß nach dem anderen vorschiebend. Der Geist folgte, noch immer ohne Hast; aber das grimmig gütliche Kichern war drohend geworden. „Genug davon. Wir müssen weit und weiter gehen, und ich will wegen eines Burschen, wie du einer bist, nicht warten müssen. Du wurdest geboren, mir bis in alle Ewigkeit zu dienen, Cajlis Riaan, und du wirst mir in jener anderen Welt besser dienen, als du es in dieser je getan hast, oder du wirst es eine Ewigkeit lang bereuen. Nimm meine Hand." Riaan wich abermals zur Seite aus, und die Stimme des Geistes senkte sich zu einem fauchenden Flüstern. *„Nimm meine Hand, Junge!"*

Im wässrigen Mondlicht sah Riaans Gesicht so weiß aus wie das andere Gesicht und schien kurz davor, völlig zu zerrinnen; er hatte seine Herrschaft fast so vollständig verloren wie Lal ihre über den Körper. Trotzdem, als er antwortete, drückte seine Stimme einen zitternden Stolz aus, kraftvoll und unangreifbar. „Ich habe dich nicht gerufen. Ich würde lieber sterben und hundertmal verfaulter sein als du, bevor ich jemals wieder deinen Namen ausspreche. Ich rief meinen Vater. Ich rufe ihn jetzt."

Lal hörte ihn das gräßliche, markerschütternde Wort rufen, als sie gerade benommen begann, sich zu erholen. Sie rollte sich herum, schnappte nach Luft, um sich auf die Knie zu heben, und sah Riaan dem Geist von Cajli gegenübertreten, furchtlos, so wie nur jemand, der am äußersten Rand des Entsetzens tanzt, furchtlos sein kann. Soukyan stand nun – Lal flüsterte ihm ein höfliches Wort der Dankbarkeit in ihrer ältesten Sprache zu –, doch als Cajli wiederum auf den Jungen losging, stolperte Soukyan vorwärts und sackte auf der Stelle vor Anstrengung zusammen. Riaan wich zur Seite aus und schrie den Zauberspruch noch lauter ein zweites Mal, als Lal vorwärtstaumelte, um Soukyan zu helfen.

Nichts geschah. Die Sterne und der Mond schlichen weiter über einen Himmel, der so feucht war wie der Erdboden, und das Gelächter des Geistes wurde zum Geheul. „Ja doch, da haben wir deine Antwort, da haben wir wahrlich deinen Vater. Von nichts und niemandem bist du der Sohn, es gibt nicht mal einen Geist, der deinen Namen kennt. Asche, glühende Kohle, schmutzige, kleine Schlacke, du hast niemanden in der Welt, zu dem du gehörst, ich allein ausgenommen. Doppelt willkommen also, Cajlis Riaan." Lal sah, wie der Name Riaans Schulter traf, daß sie geradezu erwartete, Blut werde fließen.

Später, zwei Ozeane von jenem Ort entfernt, erzählte sie sich die Geschichte manchmal selbst, sang sie sich vor wie eine der Geschichten, die sie der kleinen Choushi-wai beigebracht hatte, damit sie sich immer, Wort für Wort, an sie erinnere. „Oh, er gab nicht nach, dieser Riaan, selbst jetzt nicht, streckte nicht die Waffen vor etwas, das eine grausamere Einsamkeit gewesen sein mußte, als ich sie je kennengelernt habe. Nein, er sang dagegen an, sang dagegen an mit einer Stimme so klar wie Frühlingsregen: ‚Ich glaube dir nicht! Lebendig oder tot, ich glaube dir nicht!' Und er rief noch einmal nach seinem Vater, rief mit gestohlenen Worten, die er nicht verstand, jemanden an, den er nicht kannte, jemanden, der in der unendlichen Dunkelheit so weit weg war. Und ja, ja, ja, *ja*, jemand kam."

Dieses Mal keine Lichter, keine spielerischen Lichtpunkte, die schwärmten, um zu einem tödlichen Licht zusammenzurinnen. Da war bloß eine ziemlich kleine nichtssagende Figur, die so langsam vor ihnen Gestalt annahm, daß sie sich durch eine schwarze Wüste zu schleppen schien, die viel ausgedehnter war als die Sandflächen, die Soukyan auf dem Wege zu Lals Tür durchquert hatte. Es war auch kein Geräusch zu hören, ausgenommen ein erneutes gellendes Gelächter, das plötzlich in Cajlis Kehle brach, und das Geräusch von Riaans unterdrücktem

Atem. Soukyan suchte blind Lals Hand zu fassen, die bereits die seine suchte.

Sie kam nicht so nahe an die Gestalt heran, wie sie gern wollte, um ihr Gesicht erkennen zu können, doch der Körper war so schlank und scheinbar ebenso sehnig wie der Riaans, und die wachsame, entschlossene Haltung genau die gleiche, wenn auch diese gekrümmte Gestalt die Leichtigkeit des Jungen längst eingebüßt hatte. Im Leben zu Tode ermüdet, war sie bei weitem nicht am Ende ihrer Müdigkeit; sie hatte bloß eine weitere Reise unternommen, um einem neuerlichen Befehl Folge zu leisten. Sie sagte mit einer ausdruckslosen, bäuerlichen Stimme: „Also, da bin ich."

Der Geist von Cajli zischte wie ein wütender *shukri*, sagte aber nichts. Riaan stieß einen merkwürdigen kleinen Seufzer aus, an den sich Lal ihr Leben lang erinnerte. Er flüsterte: „Du. Du, bitte. Bist du's?"

Die Gestalt schwieg abermals sehr lange oder vielleicht nur eine kleine Weile. Lal wußte es nicht. Ihre Augen waren ebenso leer wie die des anderen Geistes und ihre Erscheinung viel weniger von vorgetäuschtem Leben gesättigt als die von Cajli. Aber dann schien es Lal, daß etwas sich zitternd einen Weg durch die Leere nach unten bahnte, gleichsam, als wollte ein menschliches Licht aufflackern. So leise, daß Lals Herzschlag fast die Worte übertönte, flüsterte der Geist: „Riaan?"

Riaan weinte.

„Ich gab dir deinen Namen", sagte der Geist. Er neigte sich ein wenig zu ihm, seine hängenden Arme schwangen vor, die Handflächen geöffnet. Er fragte: „Ist das Weinen? Warum weinst du? Hier bin ich." Aber Riaan fiel auf die Erde und schluchzte, nicht laut, aber so, als werde er nie aufhören. Lal umklammerte weiter Soukyans Hand.

Und so hätten sie vielleicht noch bis zur Morgendämmerung gestanden, wäre der Geist von Cajli nicht gewesen. Er rückte näher, bis er nur noch ein paar Zoll von dem Neuankömmling entfernt war, der kurz und ausdruckslos seinen Blick erwiderte, weder zurückschreckte noch seine gebeugten Schultern straffte. Cajli sagte: „Ich erinnere mich an dich. Ein Landarbeiter warst du, ein Ackerbauer, sah dich nie ohne einen Sack Mist auf der Schulter. Ja, ja, sieh mal an, na bitte."

Doch des anderen seltsame Aufmerksamkeit war ganz auf Riaan gerichtet. Mit einer Art schrecklicher Unbeholfenheit zog es ihn sehnsüchtig zu dem weinenden Jungen hin, ohne wirklich zu versuchen, ihn zu berühren, sondern er starrte ihn mit Augen an, die für sein totes Gesicht viel zu erstaunt und traurig waren. Er sagte: „Eliath. Mein Name ist Eliath."

Riaan gelang es, mit dem Weinen aufzuhören. Er wischte sich die immer noch empfindliche Nase mit dem Rücken des Handgelenks ab, zuckte zusammen und schniefte: „Dann bin ich Eliaths Riaan." Der Klang der beiden verbundenen Worte entlockte Cajli ein rohes Knurren, und da lächelte Riaan zum erstenmal und begann die Worte laut auszusprechen, immer und immer wieder. „Eliaths Riaan, Eliaths Riaan. Ich bin Eliaths Riaan." Und auch das hätte bis zum Morgen andauern können, wäre nicht Cajlis Geist gewesen.

„Nein", sagte er. „Oh, nein. Abfall hat keinen Vater, ein Sack Mist hinterläßt keine Erben, ein Bauerntölpel hat keine andere Familie als den Herrn seiner Mutter." Er war zu dicht herangekommen; eine blutlose Hand umschloß Riaans Unterarm, und Riaan schrie auf. Cajlis Geist sagte: *„Jetzt."*

Soukyan und Lal wurden sich nie darüber einig, was als nächstes geschah. Sie sprachen ein einziges Mal darüber, gerade lange genug, um zu begreifen, welche Kluft ihre Wahrnehmungen trennte, und gingen danach diesem Thema ganz aus dem Weg. Lal kam es so vor, daß das müde kleine Phantom im Nu die Hand von Cajlis Geist packte und mit einer Bewegung, rasch und blitzend wie eine Sternschnuppe, Riaan aus dessen Griff befreite. So sicher sie sich auch war, hinter diesem Bild bewahrte sie die hartnäckige Erinnerung an zwei Geisterhände, milchig durchscheinend, die sich in einem jähen Schneesturm von weißem Licht verwischten und gewaltig miteinander verschmolzen. Irgendwo, sehr weit weg, schrien die *churfas* entsetzlich.

Soukyan erinnerte sich ebenfalls an das Licht, doch er hatte zuvor etwas gesehen, das sich bewegte: Gestalten, die der Nacht selbst entrissen waren – nichtmenschliche Schattenbilder, beinahe formlos, beinahe verbunden, vor und zurück schwingend, Tänzer, von weißem Feuer umringt. Beide gaben ein wortloses, donnerndes Geräusch von sich wie ein entfernter Wasserfall oder Bäume in einem Sturm. Eliaths Geist war von dem Cajlis nicht zu unterscheiden, und es war auch unmöglich zu erkennen, welcher von beiden gewinnen würde oder was gewinnen bedeutete. Das wilde milchige Licht wurde plötzlich heller, unerträglich, schneidend, und die kämpfenden Figuren selbst begannen darin aufzugehen, sich zu verheddern und aufzulösen wie brüchige Seide. Er konnte Riaan überhaupt nicht sehen, aber er hörte den Jungen wieder aufschreien, dieses Mal nicht vor Schmerz, sondern in verzweifelter Angst, und nicht um sich selber.

„Es war alles *verkehrt*", sagte er bei ihrem einzigen Gespräch darüber. „Sie hätten nie hier sein dürfen, diese zwei, ich sagte es dir, und sie hätten nie kämpfen dürfen. Je mehr sie kämpften, desto verkehrter wurde es, bis die Spannung zu stark wurde für – für irgend jemanden, für *irgend etwas*. Du hast wirklich nichts davon gesehen?"

„Nur die Hände", antwortete sie. „Die Hände, sonst nichts."

Aber was sie am Ende sah, und was Soukyan nie mit einem Wort erwähnte, war ein dritter Mann. Klein und verschwommen gegen das Licht, bewahrte er doch seinen Umriß, löste sich in den anderen nicht auf, sondern schien im Gegenteil eine der Hände aufs Korn zu nehmen, sie mit aller Kraft zu packen und sie zum Rand des Kreises zu zerren. Lal gewahrte das bloß für einen Augenblick; dann verschlang das Weiße den Himmel, und sie hörte – oder glaubte danach für alle Zeiten, es gehört zu haben – ein Geräusch, wie wenn der Wind in einem großen leeren Haus eine Tür zuschlägt.

Bis sie den Jungen rufen hörte: „Lal! Lal, Soukyan, hier ist mein Vater!", war ihr nicht bewußt, daß ihre Augen dicht geschlossen waren. Als sie sie langsam öffnete, war die Nacht wieder wie gewöhnlich, dunkel und still – obwohl der Mond niedrig stand und hinten über der Dammstraße der Schimmer einer verfrühten Morgendämmerung lag –, und Riaan stand vor ihr, an dessen Schulter verstohlen der Geist eines Leibeigenen schimmerte. Von Cajlis Geist keine Spur, nicht das geringste Echo, nicht einmal in den Augen des Jungen, Riaan sagte noch einmal: „Hier ist Eliath, mein Vater."

Lal verneigte sich unbeholfen und sagte: „Sie haben einen prächtigen, tapferen Sohn, Meister Eliath." Der Geist senkte als Erwiderung den Kopf, hörte aber nicht auf, Riaan anzublicken. Soukyan schob sich jäh an ihr vorbei, seinerseits den Geist völlig mißachtend. „Laß mich deine Hand sehen", forderte er. „Warum hältst du sie so? Zeig her."

Riaan hatte seine rechte Hand steif an die Seite gepreßt, leicht durch sein Bein verdeckt. Zögernd streckte er sie jetzt aus, und Lal hielt den Atem an, als sie die vier parallelen Male von genau derselben Farbe wie das Mondlicht sah und die breite Brandwunde, die sich über die Handfläche zog, wo ein Daumen zugedrückt haben mußte. Soukyan betrachtete die Hand eingehend, flüsterte einen Fluch und sagte: „Das verdammte Ding ist gefroren – hier, hier und hier. Was hast du damit gemacht?"

„Es tut nicht weh, nicht wirklich", sagte Riaan schnell. „Sieh, sie ist in Ordnung, ich kann sie benutzen", und er öffnete die Hand und schloß sie, obwohl er dabei die Augen sekundenlang schloß. Er sagte: „Ich mußte ihn wegschaffen, ich mußte Cajli vertreiben. Sonst. Ich weiß nicht, ich *mußte*, sonst –"

„Sonst wäre er verschwunden", sagte Soukyan. „Jedermann auf dieser Welt versucht, einen Geist dorthin zurückzuzwingen, wohin er gehört – die meisten können hier nicht einmal bis zum Morgen auf den Beinen bleiben. Vielleicht hätte Cajli es so lange geschafft, aber nicht länger."

„Aber er hätte mich mitnehmen können", sagte der Junge herausfordernd. Soukyan nickte. „Und du und Lal, ihr konntet nichts tun – es war mein Vater, der mich gerettet hat." Er brach mit einer so außergewöhnlichen, ursprünglichen Freude in Lachen aus, daß selbst der Geist von Eliath schmunzelte. „Und ich habe ihn gerettet, stellt euch das vor. Ich, Eliaths Riaan, habe meinen Vater davor bewahrt, dorthin zu gehen, wohin Cajli gegangen ist." Er begann einen schleifenden, stampfenden Freudentanz, kreiselte wie ein Blatt in einem Strudel und wirbelte plötzlich herum, um Eliaths Hand zu fassen und ihn in den Tanz zu ziehen.

„Riaan, nein!" Soukyans Stimme kam schneidend wie ein Messer, das an einem Knochen abgleitet. „Bei deinem Leben, faß ihn nicht noch einmal an! Sieh ihn an – er *weiß* es."

Der Geist hatte sich scharf abgewandt, wich Riaan aus, wie der Junge Cajli ausgewichen war. Riaan blickte trotzig von einem zum anderen, bevor er mit einer kaum wahrnehmbaren Bewegung den Kopf senkte. Er spreizte die Finger seiner rechten Hand – obwohl er sie mittlerweile nicht mehr ganz öffnen konnte – und betrachtete die merkwürdigen Narben eingehend. „Immerhin bin ich froh, daß ich diese Narben habe", sagte er gedämpft und ruhig. „Wirklich."

Eine schwache Brise, die den Klang des Meeres in sich trug, streifte auf ihrem Weg in den Morgen Lals Wange. Sie sagte: „Wir haben wenig Zeit. Wir werden zur Seite gehen und auf dich warten." Soukyan wäre noch geblieben, denn es fesselte ihn, den lebendigen Sohn und den lange toten Vater zusammen zu beobachten, doch Lal faßte seinen Ellenbogen, und sie entfernten sich und stellten sich auf einen schlammigen Hügel im feuchten Halbdunkel eines der riesigen Farnbäume, die nur in den Sümpfen nördlich von Kulpai wachsen. Vögel, die sie nicht sehen konnten, erwachten in seinen Wedeln, und Lal konnte ein paar schlanke, träge Wolken erkennen, die die verblassenden Sterne überquerten. Es war grotesk, aber ihr wurde bewußt, daß sie ziemlich hungrig war.

„Ich sagte es dir", sagte Soukyan ruhig. „Besser als vorher."

Lal schüttelte ihren weißen Kopf. „Niemals. Nicht für diesen Jungen. Dieser Junge muß es wissen. Wie du."

Soukyan knurrte, rieb sich das Genick und seufzte. „Sieh sie dir an", sagte er und nickte zu Riaan und Eliath hinüber, die sich gegenüberstanden, nicht zwei Fuß voneinander entfernt. Man konnte nicht hören, was sie sagten, doch selbst auf diese Entfernung war deutlich zu sehen, wie sehr sich einer nach dem anderen sehnte; denn die Nacht verebbte jetzt rasch und lieferte sie nackt einem wässrigen Himmel aus. Riaans rechte Hand hing immer noch herunter, von seinem Körper entfernt, und er bewegte sie langsam, als wollte er ein Tier besänftigen.

„Hätte ich dich doch bloß nicht aufgesucht", sagte Soukyan, „wären wir doch nie in Kulpai gewesen – oder wären wie damals nach Kulpai gesegelt! Wenn dieser verdammte Junge sein Maul gehalten und getan hätte, was sie von ihm wollten. Wenn *wir* den Mund gehalten hätten …"

Lal legte die Hand auf seinen Arm und unterbrach ihn. Sie sagte: „Wenn wir es schließlich irgendwie geschafft hätten, nach all diesen Jahren unsere Herzen zu verleugnen, sie zu verkaufen, zu versetzen, sie in einem Straßengraben zu lassen und schnell wegzugehen. Wie wir es häufig versuchten, das denkst du wahrscheinlich …" Sie sprach nicht zu Ende.

„Oh, das denkst du wahrscheinlich", stimmte ihr Soukyan leidenschaftlich zu. „*Du* denkst es."

Das Gesicht von Eliath wurde in diesem Augenblick dünner und zarter; aus einem bestimmten Winkel war er überhaupt nicht mehr zu sehen, und Riaan sprach vielleicht ernsthaft mit einem Moospolster auf einem umgestürzten Baum. Lal drehte sich leicht herum, den Rücken dem Osten zukehrend, denn sie hatte die lächerliche Vorstellung, sie könnte die Sonnenstrahlen ein paar weitere Sekunden davon abhalten, Eliath zu berühren.

„Er ist fort", sagte Soukyan, doch der Geist war nicht fort, noch nicht ganz. Lal konnte immer noch die schmale Narbe von einem Peitschenschlag auf Eliaths rechter Wange erkennen, die selber wie eine geisterhafte Träne aussah. Doch sie schwand, als sie scharf hinblickte, und Eliath schwand mit ihr, bis alles, was von ihm blieb, Riaan war – Riaan und ein leiser heiserer Atemzug des Verlustes, der vom Vater oder vom Sohn hätte kommen können oder von Lal selbst. Sie war nicht sicher.

Soukyan und Lal wollten den Abhang hinunter zu Riaan gehen; dann, ohne ein Wort zu wechseln, wandten sie sich rasch ab. Er kam von allein zu ihnen. Sein Gesicht war bleich und schmutzig und sehr erschöpft, doch die regengrauen Augen waren klar wie der neue Morgen, und insgeheim lächelte er ein wenig, wie ein Liebhaber, der nach Hause kommt.

„Mein Vater wird wiederkommen, wenn ich ihn brauche", sagte er. „Aber ich werde ihn nicht brauchen."

Mit ihren sauer riechenden Straßen und ihren mürrischen Leuten in den engen, geduckten Häusern war Kulpai genau die unfreundliche Stadt, die Lal in Erinnerung hatte.

Das Gasthaus, das die am wenigsten gefährlichen Betten und Speisen angeboten hatte, stand noch immer, geführt von der Witwe des alten Besitzers. Dort ließ Soukyan am Morgen nach ihrer Ankunft Lal und Riaan schlafend zurück. Sie erwachte, als die Zimmertür sich schloß, stellte sich ans Fenster, um den straffen Gang zu beobachten, der an die Stelle seines gewohnten zögernden Schlenderns getreten war und der ihn jetzt zum Gefängnis unter der Stadtmauer führte. Als er außer Sicht war, ging sie wieder zu Bett, schlief traumlos bis zum späten Nachmittag, und stellte, als sie erwachte, fest, daß Riaan fort war.

„Ah, nein", sagte sie laut. „Nicht heute, Kind. Den heutigen Tag hast du für dich." Sie badete und wusch ihr Haar in dem fragwürdigen Wasser, machte einen gescheiten, jedoch vergeblichen Versuch, ihre Reisekleider zu reinigen, ging darauf nach unten und bewog die Köchin des Gasthauses unter Drohungen dazu, etwas zu fabrizieren, das Ähnlichkeit mit einer richtigen Mahlzeit hatte. Nachdem sie der Wirtin noch eine Anzahl von

Fragen gestellt hatte, machte sie sich gemächlich zum Hafen auf.

Riaan war dort, wo sie vermutet hatte, am Ende des Kais auf einem Pfosten sitzend. Eine für die Jahreszeit warme Sonne verwandelte das Wasser in funkelndes, glattes Purpur, und die kleinen, plumpen Kutter liefen bereits aus, um im Windschatten der Unsichtbaren Inseln in der Nacht heimlich mit Netzen nach *tejadi* zu fischen. Drei oder vier Handelsschiffe lagen hinter dem Hafendamm vor Anker, Leichter und Prähme stießen ruckend gegen ihre Flanken wie säugende Sumpfziegen und übernahmen Fracht. Ein Dutzend Fischer, die Besatzung eines der Hochseefischerboote, hatte dieses auf den Strand geschleppt, so daß die schielende Dämonenfratze an seinem Bug halb unter dem Sand verborgen war. Sie begannen die stinkende Masse scharlachroten *fa*-Tangs von seinem Rumpf zu kratzen.

Lal zog eine zusammengerollte Kabeltrosse neben den Pfosten und machte es sich im Schneidersitz darauf bequem. Sie sagte: „Du bist den ganzen Tag hier gewesen."

Riaan nickte, ohne den Kopf zu wenden. Lal sagte: „Beim ersten Mal, als sie mich mit ans Meer nahmen, hielt ich es für ein großes grünes Tier. Ich versuchte es zu streicheln. Sie sagten mir immer ..." Sie unterbrach sich und schloß dann ungeschickt: „Ich glaube, ich ertrank beinahe."

„Ich kann schwimmen, in Flüssen und sonstwo", sagte Riaan. „Meine Mutter hat's mir beigebracht." Jetzt blickte er sie an, und sie sah, daß seine Augen zu groß waren, sein Gesicht fast so durchscheinend wie das seines Vaters. „Lal, es ist zuviel", flüsterte er. „Zuviel Welt außerhalb von meinem Dorf – zuviel Himmel – jetzt das. Es ist zu schwer für mich. Es zerdrückt mich, wenn ich bloß daran denke. Ich habe Angst, Lal."

„Du?" fragte sie. „Du hast mehr Mut als Soukyan und ich zusammen."

Doch Riaan war nicht zu trösten. „Was soll aus mir werden? Wohin soll ich von Kulpai aus gehen, Lal?"

„Wohin wird jeder von uns dreien von Kulpai aus gehen?"

fragte sie sanft. „Soll ich zurückgehen und in der Wüste Geschichten erzählen? Soll Soukyan weiterziehen wie Staub im Wind, mit keinem anderen Ziel, als abzuwarten, was als nächstes geschieht? Er und ich, wir haben in unserem Leben nie ein Ziel gehabt außer zu überleben, außer Rache oder Stolz – ja, oder Genugtuung, warum nicht? Du wirst es besser machen, mein Wort darauf." Sie griff von ihrem Sitz nach oben und nahm sanft seine rechte Hand, um die unveränderten Narben zu betrachten. „Du weißt, daß du mit uns kommen kannst", sagte sie, „mit jedem von uns beiden, wie du willst. Aber ich würde warten, wenn ich du wäre. Ich würde genau hier darauf warten, daß das Meer zu mir spricht."

Riaan stieß ein kurzes Lachen aus, das zu alt für ihn war, und blickte wieder weg. „Du bist eine Seefahrerin, Lal, auf dem Meer geboren – mit dir wird das Meer immer sprechen. Warum sollte es sich mit jemandem abgeben, der es bis heute morgen nie sah?"

„Ich kenne die Gründe des Meeres nicht", gab sie ihm zur Antwort. „Warte, Riaan. Just in diesem Augenblick sieht das Meer dich an, faßt einen Entschluß. Wenn es ihm beliebt, wird es sprechen. Sitz jetzt still und lausche."

Sie saßen den restlichen Tag über am Kai, während die Kutter im funkelnden Dunst verschwanden und kleine Kinder zur Zeit der Ebbe die langbeinigen Küstenvögel über den Strand jagten. Sie sprachen kaum, und niemand sprach sie an, obwohl sie die Blicke der Frauen auf sich zogen, welche den Männern, die das Fischerboot abkratzten, Kübel mit rotem Bier brachten. Sie beobachteten die hohen, hakenförmigen Rückenflossen eines Paars von *panyaras*, die träge vor der Hafenmündung kreuzten; und einmal deutete Lal auf einen großen blaugrauen Vogel, der unablässig den Himmel durchstreifte. „*Kulishai*", sagte sie zu ihm. „Sie haben keine Beine – sie schlüpfen auf den Klippen, und wenn ihre Zeit kommt, schwingen sie sich einfach in die Luft. Aasfresser sind sie und immer allein. Die Leute hier glauben, daß sie sich nie paaren und nie sterben." Riaan antwortete nicht.

Als die Kinder am Strand heimgerufen wurden, die Fischer damit fertig waren, den Rumpf ihres Schiffes zu reinigen, die Handelsschiffe wegen ihrer leeren Laderäume hoch und leicht auf den feuergefleckten Wogen schaukelten und Soukyan nicht zurückgekehrt war, wanderten sie schweigend zum Gasthaus und aßen zu Abend. Die Wirtin war bereits schlafen gegangen, und im Schankraum bediente eine Frau mittleren Alters mit einem freundlichen Gesicht, die sie bis jetzt noch nicht gesehen hatten. Ihr rotes Haar und die helle Halsschärpe verrieten, daß sie eine Nounouri war, die von den wenigen anderen Gästen Deshka gerufen wurde.

Das Essen war längst vorüber und der Schankraum leer, bis auf Lal und Riaan, die sich nicht entschließen konnten, nach oben zu gehen, als Soukyan durch die Tür kam. Ein Hauch vom kühlen, trockenen Abend kam mit ihm herein: Trotzdem sah er so aus, als wäre er lange Zeit im Regen gewesen. Er setzte sich an ihren Tisch und sagte kein Wort, und Deshka brachte ihm ohne zu fragen einen Becher mit *tamtha*, dem scharfen, öligen Kulpai-Schnaps. Sie war gegangen, um noch einen Schnaps zu holen, als Soukyan schließlich sagte: „Sein Name war Haruk. Haruk Metzgers Sohn nannten ihn die Leute. Ein paar erinnerten sich an ihn und mochten ihn und waren traurig, als er starb. Das war vor dreiundzwanzig Jahren."

„Der Junge", sagte Lal. „Was ist mit seinem Sohn?" Aber Soukyan schüttelte schon den Kopf. „Ein einziger alter Mann glaubt, daß er eine Frau aus Arakli heiratete und dorthin zog, aber jemand anderer sagte, daß er zur See gegangen wäre. Keine anderen Meinungen oder Erinnerungen, keine anderen Verwandten in ganz Kulpai. Du hattest also recht, Lal, natürlich hattest du recht. Nicht einmal eine kalte Spur, sondern überhaupt keine Spur."

„Es hat sich gelohnt, es zu tun." Zu ihrer Überraschung stellte sie fest, daß sie daran Gefallen fand, ein völlig absurdes und sinnloses Unternehmen gegen seinen Urheber zu verteidigen. „Die Reise selbst war deine Entschuldigung – du weißt das, und die Reise weiß das, und was sonst zählt?" Riaan blickte staunend von einem zum anderen.

„Vielleicht", sagte Soukyan müde. „Vielleicht, ist das wahr." Er sagte nichts mehr, bis Deshka den zweiten Becher *tamtha* vor ihn hinstellte. „Das komische ist", sagte er dann, „daß sich überhaupt niemand an unsere Flucht zu erinnern scheint. Immerhin machten wir ein ganzes Gefängnis leer – so wie es nun mal war, zugegeben –, und das kann nichts sein, was in Kulpai sehr häufig geschieht. Doch nachdem ich einen Tag lang gesucht habe, konnte ich keine Seele finden, die sich daran erinnert. So lange habe ich diese Sache mit mir herumgetragen, und Haruk Metzgersohn vergaß wahrscheinlich, die ganze unglückliche Geschichte zu erwähnen."

Die Kellnerin Deshka, die gerade von ihrem Tisch weggehen wollte, hielt inne und drehte sich um. „Das habt ihr gemacht?" wollte sie wissen. „Eine schwarze Frau und ein brauner Mann – *ihr* wart diejenigen?"

Die drei starrten sie mit offenen Mündern an, bis sie zu lächeln begann. „Nein", sagte sie, „nein, ich bin keine Verwandte von Haruk, wenn ich ihn auch ein bißchen kannte, als ich ein Mädchen war. Aber mein Großonkel Gauvarda war einer von denen, die ihr an jenem Tag befreit habt. Er hat mir oft davon erzählt – das kann man verstehen, denn er war unschuldig …"

„Waren wir das nicht alle?" murmelte Lal und blickte zur Decke. Riaan kicherte, und Deshka warf einen scharfen Blick auf Lal, bevor sie fortfuhr. „Unter den Nounouri gilt es als eine große Schande, eingesperrt zu sein, ob unschuldig oder nicht. Mein Großonkel hat euch zwei nie vergessen, und ich weiß, er würde wünschen, daß ich euch seine Dankbarkeit bezeige, was ich jetzt tue." Sie stellte die leeren Becher, die sie trug, sorgfältig ab, versank in einen tiefen Knicks, berührte mit ihren Händen und ihrer Stirn Lals und Soukyans Knie und flüsterte ein paar Worte, die keiner verstehen konnte, um sich dann rasch zu erheben und wieder das liebenswürdige, tüchtige Wesen zu werden.

„Du wirst noch *tamtha* wollen“, sagte sie zu Soukyan. „Das kann ich immer erraten.“

Soukyan begann zu lachen und hörte sich so jung an wie Riaan. „Ja“, erwiderte er, „ja, ich bin sicher, ich will. Deshka, ich bin aus einem fernen Land gekommen, habe diese zwei guten Freunde mit mir geschleppt, nur um die Verzeihung eines Mannes zu erbitten, oder die seines Sohnes, dessen Ehre ich vor einem halben Menschenalter verletzt habe. Ich wollte ihn oder seinen Sohn oder einen Enkel fragen: ‚Was kann ich für dich tun, wie kann ich dir helfen, auf daß ich mir selber zu Frieden verhelfe?‘ Jetzt erfahre ich, daß er längst von Kulpai fortgegangen ist und seine Familie ebenfalls, und die einzige Person, die meine idiotische Suche halbwegs versteht, ist die Großnichte von – oh, lassen wir es gut sein, lassen wir es ganz einfach.“ Er lachte unbändig weiter, versuchte, seinen Becher zu leeren, verschüttete jedoch mehr Schnaps, als er trinken konnte.

Lal stand auf. „Riaan, hilf mir, ihn nach oben zu bringen. Er hat diesen Fusel nie vertragen.“

Aber Deshka nickte mitfühlend und sagte: „Ja, Genugtuung bedeutet auch uns viel. Wir alle sterben ohne die Verzeihung von irgend jemandem, daran läßt sich nichts ändern. Zumindest tragen wir die Strafe in uns selbst.“ Sie lachte, als ihr offenbar ein plötzlicher Einfall kam. „Ach, zu schlimm, daß es nicht meine Familie war, die Ihr gekränkt habt, Meister Soukyan. In Anbetracht dessen, daß mein Sohn verheiratet und fortgegangen ist und mein Mann sich mit Ruderpinne und Netzen plagt, hätte sich sogar ein alter Herr wie Ihr als hilfreich erwiesen. Götter, selbst ein Kind mit einer schlimmen Hand.“ Sie wandte sich jäh ab, als wollte sie die Bemerkung abtun. „Ich bitte um Verzeihung, meine Sorgen sind meine Sache. Ich bin in der Küche, solltet Ihr noch etwas wünschen.“

Riaan blickte ihr nach, und Lal blickte Riaan an, und Soukyan wischte sich den Mund und starrte beide an, als Lal etwas Sonderbares sagte. Sie sagte: „Ich glaube, in diesem Augenblick hat das Meer vielleicht seine Entscheidung getroffen.“

Riaan verabschiedete sich am nächsten Morgen von ihnen und kam dazu hinter der Theke hervor, wo er Deshka half, bis das Fischerboot ihres Mannes zurückkehrte. Es war ein kalter Morgen, dünner Frost knirschte unter den Füßen, und ein paar harte graue Schneeflocken regneten aus einem tiefhängenden Himmel. Die *churfas* mahlten mit den Fangzähnen ihrer Mäuler und geiferten jedermann an. Ihr Winterfell wuchs rasch, dunkler als ihr gewöhnliches Fell und noch übler stinkend. Riaan sagte zitterig: „Ich hasse es, auf diese Weise auf Wiedersehen zu sagen."

„Eine andere Möglichkeit gibt es nicht", erwiderte Soukyan. „Lal und ich würden sie inzwischen kennen, wenn es eine gäbe." Riaan küßte sie beide, feierlich und sanft, wie man seine Großeltern küßt. Er sagte: „Ihr wißt, daß ich nie aufhören werde, euch dankbar zu sein."

Lal schnaubte wie ein *churfa*. „Das hört sich außerordentlich dumm an. Wenn du zufällig jemals damit fertig wirst, gib uns Nachricht, dann werden wir dich besuchen." Sie umarmte Riaan kurz, drückte Schmetterlings Nüstern, damit er sich hinkniete, und schwang sich auf den braunen, pelzigen Rücken. Soukyan sagte über die Schulter, als er aufsaß: „Sei vorsichtig auf diesem verdammten Boot, das ist alles. Boote versuchen dich umzubringen; irgendwas schwingt herum und trifft dich am Kopf. Vertraue nie einem verdammten Boot."

Riaan rief traurig: „Aber wie soll ich wissen, wo ihr seid?"

Lal und Soukyan blickten einander an, ohne zu antworten. Schließlich sagte Lal: „Frage die Matrosen. Einige werden es immer wissen. Lebe wohl, Eliaths Riaan."

Sie hatten das öde Kulpai ein gutes Stück hinter sich, bevor Soukyan ruhig fragte: „Du hättest dem Jungen erzählen können, daß du in deine Wüste zurückkehren wirst, zu deinem kleinen Haus, deinen Geschichten. Was hätte das geschadet?"

„Weil ich nicht heimkehren werde", sagte sie. Soukyan starrte sie an. Lal sagte: „Nein, nicht in diese Heimat. Ich werde etwas tun, das noch verrückter ist als deine Jagd nach einer unmöglichen Vergebung. Da ich um so vieles klüger bin, werde ich an den Ort meiner Geburt zurückkehren." Soukyan war erstaunt zu sehen, daß sich Tränen in ihren goldenen Augen bildeten und sogleich auf ihren Wimpern gefroren. „Es quält mich, Soukyan", flüsterte sie. „Dieses Land, an das ich nie denke, diese Sprache, die ich nie spreche. Es gibt verschiedene Arten von Geistern, das habe ich Riaan erzählt. Es ist Zeit, höchste Zeit für mich, umzukehren und mich den meinen zu stellen."

Soukyan griff im Reiten nach ihrem Unterarm und umschloß ihn. „Und wenn dir dasselbe passiert? Wenn niemand mehr da ist, der dich kennt, niemand, der sich mit dir freut, mit dir erinnert, niemand, der sich immer noch fragt, was aus der kleinen Lal geworden ist? Was dann?"

„Dann?" Sie zuckte die Achseln. „Dann gibt es andere Orte, die ich immer sehen wollte, und vielleicht noch ein, zwei Dinge, die ich immer erleben sollte. So vieles vergessen, so viel von mir selbst aufgegeben, bis du mich zu dieser sehr törichten Reise verleitet hast. Ich werde in Ilu ein Schiff nehmen; es sind weniger als zwei Tage zu reiten …" Sie runzelte die Stirn, als sie plötzlich an etwas Praktisches denken mußte. „Choushi-wai", sagte sie. „Ich kann nicht zulassen, daß sie den Rest ihres Lebens damit verbringt, in dieser Hütte auf meine Rückkehr zu warten. Und das würde es tun, dieses Kind. Ich vergaß Choushi-wai."

„Nun ja", sagte Soukyan und dann für einige Zeit nichts mehr, während die *churfas* weiterstapften durch die stechenden kleinen Flocken. „Nun ja", sagte er nach einer Weile, „ich könnte zurückgehen und es ihr erzählen."

Lal brachte Schmetterling zum Stehen und starrte ihn so verblüfft an, wie Riaan es immer getan hatte. Soukyan sagte: „Ich dachte, ich könnte mich dort ausruhen, vielleicht 'ne ganze Weile. Immerhin wirst du dich ziemlich lange herumtreiben, während ich am Ende in meinem Inneren zu einem Stillstand gekommen zu sein scheine. Ich brauche jetzt Stille, Lal."

Sie starrte ihn weiter an, bis er ihr nicht gerade leicht auf die

Schulter schlug. „Komm, reite weiter, es ist zu kalt, um hier zu stehen. Komm weiter, verdammter Schmetterling.“

Sie ritten nicht über die Dammstraße, auf der sie nach Kulpai gekommen waren, sondern auf einem schmaleren Pfad entlang der Küste, obwohl das Meer fast ganz hinter Nebel und treibendem Schnee verborgen war. Einen halben Tagesritt vor ihnen lag eine Nebenstraße der Königinstraße, wo sie sich bereits früher einmal getrennt hatten. Sie ritten weiter in einer Stille, die nur vom bitteren Klagen der *churfas* unterbrochen wurde, bis Soukyan fragte: „Meinst du, sie hätten was dagegen? Im Dorf, meine ich.“

„Nein“, sagte sie, „nein, ich wüßte nicht, warum. Du hast eigene Geschichten, die du ihnen erzählen kannst, und das wäre gewiß eine Abwechslung nach meinen alten Schlachtrössern.“ Sie lachte plötzlich ein Lachen, in dem Ironie wie eine merkwürdige Erleichterung mitschwang. „Und Choushi-wai wäre begeistert von Kopf bis zu ihren Schuhsohlen, wenn sie Schuhe trüge. Sie wird dir alles beibringen, was du wissen mußt, und dich obendrein rausfüttern, bis du aussiehst wie eine *jejebhai*, die man für den Tag des Diebes gemästet hat. Ich denke, du solltest das unbedingt tun. Eine glänzende Idee.“

„Also abgemacht. Also tauschen wir auf unsere alten Tage die Plätze?“

„Ja, warum nicht? Scheint die natürlichste Sache der Welt zu sein. Wie du sagst.“

„Und warum bist du dann so wütend?“ Selbst durch das Schneegestöber konnte sie sehen, daß er sie auf eine Art ansah, die sie immer gehaßt hatte, weil deren durchdringende Zuneigung ihr keine Heimlichkeit erlaubte. Als sie nicht antwortete, sagte Soukyan: „Alte Freundin. Meine alte, unmögliche Freundin. Ich habe ein Recht, es zu erfahren.“

„Ich bin wütend, weil wir uns nie wiedersehen werden“, stieß sie hervor. „Du weißt es, und ich weiß es, und es ist nicht zu ändern, und so steht es. Vierzig Jahre und nichts als Abschiede sind für jedermann genug – ich hab es dir gesagt, als du zu mir kamst –, und trotzdem hab ich mich auf einen weiteren Abschied eingelassen.“ Als er nach ihrer Hand griff, zog sie sie heftig weg. „Ich bin wütend auf mich selber, laß es einfach gut sein, Soukyan.“

Um ein Haar hätten sie wegen des Wetters die Straße ins Landesinnere verfehlt; es war Lal, die die halb vom Schnee verdeckten Wagenspuren bemerkte. Sie zügelten die *churfas* und blickten einander durch den Wind lange an. Der alte Mann sagte endlich: „Du weißt, es könnte am Ende sein, daß aus dem Jungen kein Fischer wird. Vielleicht müssen wir zurückkehren und ihn noch einmal retten.“

„Auf Wiedersehen, Soukyan“, sagte die alte Frau. „Bleib gesund. Hilf Choushi-wai beim Lesen.“ Sie zog an Schmetterlings rechtem Ohr, und das große Tier begann gehorsam wieder auf die Küstenstraße einzubiegen.

Hinter ihr ein wuterfülltes Schweigen, und dann ein Brüllen. „Und *das* ist es? Das ist *alles?* Nach vierzig Jahren?“

Ohne den Kopf zu wenden, rief sie: „Ich sagte es dir – es ist gerade ein Lebewohl zuviel.“ Schmetterling schlurfte weiter.

Sie schwor sich, nicht zurückzublicken; sie hatte sogar angefangen zu singen, als Ablenkung von Schneeregen und Verwirrung. Folglich fiel sie beinahe von Schmetterling, als Soukyan zu Fuß auf ihrem Pfad auftauchte, nach dem Maul des *churfas* griff und den anderen Arm in sein Maul schob, um einem Schreckensschrei zuvorzukommen.

„Steig ab“, sagte er mit ausdrucksloser Stimme, deren Wirkung nur ein wenig dadurch beeinträchtigt wurde, daß er außer Atem war. Sie grub ihre Knie in die Flanken des *churfas*, doch Schmetterling knurrte bloß und rührte sich nicht vom Fleck. Soukyan sagte: „Lal.“ Der Schnee, der seine Schritte gedämpft hatte, legte sich auf seine Haare und machte sie so weiß wie die ihren.

„Ach, verdammt“, sagte sie schließlich und glitt zu Boden. Sie rutschte, als sie landete, auf einem Flecken Eis aus, doch er fing sie auf. Sie hielten einander lange eng umschlungen und brummelten unhörbare Worte in Schultern und Nasen und Hälse. Der Wind ließ ein wenig nach, doch es schneite weiter, und sie standen noch immer beisammen. Der zweite *churfa* kam, um ihnen Gesellschaft zu leisten, und stieß klagende Blähtöne aus.

„Ich fühle mich wie dieser Junge", sagte sie, „wie Riaan. Findet seinen Vater, verliert seinen Vater, sieht zum erstenmal den Ozean. Es ist zuviel für mich, Soukyan. Laß mich gehen, bitte."

Der alte Mann strich ihr über das feuchte Haar. „Vielleicht landen wir doch noch einmal im selben Gefängnis. Du weißt es nicht."

Sie bog sich zurück, um direkt in die dämmrigen Augen zu blicken. „Ja, ich weiß es. Dieses Mal weiß ich's. Auf Wiedersehen, Soukyan. Wiedersehen, wiedersehen." Sie küßte ihn mit der unschuldigen Wildheit eines jungen Mädchens, und dann saß sie wieder auf dem *churfa* und sagte: „Sonnenlicht auf deinem Weg" über die Schulter, als hätten sie nicht mehr als eine Mahlzeit, ein Stück Straße oder eine einzige Nacht miteinander geteilt.

„Und auf deinem." Schmetterling bewegte sich bereits schwerfällig auf die Küstenstraße zu. Er hob die Stimme, um ihr nachzurufen. „Wenigstens weißt du, wo du mich findest. Falls du mich brauchst."

„Oh, ich werde dich immer brauchen." Eine plötzliche Schneeböe verdeckte sie unmittelbar darauf, aber der Wind trieb ihre Worte deutlich zu ihm zurück: „Das ist ja eben das verdammt Schlimme daran."

Er blickte ihr nicht nach, denn er hatte seinen eigenen geheimen Schwur getan; trotzdem hielt er den *churfa* einen Augenblick ruhig, nachdem er aufgestiegen war, weil er dachte, er werde sie noch singen hören. „Könnte die Milch sauer werden lassen", sagte er sehr laut, „dieses Gesinge. Nur einem *churfa* könnte ihre Musik je gefallen." Das Tier rülpste vorn und hinten, er zog eine Grimasse, und dann grinste er, daß sich sein kaltes Gesicht schmerzhaft dehnte. „In Ordnung. Dann bewege dein stinkendes altes Ich – es ist ein langer Weg nach Hause für jedermann. In ein paar Stunden müßten wir Bauernhäuser sehen. Also, beweg dich.“ Der *churfa* schlurfte weiter, und die Nebel schlossen sie ein.

Choushi-wais Geschichte

Kommt her, kommt alle her! Vergeßt nicht, für die Armen, die von den Göttern geliebt werden, zu beten, und vergeßt nicht, für die Götter zu beten, die außer den Armen keine Freunde haben. Lauscht der *inbarati* Choushi-wai, Tochter der S'dif-Sippe, hört die Geschichte von Tai-sharm und dem Singenden Fisch, wie ich sie gehört habe von Lal-khamsin-khamsolal, die sie von Sulij selbst hörte, die sie wiederum von der großen Vaivolkar hatte und diese von Ti'hadri. Ich, Choushi-wai, erzähle sie euch jetzt.

Nun also. In längst, längst vergangener Zeit, noch bevor die Berge einstürzten, als mächtige Fürsten Reiche regierten, weit größer als die Handvoll Dörfer, die wir heutzutage ein Königreich nennen, da herrschte ein König in Baraquil, der alt wurde und weder ein Weib an seiner Seite hatte, mit ihm alt zu werden, noch ein Kind, das für sie beide sorgen würde. Und das betrübte den König kein bißchen, denn er war ein schweigsamer Mann, und er genoß seine Einsamkeit sehr. Sein Erster Minister jedoch hielt ihm immer öfter und unentwegt vor, wer ohne Erben sterbe, laufe Gefahr, ein Chaos zu beschwören, und mit der Zeit räumte der König zögernd ein, das sei richtig. Darum bat er den Ersten Minister, sich im Lande umzusehen und ihm eine Frau auszuwählen, sich dabei aber nicht zu übereilen. „Denn ich tue das einzig wegen des Friedens in meinem Land", sagte er, „und nicht wegen irgendeines Gelüstes oder Verlangens."

Und der Erste Minister sagte zu ihm: „Das versteht sich, Gnädige Majestät – aber wollt Ihr nicht sagen, wie Ihr Eure Königin lieber hättet? Wollt Ihr sie fröhlich oder ernst, ausgelassen oder scheu, eigensinnig oder fügsam, wahnsinnig schön oder wohltuend schlicht? Soll sie von hohem, altem Geblüt sein oder aus dem neueren Adel stammen? Ein König, der danach trachtet, sich zu verheiraten, muß solche Dinge sorgsam abwägen, Mylord."

Der König antwortete ihm schroff mit den Worten: „Ich trachte nach gar nichts, ich will nur in Frieden gelassen werden – doch wenn's sein muß, dann sucht mir, bei den schmutzigen Hälsen aller Götter, eine Frau, die einigermaßen gescheit und in der Lage ist, während der Mahlzeiten eine menschenwürdige Unterhaltung zu führen. Das übrige überlasse ich Eurem Urteil; eine ist so gut wie die andere, ob Busen oder nicht, Knöchel oder Augenklimperei. Eine ist wie die andere. Macht Euch jetzt auf."

Also verließ ihn der Minister und begann seine Suche nach der Frau, die Königin werden sollte und später Königinmutter. Und man muß um der Gerechtigkeit willen sagen, daß der Minister für seinen Herrn so diensteifrig nach einer Braut suchte, als wäre er ein ehrlicher Mann. Was er nicht war; denn er sprach zu sich selber: „Sei sie noch so klug, noch so feinsinnig, noch so gelehrt, was wird ihr das gegen mich nutzen? Wenn *er* dahin ist, werden sie und das Kind nicht in meiner Hand sein, und kann ich durch sie nicht herrschen, wie es mir beliebt?" Immer wenn er einer Frau begegnete, von der er glaubte, sie werde ihn und den König zufriedenstellen, ließ er sie stracks in den Palast schaffen, ob sie wollte oder nicht. Und jedesmal hatte der König sie zum Frühstück und manchmal zum Mittagessen bei sich, und war es Zeit zum Abendessen, ließ er sie sicher nach Hause bringen, und jedermann war erleichtert, der Erste Minister ausgenommen. Doch er fuhr fort, das Reich zu durchkämmen, tummelte sich zwischen Hohen und Niederen und suchte pflichtgemäß nach einer klugen Königin.

In jenen Zeiten nun lebten in einem hochgelegenen, kalten, öden Winkel des Königreichs, bekannt nur wegen seines Käses und Wildhonigs, eine gewisse Frau namens Sharm und ihre Tochter, die Tai-sharm genannt wurde, denn auf diese Weise bekommen weibliche Kinder in diesem Land bis heute ihren Namen. Ein Sohn bekommt einen eigenen Namen, aber eine Tochter teilt ihn sich mit dem Namen der Mutter, und Tai-sharm war damit wohl zufrieden. Tatsächlich war sie stolz darauf, denn sie bewunderte ihre Mutter ungemein, und ihren Vater hatte sie nie gekannt. Jeden Tag bearbeitete sie Seite an Seite mit Sharm ihr Stückchen Land, vom ersten Augenblick an, da sie die Erde, die sie pflügten, sehen konnten, bis es zu dunkel wurde, die Unkräuter und Steine zu erkennen, die sie auf den Knien ausgruben. Im Alter von siebzehn Jahren waren ihre kleinen Hände genauso kräftig und abgearbeitet wie die ihrer Mutter, mit schmutzigen, abgebrochenen Fingernägeln, und ihre Knie und Ellenbogen und ihre nackten Füße waren so hart wie *rishu*-Horn. Und Tai-sharm war auch darauf stolz.

Wie sie aussah, wußte sie nicht; und wie hätte sie es wissen sollen?, sagen wir, die wir immer noch so leben, wie Tai-sharm damals lebte. Wie wir hatte sie ihr Gesicht nie in etwas anderem gespiegelt gesehen als in einem tiefbraunen Tümpel, in dem ihre Augen und Zähne dieselbe Farbe zu haben schienen wie die aller Dorfkinder. Sie wusch sich, wenn sie daran dachte und wenn Wasser übrig war, das Vieh und Frucht nicht brauchten; und an jedem Markttag kämmte sie die staubigen Knäuel aus dem Haar. Wenn ihre einzige *badrique* – wie sie die Frauen noch immer tragen – in Fetzen zerfiel, webte die Mutter eine neue. So arbeitete sie und schlief sie und aß sie, und sie arbeitete, und sie war Tai-sharm.

Doch dazu muß Choushi-wai ein bißchen mehr sagen, etwas, das Tai-sharm euch nie erzählt hätte. Tai-sharm glaubte in ihrem Inneren, sie sei eine dumme Frau. „Steinschädel", „Unverstand", „Hohlkopf" – das waren einige der Namen, die sie sich beilegte, seit sie ziemlich klein war. Wer kann sagen, wie sie auf eine solche Idee kam? Von der alten Sharm hatte sie sie nicht, der Gefährtin, von der sie aufs höchste bewundert wurde. Insgeheim verlangen Kinder von sich selber unmögliche Dinge; nur sie wissen, warum. Sharm grämte sich und wütete und hörte auf zu wüten und verstand nie.

Sie wachte grimmig und verschlagen über ihre Tochter, die alte Sharm, das muß man sagen, denn sie erkannte so scharf wie jede Mutter, was aus einem Bauernmädchen werden kann, welches das Pech hat, irgendeinem kleinen Herrchen ins Auge zu stechen. Doch sie verunstaltete Tai-sharm nicht, wie es viele solcher Mütter getan haben; doch sie tat, was sie konnte, sie schmutzig und zerlumpt aussehen zu lassen, und versteckte sie vor Fremden. Und bei der ersten Nachricht vom Kommen des Ersten Ministers schickte sie Tai-sharm in die Berge zum Lernen zu ihrem Onkel Rynn, der ein Schmied war und zugleich ein *navdal*, denn er konnte seine Hände auf ein Tier legen und dessen Krankheit erlauschen. Wahrhaftig, als der Minister schließlich seinen Weg in ihr Dorf fand, hätte er Tai-sharm überhaupt nicht begegnen können.

Doch wenn etwas festgelegt ist und geschehen muß, wie sollen eine Bauersfrau oder ein Zaubermeister es verhindern? Der Zufall wollte es, daß Rynn selber krank wurde und sich mit Fieberphantasien im Bett hin und her warf, als Tai-sharm dort ankam. Er wurde trefflich gepflegt, der Onkel, von seiner Frau und seinen zwei Söhnen; was also blieb Tai-sharm anderes übrig, als dafür zu sorgen, daß diese drei eine anständige Mahlzeit zu essen bekamen, ihren Onkel auf die schweißnasse Stirn zu küssen und die Meilen zurückzuwandern, heim zu ihrer Mutter? Und just in dem Augenblick an dem einen Ende der Gasse anzukommen, die zu ihrer winzigen Hütte führte, als der Erste Minister und sein Gefolge in das andere einbogen? Jetzt sagt mir, wie man eine solche Bestimmung zurückhalten soll!

Nun hört weiter. Was sah denn Tai-sharm, als sie dem Minister an der Tür ihrer Mutter begegnete? Choushi-wai erzählt euch, daß sie einen großen, bleichen, schwergewichtigen Mann sah, mit einem weichen Mund und kleinen Augen, glänzend wie

Nagelköpfe. Der nachschleppende Saum seiner gelben Amtsrobe war mit Schlamm und schlimmeren Dingen bespritzt, doch der Erste Minister scherte sich kein bißchen darum, nachdem er Tai-sharm erblickt hatte. Was er sah, war eine kleine Person mit rabenschwarzen Haaren und einer Haut von der Färbung, wie sie Wasser in der Dämmerung annimmt; eine Person, die ihn aus Augen anblickte, von der Größe, dem Schnitt und der Farbe der *mardou*-Feigen, die in eben diesem Hof wuchsen. Sie war nicht schön, diese Person, wenn man die Siebenundzwanzig Anerkannten Merkmale zum Maßstab nahm; aber mochte der Minister auch kein ehrlicher Mann sein, ein Narr war er nicht, und er verbeugte sich so tief vor Tai-sharm, wie es sein Rang und sein Bauch zuließen. Er sagte zu ihr: „Gute Madame, seid gegrüßt. Vergebt mir, aber es könnte sein, daß die Götter mich hergeschickt haben, um Euch zu begegnen."

Nun war Tai-sharm in ihrem Leben niemals *Madame* genannt worden; auch hatte sie, was das betrifft, nie einen Ersten Minister zu Gesicht bekommen, so wenig wie jeder andere hier. Die einzige Amtstracht, die sie kannte, war der schäbige scharlachrote Ornat, den der einzige Priester des Dorfes an Festtagen trug. Um so mehr mißfiel ihr das weichliche, mehlige Aussehen seiner Begleiter. Darum blieb sie argwöhnisch auf der Schwelle zu ihrer Mutter Haus stehen, raffte den abgetragenen Schal um die Schultern und antwortete dem Ersten Minister keck: „Mein Herr, in diesem Fall müssen die Götter noch weniger Ortssinn haben als Euer Ehrwürden. Gewiß wollten sie Euch zu einer richtigen Stadt geleiten wie Cheth na'Bata oder vielleicht Sarn, wo es Damen gibt, die solche Reden verstehen. Was mich angeht, so wartet Arbeit auf mich und das Abendessen", und sie machte Anstalten, an ihm vorbei in die Hütte einzutreten.

Aber der Erste Minister füllte den Eingang aus und sagte lächelnd: „Mein Kind, sage mir deinen Namen."

Tai-sharm war müde von ihrem langen Marsch. Sie sagte ärgerlich: „Ich bin nicht Euer Kind, sondern Tai-sharm, Tochter von Sharm. Laßt mich vorbei, alberner Mann."

„Ah, besser und besser." Der Minister streichelte sein glattes, rundes Kinn. „Dann sag mir, Tai-sharm, wie ist der Name dieses Dorfes?" Denn diesen Namen kannte er ebensowenig, wie wir ihn kennen oder wie die Königin in Fors na'Shachim den Namen unseres Dorfes weiß, und das ist gut für uns, oh ja, gut für uns.

„Name?" Es heißt, Tai-sharms Lachen hätte wie die leisen Glocken der ersten Frühlingsregen geklungen. „Nun, es hat gewiß so viele Namen, wie es Bewohner hat – wir nennen es *hier* oder wir nennen es *dieser Ort* oder wir nennen es *Heimat*. Jeder von uns nennt es so, wie immer es ihm gefällt, aber wir wissen alle, wo es ist. Wie sollte es sonst bei uns sein?"

Darauf lächelte der Minister wiederum, und er stellte Tai-sharm eine weitere Frage. Er wollte wissen, wer der König des Reiches sei.

„Der König?" Tai-sharm lachte ihn abermals an. „Alter Mann, hier gibt es keinen König außer dem Wind, keinen König außer der Heuschrecke, keinen König außer dem ausgetrockneten Brunnen. Wie sollte es sonst bei uns sein?"

„Wie sonst, in der Tat", murmelte der Erste Minister, als wäre er tief in einem Selbstgespräch befangen. „Sag mir eines noch, Tai-sharm, die kein Kind ist. Sage einem albernen Mann, was dein tiefster Herzenswunsch ist."

„Einen Fisch zu sehen", antwortete Tai-sharm, ohne eine Sekunde zu zögern. „Nicht einen alten, getrockneten Fisch, wie man sie auf dem Markt verkauft, sondern einen lebendigen und schwimmenden und in vielen verschiedenen Farben." Man erzählt sich, sie hätte bei dieser Vorstellung so sanft gelächelt, daß der Erste Minister für einen einzigen Augenblick ein ehrlicher Mann wurde. Und wer weiß, zu welchem Ende diese Geschichte vielleicht gekommen wäre, hätte nicht die alte Sharm die Stimmen gehört und wäre gekommen, um nachzusehen. Anders als ihre Tochter erkannte sie die gelbe Robe, und sie schalt das Mädchen wegen seiner Ungastlichkeit tüchtig aus. „Bitte, tretet ein, Herr", sagte sie. „Eure Diener ebenfalls." Was sie getan hätte, wären diese wirklich eingetreten, wissen die Götter in ihrer Unergründlichkeit, denn die Hütte war bereits übervoll, wenn sie und Tai-sharm sich darin aufhielten. Aber der Minister gebot seinen Begleitern kurz, auf der Straße zu warten, dann neigte er höfisch das Haupt und trat gebückt durch die Tür von Tai-sharms Heim.

Da wären sie also, könnt ihr sie sehen? Die dunkle, zerlumpte Tai-sharm, ihre kleine Mutter – eine echte „Krummgeborene", wie die Leute dort sich selber nennen – saßen mit des Königs Erstem Minister am Tisch, der aus einem zerbrochenen Wagenrad gezimmert war, daß des Ministers Knie an sein Kinn stießen, und Sharm setzte ihm Becher auf Becher gewürzten Spinnengrastee vor und nötigte ihn, noch einen weiteren ihrer trockenen *quiqui*-Kekse zu probieren. Er sagte jetzt kaum ein Wort zu Tai-sharm, sondern wandte seinen ganzen Scharfsinn darauf, ihre Mutter mit Schilderungen vom ungeheuren Reichtum seines königlichen Herrn, seinem edlen Herzen, seiner Güte und Einsamkeit zu umschmeicheln. Er war ein außerordentlich geschickter Schwätzer, der Herr Minister.

Die alte Sharm warf Seitenblicke auf ihre Tochter und trat ihr unter dem Tisch auf den Fuß, bevor er halbwegs fertig war. Tai-sharm nahm keine Notiz, sondern saß nur da, starrte auf des Ministers linke Schulter, und was sie dachte, behielt sie für sich. Und der Minister zollte ihr scheinbar immer noch keine Aufmerksamkeit, sondern begann Sharm anzuvertrauen, wie schwierig es sei, die Vorliebe des Königs für eine kluge Braut zu befriedigen. „Weil nämlich, sehr Ihr, eine Art von Verstand sich in den wilden Tiefen der Philosophie offenbart; eine ganz andere Art dadurch, wie Wort für Wort zugeschliffen wird und klingt; doch eine dritte enthüllt sich lediglich in der Weisheit, die nötig ist, um einen weiteren erbärmlichen Tag zu überstehen." Die alte Sharm nickte mürrisch dazu. Der Minister sagte: „Und ich zweifle nicht, daß es noch viele andere verschiedene Arten geben dürfte, wie Vögel in der Luft, Insekten im Gras, Speichellecker bei Hofe. Gute Mutter, sagt, was würdet Ihr mit der Euch eigenen natürlichen Weisheit an meiner Stelle tun, um genau die Geistesart zu bestimmen, die der Grille meines Herrn am meisten angemessen ist? Ich werde mich an Euer Urteil halten."

Stellt euch nun die alte Sharm vor, wie sie auf ihrem brüchigen Stuhl schaukelt, die Hände hebt, sie auf ihre Oberschenkel klatschen läßt, sich dann vorbeugt, bis ihre knorrige Nase an die edle, dünne Nase des Ersten Ministers stößt, und beginnt, ihm laut zuzuflüstern: „Nun, hoher Herr, es gibt keine Mutter, die nicht wüßte, ob ihre Tochter dem Höchsten gewachsen ist, stimmt's? Ich sage ganz offen, daß es, wenn's um schlichte Vernunft geht – Vernunft, ja, und auch um wirkliche Klugheit –, Euer König einen langen Weg zurücklegen und es schlimmer treffen könnte als mit meinem Mädchen …"

Aber da ist Tai-sharm auf den Füßen – seht her: *so!* –, wirft beinahe den Tisch um, ihr Gesicht ist streng geworden und blaßfleckig und älter als das Gesicht ihrer Mutter. „Nein", sagt sie. „Nein, nichts mehr davon! Ich weiß, was ich bin, und ich spotte nicht und will nicht verspottet werden." Mit diesen Worten springt sie durch die Tür und die Gasse entlang, und da sitzt des Königs Erster Minister mit offenem Mund, starrt über einen wackelnden Wagenradtisch auf eine verblüffte, stummelzahnige Bauersfrau, und beiden hat es die Sprache verschlagen. Seht ihr sie vor euch, genau so wie Choushi-wai die beiden sieht?

„Ach je", seufzt die alte Sharm schließlich. Schamrot wischt sie mit ihrem schmutzigen Handrücken über den Mund, murmelt dahinter, was wir bereits wissen – daß Tai-sharm sich von Kindesbeinen an immer für schwachsinnig gehalten hat. „Wenn du dieses fixe Schlauköpfchen lobst", jammert Sharm, „schwört sie, daß du dich über sie lustig machen willst, jedes Mal; und du brauchst sie bloß gescheit zu nennen, klug schon gar nicht, und sie geht dir an die Kehle oder rennt weg, um die ganze Nacht im Stall zu heulen, was sie jetzt wohl auch tut." Sie reibt sich wieder den Mund, rülpst, entschuldigt sich. „Ach ja – nun, so steht's, so steht's. Ich nehme nicht an, daß Ihr für Euren König an ihr interessiert seid?"

„Ah, Mutter, ich fürchte, nein“, sagt der Minister betrübt. Und er lehnt einen weiteren *quiqui*-Keks ab und empfiehlt sich.

Doch in derselben Nacht, Stunden nachdem sich Tai-sharm, an die Flanke des einzigen *rishu* ihrer Mutter gekuschelt, in den Schlaf gewimmert hat, huschen die Lakaien des Ersten Ministers so geräuschlos in den Stall wie der kalte Nebel durch die Ritzen in den Mauern. Als Tai-sharm aufwachte, war sie bereits gefesselt, eingewickelt, über einen Sattel geworfen und rumpelnd unterwegs zu dem König, dessen Namen sie nicht kannte. Die alte Sharm vermißte sie erst, als es Zeit zum Melken war.

Nun war es nicht des Ersten Ministers Gewohnheit, eine neue Hochzeitskandidatin zum Palast zu begleiten. Das überließ er seinen Dienern, während er selbst anderswo im Land unterwegs war und hartnäckig nach einer Frau weitersuchte, die als Gemahlin für seinen Herrn eher in Frage kam. Allein dieses Mal ritt er Tag und Nacht an Tai-sharms Seite, und ob sie ihn verfluchte oder ihre Freiheit verlangte oder sich überhaupt zu sprechen weigerte, er plapperte vergnügt daher, erzählte ihr von den Wundern Baraquils, von des Königs großen Siegen in Schlachten, von seiner Gelehrtheit und seiner schlichten Weisheit. Tai-sharm schlüpfte aus ihren Fesseln und riß mitten in seinem Redeschwall aus, und zweimal wurde sie rasch wieder eingefangen. Der Erste Minister wartete lediglich, bis man sie wieder zu ihm zurückbrachte, und fuhr ungerührt fort, die Tugenden seines Herrn zu preisen. Wirklich, er war ein geduldiger Mann, das kann Choushi-wai euch versichern.

Oft sagte er zu Tai-sharm: „Meine Diener und ich haben unser Bestes versucht, Euch sanft und ehrenhaft zu behandeln. Falls wir Euch im geringsten weh getan haben sollten, geschah es unbeabsichtigt, und ich hoffe höchst aufrichtig, daß Ihr uns das nicht nachtragen werdet, wenn Ihr Königin seid.“

Und jedesmal erwiderte Tai-sharm ihm kühl: „*Das* braucht Ihr nicht zu befürchten, weil ich niemals jemandes Königin sein werde. Euer Ärger wird beginnen, wenn dem König klar wird, welch ein Dummkopf ich bin. Er hat Euch ausgeschickt, eine kluge Frau zu finden, die ihm beim Frühstück Gesellschaft leistet, und mit einer Närrin seid Ihr zurückgekehrt. Es wird ihm nicht gefallen."

„Ah, Kind", schnurrte dann der Erste Minister, „wer weiß, wie lange einem König etwas gefällt? Bis wir angekommen sind, hat er sich vielleicht dazu entschlossen, von Torheit begeistert zu sein, stell dir das nur vor." Aber einmal blickte er ihr auf andere Art eindringlich in die Augen und sagte: „Ich denke, daß du den Glauben an deine eigene Torheit nur vortäuschst. In den vier Tagen unserer Bekanntschaft habe ich an dir nichts Schwerfälliges oder Dummes bemerkt. Wie kommst du bloß dazu, solchen Unsinn über dich zu denken?"

Als Tai-sharm nicht antwortete, fuhr er fort: „Komm, deine Mutter ist mindestens so gescheit wie die Hälfte der Höflinge in Baraquil. Warum solltest du anders sein als sie, sag mir das? Ich glaube, daß du keine Spur anders bist."

„Oh, wenn das doch nur wahr wäre", sagt Tai-sharm darauf so leise, daß der Erste Minister sich herunterbeugen mußte, um sie zu hören. „Wenn das doch bloß wahr wäre."

Bei diesen schlichten Worten und ihrer Stimme beschlich den Ersten Minister in seiner gelben Robe ein unbehagliches Gefühl. Den Tag und die Nacht, die von ihrer Reise blieben, sprach er nicht mehr mit ihr, sondern ritt von jetzt an vorweg und überließ sie der ständigen Bewachung dreier seiner Begleiter. Doch Tai-sharm machte keinen neuen Fluchtversuch – und wohin hätte sie schließlich fliehen sollen, denn weiter als bis zum Haus ihres Onkels in den Bergen hatte sie sich nie von zu Hause entfernt. Sie fügte sich stumm und blickte zu Boden.

Da der Mond längst aufgegangen war, als sie schließlich den Palast des Königs erreichten, wurde Tai-sharm an diesem Abend nicht mehr vor den König geführt. Statt dessen wurde sie von des Königs eigenen Dienern empfangen, die sie freundlich begrüßten und sie in einen hohen Raum geleiteten, der mit *sheknath*-Fellen ausgelegt war und an dessen Wänden Porträts grimmiger Männer hingen. Dort wurde sie in einer Badewanne, die größer und tiefer war als die Viehtränke hinter ihrem Dorf, kräftig abgeschrubbt, bis sie protestierte, ihre Haut löse sich ab. Darauf wurde sie in ein Bett gelegt, das so prächtig und weich war, daß sie meinte, in Daunen zu ertrinken, in einer Kelter aus Pelz und Satin zerdrückt zu werden. Die Diener hatten ihr kaum eine gute Nacht gewünscht und die Türen geschlossen, als sie auf den Boden sprang und sich einen nackten Flecken auf gutem hartem Holz freikratzte, um zu schlafen, wie sie es von zu Hause gewohnt war. Nicht, daß sie auch nur eine Minute geschlafen hätte, nein, nein – oder hättet ihr geschlafen? Sie lag sehr still in einer Ecke, ihren Rücken gegen zwei Wände gekrümmt, doch in Gedanken lief sie dauernd auf und ab, wie wir es auch bei unseren halbwilden *hamadris* jede Nacht in ihren Pferchen sehen können – hin und her, immer rundherum, mit dem Mondlicht auf ihren Hörnern. So machte es Tai-sharm in ihrem Innersten bis zum Morgen.

Die Diener fanden sie wartend in dem großen Bett, die Augen weit geöffnet. Sie zogen die Vorhänge auf, gaben ihr tüchtig zu essen, dann badeten sie sie abermals – oh weh, unsere arme Tai-sharm, die die Bäder zählen konnte, die sie in ihrem Leben genommen hatte, wenn sie ein wenig nachdachte. Und danach wurde sie parfümiert, bis sie nieste, und ihr schwarzes Haar wurde geflochten und gewickelt und fußhoch auf ihrem Kopf aufgetürmt; man zog ihr Kleider an, die ihr unvorstellbar erschienen, selbst als sie sie trug, und sie wurde zum König gebracht.

Was, hat euch Choushi-wai die Wunder des Palastes und Baraquils nicht beschrieben, die der Erste Minister Tai-sharm versprochen hatte? Abwarten, abwarten, bis jetzt hat Tai-sharm nicht mehr von diesen Wundern gesehen als ihr, erschöpft und allein und eingeschüchtert, wie sie ist. Oh, sie hat sie bemerkt, wenn ihr so wollt – die alten Rüstungen, die großen Spiegel, Tische, Kommoden, die Gobelins, die ganze Wände bedeckten –, aber diese haben sie nicht gesehen, versteht ihr? In Wahrheit ist keine Tai-sharm dort gewesen, um sie zu sehen. Geduld,

Geduld. Ihr werdet immer erfahren, was unsere Tai-sharm weiß, wenn sie es weiß.

Nun denn. Die Diener ziehen sich zurück. Tai-sharm hört eine bekannte Stimme, die sie willkommen heißt, und aufblickend gewahrt sie schließlich den Ersten Minister und bei ihm einen Mann, so groß wie der Minister, aber von ganz anderer Figur. Dieser Mann ähnelt einem Stein, hoch und breit und grau. Selbst seine mit Edelsteinen besetzte Krone sieht in den Schatten des Thronsaales grau aus.

„Tritt näher, Tai-sharm", sagt der König. Es ist ein Befehl, doch seine Stimme nimmt sie durch ihre dunkle Sanftheit – ja Traurigkeit – gefangen. *Er ist schließlich auch nur ein Mensch*, denkt sie, und sie faßt Mut und geht auf ihn zu. Der Minister redet immer noch, doch sie achtet nicht auf ihn.

Als sie dem König so nahe ist, wie ich euch jetzt nahe bin, bleibt sie stehen und wartet. Der König sagt mit seiner sonderbaren Stimme: „Mädchen, hast du schon einmal einen König gesehen?"

„Und wo hätte ich so etwas sehen sollen?" sagt ihm Tai-sharm ins Gesicht. Sie will durchaus nicht unverschämt sein, aber sie ist die Tochter der alten Sharm, und ihre Mutter konnte niemals eine törichte Frage unterdrücken. Zu ihrem Erstaunen lächelt der König ein bißchen.

„Ja, wo eigentlich? Es wäre für mich viel leichter, einem Bauern zu begegnen, doch hab ich's getan? Also ist es für uns beide das erste Mal, so daß wir zumindest das gemeinsam haben." Er setzt sich auf den Thron und wendet sich seinem Ersten Minister zu, der sich die Hände reibt, die Knochen knacken läßt, erst ängstlich dreinschaut und dann wieder eingebildet wie eine *jejebhai* mit zwei Schwänzen. „Also", sagt er. „Erzähle mir von diesem Mädchen, Majak."

Tai-sharm ist überrascht, daß der Erste Minister einen Namen hat wie jeder andere auch. Jetzt zeigt er dem König lächelnd sein Gebiß und tätschelt Tai-sharms Arm, als wäre sie durch irgendeinen besonderen Trick hergekommen. Er sagt: „Mylord, was ihre Herkunft betrifft, kann ich lediglich sagen, daß sie geboren wurde. Aber sie hat Geist, sie ist kräftig genug, Euch viele starke Söhne zu gebären, und ich, das muß ich sagen, finde sie auf eine völlig unerlaubte Weise hübsch. Und sie scheint, worauf Ihr besonderen Wert gelegt habt, recht klug. Unverbildet, wohlgemerkt – über Schulausbildung sagtet Ihr nichts –, aber zweifellos klug." Seht doch, wie eifrig er Tai-sharms schwarze Haare ein wenig zurückstreift, um dem König ihre Stirn zu zeigen. Sie schlägt ihm auf die Hand.

Den König bringt das zum Lachen. Es ist ein jähes, rauhes Lachen, beinahe ein Husten, so voller Schmerz hört es sich an. „Vielleicht …", fängt er an, aber Tai-sharm unterbricht ihn, genauso wie sie es bei ihrer Mutter machte, und ruft: „Nein! Nein, Euer Königschaft." – Na und? Wer von *euch* kennt denn die richtige Art, ein gekröntes Haupt anzureden? – „Es ist nicht wahr! Ich bin nichts als ein gewöhnliches Mädchen vom Land und so dumm wie Bohnenstroh dazu. Zuhause wird Euch jeder bestätigen, daß ich keinen Grips habe, keine Anmut und daß man sich mit mir nicht unterhalten kann – meine Manieren machen sogar meine Mutter verlegen. Herr, wenn Ihr so weise und gut seid, wie *er* ständig sagt, habt Mitleid und schickt mich heim."

Sie versucht vor ihm auf die Knie zu fallen, aber das Gewand, in das die Dienerinnen sie gezwängt haben, ist dazu zu eng, und, oh, Tai-sharm bleibt auf halbem Weg stecken. Der Minister richtet sie rasch auf, während der König sie unverwandt ansieht, sein schweres Kinn auf seine Faust gestützt. Plötzlich sagte er: „Majak. Entfernt Euch." Genau so.

Da hättet ihr den Ersten Minister sehen sollen! Seine kleinen Nagelkopfaugen treten vor – er zieht die Nase hoch, daß sie an seine Augenbrauen stoßen, aber die sind bereits in seinem Haar verschwunden. Er will sprechen, doch was kommt heraus? Geräusche, wie sie ein leckender Teekessel macht oder Eier, die in zuviel Fett braten. Der König schnippt mit den Fingern, und der Minister wirft Tai-sharm einen schneidenden Blick zu, der einem *nishoru* die Federn hätte abrasieren können, und dann ist er verschwunden, schwupp. Und da sind sie nun, Tai-sharm und der König.

Eine Weile sagt keiner von beiden etwas. Tai-sharm blickt sich im Saal um, vorsichtig, als wäre es vielleicht nicht erlaubt, und der König beobachtet sie dabei. Ihr wird allmählich bewußt, wie riesig der Saal ist: Zwei der Hütten ihres Dorfes würden sich zwischen diesen Mauern verlieren – ja, und wenn wir schon dabei sind, der Kornspeicher der Gemeinde würde auch noch hineinpassen. Woran sich Tai-sharm immer erinnern wird, wenn sie an den Thronsaal denkt, sind nicht die großen Gobelins, auf denen die Triumphe des Königs dargestellt sind, nicht die Schlachttrophäen – da waren Schädel auf Säulen, wie Juwelen in Gold und Silber gefaßt –, sondern an die uralten Schatten in den Ecken. Massiv wie Steine sind sie, aber auch haarig und atmend wie große Tiere. Das ist ein alter Palast, der in Baraquil, und viele Könige haben darin gehaust.

„Kleine Tai-sharm", sagt der König plötzlich. „Ich mag dich."

„O Herr, das würdet Ihr nie, wenn Ihr mich kennen würdet", gibt ihm Tai-sharm zur Antwort. Seit der Erste Minister fort ist, traut sie sich merkwürdigerweise, so mit dem König zu sprechen, beinahe, als wäre er ein guter Freund, jemand, mit dem sie aufgewachsen war. Sie sagt: „Herr, ich will nicht unhöflich sein, aber Ihr seid viel zu alt und prächtig für mich und ich bin viel zu dumm und unwissend für Euch, mein Wort darauf. Ihr braucht eine richtige Königin; Ihr müßt eine Dame heiraten, die in diesen Saal paßt, die weiß, wie man in solchen Betten schläft, wie Ihr sie hier habt ..."

„Ich will nicht irgendeine Königin, Tai-sharm", unterbricht sie der König. „Nicht einmal dich." Er lächelt sie an, und sie sieht, daß er auf seine grämliche Weise eigentlich ein stattlicher Mann ist. Der König sagt: „Mädchen, ich will ebensowenig heiraten wie du, aber was sollen wir machen, wir zwei? Majak sagt, ich muß für Erben sorgen, und was das betrifft, hat er nicht unrecht. Ich kann noch Kinder zeugen, und wenn du auch von niedriger

Geburt bist … nun, das waren meine Vorfahren auch, daran zweifle ich nicht. Und ich habe gesagt, daß ich dich mag, und das ist viel mehr, als ich je erhoffte. Ist es denn so undenkbar, daß du mich mit der Zeit ebenfalls mögen wirst, was meinst du?“

„Nein“, stammelte Tai-sharm. „Jedenfalls glaube ich’s, nur – nur nicht –“

„Nicht auf diese Art.“ Der König nickt. Nein, er ist nicht zornig; sein Lächeln wird sanfter, wenn es sich überhaupt verändert. „Also schön, das ist abgemacht. Aber du wirst trotzdem meine Königin sein müssen, Tai-sharm. Es tut mir leid, aber so ist es nun mal.“

„Das sagt meine Mutter immer“, flüstert Tai-sharm. „*So ist es nun mal*. Als ob es, wenn man etwas richtig ansieht, immer bedeuten würde, daß man es auch ertragen kann.“ Und sie bricht in Tränen aus.

„Weine nicht“, sagt der König und sieht so verlegen aus wie ein Bauernjunge. „Oh, bitte nicht, Tai-sharm. Ich erwarte nicht, daß du dich geehrt fühlst, wenn du mich heiratest, aber im allgemeinen gilt es auch nicht als Ende der Welt.“ Aber da steht sie nun, unsere Tai-sharm, weit weg von zuhause und vor sich eine öde Zukunft, und sie weint und weint und nichts, das der König ihr sagen oder anbieten könnte, kann etwas ändern. Pferde, Falken, eigene Diener und Gemächer, ein Paar Jagd-*shukris*, Kleider aus feinster Stimezst-Seide und eine Näherin, aus Fors na’Shachim herbeigeschafft, um sie zuzuschneiden – nichts verfängt, nichts hilft. Am Ende ruft er verzweifelt und selbst den Tränen nahe: „Ein Jahr! Ein ganzes Jahr dann, bevor die Heirat stattfinden wird. Das ist gewiß genügend Zeit, sich an ein neues Leben zu gewöhnen, an einen fremden Ort – sogar an einen fremden alten Mann. Ich gebe dir dieses Jahr, Tai-sharm, unter einer Bedingung.“

Nun, da hört Tai-sharm auf zu weinen, wenn auch weniger weil sie getröstet wäre, sondern eher aus Neugier. Der König sagt: „Ich gewähre dir ein Jahr, und du brauchst mir nur zu erzählen, warum du dich für eine dumme Frau hältst. Ist das ein ehrlicher Handel?" Und er streckte seine Hand nach der ihren aus, wie Freunde ein Versprechen besiegeln.

Tai-sharm ergreift sie nicht. Lange Zeit spricht sie nicht, sondern steht in all ihrem Putz da, der nicht zu ihr paßt, blickt jetzt zur einen, dann zur anderen Seite, immer noch in der Dunkelheit suchend – wonach? Vielleicht nach Rettung oder einem klugen Rat? Nach ein bißchen Hoffnung? Was immer sie suchen, Tai-sharms Augen richten sich wieder auf den König, ohne es gefunden zu haben. Es sind müde Augen, ihre Augen, und als wir sie zum erstenmal sahen, waren diese Augen nicht so alt.

„Ich denke zuviel", murmelt sie endlich. „So. Das ist der Grund."

„Du denkst zuviel?" wiederholt der König behutsam. Langsam nimmt er seine graue Krone ab, um sich den königlichen Kopf zu kratzen. „Tai-sharm", sagt er, „das ist bei dummen Leuten ungewöhnlich."

„Herr", sagt Tai-sharm, „ich bin die Tochter, die hundert Generationen von Bauern entstammt. Es gab nicht einen unter ihnen, der auch nur einen Tag zur Schule ging; es gab nicht einen einzigen unter ihnen, der je einen Gedanken im Kopf hatte, er wußte bloß, was er wann zu säen hatte. Sie lebten erbärmlich, sie alle, und sie alle wußten, daß sie erbärmlich lebten, doch irgendwie waren sie auch alle zufrieden, und so zogen sie ihre Kinder auf. Nur ich, Tai-sharm, ich scheine die einzige zu sein, die jemals vom Graben oder Pflügen und Jäten eines Ackers aufblickte, um nachzudenken … über Fische. Über das, was die Götter zum Frühstück essen. Über lauter törichte Dinge – über Lieder und Licht, über fahrende Schiffe, darüber, ob der Himmel auf der anderen Seite der Welt die gleiche Farbe hat. Über Luft, einfach Luft, könnt Ihr Euch das vorstellen? Ehrlich, ich war nie unglücklich, aber ich bin auch nie zufrieden gewesen – nicht, wie sie es sind, meine Leute, meine Familie, nicht wie sie. Offenbar bin ich selbst dazu zu dumm, ein Bauer zu sein, und es ist ebenso klar, daß ich nichts anderes sein kann. Ihr tätet besser daran, Euch mit einem Stein oder einem Baum zu vermählen, Eure Königschaft, denn sie kennen sich wenigstens selbst und stellen keine Fragen. Tai-sharm, das ist Verschwendung von Zeit und Badewasser."

Der König lacht wieder – ein richtiges Lachen dieses Mal, ohne heisere Rauheit –, doch er schüttelt den Kopf und schlägt auf die Armlehnen seines Throns, genauso wie die alte Sharm es mit ihrem besonderen Stuhl zu tun pflegte. „Ein Jahr", sagt er bestimmt. „Ein Jahr, Tai-sharm, und sei versichert, mein Erster Minister hätte mir nichts Besseres bescheren können." Ob ihm sein Lächeln Schmerz bereitet, als er sich vorbeugt, um Tai-sharms Kinn anzuheben, damit sie ihm geradewegs in die Augen blickt? Choushi-wai kann nicht sagen, ob es so ist, doch sie weiß, daß er darauf sagte: „Mädchen, es wird nicht so schlimm werden. Eines Königs Wort darauf. Jetzt geh."

Lautlos kamen die Diener wieder, ohne daß der König sie gerufen hätte, und sie brachten Tai-sharm in ihr Zimmer, wo sie der Erste Minister erwartete, der kerzengerade dasaß, die Hände in seinem Schoß zusammengelegt. Er sagte zu Tai-sharm: „Wenn er dir irgend etwas gesagt hat, das du mir nicht erzählen sollst, kannst du es mir ebensogut jetzt offenbaren. Weil ich's herauskriegen werde. Wie immer."

Tai-sharm antwortete ihm: „Ich werde ein Jahr hierbleiben, und am Ende des Jahres werde ich den König heiraten. Sonst nichts."

Ihre Stimme war so ruhig und hoffnungslos, daß der Erste Minister ein bißchen gerührt wurde, und er sagte wie schon der König: „Na und, ist denn das so schlimm? Schließlich wirst du Königin werden, Tai-sharm aus Nirgendwo, wie ich vorhergesagt habe. Meine Glückwünsche, und mögen sie dich aufheitern, wie du es verdienst. Für einen König ist er ein guter Mann, und wenn du so häufig mit ihm zusammen wärst wie ich, würdest du das wissen. Du mußt für alles sehr dankbar sein, genau wie ich. Jetzt wollen wir Abschied nehmen, damit jeder sein Glück bedenken kann."

Aber er hatte gesehen, wie Tai-sharms Blick über die hohen Fenster wanderte, gesehen, wie ihre jungen Beine, ohne daß sie es wußte, sich streckten und beugten, und nachdem er gegangen war, gab er Befehl, daß nie weniger als zwei Diener sie ständig im Auge behalten sollten, ganz gleich, ob sie es merkte oder nicht. Der König nämlich hatte seinerseits bereits verkündet, daß Tai-sharm ungehindert im Palast und in seinen Anlagen herumlaufen dürfe, die groß und ausgedehnt waren und nur von Mauern umgeben, die man erbaut hatte, um Feinde abzuhalten, aber nie, um eine Braut einzusperren. Der Erste Minister erkannte sehr wohl, daß man ihm die Schuld geben würde, wenn das Mädchen fortrannte, was sie offensichtlich vorhatte. Jedesmal wenn er daran dachte, änderte er seine Befehle – nicht zwei, sondern drei, dann vier, dann fünf sollten Tai-sharm folgen –, bis es schien, als wäre jedes Auge im Palast Tag und Nacht auf sie gerichtet. Denn der Minister schätzte ihren Willen erheblich höher ein, als Tai-sharm selber es tat.

Ja, natürlich wußte sie es – würde einer von euch es nicht bemerken, wenn alle Schatten einen Späher verbargen, alle Spiegel neben euch selber noch einen anderen spiegelten? Doch sie entdeckte auch etwas Sonderbares, das Choushi-wai euch erzählen wird: Wenn tatsächlich jedermann aufpaßt, was du tust, wird es so, als paßt überhaupt keiner auf – als wärst du auf bestimmte Weise unsichtbar. Tai-sharm, ihrer Heimat beraubt, eine Gefangene in diesem riesigen, hohlen Palast, ging vom ersten Tag an umher wie eine freie Frau ohne Geheimnisse oder Fluchtpläne. Sie streifte nach Belieben über die prächtigen Rasenflächen und durch die üppigen königlichen Parks, und es blieben nur wenige Zoll der königlichen Privatdomäne, die sie nicht erforschte; doch sie kam den Außenmauern niemals nahe genug, um sie auf Haltegriffe zu untersuchen. Sie beschwatzte keinen Diener, Botschaften für sie zu schmuggeln – ja, da ich gerade davon spreche, sie war wahrscheinlich die einzige Person bei Hof, die nie versuchte, die Palastwache zu bestechen.

Nun, ob das den Ersten Minister wohl beunruhigte? Und gab er nicht daraufhin den Befehl, sie dürfe sowenig wie möglich alleingelassen werden und von früh bis spät nicht mehr als eine Stunde zu ihrer privaten Verfügung haben? So sieht sich dann unsere Tai-sharm plötzlich von mehr Gesichtern und Stimmen umgeben als je zuvor in ihrem harten, zurückgezogenen Leben, und diese waren keine grobzüngigen Ackerbauern, sondern des Königs auserwählte Höflinge, überaus geübt in jeder Art von Täuschung. Die Frauen zogen sie an, zogen sie aus und kleideten sie abermals an wie eine Lieblingspuppe; sie taten ihr Allerbestes, sie tanzen zu lehren und wie man sich schminkt und ihr den ländlichen Tonfall auszutreiben. Was die Männer anging, sie tanzten und schwatzten hartnäckig mit ihr, nahmen sie zum Reiten und Jagen mit – oh, gut bewacht, versteht sich –, brachten ihr neue Kartenspiele bei und machten ihr sogar ein bißchen den Hof, falls man das so nennen kann, wenn ein Auge immer nach dem König schielt. Tai-sharm bemerkte den Unterschied nicht – sie wußte bloß, daß sie doch gefangen war, mit oder ohne Tanzen.

Nun fügte es sich, daß Tai-sharms Aufmerksamkeit bei einem ihrer Streifzüge eines Tages auf ein unordentliches Landstück mit *targary*-Hecken fiel, das hinter dem Palast auf einem Abhang lag. Die Pflanzen gehörten zu der stoppeligen gelben Sorte, die zerzaust aussehen, selbst wenn sie ordentlich beschnitten sind, was bei diesen sehr lange Zeit nicht der Fall gewesen war. Spindeldürr und ausgewuchert waren sie, regenfein, jede einzelne am Absterben. Allmählich begriff Tai-sharm, daß es ein Labyrinth war, in dem sie stand, oder das, was davon nach Jahren der Mißachtung übrig war. Natürlich hatte sie noch nie ein Labyrinth gesehen, doch hatte sie Reisende davon erzählen hören, wenngleich nie von einem Labyrinth dieser Art; denn soweit sie feststellen konnte, schien sein ursprünglicher Umriß einen Fisch darzustellen, der einen anderen Fisch bereits verschlungen hatte. Wirklich, ja, und Tai-sharm glaubte weitere Fische zu erkennen, die noch andere verschluckten. Sie drang ein wenig tiefer in das

Labyrinth ein, brach links und rechts abgestorbene *targary*-Zweige ab, und dann hörte sie zum erstenmal das Singen.

Rundherum und auf und nieder –
wer will hören meine Lieder?
Erst gerade, dann im Kreis –
Wer will hören, was ich weiß?

Es ist ein merkwürdiges, unklares Lied, wenn es überhaupt ein Lied ist. Tai-sharm kann sich keinen Reim darauf machen, wer es singen könnte, denn die Stimme weist weder die tiefe Schärfe einer männlichen Stimme noch die Geschmeidigkeit einer weiblichen auf. Etwas stimmt ganz und gar nicht an ihr, etwas fehlt oder etwas ist zuviel. Wenn eine tote Person zu singen anfangen würde oder ein ungeborenes Kind, könnte sich das vielleicht so anhören.

„Nun", sagt Tai-sharm. „Was kann das sein?" Sie dringt langsam tiefer in das Labyrinth ein, und plötzlich erspäht sie unmittelbar vor ihren Füßen – was? Einen Tümpel? Nein, ein Teich ist es, ein nahezu stehendes Gewässer, bedeckt mit verfaulten Blättern. Aus diesem Teich kommt der Gesang.

Kind der Sonne, Kind des Baums,
Kind des Schmutzes und des Traums,
gefangen von des Königs List
hör meinen Ruf, wo du auch bist.

Ein plötzlicher Strudel im faulen Wasser – eine gelbliche Schnauze schiebt tote *targary*-Zweige beiseite – ein einzelnes rundes Auge in der Mitte des Strudels – es ist ein Fisch, endlich ihr erster Fisch! Es ist ein sehr häßlicher Fisch, soweit Tai-sharm das erkennen kann, hat eine fleckige rot-gelbe Farbe, einen Schwanz und zackige Flossen, die für seinen dicken Leib viel zu klein sind. Das einzige sichtbare Auge ist kaum heller als das Wasser; das andere wird vom schleimigen Gewirr der Wasserpflanzen verdeckt, die sich wie das Blumengewinde eines Barden um den häßlichen Fisch gewickelt haben. Tai-sharm steht mit offenem Mund da. Der Fisch spricht mit einer fremdartigen Stimme zu ihr. Er sagt: „Kind, wenn du so freundlich sein würdest."

„Oh", flüsterte Tai-sharm. Sie läßt sich auf die Knie nieder und hat den Fisch im Nu befreit. Er huscht nicht davon und verschwindet, sondern bleibt einen Augenblick zwischen ihren Händen und läßt sie seinen kühlen Körper spüren. Dann gleitet er langsam von ihr fort, und dabei singt er wieder:

Tai-sharm, ein Fisch hat viel Geduld,
vergißt kein Unrecht, keine Schuld.
Ich bin sehr alt und bin sehr schlau,
sah schon dieses Schloß im Bau.
Du bist gefangen wie einst ich –
rufe mich, so hör ich dich.

„Also, wenn das so ist", sagt Tai-sharm und hebt die Stimme, damit der Fisch sie hören kann: „Ich wäre dir überaus dankbar, wenn du mir helfen könntest, von hier zu fliehen. Ich muß nach Hause, Fisch, bitte."

Doch der häßliche Fisch ruft zu ihr zurück: „Es ist noch nicht Zeit." Und dann ist er verschwunden, in die Tiefen des kleinen Teiches getaucht, und läßt Tai-sharm zurück, die traurig zum Palast zurückwandert, während ihr ein albernes Liedchen im Kopf herumgeht. Doch immerhin hat sie wenigstens einen Fisch gesehen, was immer daraus werden mag. Und in dieser Nacht schläft Tai-sharm so süß auf dem Boden ihres prächtigen und erstickenden Schlafgemachs, als wäre sie wieder daheim, warm an die Flanke des schnarchenden *rishu* ihrer Mutter geschmiegt.

Ja, natürlich ging sie zurück zum Teich – nicht am nächsten Tag, auch nicht am übernächsten oder nach einer Woche oder zehn Tagen. Warum früher als nötig enttäuscht werden? Doch als sie zufällig einen Küchenjungen aus der königlichen Küche bemerkte, der mit einer Angel in seinen schmutzigen Händen zum *targary*-Labyrinth schlenderte, folgte sie ihm, ohne weiter nachzudenken. Und das war gut so, denn der häßliche Singende Fisch war bereits aus dem Wasser und hing zappelnd und japsend am Haken, während der Küchenjunge die Angel triumphierend hoch über seinem Kopf schwenkte. Tai-sharm fuhr auf den Jungen los wie ein Schneefalke über ein *starik* und schickte ihn, schneller als er gekommen war, mit schmerzenden Ohren zum Palast zurück, die Angelschnur um den Hals gewickelt, das Hinterteil verbleut. Sie hatte den Haken aus dem Maul des Singenden Fisches gelöst und ihn sicher wieder in den Teich gesetzt, noch bevor das Jaulen des Küchenjungen verstummt war.

„Nun", sagt sie, dieses Mal weniger schüchtern, „das ist das zweite Mal, daß ich Euch einen Dienst erwiesen habe, Herr Fisch. Denkt Ihr, daß Ihr mir *jetzt* helfen sollt, wie Ihr es angeblich könnt?"

Aber nein, die alte Kreatur verschwindet, ohne danke schön zu sagen, und singt dabei:

Tai-sharm, ein Fisch hat viel Geduld,
vergißt kein Unrecht, keine Schuld.
Manch König kam um Rat zu mir,
was ich ihm einmal riet, rat ich zweimal dir.
Warte ab und schließe deine Wünsche ein,
wie ein Fisch mußt du geduldig sein.

Tai-sharm kehrte nicht wieder zum Teich zurück.

Und der König, was machte er währenddessen? Meistens war Tai-sharm den ganzen Tag unterwegs, ohne ihn zu sehen, geschäftig und einsam wie er war; aber sie frühstückte mit ihm jeden Morgen vor Tagesanbruch (denn der König war ein Frühaufsteher wie die alte Sharm), und meistens aß sie mit ihm zu Abend, es sei denn, er war von Ministern oder ausländischen Gesandten in Anspruch genommen – er tanzte und jagte nicht – oder erging sich auf dem Dach des Palastes und beobachtete die

Sterne. Das war sein großes Vergnügen, und obwohl er sie oft aufforderte, ihm dabei Gesellschaft zu leisten, lehnte sie jedesmal ab, wenn sie auch nicht hätte sagen können, warum, denn sie liebte den Nachthimmel ebenfalls, und den König mochte sie auch. Ihr erinnert euch, Tai-sharm hatte wenig Erfahrung mit Männern, und nie hatte einer sie so rücksichtsvoll behandelt wie der König. Sie war immer höflich zu ihm und ehrerbietig, und sie hatte Spaß daran, ihre neuen Manieren und Liebenswürdigkeiten bei ihm auszuprobieren, aber ihre wirkliche Freundlichkeit hielt sie zurück, und sie konnte nicht sagen, warum. Der König wußte es, und sie wußte, daß er es wußte, so und nicht anders war's.

Nun weiter. Als sie über ein halbes Jahr am Hof zugebracht hatte – und, ja, viele dieser Tage lasteten auf ihr wie Ketten, aber nicht alle, nicht alle –, fragt sie der König eines Tages: „Tai-shärm, wie steht es denn jetzt mit dir? Ist es so schrecklich – dieses Hofleben, dieser alte Mann – oder fängst du an, dich ein bißchen wie daheim zu fühlen?"

„Nicht wie daheim", sagt Tai-sharm ehrlich wie immer. „Nie und nimmer." Sie berührt den König ganz leicht am Arm. „Aber schrecklich ist es auch nicht, nicht wirklich."

„Aha", sagt der König und dann nichts mehr. Das geschieht an einem Frühlingsnachmittag, und er hat sie bei einem ihrer Spaziergänge getroffen, nicht in den großartigen Blumengärten, in die der Erste Minister die Minister anderer Könige führt, um zu wandeln und zu flüstern, sondern im Küchengarten nahe den königlichen Stallungen. Die *ardeet*-Melonen, die kleinen frühen *jashimus* und die roten *zizo*-Kürbisse sind bereits dreimal so dick und wohlriechend wie alles Gemüse, das Tai-sharm je in ihrer Heimat gesehen hat. Sie sehen aus wie mit der Hand poliert; nicht ein Stäubchen liegt auf ihnen. Schließlich sagt sie: „Es wäre hübsch, wenn Ihr jünger und kein König wäret."

Der König lacht sein jähes, bitteres, rauhes Lachen. „Wenn das so wäre, würdest du mich nicht zweimal anschauen. Das müßtest du auch nicht, denn auf den aufgeweichten Straßen deines Dorfes wärst du dann eine freie Frau, keine Gefangene, die in meinen Gärten umherspaziert.“ Er ergreift jetzt ihren Arm und steckt ihn entschlossen durch den seinen, während sie weitergehen. Er humpelt unmerklich, der König; ihr würdet es wahrscheinlich nicht bemerkt haben, aber Tai-sharm kann bei jedem Schritt den winzigen Ruck spüren. Seine Krone trägt er nicht.

„Schau die hier, probiere die“, sagt er zu ihr, hebt ein Blatt und zeigt ihr einen fast reifen *dolmiri* oder drückt ihr eine Handvoll süßer rankender Eisbeeren an die Lippen. Er hätte fast ein gewöhnlicher Hochlandbauer sein können wie sie selbst, nur daß keiner ihrer Landsleute jemals seine schlaffen, von der Sonne schrumpelig gewordenen Früchte auf diese Weise zur Schau gestellt hätte. Nun bleibt er abermals stehen, dreht sie rasch herum und ergreift sie bei den Schultern. Sein Gesicht ist wie alter Stein, so wie immer, und seine Hände auch, aber seine Augen … oh, Choushi-wai sagt euch, wenn es Augen gäbe, die zittern können, dann diese.

„Tai-sharm, Tai-sharm“, sagt er, „warum länger zögern? Du wirst deine Meinung ebensowenig ändern wie ich die meine, und auch die Fußangel werden wir nicht los, in die wir beide geraten sind. Was ändert sich, was schadet es, ob wir heute heiraten oder erst in einem halben Jahr? Laß uns tun, was getan werden muß – heute noch.“ Und er verstärkt den Druck seiner Hände, ohne es zu wissen.

Tai-sharm zuckt nicht zurück, spürt nicht einmal den Schmerz. Sie schüttelt wieder und wieder den Kopf, ohne den Blick von ihm zu wenden, bis er ausruft: „Warum nicht, du dickköpfiges Bauernmädchen, warum nicht? Worauf wartest du denn?“ Er läßt ihre Schultern los, so unvermittelt, daß sie nach vorn taumelt, und geht rasch fort, wobei er einmal in eine zerfurchte Reihe von *jashimus* taumelt. Er sieht sich nicht um. Könige tun das nie.

Ja, ja, jeder von uns würde gewiß erkennen, wenn ein König in uns verliebt wäre, wer unter euch wird das bezweifeln? Doch für Tai-sharm war Liebe ein Gelände, das ihr noch fremder war als selbst Baraquil, und außerdem hatte sie andere Dinge im Kopf. Weil sie nämlich wirklich wartete – was das betraf, hatte der König ganz recht. Sie wartete auf Sharm.

Glaubt nur nicht, daß die alte Sharm, bloß weil sie eine ungebildete Frau vom Lande war, zu der Sorte gehörte, die sich ihr Kind stehlen läßt, ohne etwas zu unternehmen. Ein paar Zähne mochten ihr ja fehlen, aber an Verstand und Findigkeit mangelte es ihr nicht. Nachdem sie den Spuren der Pferde des Ersten Ministers zum Dorf hinaus gefolgt war, nickte sie grimmig, kehrte nach Hause zurück, packte ein wenig Trockenfleisch in einen Beutel und bat einen Nachbarn, sich ein paar Tage um ihr Feld und ihre *rishu* zu kümmern. Dann machte sie sich zu Fuß auf den Weg zur Stadt Fulicha.

Nein, Choushi-wai sagte doch, daß sich das alles abspielte, bevor die Berge einstürzten. Heute gibt es kein Fulicha mehr und auch ungezählte Jahre vor unserer Zeitrechnung hat es kein Fulicha gegeben. Aber damals gab es diese Stadt, und sie war der verschlafenste Ort, den man sich denken konnte, und es ließ sich von einem Ende bis zum anderen nicht eine einzige gesetzestreue Seele finden, auch wenn man tagelang gesucht hätte. Dort gab es keine Banditen wie in Cheth na'Deka, sondern Schmuggler waren die meisten, zogen hierhin und dorthin, kreuz und quer, ohne eine einzige Münze an Gebühren oder Steuern zu zahlen. Und natürlich gab es Falschmünzer, und es war kein Mangel an Taschendieben noch, wenn ihr es unbedingt wissen wollt, an dem einen oder anderen Straßenräuber. Der damalige Henker war ein hoch angesehener Giftmischer, und das bei weitem beste Wirtshaus wurde von einem Feuerleger betrieben, der sich zur Ruhe gesetzt hatte. Kurz, ein bemerkenswerter Ort, dieses Fulicha.

Aber was die alte Sharm suchte, war ein Dieb.

Und zwar nicht bloß irgendeinen Dieb, sondern einen, der in seinem Gewerbe so hohes Ansehen genoß, daß man ihn nicht anders nannte als „der Dieb“, als hätte er nie einen anderen

Namen gehabt, Sharm wußte nur, er wohnte in Fulicha, wenn er überhaupt irgendwo wohnte; aber ihr Leben hatte sie Geduld gelehrt, und sie verstand sich darauf, Fragen zu stellen, und am fünften Tag ihrer Reise hockte sie in der Morgendämmerung an der Tür einer Hütte, nicht größer als ihre eigene, und wartete schweigend darauf, daß sie sich irgendwann öffnete.

Bald kommt ein dunkler, schlanker Mann, stellt sich auf die Steinschwelle und gähnt ins Sonnenlicht. Helle, helle Augen hat er, von silbergrauer Farbe, und die hübschesten Hände, die die alte Sharm je bei einem Mann gesehen hat. Fast zu lang für seine schlanken Handgelenke sehen sie aus und anmutig wie Wolken, als er sie öffnet und schließt.

Hört nun, wie Sharms Knochen knacken wie ein Buschfeuer, als sie sich steif erhebt und geradeheraus fragt: „Bist du der Dieb?“ Der dunkle Mann dreht nicht einmal den Kopf.

„Um mit den Worten des unsterblichen Poeten Dhaj'mul zu sprechen“, fragt er den Sonnenaufgang, „wer will das wissen?“

„Ich bin Sharm“, sagt sie, „und ein König hat mir meine Tochter gestohlen, und ich brauche dich, damit du sie für mich zurückholst.“ Der Dieb zeigt keine Überraschung, doch jetzt kann Sharm spüren, daß er sie aus dem unteren rechten Winkel seines Auges ansieht.

„Und wenn ich das tue, wirst du mir natürlich jede Menge Geld geben und die Hand deines jungen Mädchens obendrein?“ Er hat eine leise Stimme mit einem angenehmen Tiefland-Tonfall. Als sie das hört, lacht sie gackernd, und ihr trockenes altes Gelächter bringt den Dieb dazu, sie genau anzusehen und selber ein bißchen zu lächeln. Sharm sagt: „Junge, ein Blick auf mich und du wüßtest, daß ich dir nichts anderes als halbverhungerte Fliegen anzubieten hätte, und doch hast du mir die Tür nicht vor der Nase zugeschlagen. Etwas, das ich sagte, gefällt dir – was kann das sein, was meinst du?“ Sie nähert sich dem Dieb, grinst ihr schamloses, zahnloses Grinsen, den Kopf hat sie – *so* – zur Seite geneigt.

„Ja“, sagt der Dieb. „Ich habe gerade überlegt – ich glaube

nicht, daß mich schon einmal jemand angeheuert hat, einem König etwas zu stehlen."

„Nein, ich heuere dich nicht an", widerspricht Sharm schnell. „Ich bitte dich. Das ist nicht dasselbe."

„Nein? Schade." Der Dieb betrachtet sie jetzt von Kopf bis Fuß, und seine Augen sind so flink und freundlich und erheitert, daß Sharm klar wird, daß sie auch nicht das kleinste bißchen darin lesen kann. Sie sagt: „Aber es gibt in einem Palast gewiß mehr zu stehlen als meine Tochter. Und sie ist sehr hübsch und außerdem gut erzogen."

Der Dieb betrachtet sie noch eine Weile und sagt nichts. Dann schlüpft er, rasch wie eine Fliege in einem Frosch verschwindet, in sein Haus und kehrt ebenso rasch mit einem Teller mit schwarzem Brot und Würzkäse für das gemeinsame Frühstück zurück. Sie sitzen freundschaftlich auf des Diebes Türschwelle, spüren, wie die Sonne im Steigen wärmer wird, beobachten, wie das zwielichtige Völkchen, das die ganze Nacht unterwegs war, um Gott weiß was zu tun, nach Hause geschlichen kommt. Und dann fragt der Dieb die alte Sharm: „Um welchen König geht es übrigens?"

„Also, warum sollte ich mich damit abgeben, mir solche Sachen zu merken?" gibt sie zurück. „Der, der in Baraquil herrscht, wie immer er sich nennt." Sie erzählt ihm alles, die Geschichte vom Verlangen des Königs nach einer klugen Braut, Tai-sharms tränenreiche Flucht aus der Küche und zuletzt von ihrem nächtlichen Verschwinden aus dem Stall. Der Dieb hört zu und nickt und kaut Brot und Käse und sagt nicht ein Wort, ehe Sharm geendet hat.

„So, so", sagt er dann. „Es wird nicht leicht sein; es kann mich durchaus den Kopf kosten, und du hast nichts, womit du mich bezahlen kannst. Habe ich etwas vergessen?"

„Nichts", erwidert die alte Sharm traurig. „Außer, daß sie hübsch ist. Du hast nicht zufällig einen Schluck Bier, um das Frühstück runterzuspülen?"

„Nein, zufällig nicht", sagt der Dieb. „Ich stehle gewöhnlich keine *Leute*, weißt du. Es sind meist *Dinge* – Geld, Edelsteine,

Pferde, geheime Papiere –, ich habe sogar einmal ein ganzes Schatzschiff gestohlen, just aus dem Hafen von Leishai. Wenn deinem Mädchen etwas geraubt worden wäre, etwas Wertvolles, etwas Seltenes, dann könnte ich es ihr vermutlich wiederbeschaffen."

„Ihre Freiheit?" schlägt die alte Sharm vor. Der Dieb seufzt. Er steht auf, hakt seine Daumen in den Gürtel, blickt hinab auf ihren grauen Kopf. Choushi-wai kann sich vorstellen, daß seine Augen vielleicht ein bißchen nachdenklicher sind, sein Gesicht ein bißchen ernster ist. Vielleicht aber auch nicht.

Schließlich sagt er: „Du niederträchtiges, verschlagenes Weib. Du verläßt dich darauf, daß ich genauso gut erzogen bin wie deine elende Tochter, und läßt mir in dieser Sache herzlich wenig Spielraum. Oh, ich sage dir, alte Frau, dein Kind hätte besser daran getan, wenigstens nicht hübscher zu sein als du." Er fährt Sharm durchs verfilzte Haar und stakst ins Haus zurück. Sharm klatscht einmal in die Hände, grinst einem Paar vorbeikommender Leichenschänder zu und trottet ihm nach.

Ja, so war's. Der Dieb brauchte eine Weile, um Tai-sharm zu finden. Nicht, daß er nicht wußte, wo sie steckte oder wie er hinkommen sollte, aber es war nicht seine Art, auf geradem Wege irgendwo hinzureisen. Bis er sich das ganze Wissen über Baraquil angeeignet hatte, das ihm vielleicht nützlich sein konnte, wie er glaubte, und bis er sich in einer nebligen Morgendämmerung aus Fulicha fortgeschlichen hatte, dann im Kreis geritten war, seine Spur zweimal, dreimal verwischt hatte, um jene neidischen Verfolger abzuschütteln, die immer versuchten, dort zu jagen, wo er jagte – nun, aus dem einen oder anderen Grund brauchte er eine Weile, das ist alles. Aber andererseits war der Dieb niemals in Eile.

Tatsächlich tat er selbst dann, als er in die Stadt Baraquil gezuckelt war – getragen von einem zotteligen, schäbigen Bergpony, das so klein war, daß die Kinder lachten, als sie sahen, wie seine Hacken beinahe den Boden kratzten –, nichts anderes, als sein Tier in einem respektablen Gasthaus unterzustellen und den ganzen Tag ziellos in der Stadt umherzuwandern. Oh, vielleicht hat er in dem einen oder anderen der wenigen respektablen Wirtshäuser ein bißchen vom dortigen *yaru* getrunken und ein paar Geschenke für Verwandte gekauft, die er, wie er sagte, in Bitava hatte, und mit der ausdruckslosen Stimme eines Mannes aus Fors na'Shachim ein paar Fragen gestellt. Und als man ihm von der bevorstehenden Hochzeit des Königs erzählte und von der jungen fremden Prinzessin, die, wie es hieß, bis jetzt oben im Palast verborgen war – *da, Mann! Siehste ihn? Das Glitzerding genau hinter dem Hügel?* –, nickte er bloß, heuchelte aus Höflichkeit Interesse. Die Leute schenkten ihm bald keine Beachtung mehr. Das war immer so.

Wenn der Abend dämmerte, bummelte er durch die Straßen, nickte dem einen oder anderen zu, keck, wenn ihr wollt, und ging pfeifend zur ersten Außenmauer, die auf einem nackten Felsrücken oberhalb des städtischen Schlachthauses entlangführte. Und diesen Abend und jeden Abend oder die erste Morgendämmerung während der folgenden vierzehn Tage brachte er in Muße damit zu, den Palast in seiner ganzen Ausdehnung zu erkunden, das heißt Wald und Park, Wiese, Weiher, Weideland, Steinhügel und jähen Wasserfall. Wo die Mauern verliefen, dort lief der Dieb, immer ohne Eile; und obwohl überall Wachtposten waren, wo sie sein sollten, gab er sich keine Mühe, nicht gesehen zu werden. Und am Ende dieser Zeit wußte er so viel über den glitzernden Palast, wie man von der Außenseite dieser Mauern überhaupt in Erfahrung bringen konnte.

Das war so gut wie nichts, und das stimmte den Dieb verdrießlich. Zwar reichten die Mauern an einigen Stellen dicht an den Palast heran, doch er hatte nicht mehr als den einen oder anderen schnellen Blick auf die Frau erhaschen können, die er für ihre Mutter stehlen sollte, und jedesmal war sie in Begleitung eines großen grauen Mannes und schien damit vollkommen zufrieden. Nie bot sich ihm die Gelegenheit, ihre Aufmerksamkeit zu erregen, nicht ein einziges Mal, und er hatte keine Möglichkeit, ihr eine Botschaft zu schicken. Ihm blieb offenbar nichts anderes übrig als nach einem Weg zu suchen, in den Palast zu gelangen.

Ihr müßt nun aber wissen, daß der Dieb kein tapferer Mann war. „Wenn du das tust, was ich tue", sagte er oft dem merkwürdigen Sammelsurium seiner Freunde, „ist Mut dein schlimmster Feind. Grips ist nötig, wenn du stehlen willst – Grips und noch mal Grips und geschickte Hände. Was den Wagemut betrifft" – und hier zuckte er verschlagen die Achseln – „Wagemut, schön und gut, wo er hingehört. An den Schluß, wenn du die Geschichte erzählst." Bei denen, die wie die alte Sharm Interesse an solchen Dingen hatten, waren seine Diebstähle legendär, doch es war seine Feigheit, die er stolz vor sich hertrug wie einen großen goldenen Pokal. Choushi-wai erzählt euch das, damit ihr begreift, wie ernsthaft verärgert er darüber war, über die Palastmauer klettern zu müssen.

Für seinen Besuch wählte er die Stunde vor Sonnenaufgang und als Ausgangspunkt einen Hain von Windweiden auf einem Abhang über dem Palast. Das Klettern verlief ohne Zwischenfall: Nicht der kleinste Alarmruf eines Wächters, und seine besten Arbeitskleider nahmen keinen Schaden. Der Dieb sank herab auf den tauweichen Boden wie ein fallendes Blatt, kollerte in den Schutz der Bäume – denn sowohl innerhalb wie außerhalb der Mauern streiften Wachen umher – und starrte, als er sich erhob, ausgerechnet in die freundlichen, idiotischen Augen eines großen blauen *jalduk*. Ja, *wir* kennen sie als gefräßige Plagen, die Gärten verwüsten, doch der König machte sie zu Haustieren und ließ sie in den Palastanlagen frei herumlaufen. Der Dieb verscheuchte das Tier und bewegte sich vorsichtig den Hügel hinab.

An diesem Tag blieb er nur eine kurze Weile, nicht länger, und wagte sich nicht einmal in den Schatten des Palastes. Taisharm sah er überhaupt nicht, und er entdeckte auch keine Möglichkeit, zu ihr zu gelangen. Es passierte allerdings eine merkwürdige Sache: Als er anfing zurückzuklettern, glaubte er jemanden nicht weit entfernt singen zu hören. Einen Augenblick meinte er, es könne das Mädchen sein, doch es war nicht die Stimme einer Frau – nein, aber genaugenommen auch nicht ganz die eines Mannes. Der Dieb zögerte oben auf der Mauerkrone und gab sich Mühe, die Worte zu verstehen. Doch das Singen endete so unvermittelt, wie es angefangen hatte, und der Dieb zuckte schließlich die Achseln und glitt zurück in Sicherheit, ungesehen, unentdeckt und keinen Deut klüger, wo er doch so früh aufgestanden war. Und wenngleich er an diesem Abend zuviel trank, weil er verärgert war, schlüpfte er doch schon am nächsten Tag vor Tagesanbruch wieder über die Mauer, ob ihm der Schädel brummte oder nicht. Er war auf seine Art genauso geduldig wie die alte Sharm, dieser Dieb.

Und was glaubt ihr? Dieses Mal hört er das Singen, während er noch klettert, und ihm so nahe wie sein eigener Herzschlag, obwohl er an diesem Morgen an einer ganz anderen Stelle zur Erde gleitet. Hier ist der Hang fast baumlos, für jedes scharfe Auge im Palast viel zu leicht einzusehen. Der Dieb erspäht die *targary*-Hecke und strebt ihr zu, ohne auf ihre Form oder Beschaffenheit zu achten. Er ist an nichts anderem interessiert als an einer raschen Deckung und an dem Gesang, der jetzt ganz nah ist. Wir aber kennen das Lied bereits:

Rundherum und auf und nieder –
wer will hören meine Lieder?
Erst gerade, dann im Kreis –
wer will hören, was ich weiß?

„Du meine Güte“, sagt der Dieb sehr leise. Er schiebt sich näher und denkt nicht einmal daran, zu rufen. Das Lied geht weiter.

Labyrinthe – Liebesplätze –
wer suchen will, der liebt nur Schätze.
Wer suchen will, der liebt mich nicht –
wer ist wohl dieser arge Wicht?

„Nein so was", sagt der Dieb, „so was", und er schreitet verärgert tiefer in das überwucherte Labyrinth, sein Kopf zuckt nach links und rechts, um herauszufinden, wer da so spöttische Reime auf ihn macht. Aber nichts ist zu sehen – nur noch mehr halb abgestorbene *targary*-Hecken, brüchig wie Brotkruste. Er tappt hierhin und dorthin, bis er so verwirrt ist, wie ein Labyrinth es sich wünschen kann, und immer noch kein sterblicher Leib, der diesen ärgerlichen Gesang beherbergen könnte: Und die Sonne ist bereits da, und die Stimmen, die er jetzt hört, gehören den Männern der Wachablösung, die einander ihr „Alles in Ordnung" zurufen. Dem Dieb bleibt nichts anderes übrig als auf das Geschrei zuzuschleichen, zur Außenmauer zurückzukehren und erschöpft von der Mauer abzuspringen. Sein Hemd ist mit verschrumpelten gelben *targary*-Blättern gespickt, sein Kopf voller klingender Rätsel. Er wird diesen ganzen Tag verschlafen, in der Dunkelheit erwachen und den wilden Schwur tun, auf dem Heimweg zu sein, wenn der Mond untergeht. Aber bei Monduntergang ist er doch wieder da, klettert über des Königs Außenmauer, um Sharms Tochter zu suchen. Weil er der Dieb ist. Das ist er seinem Namen schuldig.

Kein Gesang, nichts als das Schlurfen eisenbeschlagener Füße und das verschlafene Zirpen von Vögeln, es sei noch nicht Zeit, aufzustehen. Der Dieb nimmt ein Risiko auf sich, einfach weil er verärgert ist, und nähert sich geräuschlos dem Palast und kommt so dicht heran, daß er die flackernden Lichter und die Schatten der Köche in der Küche sehen kann, die bereits das Frühstück vorbereiten. Hinter den hohen, schmalen Fenstern kann er alle Arten von Schnarchtönen hören, und wenn er ganz stillhält, kann er sogar hören, daß sich auf dem Palastdach, das sich dunkel gegen die Dunkelheit abzeichnet, etwas bewegt, wo der König die Sterne beobachtet, wenn der Dieb das auch nicht wissen kann. Er weiß aber, daß er nichts erkennen kann, das auf Tai-sharm hindeutet: Die einzige weibliche Regung in der Nacht ist das schläfrige Säuseln eines Astes von einem *deshi*-Baum vor einem hohen Balkon. Immer noch kein Lied. Der Dieb seufzt tief, preßt sein Kinn heftig in die Hand. „Verflixtes altes Weib“, murmelt er wieder einmal und meint die weit entfernte Sharm. „Ich hasse das alles. Und dich hasse ich auch.“

Und mit diesen Worten ist er auf dem *deshi*-Baum, als hätte dieser Sprossen, und läuft den Ast entlang dem Balkongeländer entgegen, ohne zu wissen, ob man ihn vom Erdboden aus sehen kann, stößt auf ein versperrtes und verriegeltes Fenster und fällt um ein Haar vom Baum. Aber das Diebesglück kommt ihm zu Hilfe: Das Fenster ist nicht sorgfältig verschlossen, und er ist drinnen, ehe der Ast aufgehört hat zu schwanken. Er blinzelt in der pelzigen Dunkelheit umher und weiß sofort, daß dieser Raum leer ist, weil ein Dieb solche Dinge wissen muß. Vorsichtig bewegt er sich zur Tür und lugt hinaus in schwindenden Fackelschein. Viele andere Türen, aber weder Wachen noch Geräusche bis auf gelegentliches friedliches Schnarchen. Ist das Schnarchen von Tai-sharm darunter? Nur eine Möglichkeit, das herauszufinden.

Einen Flur nach dem anderen durchschleicht der Dieb, drückt sich in Eingänge und Nischen, erstarrt zu Eis bei jedem Geräusch, behandelt jede Tür so sanft, daß sie das Öffnen nicht bemerkt und sich kein Schläfer rührt. Wie viele Schläfer es da gibt: Nicht bloß die übliche Mischung aus jungen Höflingen und alten Ministern, sondern auch Pärchen – meistens verheiratet, so wie sie aussehen. Ob einzeln oder gepaart, keine der Frauen entspricht Sharms Beschreibung ihrer Tochter. Der Dieb schleicht weiter.

Zweimal kommt ein Paar Wachtposten auf ihn losmarschiert, aber beide Male blicken sie den Dieb direkt an und sehen ihn nicht – vielleicht weil Eis durchsichtig ist, was meint ihr? Das zweite Paar beklagt sich laut darüber, daß man kaum zum Schlafen kommt, weil man wegen morgen Doppelwachen schieben muß – wegen *heute*, denkt der Dieb –, es ist des Königs Hochzeitstag. Aber wenigstens wird es genügend Bier und *yaru* geben, da kann man noch eine Runde drehen. Ein feiner König, ihr Herr, nichts gegen ihn zu sagen, aber er trinkt nicht genug und glaubt, alle anderen tränken zuviel. Und so weiter und so weiter, ihre Stimmen tragen weit, nachdem sie um die Ecke gebogen sind, und klingen allzu böse in den Ohren jener, die sie aufwecken. Falls der König heute nacht überhaupt schläft, ist er nicht der Mann, für den sie ihn halten.

„Der Hochzeitstag", sagt der Dieb ruhig zu den kalten, glatten Wänden. „Niemand sagt mir was."

Doch er weiß, daß das nicht stimmt. Er hat das Gerede in der Stadt gehört – er hat sogar die Wachtposten an der Mauer belauscht, die über die bevorstehende Hochzeit des Königs derbe Witze machten. Aber er ist der Dieb, versteht ihr, *der Dieb*, und selbst die Zeit weiß, was das bedeutet. Die Zeit verlangsamt sich, bloß für den Dieb, das ist immer so gewesen. Es gibt immer verirrte Minuten, Stunden, hin und wieder sogar einen zusätzlichen Tag, die fix und fertig bereitliegen, wenn er sie wirklich braucht. Jetzt haben die Zeit und die sorglose Eitelkeit ihn zu Fall gebracht; wenn es ihm nicht gelingt, Tai-sharm zu ihrer Mutter heimzubringen, ist das ebenso sein Fehler wie der des Königs oder des Ersten Ministers. Was der Dieb in jenem Flur laut zu sich selber sagt, kann Choushi-wai euch nicht sagen, aber wenn es ungehört blieb, war das bloß den vielen Kissen zuzuschreiben, die über so viele Ohren gezogen wurden, so viele Jahre nachdem die Wachen vorbeigegangen waren.

Doch schließlich zuckt er die Achseln und lächelt sogar ein bißchen und sagt: „Was kann ein Narr anderes machen als seine Narrheit weiter zu treiben? Ich werde das Mädchen der alten Sharm dennoch finden, und wenn man mich schnappt, habe ich es mehr als verdient." Und er marschiert los, stampft jetzt geradewegs mitten durch den Flur wie ein verdammter Held, der einem Palast voller Hochzeitsgäste einen Besuch macht, anstatt sich nach rechter Diebesweise an der Wand entlangzudrücken. Choushi-wai kann euch sagen, daß der Dieb es sich in seinem ganzen langen Leben nie ganz verzieh, wie er sich da aufgeführt hat. „Ich stehle Dinge", pflegte er ärgerlich zu sagen, „ich bringe sie nicht zurück. Das ist ein Unterschied, und den kannte ich damals so gut wie heute. Schimpflich, diese ganze Sache."

Und zum Glück biegt er um eine Ecke und erblickt sechs bewaffnete Männer – keine einfachen Posten, sondern richtige Soldaten des Königs –, die Wachdienst vor einer Tür haben, die sich von den anderen nicht unterscheidet. Zum Glück, sage ich, weil seine Verrücktheit ihn im selben Augenblick verläßt und er sich flach in den ersten brauchbaren Schatten drückt, ohne auch nur nachzudenken, weil er fürchtet, das könne Lärm machen. Durch Zufall und durch Hochmut, ganz wie ihr wollt, hat der Dieb Tai-sharm am Ende gefunden.

Nun ist es so, daß der Dieb in seinem ganzen Leben nie eine Waffe getragen hat, nicht mal den *jiyak* eines Wilderers, ja nicht einmal ein kleines Stiefelmesser. Würde sich Tai-sharm darauf verlassen, daß er auf ihre Gefängniswärter losgeht und sie eigenhändig niedersticht, wäre sie längst so alt wie ihre Mutter, bevor der letzte Mann im Bett stürbe. Der Dieb ist wieder er selbst, fühlt sich wohl in der Dunkelheit, während er kühl ein halbes Dutzend Ablenkungsmanöver überschlägt, die dazu dienen können, daß Tai-sharms Tür die halbe Minute, die er braucht, unbewacht ist. Er könnte natürlich schreien – schnattern, jammern, stöhnen wie die Geister der schändlich Erschlagenen, die überall in jedem Schloß spuken, unabhängig vom Königreich oder der Zeit –, und dann könnte er Stimmen nachahmen, solche, die verstohlen von überall aus der Luft kommen und jeden Mann verhöhnen und heimsuchen, der jemals etwas Verbotenes geträumt hat. Der Dieb versteht sich auf Stimmen.

Aber wie es der Zufall will, braucht er in dieser Nacht seine Kunst nicht vorzuführen. Die Tür öffnet sich einen winzigen Spalt, und hervor schlüpft eine kleine alte Frau, die rasch die Tür wieder schließt. Wie können wir ihr Alter sicher wissen, eingemummt wie sie ist in den zeltartigen *sals'yaan*, der in diesem Land das Erkennungszeichen von Pflegerin, Hexe und Hebamme gleichermaßen ist? Da wäre zum einen der krumme Rücken und der puppenhafte Gang, der dazugehört, und natürlich die weißen Haare, die den Kapuzenrand ihres Kittels bekränzen. Auf ihren Handrücken sind gelbbraune Flecken, und ihre Augen sind wässrig und trüb.

„War außer sich vor Aufregung, das Kind", kichert sie mit schriller Stimme den Bewaffneten zu. „*Ai*, selbst ein altes Weib wie ich kann sich an solche Begierde erinnern. Ich hab ihr einen meiner besonderen Tränke gegeben, also wird sie ruhig schlafen, bis es Zeit ist. Wenn die edlen Herren mich jetzt entschuldigen wollen."

Die Männer treten auseinander, um sie durchzulassen. Sie erscheinen ein wenig verblüfft über ihr plötzliches Auftauchen, aber nicht argwöhnisch. Die alte Frau schlurft grinsend und murmelnd vorbei und in die Halle und um die Ecke. Wo ihr eine Hand unverzüglich den Mund verschließt, während ein dazugehöriger langer Arm sie elegant in eine Nische befördert und eine leise Stimme ihr Ohr kitzelt. „Schön, daß wir uns endlich treffen, Sharms Tochter, deine Mutter schickt dir Grüße."

Mit diesen Worten lockert der Dieb seinen Griff. Die alte Frau wirbelt herum, sieht ihn an, die Kapuze fällt zurück auf ihre Schultern. „Wer bist du? Woher kennst du meine Mutter?" Sie hat vergessen zu kichern, doch sie hat noch genug Verstand, ihre Fragen flüsternd zu stellen. „Woher *kennst* du mich?"

Der Dieb hält sie auf Armeslänge von sich und betrachtet sie nachdenklich. „Ja, das Haar ist gut", sagt er fast zu sich selbst. „Die Hände, na ja, das dürfte einfacher *rishu*-Talg sein, verdünnt mit rotem Bier – gut genug für dieses Licht, zu dieser Stunde. Und die Augen, das ist Wolkenblumensaft; benutze ich selber auch. Brennt schrecklich, nicht wahr?" Die Frau starrt ihn mit geröteten Augen an, ohne etwas zu erwidern. „Jede Menge Wolkenblumen auf diesem prächtigen Anwesen, wohin man auch guckt", sinniert der Dieb weiter. „Aber das Haar, das Haar – wie hast du *das* gemacht? Ich hab's mit Beize von *chena*-Blättern versucht, wie Schauspieler sie benutzen, ich habe miserable Gebräus aus Hinterzimmern benutzt, die alle Diebe kennen – ja, und ich habe sogar meine eigene Tinktur versucht, zermahlene

Knochen mit verschiedenen Aschen vermischt und mit einer Prise Eiweiß als Bindemittel. Aber dein Haar, nein – nein, eine solche Täuschung wäre mir auch nicht annähernd gelungen. Sag mir, Mädchen, ich beschwöre dich …"

„Ich muß meinen Freund aufsuchen", sagt Tai-sharm. Sie taucht unter seinem Arm weg, und schon ist sie auf und davon, den Flur entlang – kein plattfüßiges Gehumpel, sondern der Gang eines Landmädchens, dem ein brüllendes Stück Vieh nachläuft. Der Dieb folgt ihr so rasch er kann, ganz zufrieden damit, daß sie die Führung übernimmt. Stellt euch vor – der Palast ist nun endgültig zum Leben erwacht. Die Fackeln in den Hallen verlöschen spuckend, obwohl die Schatten, die sie hinterlassen, immer noch eher schwarz als grau sind und kein Hahnenschrei zu hören ist. Doch der Dieb hört Stimmen hinter vielen Türen; er hört schläfriges Lachen, Fluchen, Stöhnen und die vertraute Musik, die ertönt, wenn mehr als ein Mann in seinen Nachttopf kotzt. Was er ebenfalls hört, ist das kühle Klimpern von Silbergeschirr auf Silbertabletts – die Diener sind bereits bei der Hausarbeit, bringen Frühstück in diesen Raum und zweifellos Hochzeitsgewänder in einen bestimmten anderen. Sie können weder irgendwo abbiegen noch kehrtmachen; zwangsläufig würde man sie jeden Augenblick sehen und ergreifen, und was immer aus Tai-sharm werden mag, über sein eigenes Schicksal macht sich der Dieb keine Illusionen. „Langsam!" zischt er ihr nach. „Wenn du so hüpfst, sind wir verloren – gehen mußt du, *gehen*, als hättest du in diesem verdammten Kasten etwas zu erledigen. Dumme Gans, *gehen!*"

Tai-sharm achtet nicht auf ihn, sondern eilt weiter, huscht beim ersten Geräusch näherkommender Schritte in einen Seitenflur, rennt durch einen leeren Ballsaal, wo das Echo ihrer eigenen Schritte gemein über sie herfällt, saust leichtfüßig durch einen halb versteckten Dienstbotengang, den der Dieb übersehen hatte. Dieser führt sie direkt in die Küche, wo Tai-sharm ihren Schritt verlangsamt und auf der Stelle wieder die alte Hexe wird, den Blick auf ihre schlurfenden Füße gesenkt, die Miene halb liebenswürdig, halb altersschwach. Der Dieb nimmt sie beim Ellenbogen, beugt sich fürsorglich über sie, und so durchqueren sie die geschäftige, lärmende Küche, wo niemand auch nur einen Moment Zeit hat, einen Blick auf sie zu werfen, bis auf einen jungen Konditorlehrling, der demütig einen Segen für seine Törtchen erbittet. Er hält ihn und einen zweiten dazu für seine hübschen Augen. Tai-sharm hat viel zu viel Spaß an der Sache.

„Raus hier, Sharms Tochter", knurrt der Dieb liebenswürdig in ihr Ohr. „Raus hier, bevor ich anfange zu schreien. Du willst doch nicht im Ernst, daß ich schreie, oder?"

Tai-sharm wirft ihm einen raschen Blick zu, und über das Gesicht der alten Frau huscht ein Lächeln wie ein fallender Stern. Sie kichert: „Geduld, mein Kleiner, alles wird gut werden", und dann leiser mit ihrer eigenen Stimme: „Hat meine Mutter dich wirklich geschickt, um mich zu suchen? Woran kann sie da gedacht haben?"

„An Rettung", antwortet der Dieb trocken. „Stell dir vor, sie hat eine lange Reise gemacht, um mich zu bitten, dich zu retten." Aber das sagt er zu Tai-sharms Rücken: Sie tappt unbemerkt weiter, summt gedankenlos vor sich hin, wie es alte Leute tun. Der Dieb weicht einem Paar schwitzender Spießdreher aus, tanzt zurück wie ein verrückter *zuli-gaji*-Priester, um nicht von einem riesigen Koch zertrampelt zu werden, der auf jeder Schulter eine dampfende Terrine balanciert, und holt Tai-sharm erst am anderen Ende der Küche wieder ein, als sie durch eine rauchgeschwärzte Tür verschwindet. Dahinter ist eine Treppe, so steil und schmal, daß sie ebensogut eine Leiter sein könnte. Tai-sharm ist bereits ein Schimmer in der kalten Dunkelheit hoch über ihm. Der Dieb klettert ihr nach.

Am Ende der Treppe ist eine winzige Garderobe, kaum mehr als ein Wandschrank, wo die königlichen Köche und Bäcker ihre guten Kleider lassen und Schürzen anziehen. Dahinter ist ein weiterer Flur, der breiter ist als die Straße, die zu Tai-sharms Dorf führt – und dahinter schließlich ist die große Seitentür des

Palastes. Verschlossen, verbolzt und verriegelt ist sie, und es gibt für Tai-sharm und den Dieb nicht die geringste Möglichkeit, sie in der kurzen Zeit, die ihnen bleibt, zu öffnen. Der Dieb, der einen Wächter zu hören vermag, der zwei Häuser entfernt in seinen Zähnen stochert, kann bereits hören, daß die Jagd sich der Küche nähert. Er zittert nicht, und er schwitzt nicht, aber seine Lippen sind sehr kalt.

Tai-sharm zögert keinen Augenblick: Sie eilt schnurstracks auf das äußerste, niedrigste linke Fach der linken Tür zu und macht sich eilig und kundig daran zu schaffen, tippt gegen Schnitzwerk, dreht eine Auskragung, drückt kräftig auf einen merkwürdigen kleinen Höcker. Jedoch nichts geschieht. Sie versucht es noch einmal, wendet den Kopf, sieht den Dieb an und ruft: „Sie geht auf, *sie geht auf*, es gibt eine Möglichkeit, ich habe einmal einen Soldaten gesehen, der es machte. Jede Nacht habe ich auf der Mauer nachgemacht, was er tat, damit meine Finger es sich merken. Jetzt kann ich's nicht, ich kann's nicht …"

Der Dieb schiebt sie zur Seite, und das weniger zartfühlend als er sollte. Ohne ein Wort kauert er sich vor das Türfach, pfeift leise durch die Zähne, den Kopf zur Seite gedreht, und seine langen Finger laufen gespreizt über die rauhe Holzfläche. Die Verfolger haben den Fuß der Treppe erreicht – Tai-sharm kann sogar das verzweifelte Gebrüll des Ersten Ministers hören, während sie von einer Seite zur anderen läuft, jetzt zum erstenmal voller Angst. Der Dieb knurrt einmal ganz tief, und das Türfach springt auf, und da ist das silberne Sonnenlicht des Morgens auf den hellen Rasenflächen. Sie ist durch die Lücke geschlüpft wie ein *shukri* in ein Loch, und der Dieb ist ihr auf den Fersen.

„Dort hinüber!" bellt der Dieb und deutet auf die Sonne. „Dort ist die Mauer am nächsten!" Aber nein, Tai-sharm dreht ab, stürmt den Hang hinunter auf das verwahrloste alte *targary*-Labyrinth zu, das sich als Versteck überhaupt nicht eignet. Der Dieb glaubt, sie sei vor Angst verrückt geworden. Er rennt so schnell er kann und ruft, es habe keinen Zweck, die Hecken seien nicht hoch genug, um selbst eine kleine Person wie Tai-sharm vor ihren Verfolgern zu verbergen. Wie die Königin, die sie nicht sein will, blickt Tai-sharm sich nicht um.

Da wir gerade von Königtum sprechen – vom Palastdach kommt ein Schrei, und der Dieb fährt herum und sieht den König, dunkel gegen den blassen, frühen Morgen, ohne Zweifel den König, der sich über eine Brustwehr beugt und auf Tai-sharm deutet. Der Dieb kann von allen Worten, die der brüllt, nur zwei verstehen – „... der Fisch ... der *Fisch!*" Die bewaffneten Männer drängen sich jetzt durch die kleine Tür, zu viele auf einmal, stolpern übereinander, Clowns in Kettenpanzern – aber sie sehen ihn! Der Dieb macht kehrt und rast auf das Labyrinth zu.

Einen Augenblick lang kann er weder Tai-sharm sehen noch etwas anderes, denn das Labyrinth bewahrt in seinem dürren Herzen immer noch ein bißchen von der letzten Nacht. Dann sieht er sie an einem winzigen, unter Blättern erstickten Teich knien, das Gesicht berührt fast das Wasser, ihre Lippen bewegen sich. Der Dieb achtet nicht darauf, was sie sagt – was er hört, ist wieder diese Stimme, die weder einem Mann noch einer Frau gehört und dasselbe Beinahe-Lied singt:

Tief, so tief, du ahnst es nicht,
wo niemals glänzt des Morgens Licht,
von Sonn und Schatten ist kein Hauch,
doch wenn du rufst, dann komm ich auch ...

Ein träger Strudel – das schwere Klatschen eines Schwanzes –, und es ist *wahrhaftig* ein Fisch und außerdem so häßlich, wie man sich nur denken kann. Der Singende Fisch sagt zu Tai-sharm: „Kind, was willst du von mir haben?"

Und Tai-sharm antwortet ruhig, als wären sie allein und die bewaffneten Männer des Königs nicht da, die unmittelbar außerhalb des Labyrinths poltern und schreien. „Ich habe dich einmal angefleht, mir bei der Flucht aus diesem Palast zu helfen. Du sagtest, es sei noch nicht die Zeit."

„Das sagte ich in der Tat“, stimmt der Singende Fisch zu, und der Dieb rüttelt Tai-sharm an der Schulter und knurrt: „Mädchen, ins Wasser mit dir – wir brechen Schilfstengel ab, und durch sie atmen wir.“ Tai-sharm achtet weder auf ihn noch auf den Radau der Männer des Königs, die ihr jetzt fast so nahe sind wie der Dieb.

„Und vor einiger Zeit bat ich dich ein zweites Mal mir zu helfen“, sagt Tai-sharm, „und du hast mir wieder gesagt, es sei nicht die rechte Zeit.“

„Das sagte ich in der Tat, in der Tat“, erwidert der Singende Fisch. Dem Dieb fehlen die Worte. Er kann über den vertrockneten *targary*-Hecken zwei, drei Helme sehen, und er wünscht sich zum erstenmal, daß er wenigstens ein kleines Messer bei sich trüge, und sei es nur, um sich selber die Kehle durchzuschneiden. Neben ihm redet Tai-sharm weiter mit dem häßlichen Fisch und fragt ihn äußerst höflich: „Ich denke, jetzt könnte vielleicht die rechte Zeit sein, was meinst du?“

„Das denke ich auch“, sagt der Singende Fisch.

Und mit diesen Worten verändert sich alles. Blitzartig verschwindet Tai-sharm vor den Augen des Diebes – jetzt noch da, *schwupp*, verschwunden, als hätte ein Fischer in einer anderen Welt sie ihm vor der Nase fortgeangelt. Dann – wohlgemerkt ohne einen Klatscher, ohne ein Geräusch – ist er kopfüber in dem schlammigen Teich, der ihm überhaupt nicht schlammig, nicht einmal naß vorkommt. Und er ertrinkt nicht, kein Wasser erstickt ihn: Nein, nein, *nein*, glaubt Choushi-wai, wenn sie sagt, daß er wirklich zu fliegen, ins Licht zu schweben meint, als wäre er ein Vogel und nicht ein kleiner Fisch, der er, wie er bereits weiß, ist. Er kann gerade ein Stück seines eigenen Schwanzes sehen, mattgrün wie das früheste Frühlingsgras, wenn er seinen Leib im richtigen Winkel beäugt. Neben ihm, unter ihm stößt ein anderer Fisch keck an seine Flanke, gefärbt wie das Meer im Sonnenlicht, und er begreift, daß es Tai-sharm ist.

Jetzt sind Stimmen da, viele Stimmen, aber weit, weit weg. Der Dieb kann die Laute nicht in Worte übersetzen, doch er kann sie spüren, eine Art von gedämpftem Mißklang in seinem Inneren, irgendwie beunruhigend. Dann hört er richtige Worte, in seinem Kopf hört er sie, die ruhige Stimme von Tai-sharms häßlichem Fisch-Freund, die sagt: „Taucht, taucht. Der König ist da."

Seinen ersten und besten Trick hat der Dieb selbst in dieser neuen Gestalt nicht verlernt: sich zu verstecken. Sein Fischkörper gehorcht ihm, ohne daß er darüber nachdenken muß, wunderbar rasch, kippt geradewegs hinunter in Tiefen, die viel dunkler sind, als er es einem schmutzigen Waschzuber wie diesem Teich zugetraut hätte. Doch als er sich suchend nach Tai-sharm umsieht – stellt euch vor, wie es wäre, wenn ihr eure Augen seitlich am Kopf hättet, na? –, folgt sie nicht, ist überhaupt nicht zu sehen. Der Dieb flucht wie ein Knurrhahn und kehrt um.

Sie verharrt zitternd unmittelbar unter der Oberfläche, starrt wie gebannt auf die Gesichter, die sie durch die abgestorbenen Blätter anglotzen. Die meisten sind von Stahl oder Leder gekrönt, eines aber nur von einem Schopf steingrauer Haare, und der Dieb begreift, daß dies endlich der König ist. Der Verlust macht des Königs Augen so unergründlich wie den Teich, als sie den Augen des kleinen meerfarbenen Fisches begegnen. Langsam streckt er seine Hand aus, als wollte er nach dem Fisch greifen – und wahrscheinlich könnte er sie auch packen, denn Tai-sharm kann sich offenbar nicht rühren. Aber der König zieht seine Hand zurück und schaut sie weiter an.

„Tai-sharm", sagt der Dieb und hört seine eigene Stimme im Kopf Blasen werfen. „Tai-sharm, deine Mutter wartet."

Da wirft sich Tai-sharm herum und ist mit einem Zucken ihres Schwanzes außer Sicht. Der Dieb läßt es sich nicht nehmen, einen letzten Blick auf den König zu werfen, der vorgehabt hatte, sie an eben diesem Morgen zu heiraten. Das Gesicht des Königs zeigt jetzt keinen Kummer, und seine Augen kann der Dieb überhaupt nicht erkennen. Aber er kann sich nicht vom Wasser abwenden. Wieder hört der Dieb die Stimme des Singenden Fisches: „Taucht. Taucht tief."

Da taucht der Dieb aufs neue dem winzigen Schimmer Taisharms nach. Hat dieser Teich keinen Grund? Endet die Dunkelheit nie? Er ist noch nicht sehr lange ein Fisch, und alles in ihm sehnt sich danach, zurück nach oben zum Licht und zum Himmel, zu wehenden *targary*-Zweigen zu schwimmen. Aber hinter sich spürt er den Singenden Fisch, der sie beide vorwärtstreibt, immer tiefer, tiefer und weiter. Und selbst hier, selbst hier, das Lied.

Soll das Fisch-Reich jetzt betören,
die nur kurz ihm angehören.
Fremde aus der Welt so weit –
schmeckt und riecht nun, was ihr seid.

Und ja, tatsächlich stellt der Dieb fest, daß ihm sein neues Leben als Fisch Spaß zu machen anfängt. Er bewegt sich im Wasser, wie sich keiner von uns je in der Luft bewegen wird, beide durchströmen sich, keine Grenze, wo *er* aufhört und das Wasser anfängt. Schnell und behende mußte er sein Leben lang sein, aber sein kleiner grüner Körper tut, was er will, bevor er weiß, daß er es wollte, und mit der Zeit weiß er, daß der Körper sich bereits auf das nächste vorbereitet, was ein Fischkörper tun muß. Kiemen, um Luft aus dem Wasser zu filtern, komische stachelige Bartfäden, die ihm sagen, was gutes Fressen ist und für wen in der Nähe *er* gutes Fressen ist, Flossen an seinen Flanken, auf dem Rücken und der Unterseite, um sein Gleiten richtig zu steuern, der Schwanz klein, aber kraftvoll – wirklich, es ist schön, ein Fisch zu sein! Der Dieb lacht aus purer Freude, und er spürt, daß Tai-sharm, irgendwo weit vor ihm, ebenfalls lacht.

Die Bartfäden und der Geschmack des Wassers – nicht auf der Zunge, natürlich, mehr ein Prickeln in den Kiemen – verraten dem Dieb, daß sie den Teich tatsächlich verlassen haben und durch eine Art Tunnel flitzen, einen Ausfluß … wohin? Er kann die Wände nicht sehen, die ihn eng umschließen, doch seine neue Haut sagt ihm, daß sie aus Stein und Lehm sind, und hier und da ragen aus beiden Seiten Baumwurzeln hervor, die nach dem Wasser greifen, nach ihm. Vor ihm Tai-sharm, klein und schimmernd; hinter ihm dieses endlose verrätselte Lied:

Bauernkind und Bauernfänger,
auch aus Fischen werden Sänger.
Ob König oder Wurm, von allen Dingen
vermag, was Atem hat, zu singen.

Wie lange sie so dahinhuschen, wird der Dieb nie erfahren – Fische kümmern sich nicht um solche Dinge –, aber bald darauf ändert sich das Geschmacks-Prickeln, und das Gewicht des Wassers verrät seiner Haut, daß sie sich wieder in einem Teich befinden. Dieser ist ruhig, klar, flach. Tai-sharm und der Dieb ruhen sich dankbar aus und drehen sich nach dem Singenden Fisch um. Er schwebt über ihnen: klein für einen Fisch, schon möglich, aber riesig für kleinere und selbst für andere Fische häßlich, mit seinen pißgelben Hängebacken und dem schlabberigen, schmutzigroten Körper. Er sagte: „Für den Augenblick seid ihr hier sicher. Wir sind außerhalb der Mauern."

„Wir danken dir", antwortet der Dieb, nachdem er wieder zu Atem gekommen ist. „Wenn du uns jetzt freundlicherweise unsere richtigen Gestalten wiedergeben würdest, werde ich zum Gasthaus zurückkehren, mein Pferd holen und diese junge Person schnurstracks heimbringen zu ihrer Mutter."

„Vielleicht auch nicht", sagt der Singende Fisch. „Die Männer des Königs werden heute nacht in ganz Baraquil ausschwärmen wie Ameisen über einer toten Fliege. Du bist zwar verschlagen, guter Dieb, aber du würdest keine Meile aus der Stadt rauskommen, nicht als ein berittener Mann, der ein junges Mädchen geleitet. Doch als ein Mann zu Fuß, der einen Korb mit zwei Fischen trägt, hast du vielleicht eine kleine Chance."

„Zwei Fische", sagt der Dieb ganz behutsam. „*Zwei* Fische."

Der Singende Fisch kichert, oder was immer Fische tun; Choushi-wai weiß bloß, daß der Dieb und Tai-sharm die Erschütterung in ihren Knochen spüren. Der Singende Fisch sagt: „Und warum nicht? Bin ich nicht auch berechtigt, dorthin getragen zu werden, wo ich sein möchte? Bevor du die Zukünftige des Königs zurückbringst zur alten Sharm – und die hat Haare auf den Zähnen! –, wirst du mich ans Meer tragen und dort freilassen. Das ist meine Gebühr dafür, daß ich euch in eurer Not geholfen habe."

Ein Fisch ist ein Fisch, aber ein Dieb ist auch ein Dieb. Er sagt: „Warte, warte, Augenblick mal. Erstens hat Tai-sharm dir zweimal das Leben gerettet, also schuldet sie dir nichts, wie du wohl weißt. Zweitens würdest du im salzigen Meer nicht einen Tag überleben. Was spielst du für ein Spiel, willst du mir das jetzt sagen?" Fisch oder nicht, der Dieb ist sehr müde.

„Ich will nur den Ozean sehen", antwortet der Singende Fisch. „Der allerkleinste Teil vom Reichtum des Ozeans sein, wie ich es mir so lange ausgemalt habe. Ob ich einen Tag oder eine Minute überlebe, ist meine Sache und geht euch nichts an. Wenn ihr jemals nach Hause zurückkehren wollt, werdet ihr tun, was ich euch sage."

Der Dieb hat darauf den einen oder anderen Einwand, aber Tai-sharm kommt ihm zuvor. Rasch drängt sie sich an ihm vorbei, schwimmt hurtig dicht an den Singenden Fisch heran und erwidert: „Das werden wir, Herr Fisch, und wir sind froh über die Gelegenheit. Achte nicht auf den da – er war ein Einfall meiner Mutter, und die ist ziemlich alt."

Nun denn. *So* wurde es gemacht. Der Dieb protestierte heftig dagegen, sein Gebirgspony zurücklassen zu müssen, genutzt hat es nichts. Du oder du oder Choushi-wai – hätten wir an diesem Abend Baraquil durchstreift, hätten wir vielleicht einen kleinen dunklen Mann erblickt, der abwesend durch eine enge Gasse wanderte, die nach einer Weile unversehens in eine Seitenstraße mündete. In der einen Hand hätte er einen dieser rechteckigen, dicht geflochtenen Körbe getragen, in denen die Fischer ihren Fang auf dem langen Weg zum Markt frischhalten. In der anderen hätte er einen kleineren getragen, in dem es leise summte, kratzte und knirschte. Fische müssen essen, und der Singende Fisch war überaus wählerisch.

So wanderte der Dieb mit diesen beiden Körben in seinen geschickten Händen den ganzen Weg von Baraquil bis ans Meer. Einige sagen, daß er bei jedem Schritt eine neue Verwünschung für Fische erfand, aber das stimmt nicht. Bereits am vierten Tag gingen ihm die Flüche aus.

Genau wie es der Singende Fisch vorausgesehen hatte, suchten die Männer des Königs überall nach Tai-sharm, und er wurde immer wieder von anderen Trupps angehalten und jedesmal mit vorgehaltenem Schwert durchsucht. Als sie ihn fragten, warum er zwei lebende Fische vom Markt wegtrage und nicht hin, glotzte er sie blöde an und erwiderte, er schaffe sie heim, um jede Menge kleine Fische zu machen, damit er nicht den ganzen Tag im kalten Wasser stehen und immer wieder das Netz auswerfen müsse. Jedesmal blickten die Soldaten einander an, lachten, wünschten ihm mit einem Klaps auf den Kopf viel Glück und ritten fort. Und der Dieb ging weiter.

In der Nacht, zusammengerollt in feuchten Senken oder niedrigen Höhlen, blieb ihm nichts anderes übrig, als den entfernten Stimmen von Tai-sharm und dem Singenden Fisch zuzuhören, die sich in dem Korb unterhielten. Der Singende Fisch erzählte Geschichten von Königen und Prinzessinnen, die sich in dem Labyrinth vergnügten, als es neu war, und von der Zeit, bevor es überhaupt ein Labyrinth oder einen Palast gab, sondern nur ihn in seinem Teich, weise und kalt und allein, und er von der weiten See träumte. Tai-sharm sprach von ihrem Dorf, ihrer Mutter, ihren steinigen, dürftigen Äckern und ihrem einzigen *rishu*, das genauso hart für einen Bissen Heu und einen Bissen Korn schuftete wie sie. Und der Dieb, erschöpft wie er war, lag wach und lauschte.

Einmal hörte er Tai-sharm den Singenden Fisch fragen: „Aber kannst du mir wenigstens sagen, warum ich so geschaffen bin? Mein Kopf ist voll mit Phantasien und Wundern, mit Dingen, die noch nie ein Dach gedeckt oder einen Samen in die Erde gelegt haben – was hat ein so dummer Kopf auf einem Bauernkörper in einem namenlosen Dorf zu schaffen? Ich glaube, ich gehöre nirgendwo hin, außer in diesen Korb, zusammen mit dir. Ich denke, ich sollte einfach ein Fisch sein."

Der Singende Fisch ließ sich so lange Zeit mit der Antwort, daß der Dieb über dem Warten fast einschlief. Dann hörte er ihn sagen: „Und was für ein Fisch ist das, der es für richtig hält, sein Leben aufzugeben, bloß um eine Stunde zwischen den großen Wogen zu springen und zu spielen? Der die Kraken und die grünen Seedrachen nur einen Augenblick lang sehen will, bevor sie ihn fressen? Was anderes ist das als ausgemachte Dummheit? Dort unten, wo ich schwimme, ist *dumm* bloß ein Wort, wie *Verrücktheit* oder *Liebe*." Und dann begann er im Korb des Diebes abermals zu singen:

Alt bin ich, schau in die Fernen,
Vieles kannst du von mir lernen.
Doch wie lebt, wie stirbt es sich –
Kind, du bist so klug wie ich!

Ungefähr eine Woche später, und da ist das Meer – kein großer Hafen, müßt ihr wissen, nicht mal ein Fischerdorf, nichts als ein leerer Platz, wo das Land aufhört. Die Flut setzt ein, doch keine Welle kräuselt sich; keine Boote zu sehen, bis auf ein paar, die so weit draußen sind, daß sich nur ihre blassen Topsegel von einem noch blasseren Himmel abheben. Ein Stückchen steinigen Abhangs muß der Dieb hinabschlittern, den Korb über den Kopf halten und sich dazu noch von fischigem Wasser bespritzen lassen. Er hockt sich auf den Kies, öffnet den Korb und sagt: „Also, da wären wir."

„Ich danke dir", sagt der Singende Fisch äußerst höflich. „Jetzt brauchst du mich bloß noch in deine Hände zu nehmen und ins Wasser zu setzen. Deine Aufgabe ist erfüllt."

Doch der Dieb zögert und sagt: „Bist du sicher?" Und im Korb ruft Tai-sharm: „Nein, ist er nicht! Tu's nicht!" Ihr peitschender

Schwanz und ihre Flossen schleudern dem Dieb noch mehr Wasser ins Gesicht.

„Sei still", sagt der Singende Fisch zu ihr. „Dies ist mein Wunsch. Hebe mich hoch, guter Dieb – und du, Tai-sharm, meine Freundin, ich gebiete dir, zu sein, wer du bist. Nimm wieder deine richtige Gestalt an."

„Ich will nicht", sagt Tai-sharm, und dieses eine Mal klingt es nach dem Kind, das sie noch ist. „Ich will nicht, ich will ein Fisch bleiben und mit dir ins Meer hinausschwimmen. Das ist *mein* Wunsch."

Der Singende Fisch gönnt ihr kaum einen Blick, als der Dieb ihn vorsichtig mit seinen Händen umschließt, in die Luft hebt und losläuft, um ihn ins flache Wasser zu setzen. Doch als der Dieb den Kopf wendet, steht Tai-sharm da wie früher und sieht albern aus, mit den Füßen in einem Fischkorb. Sie sagt nichts, sondern kommt rasch herbei, kauert sich neben ihn und starrt auf den häßlichen, rot-gelben Fisch, der zum erstenmal das Meer schmeckt.

„Interessant", sagt er schließlich. „Ein bißchen herb, ein bißchen beißend, aber sehr interessant." Die Wellen beginnen jetzt aufzulaufen: Versuchen wir uns das vorzustellen, wir, die wir nie eine Welle oder ein Segel gesehen haben, keinen wolkenfarbenen *kulishai*, der einsam über einem geschäftigen, stinkenden Hafen schwebt. Lange, flache, seidige Sturzwellen müssen es sein, bloß ein zartes Flirren von Weiß an ihren Kämmen und ein marmornes Geäder, wo sie sich kräuseln. Sie rühren selbst das flachste Wasser auf, und der Singende Fisch muß seine Seitenflossen querstellen und spreizen, um sich ruhig zu halten.

„Lebewohl", sagt er. „Lebewohl, lieber Dieb, der du dein Wort gehalten hast. Lebewohl, Tai-sharm – denke an mein Lied, wenn du Könige und Paläste und stattliche Höflinge vergißt und selbst die Zeit, als du mit mir ein Fisch warst, denke an mein Lied." Ein halbes Zucken mit seinem Körper, ein Schlag mit dem zerfransten Schwanz, und weg ist er mit der nächsten Welle, einfach so, und bloß ein tonloser Reim treibt zu ihnen zurück, undeutlich wie des *kulishais* hungriger Schrei:

Hüt dich, Dieb, vor gestohlnen Dingen,
sie können in die Knie dich zwingen.
Genieße, was du hast, Tai-sharm,
ohne deine holde Torheit wärst du arm.
Fremde aus der Welt so weit –
schmeckt und riecht nun, was ihr seid.

Tai-sharm strengt ihre Augen an, um einen Blick zu erhaschen, während er so sicher durch die Wellen gleitet, als sei er dafür geboren, über ihnen springt, wie er es sich erträumte, während er hinaustanzt aufs offene Meer. Sie starrt ihm so lange nach, daß der Dieb schließlich neben ihr sagt: „Er ist fort, Tai-sharm."

„Nein", antwortet sie ihm, grimmiger als sie je dem König, seinem Minister oder ihrer Mutter Antwort gab. „Nein, ich kann ihn immer noch sehen!" Und sie hält noch lange Zeit Ausschau, bis sie sich vor der zischenden, brüllenden Flut zurückziehen müssen und nichts mehr außer Wasser und Stein zu sehen ist. Der Dieb wendet sich ab und schüttelt den Sand aus seinen Stiefeln.

„Komm", sagt er. „Du wirst ganz hübsch üben müssen, deine Füße zu gebrauchen, bevor du sie unter den Tisch deiner Mutter steckst. Und Käfer werden dir jetzt auch nicht mehr so gut schmecken – wir müssen bis zum Anbruch der Nacht einen Bauernhof oder ein Gasthaus finden oder hungrig schlafen gehen. Komm."

Er will gerade den Fischkorb ins Wasser setzen, was irgendwie folgerichtig scheint, als Tai-sharm ihn wegschnappt, um ihn für immer aufzubewahren. „Da drin war ich glücklich", sagt sie ruhig, wie zu sich selber. „Es war recht hübsch, ein Fisch zu sein, selbst in einem Korb."

„Ja, ich weiß", sagt der Dieb. Er legt einen Arm um ihre Schultern. „Außerdem, denke an die Gesichter der Kinder, wenn sie hören, daß ihr Vater ihre Mutter im Fischkorb wegtrug, um sie davor zu bewahren, eine Königin zu werden. Beeilen wir uns – ich kann's kaum erwarten, es ihnen zu erzählen."

Tai-sharm schiebt seinen Arm nicht weg, doch sie sieht ihn lange an, ehe sie zu lächeln beginnt. „Der Singende Fisch gefiel mir besser", murmelt sie, und unsere Tai-sharm hat in ihrem Leben nie gemurmelt.

Der Dieb lächelt zurück. „Das versteht sich doch. Wo du doch selber mal ein Fisch warst. Wir werden unterwegs von solchen Dingen reden. Übrigens, wir können eines der Mädchen nach ihm benennen, oder den Jungen, wie du möchtest. Überlaß das deiner Mutter, das halte ich für das beste."

Es wird spät, und die Schatten werden länger – könnt ihr sie zusammen fortgehen sehen, der eine dunkle Kopf viel höher als der andere? Könnt ihr die Stimmen hören, wenn ihr die Augen schließt und ganz still seid? Tai-sharm fragt: „Aber eines Tages werden sie herausfinden, daß sie Prinzen und Prinzessinnen hätten sein können und nicht die Kinder eines Diebes und einer Bauernmagd. Was wirst du ihnen dann sagen?"

Still, ganz still jetzt, haltet den Atem an, dann könnt ihr das Lachen des Diebes hören, so leise es ist. „Na, ich werde ihnen sagen: Ihr habt zumindest alle einen ehrbaren Beruf. Wie viele königliche Bälger können das von sich behaupten?"

Nein, jetzt sind sie wirklich verschwunden wie der Singende Fisch und der traurige König in seinem Palast in Baraquil, wie der Erste Minister mit all seinen Geheimnissen und Dienern, wie die alte Sharm selbst – sie sind zurückgekehrt in den Korb, der den Namen Choushi-wai trägt. Betet für die Armen, betet für die Götter, und denkt daran, Choushi-wai morgen früh die roten *ardeet*-Melonen zu bringen – die anderen sind immer noch zu sauer. Kehrt sicher heim auf den nächtlichen Pfaden.

Riesenknochen

Junge, ruf mich noch ein einziges Mal zu dir rauf, und du wirst es bereuen, bis du sehr, sehr alt bist. Ich sage es dir nicht noch einmal, daß die *jejebhai* jetzt jede Stunde werfen wird – Zwillinge, wie es aussieht –, und wenn ich nicht bei ihr bin, wird sie höchstwahrscheinlich, während sie das zweite fallen läßt, das erste Junge erdrücken, verrückt wie sie ist. Ich habe also verdammt keine Zeit, dir Geschichten zu erzählen, deine Decke glattzuziehen oder dir Wasser zu bringen. Wenn deine Mutter hier wäre, wie es ihre verdammte Schuldigkeit wäre, anstatt in Chun deine Tante zu pflegen, nur weil das idiotische Weib nicht genug Grütze im Kopf hatte, in der nassen Jahreszeit die Finger von roten *kalyars* zu lassen, dann könnte sie meinetwegen die ganze Nacht mit dir spielen. Aber wenn ich heute nacht noch einmal auf diesen Heuboden klettere, werde ich eine Weidengerte dabei haben. Verstehst du mich?

Was? *Was* ist unter deinem Bett? Fels-*targs*? In diesem plattarschigen Bauernland hat's nie einen einzigen Fels-*targ* gegeben, das weißt du so gut wie ich. Es sind Gebirgstiere; sie kommen nicht einmal bis unter die Schneegrenze, um sich an einer fetten Karawane zu weiden, und schon gar nicht, um sich unter das Bett eines mageren, kleinen Jungen zu quetschen. Es gibt sie nicht mal in unserem Hochland, wenn ich's recht bedenke. Die Riesen haben sie alle hinausgejagt, sie haben Angst vor den Riesen, selbst heute noch.

Was? Nein, es sind auch keine Riesen unter deinem Bett. Die Riesen sind ebenfalls verschwunden, seit langer, langer Zeit. Hat keine mehr gegeben, seit deines Ur-Ur-Urgroßvaters Zeiten, das ist eine Tatsache, kann ich dir nur sagen. Geh schlafen, wenn du weißt, was gut für dich ist.

Und warum flennt er jetzt? Weil's keine Riesen gibt? Ist es das? Kind, es gibt Zeiten … *was?* Oh, jetzt fang nicht wieder *damit* an, hörst du? Du bist nicht zu klein, das habe ich nie gesagt, das war dein Onkel Tavdal, und der ist ein Narr. Aber ein großgewachsener Narr, wie du auch einer wärst, rege dich nicht darüber auf. Du bist klein für dein Alter, ja, aber das waren deine Schwestern Rii und Sardur auch, was immer sie jetzt sagen. Und Jadamak – er war schon um einiges älter als du, als er erst anfing zu wachsen, das ist auch eine Tatsache. Und ich werde dir noch etwas sagen –

Was? Sei mal still, ich dachte, ich hätte die *jejebhai* blöken gehört… Nein, wahrscheinlich doch nicht. Nicht, daß es viel bedeuten würde, wenn's so wäre – sie ist genau wie du, ruft und ruft und macht immer weiter, und wenn du hinkommst, nichts als große Augen und daß sie sich ein bißchen allein fühlt. Würde mich nicht im geringsten überraschen, wenn sie beschließen würde, erst gegen Morgen zu werfen, wie beim letzten Mal. Boshaftes Tier, war sie immer. Wie deine Tante.

Wie soll ich wissen, ob du groß sein wirst? Also, zur Abwechslung werde *ich* dir eine Frage stellen – kennst du in unserer Familie eine kleine Person? Denk darüber nach, nenne mir eine – Onkel, Vettern, Vettern zweiten Grades, so entfernt verwandt, wie du magst. Nein? Wie? Nein, und du würdest auch niemanden finden, es ist mir gleich, wie weit du zurückblickst. Jeder von uns ist groß, Mann oder Frau, klug oder hirnlos. Wir sind eben so, genau wie diese Mundrakathis unten am Kanal, alle mit dieser blassen, blassen Haut und die Männer mit ihren besonders kleinen Fingern. Nur daß es mit uns ein bißchen anders ist, es kommt noch etwas dazu. Frage gelegentlich deine Mutter, sie wird's dir erzählen.

Ich sagte, deine *Mutter*. Nein. Nein, völlig ausgeschlossen, ich werde auf der Stelle wieder runtergehen in den Stall. Außerdem ist deine Mutter diejenige, die man so etwas fragt. Sie erzählt Geschichten, singt die alten Weisheitslieder, gibt die Dinge weiter, wenn es Zeit ist. Ich bin bloß derjenige, der für die Tiere sorgt. Das ist nur gerecht – wir ziehen beide den Pflug. Jetzt gehe ich, das war's.

Nein, ich sagte *nein!* Gib es auf, Kind, bevor du mich wirklich aufregst. Ich kann es mir nicht leisten, auch nur ein *jejebhai*-Junges zu verlieren, zwei schon gar nicht, seit die Preise für Gemüse so gefallen sind, daß es sich kaum lohnt, es zum Markt zu karren. Gute Nacht, lebe wohl, und jetzt schlaf endlich!

Weil ich es *weiß*, deshalb! Wegen deines dreifachen Urgroßvaters und der Riesen vom Torgry-Berg, deshalb! Der Junge ist neun Jahre alt, und sie hat es ihm noch nicht erzählt, und das werde ich ihr sagen, wenn sie heimkommt, wenn sie denn je kommt. Anstatt es mir zu überlassen.

In Ordnung. Schon gut – aber ein Schrei aus dem Stall, und deine Mutter erzählt dir den Rest, ist das abgemacht? Und du wirst dich daran halten, wie ein erwachsener Mann? Kein Getue, kein Geheule? Denk dran.

Also. Ich habe nicht oft Geschichten erzählt – ich weiß nicht, wo man anfangen oder was man so wichtig nehmen muß, daß es reingehört. Also werde ich einfach mit deinem Ur-Ur-Urgroßvater anfangen, nur daß ich ihn nicht die ganze Zeit so nennen kann; deshalb will ich ihn Großvater Selsim nennen. Ich glaube, das war sein Name, zumindest hieß er so ähnlich. Niemand weiß das ganz genau.

Also. Großvater Selsim war der erste von unserer Sippe, der in dieses Land kam. Soweit ich weiß, wollte er gar nicht, denn er war kein Bauer, sondern Kupferschmied von Beruf, ja, ein Kesselflicker, wenn du willst, und gelegentlich auch Pferdehändler, um die Wahrheit zu sagen. Aber er lebte im Norden, jenseits der Berge, als die Zeiten schwer und die Äcker teuer waren. Und das war gut für den Kesselflicker, weißt du, weil die Leute in jenen Tagen ihre Sachen pflegten und flickten und nicht alles neu kauften wie deine Tante in Chun und dieser bleiche Fettsack, den sie geheiratet hat. Doch für den Pferdehändler war das nicht so schön, nein, für keinen, der davon träumte, sich irgendwo niederzulassen und vielleicht eine Familie zu gründen. Ich war selber eine Zeitlang oben im Norden, hab da gearbeitet, bevor wir in diesen Ort kamen, bevor du geboren wurdest. Habe den Norden nie besonders gemocht.

Also steht Großvater Selsim eines Morgens einfach auf und sagt: „Gut, jetzt reicht es, hier habe ich wirklich nichts mehr verloren", und er sprang auf diesen bösartigen, bissigen *churfa*, den er immer ritt, und machte sich schnurstracks nach Süden auf. Keine Ahnung, wohin er wollte, keine Freunde oder Verwandten hinter Rhyak, alles, was er besaß, schnell und billig verkauft, damit er unterwegs zu essen hatte. Ritt einfach nach Süden, folgte der Sonne, den Bergen entgegen, die genau vor ihm lagen. Und das war dein Ur-Ur-Urgroßvater Selsim.

Hast du gerade eben was gehört? Sag's mir, wenn du was hörst, denk dran, weil ich's wissen will. Es gibt ein Geräusch, das sie macht, wenn das Junge … nein, nein, noch nichts. In Ordnung. Wie ich das hasse. Wo war ich?

Richtig, ja. Großvater Selsim, er hatte genug von der Welt gesehen, um zu wissen, daß Berge nicht immer so nah sind, wie sie scheinen, aber trotzdem hatte er fast nichts mehr zu essen, als er die Vorberge erreichte. Oh, für eine Mahlzeit nahm er unterwegs Arbeiten als Kesselflicker an, und wenn es sich nicht vermeiden ließ, hat er wahrscheinlich sogar gebettelt. In der Familie gibt es welche, die das nie zugeben würden, aber ich sage, daß man tut, was man tun muß. Wir wissen bloß, daß wir heute nacht vielleicht nicht hier wären, du und ich und die anderen auch, wenn Großvater Selsim sich geschämt hätte zu betteln. Und vielleicht hat er vor so langer Zeit an uns alle gedacht, wie? Wer weiß?

Weil du nun noch nie einen Berg aus der Nähe gesehen hast, sollte ich dir vielleicht erzählen, wie es in den Bergen ist. Zum einen ist es sehr kalt – vielleicht nicht die ganze Zeit, aber meistens. Und die Straßen sind schlecht, wenn's überhaupt welche gibt, und du kriechst, krabbelst, schleichst stundenlang auf allen vieren vorwärts. Und während du das tust, wird die Luft dünn und dünner, bis zu dich zu schwach fühlst, dich am Kopf zu kratzen, und das Atmen bekommt dir überhaupt nicht. Und dann gibt es die Fels-*targs*. Du weißt nicht mal, wie ein Fels-*targ* aussieht, nicht wahr? Dieses ganze Theater, sie wären unter deinem Bett, und du weißt nicht mal ... Erinnerst du dich an dieses *lourijakh*, das dein Vetter tötete, als es auf das Dach kletterte und versuchte reinzukommen? Also, die sehen ein bißchen wie Fels-*targs* aus, nur nicht so groß, natürlich, nicht annähernd so groß. Und die Gesichter der Fels-*targs* sehen irgendwie menschlicher aus, und sie können beinahe sprechen – nicht richtig sprechen, doch das macht es schlimmer. Du findest nie viele von ihnen auf einem Fleck, aber in jenen Tagen waren sie über den Torgry-Berg und den ganzen nördlichen Gebirgszug verbreitet. Wegen der *kagi*, es waren nämlich 'ne Menge wilder *kagi* oben auf den hohen Felsen. Aber das spielt keine Rolle – sie sind immer hungrig, immer auf der Jagd. Und sie würden lieber Menschen fressen. Dem *lourijakh* ist das egal, es frißt alles, aber ein Fels-*targ* kann dich eine Meile gegen den Wind wittern, und er wird eine frische Beute liegenlassen, um dir zu folgen. Nein, ich kann dir nicht sagen, warum, wie soll ich das wissen. Sie sind ganz einfach so.

Na, damals wußte dein Großvater Selsim nicht viel mehr über Fels-*targs* als du. Wozu auch – ich habe dir ja erzählt, daß sie nicht ins Tiefland kommen, wenigstens *etwas*, wofür wir den Göttern danken können. Und das Bergvolk bekommt sie gewöhnlich auch nicht zu Gesicht, höchstens wenn's zu spät ist. Oh, sie bleiben außer Sichtweite, aber sie sind da.

Wie? Jetzt mache ich dir Angst? Dich kann wohl gar nichts zufriedenstellen, wie? Zuerst bedrängst du mich, daß ich dir alles über Riesen und Fels-*targs* erzähle und woher ich weiß, daß du genauso groß werden wirst wie die anderen von uns – und in der nächsten Minute, siehe da, hat er den Kopf unter der Decke und macht wieder Theater. Soll ich also mit der Geschichte aufhören? Das würde ich auf der Stelle tun, denn es ist mehr Arbeit, als ich dachte. Deine Mutter macht das mühelos, jeden Abend, ich weiß nicht, wie sie das fertigbringt. Also wirst du jetzt schlafen, und ich werde mich neben die *jejebhai* legen. Früher oder später gibt sie bestimmt auf und wirft diese … was? Nein. Na gut.

Dein Großvater Selsim, er wußte nicht, wie hoch die Berge waren, was darauf wuchs oder herumsprang oder was auf der anderen Seite war. Ein paar Leute in den Vorbergen gaben ihm Arbeit und dafür ein bißchen Essen, und als er sie nach dem besten Weg über den Gebirgszug fragte, sagte jedermann, es gebe keinen Paß, bis auf den einen über den Torgry-Berg. Es war kein richtiger Paß, nicht mal so was ähnliches, aber dazu komme ich noch. Ja, heutzutage kannst du den Gebirgszug umgehen, du gehst einfach drum herum – es dauert ewig, aber du kannst es machen. Aber damals gab's keine Straße, bloß diesen Gebirgspfad. Und dein Großvater Selsim war nie für Umwege zu haben, das sagen alle Leute.

Ja, natürlich warnte ihn jeder vor den Fels-*targs*. Alle sagten, es sei das beste, auf den Winter zu warten, dann würden die Biester ein bißchen träge, und man könnte sie gegen den Schnee besser ausmachen und hätte dadurch mehr Aussichten, ihnen zu entkommen. Aber im Winter kannst du diesen verdammten Gebirgszug nicht überqueren – nicht damals, nicht heute – also was soll's? Und all diese Leute erzählten deinem Großvater Selsim erst das eine, dann das andere über Fels-*targs*, wie sie aussehen und was sie tun, und mit der Zeit kam er dahinter, daß keiner von ihnen etwas Genaues wußte. Also sagte er zu seinem *churfa*, als er wieder aufbrach: „Gut, wir werden einfach vorsichtig sein, du und ich, uns gut benehmen und einen klaren Kopf behalten, und vielleicht werden wir uns so durchwursteln. Haben uns jedenfalls bis hierher gebracht, Manieren und klarer Kopf."

Aber ich glaube, in Wirklichkeit setzte er sein Vertrauen in das große, alte *dasko*-Messer, das er von seinem Vater hatte: Es war ein echtes Messer von der Südlichen Insel, zweischneidig und so lang, daß es auf jeder Seite seiner Deckenrolle ein Stück rausguckte. So ein Messer habe ich seit Jahren nicht gesehen – was? Nein, wir haben es nicht mehr. Ich erzähle dir gleich, warum. Unterbrichst du deine Mutter auch dauernd jeden Abend, wenn sie dir eine Geschichte erzählt? Ich weiß nicht, wie sie das schafft.

Schon recht, schon recht. Also zog dein Großvater Selsim auf dieser ärmlichen kleinen Krakelstraße ins Hochland, die unter den Füßen wackelte und zuckte, bis es plötzlich überhaupt keine Straße, kein schlichtes Hochland mehr gab, sondern den nackten Torgry-Berg, so daß er absitzen und den *churfa* führen mußte, trotz der Krallenfüße, die diese Tiere haben. Und von jetzt an lernte dein Großvater in kürzester Zeit vermutlich eine Menge über Berge. Daß du immer durstig bist, ganz gleich, wie kalt es ist, weil die dünne Luft dir das Wasser entzieht. Daß du stundenlang steigen kannst und dann beim Blick nach unten schwören könntest, kaum über deinen Ausgangspunkt hinausgelangt zu sein, außer, daß dort unten die Sonne so hell strahlt, daß du die Schatten am Grund sehen kannst, während hier oben alles so grau und windig ist wie – wie was? – wie dein Onkel Tavdal. Und daß es nichts gibt außer Bergstille, daß Geräusche und Gerüche so klar sind, daß sie beinahe wehtun, und daß sie dir viel näher vorkommen, als sie es in Wirklichkeit sind. Und das ist nicht gut, wenn du horchst, ob Ungeheuer kommen, oder wenn du ihre Höhlen aufspüren willst. Und der Geruch eines Fels-*targs* ist unverkennbar, selbst wenn du nie einen gesehen hast. Selbst wenn du nicht mal den verdammten Namen dieses Stinkers kennst, weißt du Bescheid.

Oh, nein. Du wirst bloß wieder Angst kriegen, wenn ich es dir erzähle – das mache ich ein zweites Mal nicht mit, besten Dank. Außerdem habe ich nur an ein paar Orten rumgeschnüffelt, wo sie vor langer Zeit gewesen waren, und das ist nichts gegen das, was deinen Großvater Selsim im Hals würgte. Ich sage dir bloß eines – nur ein Anflug von einem Gestank, und ich machte mir jedesmal in die Hosen. So, das gefällt dir, das ist komisch, wie? Na ja, dann kannst du dich ja krank lachen, wenn du dir vorstellst, wie der frische Gestank wohl auf deinen Großvater wirkte. *Ich* weiß bloß, daß der *churfa* schrie wie ein trächtiger Dämon, wie es ihre Art ist, und er sich aufbäumte, ihn auf der Stelle abwarf und den Weg zurückstob, den sie gekommen waren. Er sah ihn nie wieder.

Na, was glaubst, was er machte? Wo das Tier doch alles trug, was er auf dieser Welt besaß? Natürlich rannte er ihm nach, und das war auch gut so. Nicht, daß er das Tier einholte, doch er stieß wenigstens auf die Deckenrolle – ja, ja, auch das *dasko*-Messer –, die sich im Strauchwerk verfangen hatte, das die Rolle vom Rücken des *churfa* gefegt haben mußte. So schlief er jedenfalls warm, und vielleicht war es ein kleiner Trost für ihn, daß er das große Messer hatte. Zumindest am ersten oder zweiten Tag.

Soweit wir wissen, hatte er während der nächsten zwei Tage überhaupt keinen Grund zur Sorge, bis auf das kleine Problem mit dem Essen. Ich bin sicher, weiter unten grub er ein paar von diesen *tanku*-Wurzeln aus, die du nicht ausstehen kannst, und weiter oben fand er dann wahrscheinlich ein paar wilde Bergrettiche. Es sind keine richtigen Rettiche, und du kannst sie roh essen, also kann der Hunger deinen Großvater Selsim auf dem Torgry-Berg nicht allzusehr geplagt haben. Bei Anbruch der Nacht dürfte er sich im Freien zum Schlafen niedergelegt haben – wird Verstand genug gehabt haben, nicht in eine Höhle zu gehen. Es war später Frühling, es hätte schlimmer sein können.

Aber am dritten Tag dürfte er die Schneegrenze erreicht haben.

Also ich sage jetzt nicht, daß sich alles in dem Augenblick ändert, wenn man den ersten Schritt in die erste Schneewehe macht. Die Vögel hören nicht auf zu singen, und es wachsen noch Pflanzen – obwohl du dich jetzt meistens mit Gestrüpp und Wolkenbeeren und schrumpeligen, kleinen *sulsawi*-Bäumen begnügen mußt –, und du siehst auch nicht überall Skelette herumliegen oder Fels-*targs*, die aus allen Richtungen auf dich losgehen. So ist es nicht. Die Stille wird bloß stiller – das ist einfach so –, und es wird kälter, je höher du kommst, und die Schatten bewegen sich rascher über den Schnee. Manchmal siehst du ein Rudel *kagi* fern auf einem Grat, ganz blau und mit welligen Hörnern und hübsch anzuschauen. Nur daß du die ganze Zeit, während du sie beobachtest, weißt, daß auch etwas anderes beobachtet, daß etwas dich beobachtet und seine Wahl trifft.

Fels-*targs* jagen bei Tag. Schaffst du's gesund bis zum Sonnenuntergang, wird dir bis zum Morgen nichts passieren. Man erzählt sich, daß sie den Mond fürchten, aber ich könnte es nicht sagen. Auf jeden Fall wäre dein Großvater Selsim bei Anbruch der Dunkelheit des ersten Tages geradewegs den Torgry-Berg hinaufgestiegen, wahrscheinlich recht zufrieden, daß er das allein so gut schaffte, zu Fuß und ohne Lebensmittel. Er konnte es nicht wissen, aber ein weiterer guter Tag hätte ihn auf den Gipfel geführt, und ein leichter Abstieg hätte vor ihm gelegen. Und wäre alles so gekommen, wer weiß, wo wir alle wären? Oder wer? Was meinst du?

Götter, das war sie! Tut mir leid, Junge, aber wir hatten eine Abmachung. Bitte deine Mutter … nein, nein, sie rülpst bloß. Sie rülpsen viel, wenn die Zeit zum Werfen heranrückt. Nein, ich habe dich nicht gehänselt, ich dachte wirklich – schon gut, schon gut, tut mir leid, sei still! Du willst doch den Rest der Geschichte hören, oder? Dann kein Wort mehr, verstehst du mich? Nicht ein Wort!

Also dann. Ich weiß nicht genau, wo oder wann die Fels-*targs* über das Schneefeld auf deinen Großvater zukamen. Ich weiß nur, daß er sie nicht kommen hörte, weil man sie nicht hören kann; sie können sich bewegen wie Rauch, mußt du wissen, obwohl sie so groß sind. Der einzige Grund, warum er bei diesem ersten Angriff nicht getötet wurde, scheint der zu sein, daß er sich, wer weiß warum, umdrehte – nach einem Vogel vielleicht, einer rot-goldenen Wolke vor der Sonne –, und der Angriff riß ihm die linke Schulter auf, warf ihn herum und schleuderte ihn zwanzig Fuß weit fort, über und über mit Blut bedeckt und gewiß halb ohnmächtig. Die Narbe trug er bis zu seinem Tod, dein Großvater Selsim, und den Arm konnte er nie wieder richtig bewegen. Auch das Auge war hin. Es erwischte ihn irgendwie am linken Auge.

Ich erzählte dir, daß ich selber nie einen Fels-*targ* aus der Nähe gesehen habe, und ich schätze, du wirst niemandem begegnen, der das behaupten kann. Aber eines sagen die Leute: Wenn sie über dir sind, ihr Kauderwelsch schnattern und im Begriff sind, dich in Stücke zu reißen, gleiten ihre Gesichter nach oben und zurück, ganz zurück, so daß darunter der ganze Schädel zu sehen ist. Ich kann dir nicht sagen, wie das zugehen soll, ich kann es mir nicht vorstellen, und es ist wahrscheinlich nicht wahr. Aber die Leute sagen es.

Als die Kreatur erneut auf ihn losging, hatte dein Großvater Selsim so viel Kraft und Geistesgegenwart, sein *dasko*-Messer zu ziehen und es mit der Spitze nach oben auf seinen Bauch zu halten. Sie gehen immer als erstes auf den Bauch los, das jedenfalls ist eine Tatsache. Und der Fels-*targ* entriß ihm das Messer und biß es in zwei Hälften! Glatt durch. Und ich weiß, daß das stimmt, weil ich die beiden Hälften gesehen habe – dein Onkel Lenelosi hat sie jetzt, du kannst sie bei unserem nächsten Besuch sehen. Was? Weil er älter ist als ich, wirst du still sein? Ja, ich bin sicher, daß wir sie kriegen, wenn Onkel Lenelosi stirbt. Wirst du wohl still sein?

In Ordnung. Ich will nicht sagen, daß dein Großvater Selsim sich verloren gab, aber ich weiß wirklich nicht, was er hätte tun können angesichts dieses Ungetüms, das den Himmel auslöschte und dessen dreifache Reihe von Fangzähnen eine andere Art von Himmel wurde. Ihr Speichel verursacht Brandwunden, wenn er dich trifft, hast du das gewußt? Auch davon hat er bis ans Grab ein paar Narben gehabt, hörte ich.

Und dann.

Dann packten ein Paar Hände, so groß wie – so groß wie, ich

weiß nicht, so groß wie zwei Pflüge müssen sie Großvater Selsim vorgekommen sein, den Fels-*targ*, eine in seinem menschlichen Genick, die andere legte sich um seine Hinterpranken, die sich bereits vom Boden lösten, um deinem Großvater glatt den Bauch aus dem Körper zu reißen. Einen Augenblick lang sah er den Fels-*targ* dort oben hängen, und er sah klein und albern aus, zu verblüfft, um mit dem Kiefer zu schnappen. Die Hände schüttelten ihn einmal; sie schüttelten ihn, so wie deine Mutter ein Stück Wäsche schüttelt, das sie naß aus dem Fluß zieht, bevor sie es auf die Leine hängt. Dein Großvater hörte den Rücken der Kreatur zerbrechen, kurz bevor er in Ohnmacht fiel. Oder vielleicht wurde er unmittelbar danach ohnmächtig, als die großen Hände sich nach ihm ausstreckten. Es ist sehr, sehr lange her, und ich war nicht dabei.

Gleichviel, wie auch immer es sich zutrug, dein Großvater Selsim erinnerte sich an nichts, bis er plötzlich hellwach war und überall Schmerzen verspürte, wie er sie in seinem Leben noch nicht erlebt hatte. Jemand hatte ihm mit seinem eigenen zerrissenen Hemd sauber die Schulter verbunden, und er lag auf einem Blätterhaufen und blickte mit seinem einen unversehrten Auge in etwas hinauf, das er für Bäume hielt, große strubbelige Bäume mit dunklen Monden, die in ihren Ästen schwammen. Er brauchte sehr lange, bis er begriff, daß es keine Monde, sondern riesige, bärtige Gesichter waren oder besser gesagt, nicht bärtig, sondern verdeckt von schmutzigem schwarzem Haar, das wirklich keinerlei Ähnlichkeit mit einem Bart hatte. Und ihre Größe … nun ja, sie waren nicht so hoch wie Bäume, aber es fehlte nicht viel. Niemand weiß es, nicht mehr, aber nach allem, was ich gehört habe, würde ich schätzen, daß sie zwischen zwölf und vierzehn Fuß groß gewesen sein könnten. Aber dein Onkel Tavdal, *er* sagt, so groß könnten sie nicht gewesen sein, er sagt, Knochen könnten so schwere Körper nicht tragen. Dein Onkel Tavdal ist ein Dummkopf.

Sie unterhielten sich miteinander, diese Gesichter. Großvater Selsim konnte die Worte weniger hören als fühlen, denn sie liefen direkt durch seinen Körper, hämmerten und trommelten in seinen Knochen. Weil ihre Stimmen so tief waren, weißt du. Zuerst nahm er an, in diesem Punkt wären sie wie Fels-*targs* und machten bloß die Schreie von Wesen nach, die sie töteten. Doch dann wurde ihm klar, daß die Worte sich zu Sätzen zusammenfügten und daß sie sich ein wenig wie die Mundart anhörten, welche die Leute in den Vorbergen sprachen, nur daß sich sonderbare murrende und gurgelnde Laute hineinmischten. Und nach einer weiteren wirklich langen Zeit begannen die Sätze sogar mehr Sinn zu bekommen. Es ging um ihn. Die haarigen Gesichter versuchten sich darüber klar zu werden, was sie mit ihm anfangen sollten.

Natürlich konnte er sie nicht voneinander unterscheiden, damals überhaupt nicht. Von den Gesichtern konnte er ablesen, daß die meisten dafür waren, ihn loszuwerden, weg mit ihm – was? Aber wie soll ich das wissen? Wahrscheinlich wollten sie ihn einfach liegenlassen, damit er verhungerte oder erfror oder verblutete. Vielleicht durch einen Tritt auf den Kopf, was weiß ich? Wenn du den Rest der Geschichte hören willst, keine weitere Frage mehr. Ich kann nicht glauben, daß du deiner Mutter auch so viele Fragen stellst.

Warum die Riesen ihn umbringen wollten? Bitte, darauf wäre ich ja zu sprechen gekommen, wenn du mich nicht unterbrochen hättest. Dein Großvater Selsim verstand nur, daß sie fürchteten, er würde den anderen Menschen von ihnen erzählen. Es spielte keine Rolle, ob er ihnen einen Schaden zufügen wollte – wenn Menschen erst einmal von dir wissen, kommst du zu Schaden, das ist nun mal so. Nun, *ich* sage das nicht, aber diese Riesen empfanden es so. Und vielleicht stimmt es. Ich kann's nicht sagen.

Sie waren die letzten, weißt du, die Riesen vom Torgry-Berg, und sie wußten, daß sie die letzten waren. „Riesen wissen, wann ihre Zeit vorbei ist", sagen die Leute immer, pflegte dein Großvater Selsim zu sagen. Das merkwürdige, komische daran ist, daß es in jenen Tagen die Fels-*targs* waren, welche diese Bande von

Riesen davor bewahrten, entdeckt zu werden. Die Leute hatten solche Furcht vor den Fels-*targs*, daß sie niemals die Berge überquerten, ausgenommen im Winter, und nur in geringer Zahl. Ich habe keine Ahnung, ob die Riesen wußten, daß die Fels-*targs* sie einfach dadurch schützten, daß sie da waren und wie sie waren. Wäre wahrscheinlich egal gewesen.

Aber das kommt alles später. Die ganze Zeit lag dein Großvater Selsim einfach so da, blickte zu diesen großen, struppigen Gesichtern auf und hoffte, wenigstens einer der Riesen würde sich dafür einsetzen, ihn am Leben zu lassen, obgleich er sich nicht vorstellen konnte, warum sie das tun sollten. Für die Jungen vielleicht, die Zähne bekamen, so wie du das ausgestopfte *sheknath* zerkaut hast, das ich dir gemacht habe. Er lag einfach da und hoffte.

Und ein Riese sprach für ihn. Gerade wollte er sich ein zweites Mal verloren geben, als ein Riese den Mund aufmachte.

So, du hast gewußt, das würde passieren? Sieh mal an, das klügste Kind, das die Geschichte seines Vaters einmal zu oft unterbrochen hat. Dann wirst du wohl auch wissen, was der Riese sagte und was darauf folgte, und ich kann wieder in den Stall gehen, gute Nacht. Die *jejebhai* macht wieder dieses Geräusch.

Nein? Wirklich? Na, vielleicht ist am Ende doch was dran am Geschichtenerzählen. Du hast was versprochen, glaube nicht, daß ich das vergesse. Zurück ins Bett, und kein Laut.

Der Riese, der ein Wort für deinen Großvater Selsim einlegte, war der größte und haarigste und stank am schlimmsten. Nicht, daß sie nicht alle gestunken hätten – was? Weil's so war, weil sie einfach so stanken, das ist alles, sogar schlimmer als Fels-*targs*. Ja, ich bin sicher, daß ihnen der Gestank nichts ausmachte. Was hast du gerade versprochen?

Wie dem auch sei. Dein Großvater spürte, daß der größte Riese zu den anderen sagte: „Ich werde diesen Kleinen behalten. Ich habe den Fels-*targ* getötet, also gehört der hier mir, und ich habe mich entschieden, ihn zu behalten. Keine Widerrede."

Und dabei blieb es, obgleich sie weiter auf ihn einredeten, bis dein Großvater sich zu einer Kugel zusammenrollen und sich die Ohren zuhalten mußte. Na, stell dir vor, was das für ein Gefühl ist, wenn ein Haufen Riesen brüllt und streitet, daß dir der Kopf dröhnt. Es dauerte auch eine ziemlich lange Zeit.

Aber all das Dröhnen und Bellen änderte nichts. Dieser größte Riese schien eine wirklich hochstehende Person zu sein, weil die anderen ihn weder im geringsten umstimmen noch ihm seinen Wunsch abschlagen konnten. So gaben sie schließlich nach und trotteten davon, verzogen sich grollend wie Gewitterwolken und waren im Nu zwischen den Bäumen verschwunden. Das dauerte am längsten für deinen Großvater Selsim, sich daran zu gewöhnen, wie diese großen lauten Wesen einfach nicht mehr da waren, wie sie ohne einen Laut verschwinden konnten, wenn sie es wollten. Man hat mir erzählt, er hätte das am Ende selber gekonnt, aber ich würde es nicht beschwören.

Nun, da er meinte, er könnte ebensogut aufstehen, packte er einen niedrig hängenden Zweig und zog sich auf die Füße. Er war ein kleiner Mann, dein Großvater – natürlich ist das wichtig, warum sonst erzähle ich dir wohl diese verdammte Geschichte? –, und es heißt, daß er der Kreatur bis zum Knie reichte, die auf ihn heruntersah und nichts sagte, nachdem die anderen verschwunden waren, und ihn stumm aus düsteren schwarzen Augen betrachtete. Deinem Großvater Selsim wurde das rasch zuviel, und er warf den Kopf zurück und brüllte: „Kannst du mich hören?"

Keine Antwort. Er versucht es noch einmal, so laut er kann: „Verstehst du mich?" Nichts ist aufreizender als jemand, der dich anstarrt und kein Wort sagt. Ganz gleich, wer es ist.

Da lachte der Riese ihn an. Es heißt, dein Großvater hätte sich mit aller Kraft am Zweig festhalten müssen, um nicht umzufallen, weil der Boden unter seinen Füßen zitterte, aber das ist vielleicht bloß Gerede. Vielleicht war er einfach verblüfft angesichts der Tatsache, daß diese Gesichter lächeln, ja sogar lachen konnten. Der Riese schlug sich auf die Schenkel – muß geklungen haben wie das Bersten von Bäumen, wenn es so kalt ist, daß der Saft gefriert – und ließ sich nieder, hockte sich hin und beugte sich dicht zu ihm. Dein Großvater Selsim wich nicht zurück. Der Riese sagte, so leise er konnte: „Mein Name ist Dudrilashashek" – oder so ähnlich, dein Großvater war nie wirklich sicher. „Hast du einen Namen, Kleiner?"

„Natürlich habe ich einen Namen!" schrie dein Großvater hinauf in das Gesicht. „Warum sollte ich keinen Namen haben?"

„Kein Grund zu schreien", erwiderte der Riese – er flüsterte fast, doch bei jedem Wort, das er sprach, wurde deines Großvaters Haar nach hinten geblasen. „Es gibt so viele von euch, und ihr schwärmt so quieksend und zwitschernd herum. Wie sollen wir wissen, ob ihr alle richtige Namen habt? Ob ihr eine Vorstellung von euch selber habt?" So redete er, ich habe es nicht erfunden. Genau so, sagte dein Großvater, habe der Riese geredet.

Na, dein Großvater verlor keine Zeit und klärte *ihn* auf, das kannst du mir glauben. Ja, wir haben Namen und der meine ist Selsim – ja, wir wissen, wer wir sind – ja, wir führen richtige Unterhaltungen miteinander – ja, wir lieben, und wir weinen, und wir lachen und leiden und erdulden, so wie jeder verdammte Riese. Er konnte nicht sicher sein, ob seine Frechheit diesen Riesen wütend machte, aber er war zu zornig, sich darum zu sorgen. Weil er ihm von *uns* erzählte, von uns allen, nicht bloß von dieser einen Familie. Er erzählte von uns allen, so laut er konnte.

Als er fertig war oder als ihm einfach der Atem ausging, hockte der Riese Dudrilashashek da, immer noch drei, vier Fuß größer als er, starrte ihn an und begann langsam zu lächeln. Dein Großvater sagte immer, alle diese Riesen hätten wirklich wundervoll weiße Zähne gehabt, wenn man sie durch das verfilzte, schmutzige Haar sehen konnte. Lächelten zwar nicht oft, keiner von ihnen, aber wenn sie es taten, fiel es dir auf. Jedenfalls habe ich das gehört.

„Da haben wir's", sagte der Riese. „Ich hatte recht, ich *wußte*, daß ich recht hatte. Wer hätte das gedacht, daß ihr Kleinen etwas anderes in euch habt als die ziellose Lebenskraft von Insekten? Vollkommen verblüffend. Oh, ich wußte, es war richtig, darauf zu bestehen, dich bei uns zu behalten. Erstaunlich."

„Mich behalten?" fragte dein Großvater. „Wovon redest du?" Und jetzt, jetzt bekam er eine Angst, wie er sie vorher nicht empfunden hatte, nicht, als er direkt in das Maul des Fels-*targs* geblickt hatte, nicht mal da, als er erfahren hatte, daß die Riesen sich darüber stritten, ob er leben oder sterben sollte. „Warum mich behalten? Wozu?"

„Na, zum Studieren natürlich", gab der Riese ihm zur Antwort. „Wir sind nämlich ein nachdenkliches Volk und betrachten so aufmerksam wie möglich alles, was unseren Weg kreuzt – Fels-*targs* oder die winzigsten Wasserkäfer, es gilt uns alles gleich. Darum sind wir da, wir Qu'alo – um zu studieren, nachzudenken, gleichermaßen Steine und Baumstämme und Ideen zu untersuchen, um zu erfahren, was sich darunter verbirgt. Dafür und allein zu diesem Zweck sind wir gemacht."

Was? Ja, so nannten sie sich selber. Bedeutet „das Richtige Volk", wenn ich mich recht entsinne. Übrigens haben sie sich nie selber für Riesen angesehen. Sie dachten einfach, Menschen seien verkümmert.

Nun, ich will dir im Vertrauen sagen, daß dein Großvater Selsim wirklich einen schlechten Tag hatte. Er stemmte seine Hände in die Hüften und schrie diesem Riesen ins Gesicht hinauf: „Du hast dir den Falschen ausgesucht, Großer! Du kannst mich töten, aber du kannst mich nicht hierbehalten, damit ihr mich studieren könnt, verdammt noch mal! Wenn ich ein Käfer wäre, nehmen wir das mal an – versuche bloß mal, Tag und Nacht in jeder einzelnen Minute auf einen Käfer aufzupassen. Dieser Käfer wird dir durch deine fetten, klobigen Finger geschlüpft und entwischt sein, lange bevor du dein nächstes Bad nimmst. Und damit solltest du übrigens nicht zu lange warten." Oh, er hatte eine ausgesprochen schlechte Laune und kam auch gerade richtig in Fahrt.

Aber Dudrilashashek wurde trotzdem nicht wütend. Nein, er lächelte weiter sein breites, freundliches Lächeln und gab deinem Großvater zur Antwort: „Bitte, kleiner Freund, wenn ich dir gefühllos erscheine, verzeih mir – es ist bloß, daß ich so *froh* über dich bin. Man fühlt sich so einsam, wenn man zu den einzigen Wesen gehört, die sich ihrer selbst und der Welt, in der sie leben, bewußt sind. Hättest du etwas dagegen, wenn ich dich jetzt hochheben würde? Bloß um dich genauer zu betrachten? Ganz vorsichtig, das verspreche ich."

Na, du kannst dir vorstellen, daß Großvater Selsim sich Zeit ließ, darüber nachzudenken. Er glaubte nicht, daß ihm der Gedanke gefiel, wie ein Knirps hochgenommen zu werden, wie ein Spielzeug zwischen diesen riesigen Händen zu baumeln oder flach auf dem Rücken, die Beine in der Luft, in einer Ellenbeuge gewiegt zu werden, die größer war als er selbst. Andererseits hatte Dudrilashashek sehr höflich gefragt, wenn man bedenkt, daß er das ja gar nicht mußte, und dein Großvater wußte Höflichkeit immer zu schätzen, insbesondere bei Riesen. Also sagte er: „In Ordnung, aber behutsam, wenn ich bitten darf. Und keinesfalls mit dem Kopf nach unten, klar?"

Und Dudrilashashek antwortete ihm: „Mein Wort darauf", und hob ihn so behutsam, wie er versprochen hatte, stellte ihn in die eine Hand und stützte ihn mit zwei Fingern der anderen Hand, so zart, daß dein Großvater den Griff kaum spürte. Der Riese hob ihn, bis ihre Augen auf einer Höhe waren, und starrte ihn an, schnalzte fasziniert wie deine Tante Kelya, wenn sie dich eine Zeitlang nicht gesehen hat. „Schau dir das an!" sagte er immer wieder. „Schau dir *das* an – ja, ich glaube, du könntest dir einen Bart wachsen lassen wie ein richtiger Qu'alo, wenn du Lust dazu hättest." Dein Großvater wußte nicht, ob er auf der Hand vor Lachen umfallen oder einfach nur staunen sollte ob der Erkenntnis, daß jeder glaubte, er gehöre zum einzigen Richtigen Volk auf der Welt.

Er tat nichts davon. Er hielt recht ordentlich Gleichgewicht und seine Würde und ließ Dudrilashashek ihn von allen Seiten beschnüffeln, ohne ein Wort. Oh, da ist übrigens noch etwas – die Riesen hörten besser als sie sahen, wegen dieser vielen Haare, und sie konnten einen anderen Qu'alo eine Meile weit wittern und erkennen, wer er war, was er gefrühstückt hatte und wie er sich im Augenblick gerade fühlte. Natürlich, jeder andere konnte auch *sie* über eine Meile weit riechen, was nicht gerade ein Vorteil war. Aber dein Großvater sagte, daß er sich nach und nach an den Gestank der Qu'alo gewöhnte – sagte, nach einiger Zeit hätte er ihn gar nicht mehr gemerkt. Und warum auch nicht? Wenn du daran denkst, was ich mitmachen mußte, um mich an die Sippe deiner Mutter zu gewöhnen.

Was? Nein, ich nehme nicht an, daß er je erfuhr, wie *sein* Geruch ihnen behagte.

Also gut. Als Dudrilashashek Großvater Selsim fertig beschnüffelt hatte, sagte er zu ihm: „Hör mal, falls du nichts dagegen hast, werden meine Brüder und Schwestern dasselbe tun. Ermüdend für dich, ich bin sicher, aber das Ritual muß vollzogen werden, wenn du bei uns bleiben sollst. Ich werde dich zu ihnen bringen, in Ordnung?"

„Das ist überhaupt nicht in Ordnung", erwiderte dein Großvater – immer noch ein gut Teil unverschämter, als du oder ich mit einem Riesen gesprochen hätten, will ich meinen. Er sagte: „Ich bin ziemlich müde, ganz zu schweigen von meinem Hunger und Durst, und ich habe schlimme Schmerzen, und auf dem linken Auge sehe ich nichts. Das rührt daher, daß ich vor kurzem von einem Fels-*targ* angeknabbert wurde. Wer immer von euch mir das Leben gerettet hat, ich bin ihm dankbar, aber im Augenblick will ich nicht weiter beschnüffelt werden, und ich habe nicht vor, auch nur einen Tag länger als nötig bei euch zu bleiben. Ich will mich irgendwo hinlegen. Falls *du* nichts dagegen hast."

Aber Dudrilashashek erwiderte: „Es tut mir leid, aber dies ist wichtiger, wenngleich es dir nicht so scheinen mag. Die anderen müssen ebenso rasch wie ich deinen Duft in ihre Nüstern bekommen, damit wir dich alle auf dieselbe Weise, zur selben

Zeit erkennen können. Für uns ist Geruch so wandelbar, so leicht zu beeinflussen durch Gefühle, Ängste, Gesundheit, Alter, Ernährung und zahllose andere Dinge, daß einer von uns dich überhaupt nicht erkennen würde, wenn er dich nach nur wenigen Tagen träfe. Das könnte sich für euch beide als sehr unheilvoll erweisen. Nein, es muß sofort getan werden – verzeih mir, kleiner Freund."

Und mit diesen Worten packte er deinen Großvater fester – oh, nur ein wenig, aber spürbar – und marschierte in den Wald und rief nach seinen Freunden und Verwandten. Sie hatten eine komische Art, einander zu rufen, ein hohlklingendes, johlendes Geräusch, nicht laut, aber es schien ewig anzudauern. Ich habe sagen hören, daß sich Großvater im Alter manchmal mitten in der Nacht aufsetzte und schwor, er höre die Qu'alo nach ihm rufen, draußen auf dem Torgry-Berg, so weit weg. Inzwischen waren sie alle verschwunden, das wußte er besser als jeder andere, aber trotzdem. Warte nur, warte, du wirst schon sehen.

Es half jedenfalls nichts. Dein Großvater mußte eine Stunde oder länger auf Dudrilashasheks riesiger Handfläche stehenbleiben, während die anderen Qu'alo nacheinander herbeikamen, um ihn anzufassen, anzustarren und zu beschnuppern, um vollkommen sicher sein zu können, daß sie ihn wiedererkannten. Große Stirnen, große Backenknochen, kleine hängende Kinnbacken, sagte er, hätten sie alle gehabt, und das Haar der jüngeren sei nicht wirklich schwarz, sondern eher grau-braun gewesen. Er war damals zu müde, um mehr zu beobachten oder nur zu versuchen, die Weibchen von den Männchen zu unterscheiden. Als es schließlich vorüber war, trug ihn Dudrilashashek in eine Höhle, wo sie ihre Kranken unterbrachten, wechselte den Verband an seiner Schulter, fütterte ihn aus einer Schale, in der er hätte baden können, mit einer Suppe aus wildem Lauch und Pilzen und stopfte ihn persönlich in ein süßduftendes Bett aus grünen Frühlingszweigen. „Das war's", sagte er mehr als stolz. „Schlaf jetzt, und wenn du aufwachst, wirst du vieles anders sehen, ich bin sicher."

Großvater Selsim war bereits so gut wie eingeschlafen, doch es gelang ihm zu murmeln: „Ich werde nicht lange bleiben. Sobald ich ordentlich reisen kann, werde ich mich auf den Weg machen, Fels-*targs* hin oder her."

Der alte Dudrilashashek widersprach ihm nicht, nickte bloß ernst und sagte mit dieser Stimme, die immer geradewegs aus Großvaters eigenen Eingeweiden zu kommen schien: „Wenn du gesund bist, werden wir darüber sprechen. Schlaf jetzt."

„Riese hin, Riese her", flüsterte dein Großvater und schlief zwei Tage lang.

Ja doch, gewiß mußte er dringend pinkeln, als er aufwachte, vielen Dank, das hatte ich vergessen. *Und* er mußte wieder Suppe essen, *und* er mußte sich waschen, *und* er mußte seine Schulter beäugen und pflegen lassen. Dudrilashashek sagte, er erhole sich sehr rasch und könne von Glück sagen, weil der Biß eines Fels-*targs* einen in der Regel vergifte und auf der Stelle umbringe. Aber was immer der Qu'alo auf die Wunde getan hatte, der große, zackige und klaffende Riß zog sich bereits so prächtig zusammen wie nur was, ohne eine Spur von Entzündung. Mit seinem linken Auge konnte er noch immer nicht sehen, aber es tat nicht sehr weh, und der Riese sagte ihm, daß er mit der Zeit mindestens wieder ein verschwommenes Bild haben würde. Im Augenblick solle er sich ausruhen und Kräfte gewinnen und an nichts anderes denken. Schon gar nicht ans Weggehen.

Dein Großvater Selsim blickte den Riesen eindringlich an – jedenfalls so gut er das mit einem Auge vermochte –, und er sagte entschieden: „Drei Tage. Drei Tage und vielleicht zwei. Es hat nichts mit dir oder deinem Stamm zu tun – nirgends bleibe ich länger. Ich bin Kesselflicker und Reisender, und ich muß unterwegs sein. Das mache ich nun mal, unterwegs sein."

Doch der Riese schüttelte den Kopf, sah ernst und kummervoll aus und sagte: „Es kann nicht sein, kleiner Freund. Die anderen werden es nicht zulassen, und mehr kann ich ihnen nicht befehlen. Ich habe ihnen bereits versprochen, daß du als Gegenleistung für dein Leben immer bei uns bleiben wirst, weil sie fürchten, daß du uns einen Schwarm von deinen Leuten auf den Hals hetzen wirst, um uns hier zu plagen. Ich selbst glaube nicht, daß du so etwas tun würdest, aber sie wollen es nicht darauf ankommen lassen. Verzeihung, Shelshim" – lach nicht, das war die einzige Möglichkeit für die Qu'alo, seinen Namen auszusprechen – „aber ich merke, daß du die Wahrheit hören willst. Das ist die Wahrheit."

„Und wenn ich es ihnen versprechen würde", sagte dein Großvater, „wenn ich ihnen mein Wort geben würde? Wo ich herkomme, legen wir großen Wert darauf, daß man sein Wort hält. Ich könnte bei allem schwören, was für euch heilig ist." Dudrilashashek blickte bloß immer trauriger. Großvater Selsim sagte: „Ich werde weglaufen. Das weißt du so gut wie ich."

„Bitte", sagte der alte Riese, und es heißt, er sei so aufgeregt gewesen, daß sein ganzes Gesicht wabbelte und zitterte, genau wie diese ekelhafte rosa Nachspeise, die deine Tante Kelya zu jedem Winter-Lebewohl-Fest macht. Er sagte: „Bitte, Shelshim, tu's nicht, ich bitte dich. Wir verstehen uns so gut aufs Jagen und Spurenlesen, daß wir auf einem ganzen Berghang die einzige Pflanze aufspüren würden, die wir essen wollen – und wir sind so schrecklich ungeschickt mit unseren Fingern, wie du zu Recht betont hast. Es wäre schrecklich für uns alle, nun, da wir dich kennen, wenn dir beim Wiedereinfangen durch Zufall ein Leid zugefügt werden würde oder wenn die Fels-*targs* dich vor uns finden würden." Nein, die Riesen nennen sie natürlich nicht so, sie haben ihr eigenes Wort. Nein, ich weiß nicht, wie es hieß. Sei still.

Nun konnte es dein Großvater nie leiden, wenn man ihm drohte, und er erwiderte barsch: „Lieber würde ich auf der Stelle mit einem Fels-*targ* an meiner Kehle sterben, als für immer als menschliches Spielzeug der Qu'alos leben, ohne je einen Atemzug oder einen einzigen Schritt aus eigenem Antrieb zu tun. Es würde nicht gutgehen, Dudrilashashek. Es ist noch niemand geboren, der mich dort festhalten könnte, wo ich nicht sein will.“ Und mit diesen Worten drehte er sich unter Schmerzen um und schlief weiter, einen ganzen Tag lang. Es heißt, daß der Riese ihn während der ganzen Zeit im Auge behielt. Ja, ich bin sicher, daß er irgendwann auch mal pinkeln gehen mußte. Vielen Dank.

So also lagen die Dinge, und als dein Großvater wieder aufwachte, war es abermals Zeit für ihn, in aller Eile eine Menge zu lernen. Kesselflicker sind gut im Lernen, müssen sie sein. Zum Beispiel lernte er, daß die Qu'alo keinen bestimmten Ort hatten – eine Höhle oder eine Lichtung oder vielleicht einen flachen Felsen –, wo sie zusammen lebten oder sich vielleicht zu versammeln pflegten, so wie die Versammlungshalle in unserem Dorf. Wenn das allerdings eine Halle sein soll, dann ist unser Außenklosett ein verdammter Palast, würde ich sagen. Die Qu'alo streiften nach Belieben allein oder höchstens zu zweit oder zu dritt über den Torgry-Berg. Den größten Teil des Tages brachten sie damit zu, nach Nahrung zu suchen, weil es schwer ist, diesen mordsmäßigen Körper richtig vollzustopfen, wenn du kein Fleisch ißt, nicht mal Fisch, so wie das *rishu*. Nun ja, Raupen, sie aßen manchmal Raupen und Käfer. Sie übernachteten dort, wo sie gerade waren, gewöhnlich auf einem *sum'yadi*-Baum, weil diese Bäume als einzige groß genug waren, sie zu tragen, und dicht genug belaubt, um sie zu verbergen. Und sie konnten Tage gehen, manchmal Wochen, ohne einen anderen Riesen zu Gesicht zu bekommen, und sie machten sich nie Gedanken darüber. Aber jeder von ihnen wußte jederzeit, wo alle übrigen waren, so wie du weißt, wo deine Finger oder deine Zehen sind. Darüber brauchst du niemals nachzudenken, stimmt's? So war's auch bei den Qu'alo, genau so.

Wie? Kannst du nicht mal eine Minute lang zuhören, wenn ich dir etwas erzähle? Nein, er rannte natürlich nicht bei der ersten Gelegenheit, die sich bot, davon, wie er geschworen hatte.

Er brauchte erheblich länger, als er erwartet hatte, um über seine Wunden hinwegzukommen – selbst nachdem seine Schulter verheilt war und er anfing, aus dem Winkel seines linken Auges ein paar Dinge wahrzunehmen, hatte er immer noch Schmerzen in der Wunde, bewegte sich immer noch zaghaft und blickte sich bei jedem Schritt, den er machte, um. Das bleibt nach einem Fels-*targ*-Angriff zurück, sagen die Leute. Du weißt, daß du wirklich tot bist, selbst wenn es kein anderer weiß. Du erwartest dauernd, daß das Biest zurückkommt und Anspruch auf dich erhebt.

Dudrilashashek kümmerte sich eine Weile um ihn, zeigte ihm, wie man die wilden Beeren und Wurzeln und ähnliches Zeug fand, von dem sich die Qu'alo ernähren, und wo die besten Bäche waren und die sicheren Höhlen zum Übernachten. Ein sehr umsichtiger Riese, dieser Dudrilashashek – er wußte, daß ein Mensch nicht so schlafen kann wie ein Riese, und darum verknotete er einfach *sum'yadi*-Zweige und machte ihm ein Bett. Dein Großvater paßte genau auf, anders als viele von uns. Mehr als je zuvor in seinem Leben achtete er darauf, wie die Qu'alo die Dinge anpackten. Weil sein Leben in diesem Augenblick davon abhing, und das wußte er, wenn er auch sonst noch nicht viel wußte.

Du wirst es nicht glauben, aber am längsten brauchte er, um sie voneinander zu unterscheiden, Dudrilashashek ausgenommen. Alle waren riesig, alle behaart, alle stanken so, daß ein *churfa* sich geschämt hätte … erst nachdem Dudrilashashek ihn sich mehr oder weniger selber überlassen hatte, begann er, einige der anderen Qu'alo zu erkennen. Und das nur, weil er sich immer noch davor fürchtete, auf sich gestellt zu sein, und Angst hatte, ein Fels-*targ* könnte ihn allein antreffen. Wenn diese Riesen ihn wie ein Buch oder wie einen Käfer studieren wollten, war ihm das nur recht, war das prächtig – auf diese Weise leisteten sie ihm wenigstens Gesellschaft und ließen ihn nicht dort zurück, wo die Fels-*targs* ihn finden konnten. Ob er je darüber hinwegkam? Über die Furcht, meinst du? Oh, mit der Zeit in gewisser Weise, aber nie mehr wurde er zu der Person, die er, kurz bevor es geschah, gewesen war. Das schafft keiner.

Götter, das *war* ein Rülpser, das war *sie*, ich weiß es! Nachdem ich ihr schon so oft geholfen habe, sollte ich das wissen. Verdammtes, gehässiges Tier – warte, warte, jetzt hat sie aufgehört, kein Ton mehr von ihr. Ich sollte runtergehen, aber ich werde es nicht tun, sie treibt ihre Spielchen mit mir. Das machen sie alle, die *jejebhais*, merke dir das, so spielen sie mit dir, wenn sie dich erst mal kennen. Verlege dich auf *rishus*, Junge, wenn ich nicht mehr bin. *Rishus* sind nett und blöde, das ist das richtige, glaube mir. *Rishus* legen dich nicht rein.

Nun ja, wo wir sowieso warten. Aber es kann jede Minute losgehen, das verstehst du doch? Also, die Qu'alo. Zwei oder drei hörte er nie ein Wort sagen, kein einziges Mal. Wenn man in diese schwarzen Augen blickte, sagte dein Großvater Selsim – wie unterseeische Höhlen waren sie, wenn man einmal durch das ganze schwarze Haar gedrungen war –, dann erkannte man, daß die Qu'alo wirklich ein nachdenkliches Völkchen waren, sie dachten andauernd nach. Nur daß sie nicht so waren wie dein Onkel Tavdal – sie waren nicht der Meinung, reden sei dasselbe wie denken, du verstehst? Waren höchstwahrscheinlich einfach so geschaffen. So waren sie eben, im wesentlichen.

Aber nicht alle. Da waren zwei Brüder, und ihre Namen hörten sich ungefähr so an wie Calijostylakomo und Galijostylakomo – ich will kein Wort von dir hören, das waren ihre Namen, und mehr gibt es dazu nicht zu sagen. Dein Großvater nannte sie Cali und Gali, und er konnte die beiden immer auseinanderhalten, weil Cali nie ein Bart wuchs, der so dick war wie die Bärte der anderen Riesen, und das ärgerte ihn. Oder vielleicht war es auch Gali, ich könnte es nicht sagen. Jedenfalls waren sie jung, was vielleicht erklärt, daß sie ein bißchen mehr redeten als die anderen, und sie waren – ich schätze, du würdest sagen *ausgelassen*, wenigstens für Riesen. Sie rangen gern – Großvater Selsim kletterte immer auf einen Baum, um ihnen aus dem Weg zu gehen, und selbst das war riskant. Und manchmal gingen sie, anstatt sich wie die anderen Qu'alo bei Sonnenuntergang schlafen zu legen, zusammen fort und verbrachten die ganze Nacht damit, Fels-*targs* zu jagen. Lockten sie aus ihren Höhlen und ließen Felsbrocken auf sie runterrollen. Luden deinen Großvater ein, mitzukommen – wie bitte? Nein. Nein, ich bin sicher, daß er nie mitging. Weil niemand von *uns* ein derartiger Narr ist, nicht mal dein Onkel Tavdal. Wir sind ein anderer Schlag.

Da war noch jemand, mit dem er sich anfreundete, eine Qu'alo-Frau – ihr Name war Yriadvele, oder so ähnlich. Die waren noch scheuer als die übrigen Riesen, die Frauen, meine ich, und der einzige Grund, warum Großvater Selsim jemals zwei Worte mit ihr wechselte, war die Tatsache, daß er einmal in eine Falle fiel, in eine Grube, die Cali und Gali ausgehoben hatten, um darin Fels-*targs* zu fangen, und er noch das Glück hatte, daß sie zu jung und zu faul waren, den Boden der Falle mit vergifteten Stöcken zu versehen. Diese Yriadvele hörte seine Rufe, und sie kam und hob ihn im Handumdrehen heraus. Und hinterher hatte er irgendwie ein Anrecht auf sie, wie das so geht. Sie setzte ihn auf ihre Schulter, und sie unternahmen bis zum Abend lange Wanderungen im Wald oder über die offenen Berghänge, wo es unwahrscheinlich war, daß Reisende sie sahen. Ich habe dich auch immer so getragen, erinnerst du dich?

Dein Großvater erzählte jahrelang nicht viel von ihr, erst als er wirklich älter wurde, das hat man mir jedenfalls berichtet. Er sagte, er hätte Yriadvele immer von den anderen unterscheiden können, weil sie eine Art von grauem Überwurf um die Schultern trug. Das Haar, meine ich, fiel so, denn sie war noch jung. Auf alle Fälle unterhielten sie sich stundenlang, dein Großvater Selsim und dieses riesige Weib-Geschöpf, das so haarig war und so stank, daß er nach einer gewissen Zeit überhaupt nichts mehr davon bemerkte. Die Wahrheit ist, daß er anfing, sie auf ihre Art hübsch zu finden, mit ihren riesigen schwarzen Augen und wirklich zierlichen kleinen Ohren – und er sagte, sie sei auch anmutig gewesen, wenn sie diesen Körper lautlos zwischen den Bäumen bewegte. Ansonsten war sie wie die anderen – wenn sie wollte, daß man sie nicht sah, dann sahst du sie nicht. Wenn sie aber da war, dann war sie *da*, so daß die Bäume und die Bergrücken sich um sie in Luft auflösten. Das genau hat dein Großvater gesagt, Wort für Wort, genau so habe ich es von meinem eigenen Großvater gehört.

Worüber die sich unterhalten haben? Nun, sie hat ihn gefragt, wie Menschen leben, was sie essen, wo sie schlafen, was sie tun, wenn sie krank sind, was sie für eine Kleidung haben, und danach, wie sie es empfinden, als so kleine Geschöpfe in einer so großen Welt zu leben. Und Spiele, wie man Spiele spielen konnte, das begriff sie nicht. Die Qu'alo spielten nicht, weißt du, sie hatten keine Ahnung, was das Wort bedeutete. Immer wieder bat sie ihn, ihr etwas über Spiele zu erzählen.

Sie sprach überhaupt nicht so wie Dudrilashashek. Nein, ich weiß nicht, warum, und dein Großvater wußte es auch nicht. Manchmal fragte er sich, ob sie vielleicht einfältig sei, aber wie soll man das bei einem Riesen wissen? Einmal sagte sie, langsam und stockend, zuweilen mit einer Pause von ein oder zwei Minuten zwischen den Worten: „Wenn wir schlafen, sehen wir manchmal eine Geschichte, wir sind in der Geschichte. Und ihr?"

„Träume", sagte dein Großvater. „Ja, wir träumen, auch wir sehen Geschichten. So wie ihr, genauso."

Aber Yriadvele drehte langsam ihren großen Kopf, um ihm direkt in die Augen zu sehen, und ihre eigenen Augen waren so dunkel, daß man sich nicht selber darin sehen konnte, weder den Himmel hinter dir noch ein grünes Blatt oder ein Stückchen Sonne. Sie sagte: „Bei uns, jede Nacht dieselbe Geschichte. Immer. Die Fels-*targs*. Unsere Brüder."

Dein Großvater muß sie fassungslos angestarrt haben. Sie sagte: „Zur selben Zeit gemacht, Fels-*targs* und wir Qu'alo. Früher gleich ausgesehen, zusammen gelebt, dasselbe Volk. Aber wir wurden anders, langsam, langsam, verließen sie, verloren sie. Darum leben wir jetzt jede Nacht, im Traum, jede Nacht, wie es früher war. Die Götter bestrafen uns, weil wir anders geworden sind."

Nein, was denkst du dir, natürlich weiß ich nicht, ob das wahr ist oder nicht. Es ist das, was die Qu'alo glaubten, das ist alles. Dein Großvater Selsim sagte nie, ob *er* das glaubte, aber er sagte, es hätte sich so angehört, als hätten sie Götter.

Weißt du, was sie für das Lustigste auf der Welt hielt? Witze zu erzählen – ich meine die *Vorstellung*, Witze zu erzählen. Sie brauchte eine Weile, bis sie glaubte, daß Menschen Zeit damit verbrachten, sich Geschichten auszudenken und sie einander zu erzählen, bloß um den anderen zum Lachen zu bringen. Aber als sie es erst einmal begriffen hatte – ja, da machte sie sich selber einen Spaß daraus, und sie konnte, wenn sie nur daran dachte, jederzeit anfangen, vor sich hin zu kichern, so als hörte man in einer heißen Nacht Donner von den Bergen zurückrollen. Manchmal fand er sie so, dein Großvater, wenn sie sich selber ihren besonderen Witz erzählte. Und manchmal begann sie *wirklich* zu lachen, aus heiterem Himmel. Er sagte, der Boden habe gezittert, von überallher habe es Blüten und Blätter geregnet, Vögel seien aus ihren Nestern geplumpst, und in den Knochen habe es noch eine Stunde später gesummt. So war das, wenn die Qu'alo lachten.

Einmal fragte er, ob die Riesen Familien hätten, so wie die Menschen. Selten hatte er mehr als zwei Qu'alo zusammen gesehen, er war nicht sicher, wie viele es waren, die auf dem Torgry-Berg lebten, und er konnte unmöglich einschätzen, welche davon vielleicht Kinder waren. Sie antwortete ihm nicht, sie sprach bis zum folgenden Tag überhaupt nicht mit ihm. Gerade als er seine Frage vergessen hatte, sagte sie: „Nein. Früher, jetzt nicht." Ihre Stimme war so leise, daß er sie nicht in seinem Körper spüren konnte, wie er es gewohnt war. Sie sagte es dreimal: „Früher. Früher. Früher."

Während der ersten zwei oder vielleicht drei Monate, die er bei den Qu'alo zubrachte, versuchte er nicht, zu fliehen, und er hatte bis dahin fast vergessen, daß er ihr Gefangener sein sollte. Nie sperrten sie ihn ein oder banden ihn an; er sah nie, daß sie ihm folgten, ihn beobachteten, nichts in der Art, beileibe nicht.

Er konnte an jeden Ort wandern, der ihm gefiel, solange es ihm gefiel, außerhalb der Sichtweite eines Qu'alo bleiben. Aber in der Nacht, da er durch den tiefsten Wald davonwanderte, dem Pfad nicht zu nahe, auf dem er gekommen war, als der Fels-*targ* ihn ansprang, sondern sich im Zickzack erst hierhin, dann dorthin wandte und dem Gipfel entgegenschlich – stell dir vor, er war noch keine Meile gegangen, als der alte Dudrilashashek vor ihm den Pfad ausfüllte und sanft sagte: „Nein, nein, Kleiner, tut mir leid. Komm, ich werde dich zurückbringen, komm jetzt." Gerade so als wäre er nicht älter als du und wäre im Schlaf gewandelt.

Und so war es jedesmal, wenn er versuchte, sich von den Qu'alo davonzustehlen, um seine unterbrochene Reise fortzusetzen, zurück in sein gewöhnliches Leben als Kesselflicker. Niemals ein Tadel, niemals eine Drohung, aber immer tauchte eine riesige Kreatur vor ihm auf, ohne ein Wort. Manchmal war es Yriadvele selbst, und *sie* nahm ihn einfach hoch und trug ihn, hielt ihn zwischen den Händen, nicht auf ihrer Schulter, wie sie es tat, wenn sie irgendwohin wanderten. Und so ging es achtzehn Jahre lang.

Achtzehn Jahre, richtig, so lange lebte er bei den Qu'alo. Aß, was sie aßen, schlief, wenn sie schliefen, weidete wie sie den lieben langen Tag im Schatten. Hört sich nach dem eintönigsten Leben an, das du dir vorstellen kannst, wie? Nun ja, für dich und für mich wäre es vermutlich genau das gewesen, doch für deinen Großvater Selsim war es anders. Weil er nach einiger Zeit, es mögen ein paar Jahre gewesen sein, heißt es, anfing, die Gedanken der Qu'alo nachzudenken, verstehst du, was ich zu dir sage? Große Gedanken, alte Gedanken waren es, die sich in seinem Kopf drehten, so wie ein großer Fisch, der abends nach oben kommt, sich aus dem Wasser hebt, sich mit seinem silbernen Bauch, auf dem der Sonnenuntergang glitzert, dreht und kurz darauf wieder zurückgleitet in die Tiefe. Lange, merkwürdige, langsame Gedanken, die richtig zu verstehen selbst ein Qu'alo endlos lange brauchte. Vielleicht mußt du so leben, um so zu denken. Nach einer Weile ist das vielleicht alles, was du auf der Welt tun willst. Nein, das verstehst du nicht, Junge, und ich verstehe es auch nicht. *Ich* weiß nur, daß dein Großvater Selsim achtzehn Jahre seines Lebens bei diesen stinkenden Riesen verbrachte und nach den ersten drei, vier Jahren aufhörte, eine Flucht zu versuchen. Er wäre für den Rest seines Lebens bei ihnen geblieben, hätte er gekonnt, und du wärst nicht hier und ich auch nicht. Denk mal ein bißchen darüber nach.

Die Winter? Ja, die Bergwinter waren hart, aber Dudrilashashek zeigte ihm, durch welchen Kunstgriff die Qu'alo überwintern konnten. Weißt du, was sie immer machten, wenn die Blätter fielen, wenn alle Bäche gefroren, wenn alles, was sie aßen, unter zwei Fuß hohem Schnee begraben war? Weißt du, was die Qu'alo machten? Nun, sie gingen schlafen, ganz einfach. Sie suchten sich leere Höhlen der Fels-*targs* – na ja, vielleicht waren sie nicht immer leer, aber ziemlich bald danach –, und darin drängten sie sich zusammen, zu zweit, zu dritt oder zu viert, und verschliefen einfach den Winter. Und wenn es ein wenig warm wurde, standen sie auf und zogen umher, gruben unter dem Schnee nach einem Bissen und gingen dann wieder schlafen. Auch Menschen können das, wenn sie den Trick beherrschen. So wie dein Großvater. Ich denke, du solltest es gelegentlich versuchen.

Warum er nicht bei ihnen bleiben konnte? Das ist ja eben die Geschichte, nicht wahr? Und dazu kommen wir jetzt.

Es war Yriadvele, die zu ihm kam, als der erste Riese starb. Es war an einem Nachmittag im Spätsommer, und es ging auf Sonnenuntergang zu. Sie sagte bloß: „Tot. Mit mir kommen." Also ging er mit ihr, wie immer auf ihrer Schulter sitzend. Sie wollte nicht sagen, wer es war, nicht einmal sein Alter – er fürchtete, am Ende hätte ein Fels-*targ* Cali oder Gali erwischt. Und als er fragte, woran er gestorben wäre, schaute sie ihn von der Seite an und sagte: „Qu'alo. Weil Qu'alo." Und er hatte keine Ahnung, was *das* bedeutete.

Sie waren alle auf einer Lichtung um den Toten versammelt.

Sie hatten ihn auf eine Art Gestell gelegt – du weißt ja, wie die Nounouris ihre Toten hoch in die Bäume legen. Die Qu'alo machten es ähnlich, nur das Gerüst war niedriger und reichte mir vielleicht nur bis zur Brust, und der größte Teil des Leichnams war mit frisch geschlagenen Zweigen bedeckt, die süß dufteten. Das Gesicht konnte er nicht sehen, aber er konnte alle Riesen erkennen, mit denen er sich zu unterhalten pflegte, und er war erleichtert. Das ist nicht zu ändern, so sind wir eben. Solange es nur niemand ist, den wir kennen.

In diesem Augenblick fiel ihm auf, wie gering ihre Zahl in Wirklichkeit war – nicht mehr als fünfzehn oder sechzehn, wenn man die Kinder mitzählte. Und von denen gab es nur noch ungefähr drei, das kam noch hinzu. Wo du doch ein Bauernsohn bist, stell dir mal vor, sie wären *rishus* oder *jejebhais* und überschlage mal alles im Kopf, na los. Richtig – du kannst unter diesen Umständen kein Rudel irgendeiner Rasse erhalten, um nichts in der Welt. Die Qu'alo starben aus; sie waren bereits verurteilt, beinahe wie geplant. So wie ich es hin und wieder miterlebt habe.

Ja, ich habe es erlebt und du ebenfalls, wenn du mal nachdenkst. Erinnere dich an die Zeit, als die ganze Herde von *makhyahs* drüben bei den Jutts, als er durch die Tausende und Abertausende hellroter Eier, die sie legen sollten, reich zu werden gedachte – erinnere dich daran, wie sie alle starben, alle und beinahe über Nacht und wie Bala Jutt weinend zu mir kam, damit ich mir die Leichen ansehen und ihm sagen sollte, was schiefgegangen war. Du warst noch klein, aber erinnerst du dich? Richtig, ja, diese *makhyahs* starben, weil sie Bala Jutt nicht leiden konnten und noch weniger die Art, wie er sie hielt, und sie kamen zu dem Schluß, daß sich ein solches Leben einfach nicht lohnte. Ich meine nicht, daß sie eine Versammlung abhielten und darüber abstimmten, ich meine, sie beschlossen es einfach. Mit den Qu'alo war es dasselbe. Nicht haargenau dasselbe, aber fast.

Warum? Hör mal, wenn es dein Großvater Selsim nicht wußte,

weiß ich es ganz bestimmt nicht, und vielleicht wußten die Qu'alo es auch nicht, wenigstens konnten sie es nicht in Worte fassen. Ich glaube nicht, daß sie jemals etwas Wichtiges in Worte faßten, nicht mal für sich selber. Sei einfach still und hör zu.

Auf jeden Fall dachte dein Großvater Selsim höchstwahrscheinlich über diese Dinge nach, als Yriadvele zu tanzen begann. Er hörte hinter sich das schwere zweifache Pochen, und als er herumfuhr, sah er sie langsam und kraftvoll von einem Fuß auf den anderen treten, hin und her. Dann stampfte sie schneller, so daß die Bahre mit der Leiche zu beben anfing, und dann begann sie die Arme auszubreiten, als machte sie sich bereit zu fliegen. Ihre Augen blickten weder ihn noch etwas anderes an, und ihr Gesicht war genauso dunkel und geheimnisvoll wie immer.

Dann fielen die anderen ein. Fünfzehn Riesen stampften zusammen auf den Boden. Das brachte die Bäume zum Schwanken, und die Erde hüpfte wie das Fell auf einer Trommel, und die Leute sagen, auch die Sonne am Himmel sei ins Hüpfen geraten. Es war, nehme ich an, nicht das, was wir Tanzen nennen würden – die meisten von ihnen hüpften bloß auf und nieder und schwenkten ihre großen Arme herum –, aber dein Großvater sagte, daß Yriadvele sich drehte und neigte, sich niederbeugte, um die Erde zu berühren, kniete, sich streckte, nach etwas griff, das niemand sonst sehen konnte. Sie habe getanzt, sagte er, Yriadvele. Er könne sie immer noch vor sich sehen.

So wie er es erzählte, war das erschreckende die Stille, nicht der Lärm. Unter dem Lärm, unter diesen gewaltigen Füßen, die auf dem Boden dröhnten, war es unvorstellbar still, ein Schweigen bis ins Innere der Erde. Und als sie plötzlich aufhörten, alle gleichzeitig – oh, diese Stille war zuviel für ihn, er wich zurück, bis er gegen einen Baum prallte, und dann verbarg er sich hinter dem Stamm. Doch sie blickten ihn nicht an, weder Yriadvele noch einer der anderen. Sie blickten auf den toten Qu'alo auf der Bahre.

Sonst nichts.

Mir fällt gerade ein, daß ich nicht weiß, ob ich dir das erzählen sollte. Wenn du anfängst, Albträume zu kriegen, wird deine Mutter – wie? Ach, erzähl mir doch nichts – du hast erst letzte Woche einen gehabt, hast mich aufgeweckt mit deinem Geschrei von *shukris*, die dabei waren, dich aufzufressen. Du kannst dich nicht erinnern, natürlich nicht. Aber deine Mutter erinnert sich. Ich denke, vielleicht solltest du jetzt schlafen.

In Ordnung, schon gut, beruhige dich doch! Wenn du so weitermachst, würde ich nicht mal hören, wenn die *jejebhai* Drillinge bekäme. Sei still, ich werde dir den Rest erzählen. Aber wenn du einen schlimmen Traum hast, kein Wort zu mir davon. Weder zu mir noch zu sonst jemandem, abgemacht? Götter, wie bin ich nur in diese Sache hineingeraten?

Also. So war das mit ihnen. Sie gingen nacheinander zu ihm, dem toten Riesen, und jeder senkte den Kopf und beschnüffelte ihn, ganz eindringlich, so wie sie deinen Großvater beschnüffelt hatten, genauso sorgfältig. Es verging eine lange Zeit, weil sie auf Wiedersehen sagten, nicht guten Tag, und es war vollkommen dunkel, als sie sich alle niedersetzten, um ihn zu essen.

Du hast richtig gehört: Sie aßen ihn. Sie hatten ihn bereits gesäubert, so wie wir es mit einem Fisch machen, und jetzt entfachten sie ein großes Feuer, um Licht zu haben – da erfuhr dein Großvater zum erstenmal, daß sie das konnten, denn vorher hatten sie es nie getan –, und sie setzten sich zusammen nieder und verspeisten diesen toten Qu'alo ganz und gar. Es war auch das erstemal, daß er sie Fleisch essen sah. Mach nicht so ein blödes Gesicht – ich sage dir doch, sie taten's. Sie brauchten bis zur Morgendämmerung.

Hör mir zu, und Schluß mit diesen Grimassen! Weißt du, was dein Großvater Selsim darüber sagte? Er sagte, es hätte schön ausgesehen, es sei vielleicht das Schönste gewesen, was er im Leben je gesehen hätte. Da saßen sie rund um diese Bahre in der Dunkelheit, diese gewaltigen Geschöpfe, und sie unterhielten sich, und ihre Stimmen waren nicht gerade leise, aber gedämpft, traurig, sanft, wie er sie niemals hatte reden hören. Er konnte nicht ein Wort verstehen, obgleich er in der Nähe war, aber er wußte, daß sie über ihren Freund sprachen. Und während sie ihn verspeisten, lobten sie ihn zugleich und ehrten und liebten ihn, verstehst du? Es war nicht so wie bei Leuten, die schmatzend und grunzend beim Essen sitzen – es war anders, es war schön. Genau das hat dein Großvater gesagt.

Es dauerte die ganze Nacht, das sagte ich schon. Und am Ende der Nacht, als der Morgen über den Bäumen aufstieg, war auf der Bahre nichts mehr übrig bis auf diese langen, sauberen Knochen, die schimmernd dalagen: Ja, sicher doch, der Schädel auch, was denkst denn du? Nichts als riesige Knochen, und sie vergruben sie an einem besonderen Ort, dessen Lage dein Großvater nicht preisgeben wollte. Und das war's, was die Qu'alo machten, wenn ein Qu'alo starb.

So wie es der alte Dudrilashashek deinem Großvater erklärte, taten sie es aus zwei Gründen. „Da sind zuerst die Fels-*targs*", sagte er. „Wir haben sie Furcht gelehrt, sie, die ohne uns so etwas nie kennengelernt hätten. Sie sind fast, fast vernünftig, aber nicht ganz; sie glauben, daß unsere Zahl in die Tausende geht und daß wir nie sterben. Wenn sie einen Leichnam ausgraben und begreifen würden, wie wenige wir sind und wie sterblich, würden wir nie mehr Frieden finden. Dann ist da noch etwas anderes." Eine Zeitlang sagte er nichts mehr, doch dein Großvater wartete. Darauf verstand er sich jetzt ein bißchen besser als früher. Und endlich sagte Dudrilashashek: „Es ist unsere Art, jemanden, der stirbt, für immer bei uns zu behalten. Das Fleisch ist unwichtig und geht durch uns hindurch, aber was übrigbleibt – unser Leben, unsere Gedanken, unsere Erinnerungen, unsere Zeit in der Welt – der allerletzte der Qu'alo wird das alles in sich tragen, uns alle enthalten, jeden einzelnen von uns für immer. Und wenn dieser letzte gegangen ist …" Dein Großvater Selsim sagte, der Qu'alo habe so schwer die Achseln gezuckt, daß man glaubte, einen ganzen Berg zu sehen, der in einer einzigen Bewegung geboren wurde und starb. Dudrilashashek sagte: „Nun ja", und dann nichts mehr.

Achtzehn Jahre also. Achtzehn Jahre lebte dein Großvater Selsim auf dem Torgry-Berg bei den Qu'alo und sah sie einen nach dem anderen sterben. Nie eine Wunde oder Verletzung, nie eine Krankheit, die er bemerkte – sie starben einfach, jährlich einer oder zwei. Junge, alte, einen großen Unterschied konnte er nicht erkennen, ausgenommen die wenigen, mit denen er sich ein wenig angefreundet hatte. Jalayakudrilak, der dir Wochen im voraus sagen konnte, welches Wetter es geben würde; Tudoguraj, der den Gesang liebte, stell dir einen Riesen vor, der zwitschert und tschilpt wie ein Baum voll junger Sperlinge; und da war eine namens Rumirideyol, die einzige Qu'alo, die es ablehnte, Fels-*targs* zu töten, wenn sie es vermeiden konnte, und die hinterher weinte, wenn sie es doch tun mußte. Cali und Gali starben gemeinsam – dein Großvater war froh darüber. Er fand sie Seite an Seite liegend, der eine Bruder mit dem Kopf auf der Schulter des anderen, und kein äußeres Anzeichen von Krankheit. Einer nach dem anderen.

Vielleicht hört sich das alles wirklich albern an, aber ich will von dir kein einziges Kichern hören, merk dir das. Wenn nur noch eine Handvoll Riesen übrig ist, wird es zu einer schwierigen Frage, was du mit deinen Toten machen sollst. Lachst du? Laß es lieber. Die Qu'alo schafften das alles, aber es wurde jedesmal bitterer und trauriger für sie, um diese laubbedeckte feierliche Bahre beisammenzusitzen. Als Dudrilashashek starb, weinte dein Großvater. Er mochte diesen alten gesprächigen Riesen, er vermißte ihn bis zu dem Tag, an dem er selber starb. Er wollte sogar teilnehmen am – du weißt, was sie taten –, aber Yriadvele ließ es nicht zu. Sie sagte, es sei nicht recht, solange noch ein Qu'alo lebe, und das war ihr letztes Wort. Aber sie ließ ihn mittanzen, und seine kleinen Hüpfer und Tritte waren ein gespenstisches Echo vom Tanz des Toten. Und er half immer, die großen, schimmernden Knochen zu begraben.

Hätte er entkommen können, wo doch nur noch so wenige Riesen ihn im Auge hatten? Ja, natürlich, denn sie waren weit davon entfernt, sich darum zu sorgen. Aber er wollte nicht – inzwischen gehörte er zu ihnen, kannst du das verstehen? Er wollte sie nicht verlassen, sie waren inzwischen seine Familie, in gewisser Weise. Mehr weiß ich nicht, mehr kann ich dir nicht sagen.

Und schließlich war nur noch Yriadvele übrig, nach achtzehn Jahren. Sie standen sich inzwischen sehr nahe, die Riesenfrau und dein Großvater – er sagte, daß sie sogar zusammen schliefen, er unter ihrem Arm wie ein junger Vogel. Es schien unwahrscheinlich, daß sie im nächsten Augenblick sterben würde, aber das war bei den anderen auch so gewesen, also mußte er damit rechnen. In jenem Winter träumte er in der Höhle, die sie so lange zum Schlafen benutzt hatten, der Frühling sei gekommen und sie sei nicht wieder aufgewacht, er träumte es immer wieder und machte sich jedesmal wach, um sich davon zu überzeugen, daß sie noch atmete. Dann schlief er weiter und träumte erneut davon. So wie du, wenn du auf deinen Geburtstag wartest.

Und dieser Traum wurde wahr, schneller als gedacht. Oh, sie wachte auf, als es Zeit war, aber sie wurde nie ganz wach. Am ersten und zweiten Tag konnte sie nicht gehen, und dein Großvater Selsim mußte für ihre Ernährung sorgen. Nun, es ist unmöglich, genügend Nahrung für einen Riesen von zwölf Fuß zu finden, besonders für einen, der den ganzen Winter nichts gegessen hat. Vielleicht wäre alles gutgegangen, wenn sie fähig gewesen wäre, sich selber zu ernähren, ich weiß nicht. Er sagte, daß sie kaum etwas aß, selbst dann, als sie gehen konnte, doch sie sei dauernd durstig gewesen und hätte sich meistens an einem Bach aufgehalten, der gerade wieder zu fließen begonnen hatte. Ihre Augen hatten die Farbe von Spinnweben, waren nicht schwarz, wie sie hätten sein sollen, und ihr Haar hatte dieses stumpfe, stockige, klebrige Aussehen, wie man es bei einem *rishu*, einer *jejebhai*, selbst an einem maroden *dhrushindi* nie finden möchte. Sie sagte kein Wort, und dein Großvater wußte nicht, was er tun sollte, außer bei ihr zu bleiben.

Und schließlich sagte sie zu ihm: „Du bringst mich hin."

„Nein", sagte er. „Nein, das ist nicht nötig, dir fehlt nichts, du bist bloß noch schläfrig. Du mußt mehr essen, das ist alles."

Aber sie legte ihre Hände auf ihn, so wie sie es noch nie getan hatte. Sie berührte seine Schultern und sein Gesicht, und sie nahm seinen Kopf zwischen diese Hände, die ihn hätten zerquetschen können wie eine verfaulte alte *chouka*-Nuß. Ihre armen trüben Augen blickten direkt in die seinen, und was immer sie dort sehen mochte, es ließ sie ein wenig lächeln. Auf diese Weise hatte sie ihn noch nie angelächelt, niemals in achtzehn Jahren.

„Zeit, Shelshim", sagte sie. „Zeit, Freund."

Er sagte, für den Weg hätten sie den ganzen Tag gebraucht. Sie war nicht sehr gut auf den Beinen, und er konnte sie nicht stützen, und er konnte nicht viel für sie tun, wenn sie fiel. Muß gefallen sein wie ein Baum, der umstürzt, nur daß ein Baum kein Geräusch macht, wenn er verletzt wird, und sich nicht mühen und plagen kann, um sich wieder aufzurappeln. Einmal stolperte sie in eine Schlucht und lag dort so lange, ohne sich zu rühren, daß er glaubte, sie sei wirklich tot, doch als er zu ihr hinunterkletterte, öffnete sie die Augen, grapschte nach einer Wurzel oder einem Ast und schleppte sich weiter. Bei Sonnenuntergang standen sie an dieser wackeligen Bahre, wo alle ihre Gefährten vor ihr ein letztes Mal geruht hatten. Sie starrte das Gestell an, hielt sich so aufrecht, wie sie konnte, aber ihr Kopf schwankte auf ihrem Hals, und sie roch anders. Am letzten Tag war der bekannte Qu'alo-Geruch ganz verschwunden, hatte sich einfach verdünnt und war verflogen. Jetzt roch sie einfach wie ein altes Tier.

Er sagte: „Ich kann's nicht tun, du weißt, daß ich's nicht kann. Selbst wenn ich mich überwinden könnte, bliebe ich ein Mensch, der zu klein ist. Ich würde ewig brauchen." Er lachte ein bißchen, als er das sagte, und hoffte, sie werde ebenfalls lachen.

„Knochen, Shelshim", sagte sie. Sie flüsterte so leise, daß er ihre Stimme nicht mehr in seinem Leib spüren konnte; sie mußte ihn wahrhaftig ein letztes Mal hochheben und an sich drücken, damit er sie hörte. „Knochen, Shelshim. Bedecke mich, laß mich liegen, du kommst irgendwann zurück. Bitte, Shelshim."

Er verstand nicht. Er sagte: „Deine Knochen begraben. Natürlich werde ich das für dich tun. Ich kann's."

Da schüttelte sie ihn – nicht so heftig, nicht so, wie sie mit den Fels-*targs* verfuhren, doch sein Kopf wackelte und seine Arme flogen, so schwach sie auch war. „Essen", sagte sie. „Die Knochen essen. Nicht verschwinden, nicht so verschwinden. Bewahr uns auf, Shelshim."

Und das waren die letzten Worte, die Yriadvele zu ihm sagte. Sie legte sich auf die Bahre, und dein Großvater bedeckte sie mit den zartesten frischen Zweigen und Ästen und Blättern, die er finden konnte, und sie nickte bloß und schloß ihre Augen. Er saß bei ihr den ganzen Tag und die ganze Nacht, doch er hätte nicht sagen können, wann sie starb.

Er hätte sie unmittelbar danach beerdigt, wenn es ihm möglich gewesen wäre, um die Fels-*targs* daran zu hindern, ihren Leichnam zu finden und zu erfahren, daß die Qu'alo sterblich und verschwunden waren. Aber es gab nichts, was er tun konnte, nicht für sie und nicht für die Qu'alo, also entfernte er sich und wartete, wie sie es ihm gesagt hatte. Ich kann dir nicht sagen, wie lange – wie lange Insekten und kleine Tiere brauchen, um das faulende Fleisch von einem zwölf Fuß großen Riesen zu nagen. Ich weiß bloß, daß dein Großvater Selsim während der Zeit in den Wäldern hauste, so wie er es achtzehn Jahre lang getan hatte. Außer, daß er jetzt ihres Geruches wegen in den alten Höhlen der Qu'alo schlief, und er habe, sagte er, mit einer Menge eingebildeter menschlicher Wesen gesprochen, weil er das erst wieder üben mußte, nachdem er so lange Gedanken der Qu'alo im Schweigen der Qu'alo gedacht hatte. Und er dachte über die Welt nach, an die er sich schwach erinnerte, und darüber, wonach Yriadvele ihn gefragt hatte, und irgendwann ging er dann zurück zu der Bahre, zog die abgestorbenen Zweige weg und erblickte die Knochen und wußte, was er mit ihnen tun mußte. Du schneidest wieder Grimassen, laß das.

Nein, soweit er sehen konnte, waren keine Fels-*targs* aufgetaucht. Sie kamen niemals in die Nähe von Plätzen, die nach Qu'alo rochen, und das tun sie auch heute nicht. Dein Großvater nahm Yriadveles Knochen, und er zermahlte sie zwischen flachen Steinen so fein er konnte, und er aß sie. Nein, ich weiß nicht, wie lange er dazu brauchte oder wie sie schmeckten. Ich weiß nicht, ob er sie einfach aß oder sie mit Wasser trank oder sie über ein paar hübsche *kami*-Blätter streute. Ich weiß nur mit Sicherheit, daß er Yriadveles Knochen aß, alle, und dann aufstand und auf den Pfad über den Torgry-Berg zurückkehrte, auf der anderen Seite wieder abstieg und weiterwanderte. Und irgendwann kam er in dieses flache, dunstige Land, in dem wir heute wohnen, und wurde ein Bauer und heiratete und begründete unsere Familie, lange, lange ist's her. Und das ist das Ende der Geschichte, und ich werde in den Stall gehen, und du wirst schlafen, gute Nacht.

Wie? Ich habe dir doch erzählt, das ist der Grund, warum wir alle groß sind und woher ich weiß, daß du bald groß sein wirst. Verstehst du denn nicht? Was immer von den Qu'alo übrig ist, sind wir, du und ich und der Rest unserer Familie – sie sind jetzt in *unseren* Knochen, wegen deines Großvaters Selsim und seiner Riesenfreundin. Wohlgemerkt, wir haben einfach ein bißchen von ihrer Größe geerbt, das ist alles; wir haben weder ihre Haare noch ihren Gestank – ab und zu machen die Götter doch mal was richtig. Und sollte einer von uns diese großen, bedächtigen, wundervollen Gedanken wälzen, habe ich es sicher nicht bemerkt. Aber vielleicht stecken sie ja in dir, wer weiß? Wer weiß, was ein kleiner Junge denkt, der die Augen nicht aufhalten kann, um noch mehr Fragen zu stellen? Also, gute Nacht, gute Nacht.

Was? Zehn verdammte Jahre wird's dauern, bis ich wieder die Kraft habe, dir noch eine Geschichte zu erzählen. In meinem ganzen Leben hat mich noch keine Arbeit so angestrengt. Ich schwöre, ich weiß nicht, wie deine Mutter das jeden Abend schafft. Und diese verflixte *jejebhai* läßt mich warten, bis ich schließlich eingeschlafen bin, da bin ich ganz sicher, gute Nacht, Junge. Laß meine Hand los. Gute Nacht.

Dank an Christa Schuenke,
die bei der Übersetzung der Gedichte mitgeholfen hat.

Klett-Cotta
Die Originalausgabe erschien unter dem Titel „Giant Bones“
bei ROC, New York
© 1997 Peter S. Beagle
Für die deutsche Ausgabe
© J. G. Cotta'sche Buchhandlung Nachfolger GmbH, gegr. 1659
Stuttgart 1999
Fotomechanische Wiedergabe nur mit Genehmigung des Verlags
Printed in Austria
Schutzumschlag: Dietrich Ebert, Reutlingen
Gesetzt aus der 10,5 Punkt Berkeley von Offizin Wissenbach,
Höchberg bei Würzburg
Auf holz- und säurefreiem Werkdruckpapier gedruckt und
gebunden von Wiener Verlag, Himberg

ISBN 3-608-93426-X

William Goldman:
Die Brautprinzessin
S. Morgensterns klassische Erzählung von wahrer Liebe und edlen Abenteuern. Die Ausgabe der »spannenden Teilen«
Aus dem Englischen von Wolfgang Krege
324 Seiten, gebunden, ISBN 3-608-95352-3

»...ein wahrer Leckerbissen für die Freunde des schwarzen Humors.«
Frankfurter Allgemeine Zeitung

»...da steht alles drin, was man über Liebe, Leidenschaft, Sehnsucht wissen muß.«
Campino, Die Toten Hosen

T. H. White:
Der König auf Camelot
Aus dem Englischen von Rüdiger Rocholl
broschiert im Schuber,
Band 1: 304 Seiten, ISBN 3-608-95076-1
Band 2: 333 Seiten, ISBN 3-608-95151-2

»Aus uralten keltischen Märchen und Sagen wuchsen über Jahrhunderte Traum, Zauber und Faszination des Königs Artus, Ritter der Tafelrunde. T. H. White machte den historischen Vorwurf zum Gegenstand einer ganz und gar unpathetischen Heldengeschichte, einem Stück meisterlicher moderner Fantasy-Literatur.«
Ute Blaich, Deutsches Allgemeines Sonntagsblatt

Tom LaFarge:
Die Zitadelle des Goldenen Bären
Aus dem Englischen von Hans J. Schütz
543 Seiten, gebunden, bedruckte Vorsätze, Lesebändchen
ISBN 3-608-93802-8

Alice und Edgar, zwei Bären aus Bärstadt, besuchen ihren Onkel Claudio, Herrscher von Barkenburg. Ihre Neugier führt sie tief in das Labyrinth der Gassen, in die Viertel der Insektenmänner, zu den Possenkatzen. Bis die beiden Abenteurer eine Falle geraten.

Klett-Cotta

Fantasy und Abenteuerromane bei Klett-Cotta

Eine Auswahl

Peter S. Beagle:

He! Rebeck!

Aus dem Englischen von Hans G. Lenzen

375 Seiten, broschiert im Schuber, ISBN 3-12-900621-4

Der Rabe war müde vom Fliegen. Er war den ganzen Morgen über Bronx gewesen, und bis zum Friedhof von Yorchester war es noch weit. Dem Raben taten die Flügel weh. Er mußte sich anstrengen, um nicht an Höhe zu verlieren.

Lahm flatterte er über das Friedhofstor, da sah er plötzlich ein kleines Lastauto vor sich und kämpfte gegen die Versuchung an, sich mitnehmen zu lassen. So etwas hatte er noch nie getan. Er war zu stolz, zu Fuß zu gehen, für Telefondrähte zu schwer, und um sich im Vogelschutzpark rumzutreiben, fühlte er sich zu sehr als Einzelgänger.

Mervyn Peake:

Gormenghast

Aus dem Englischen von Annette Charpentier

Erstes Buch: Der junge Titus

535 Seiten, broschiert im Schuber, ISBN 3-608-95070-2

Zweites Buch: Im Schloß

535 Seiten, broschiert im Schuber, ISBN 3-608-95050-8

Drittes Buch: Der letzte Lord Groan

285 Seiten, broschiert im Schuber, ISBN 3-608-95051-6

»›Gormenghast‹ ist die schaurig schöne Geschichte um den siebenundsiebzigsten Lord Groan... Doch der eigentliche Held ist das Schloß Gormenghast. Eine autarke, in sich ruhende, sich zerstörende und doch auch wieder erneuernde Welt, ein Labyrinth aus Türmen, Gängen, Zimmern. Gormenghast, in dem die Tradition so belastend ist wie die Bürokratie in Franz Kafkas ›Schloß‹, ist zeitlos; seine Räume stehen außerhalb unserer Vorstellung; die Menschen – eine einzige Irritation.«

Luzerner Neueste Nachrichten

Klett-Cotta

Tad Williams:
Otherland

Stadt der goldenen Schatten
919 Seiten, gebunden mit Schutzumschlag
Lesebändchen, farbige Vorsätze, geprägter Überzug
ISBN 3-608-93421-9

Fluß aus blauem Feuer
800 Seiten, gebunden mit Schutzumschlag
Lesebändchen, farbige Vorsätze, geprägter Überzug
ISBN 3-608-93422-7

Berg aus schwarzem Glas [Erscheint 2000]
Meer des silbernen Lichts [Erscheint 2001]

Die ultimative Cyberspace-Saga, zugleich Fantasy, Science-fiction, Thriller und virtuelles Wunderland-Lesefutter von Bestsellerautor Tad Williams, dem »Master of Fantasy«.

»Tad Williams – ein Autor von hoher Sprachbegabung, von großem dramatischen Können und einer staunenswerten Phantasie... Mit großer Spannung erwarten wir die Fortsetzung der geheimnisvollen Geschichte.«
Lorenzo Ravagli/FAZ

»Tad Williams – Kultautor der Internet-Gemeinde. Sein Name wird zum Symbol einer neuen Generation von Schriftstellern, die das Netz der Netze hervorbringt: Schreiber in einer virtuellen Welt.«
Frank Siering/Focus

»Eine ungewöhnliche Mischung aus Fantasy und Science-fiction, Märchen und Sage.«
Brigitte

Klett-Cotta